HUSBAND
AND
WIFE

HUSBAND AND WIFE

Copyright © 2023 K.L. Slater All rights reserved.
Korean translation arranged with KMW Enterprises Ltd.,
London through Danny Hong Agency, Seoul.
Korean translation copyright © 2025 by BY4M STUDIO

이 책의 한국어판 저작권은 대니홍 에이전시를 통한
저작권사와의 독점 계약으로 ㈜바이포엠 스튜디오에 있습니다.
저작권법에 의해 한국 내에서 보호를 받는 저작물이므로 무단전재와 복제를 금합니다.

남편과 아내

HUSBAND
AND
WIFE

K.L. 슬레이터 지음
박지선 옮김

VANTA

차례

프롤로그 세라　　　　　　7

1장	니콜라	11	20장 루나	147
2장	니콜라	21	21장 니콜라	153
3장	파커	29	22장 니콜라	163
4장	노팅엄셔 경찰	32	23장 파커	169
5장	니콜라	41	24장 니콜라	176
6장	니콜라	48	25장 마리	183
7장	니콜라	56	26장 루나	188
8장	니콜라	65	27장 파커	194
9장	파커	74	28장 노팅엄셔 경찰	199
10장	니콜라	76	29장 세라	208
11장	노팅엄셔 경찰	86	30장 니콜라	211
12장	루나	91	31장 니콜라	223
13장	니콜라	98	32장 파커	232
14장	마리	107	33장 니콜라	238
15장	니콜라	112	34장 노팅엄셔 경찰	244
16장	니콜라	120	35장 니콜라	248
17장	파커	129	36장 니콜라	258
18장	니콜라	132	37장 파커	270
19장	니콜라	138	38장 니콜라	273

39장 니콜라	280	
40장 세라	290	
41장 니콜라	295	
42장 니콜라	302	
43장 세라	314	
44장 노팅엄셔 경찰	317	
45장 노팅엄셔 경찰	321	
46장 노팅엄셔 경찰	329	
47장 루나	337	
48장 니콜라	341	
49장 세라	354	
50장 파커	357	
51장 루나	361	
52장 노팅엄셔 경찰	366	
53장 마리	368	
54장 파커	376	
55장 파커	384	
56장 니콜라	386	
57장 파커	393	

58장 루나	397	
59장 파커	401	
60장 루나	408	
61장 니콜라	413	
62장 루나	417	
63장 노팅엄셔 경찰	429	
64장 파커	441	
65장 파커	446	
66장 니콜라	453	
67장 노팅엄셔 경찰	456	
68장 루나	464	

에필로그 니콜라	472	
독자에게 보내는 편지	479	
감사의 말	482	

일러두기

- 본문 속 각주는 옮긴이 주입니다.
- 본문에서 언급된 도서와 잡지, 신문은《 》, 영화와 TV 프로그램은〈 〉로 표기했습니다.
- 외래어는 국립국어원의 외래어 표기법을 따랐으나, 일반적으로 통용되는 경우에는 관용에 따라 표기했습니다.
- 본문 속 이탤릭체는 원서에서 이탤릭체로 강조한 부분입니다.

프롤로그
세라

5주 전

이상한 밤이었다. 온라인에서 알게 된 데이트 상대는 나타나지 않았다. 얼마 후, 더 이상 시간을 낭비할 수 없어 자리를 뜨려는 순간, 세라는 다시는 볼 수 없을 거라 여겼던 사람과 마주쳤다.

둘 사이를 가로막았던 증오는 온데간데없었다. 두 사람은 늦은 밤 술집에서 그동안 쌓인 감정을 풀고 즐거운 시간을 보냈다. 그리고… 뭔가를 약속했는데, 세라는 그가 그 약속을 반드시 지키도록 하리라 마음먹었다.

세라는 작별 인사를 하고 비틀대며 보안 요원을 지나쳐 술집에서 나왔다. 거리에는 아무도 없었다. 술을 너무 많이 마신 상태였고, 이 밤이 이렇게 끝난다는 게 아쉬웠지만, 댄스 플로어 한복판에서 넘어지거나 토하는 바보짓을 하기 전에 마무리하는 게 나았다.

어느새 세라는 노팅엄의 세련된 레이스 마켓 지구 한켠에 와 있었다. 주위를 둘러보며 빅토리아 시대 고딕 양식의 붉은 벽돌 건물이 늘어선 모습에 감탄했다. 오늘 밤 그 건물은 어둡고 위험해 보였는데, 그녀를 짓눌러 폐소 공포증을 유발할 것만 같았다. 세라는 익숙한 세인트 메리 교회의 종탑을 향해 스토니 스트리트를 황급히 걸어 내려갔다. 하이힐 또각거리는 소리가 사방에 울려 퍼졌다.

순간 오른쪽에서 무언가가 홱 움직이는 소리에 놀라 걸음을 멈추었지만, 계속 가는 편이 나을 것 같아서 지름길을 향해 다시 서둘러 걸음을 옮겼다. 캄캄하고 늦은 밤이라 괜히 마음이 조마조마해진 모양이라고 생각했다. 무서워서 아드레날린이 솟구쳤는지 순식간에 정신이 번쩍 들었다. 그 때문일까, 골목길에 가까워졌을 때 무언가인지 누군가인지는 몰라도 찢어질 듯한 울음소리가 들리자 이내 신경이 곤두섰다.

세라는 다시 걸음을 멈추고 귀를 기울였다. 소리가 또 났다. 이번에는 더 컸다. 이 지름길로 가지 않으면 레이스 마켓 지구 바깥쪽으로 빙 둘러 갈 수밖에 없는데, 하이힐 때문에 이미 발가락이 아팠다. 그러면 집까지 가는 데 15분이 더 걸리는 데다, 그쪽에서는 택시 잡기도 힘들었다. 세라는 아픈

발을 끌며 느리게 걷다가 멈춰 서서 어떻게 할지 고민했다. 그러면서 속으로 자신을 나무랐다. 그냥 고양이일 수도 있었다. 이미 집에 들어가겠다고 약속한 시각보다 늦었고, 밀리를 봐주기 위해 세라의 아파트에서 자고 가기로 한 엄마는 그녀가 현관문 여는 소리를 듣기 전까지 쉬지 못할 게 뻔했다. 그리고 내일은 아침 일찍 일을 시작해야 했다. 단골손님이 꽤 많은 금액을 미리 지불하고 예약했는데, 이 손님을 놓치고 싶지 않았다. 아침 6시로 알람을 맞추어야 한다는 뜻이었다.

세라는 좁은 골목 입구로 살금살금 걸어가 안을 빼꼼 들여다보았다. 뭔가가 휙 움직이는 소리가 좀 더 멀리서 들렸다. 골목에 불빛이라고는 하나도 없었고 가장 가까운 가로등마저 너무 멀리 있어서 아무것도 보이지 않았다.

그때 휴대폰 손전등이 떠올랐다. 만약 동물이라면 갑작스러운 빛에 놀라 도망칠 테고, 그게 아니라면, 그러니까 약쟁이가 마약을 주사하고 있기라도 하면 먼 길로 돌아가는 수밖에 없었다. 세라는 골목 안으로 몇 걸음 들어간 다음, 휴대폰 손전등 아이콘을 눌렀다. 골목이 환해진 바로 그 순간, 눈앞에 얼굴이 나타났다. 그리고 세라가 소리치거나 물러설 새도 없이 억센 손이 그녀의 입을 거칠게 막았다. 순식간에 누군가가 머리에 자루를 씌우고 목 언저리에서 끈을 조이는 느낌이 들었다. 세라는 비명을 지르려고 입을 벌렸지만, 머리를 여러 번 세게 맞는 바람에 옆으로 휘청댔다.

그녀는 벽에 기댄 채 천천히 미끄러져 내려갔다.

1장
니콜라

현재

    창가에 서서 거의 캄캄해진 밖을 내다보았다. 11월이 원래 스산한 것을 감안하더라도 오늘 날씨는 유독 안 좋았다. 아까는 폭우가 쏟아지더니 지금은 담요 같은 잿빛 하늘이 낮게 드리워 점점 숨이 막히는 것 같았다.
    남편 칼은 인상을 찡그리며 읽고 있던 신문 너머로 나를 가만히 보았다. "4시나 돼야 온다고 했잖아. 이리 와서 앉아, 여보."
    "일찍 올지도 모르잖아. 바니 짐 옮기는 걸 도와주고 싶어." 차 한 대가 골목에 들어서자 생기가 돌았다가, 그 차가 우리 집을 지나치자 다시 시무룩해졌다. "파커가 집에 들어올 시간은 없을 거라고 했어. 남쪽으로 가는 도로가 많이 막히는 것 같더라고. 집에 들렀다 곧 가야 할 거야."

"그럴듯하군." 칼이 중얼거리며 신문을 부스럭댔다.

나는 몸을 틀어 그를 보았다. "무슨 뜻이야?"

칼은 신문을 내려놓고 나를 보았다.

"니콜라, 그 애들이 가급적 집에 들어오지 않으려는 진짜 이유를 우리 둘 다 알고 있잖아. 도로 상황과는 상관없다는 것도. 당신이 기분 나쁘지 않도록 파커가 신경 써 주는 거잖아. 루나가 파커에게 우리 집에 있고 싶지 않다고 이미 말했을 테니까."

나는 고개를 돌려 다시 창밖을 보았다. 지치고 불안해 보이는 얼굴이 어두운 유리에서 나를 바라보고 있었다. 어쩌다가 하나뿐인 아들 파커가 사실상 남이 되어 제가 자란 집에 발도 들이지 않게 되었을까?

어쩌다 보니 세월이 너무 빨리 지났다. 이제 손자 바니는 칼이 고모할머니에게 상당한 금액의 유산을 물려받았을 때의 파커와 같은 나이가 되었다. 그때 우리는 이것저것 생각할 필요가 없었다. 작은 발코니가 딸린 좁은 아파트에서 탈출하려고 상속받은 돈을 다 썼고, 거기에 얼마 안 되지만 대출까지 받아서 이 집을 샀다. 방이 널찍하고 큰 나무와 꽃 피는 관목으로 둘러싸인 마당이 있는 집이었다. 이 집에 이사 온 뒤 칼이 가장 먼저 한 일은 파커를 위해 매끈한 에메랄드빛 잔디에 골대를 설치하는 것이었다.

"왜 웃는 거야?" 칼이 약간 못마땅한 듯 물었다.

"아, 여기 처음 이사 왔을 때가 생각나서. 전용 축구장이 생긴 걸 본 어린 파커의 얼굴이 떠올랐어."

그 다정하고 영리한 소년은 이제 어른이 되어 결혼하고 아들을 낳았지만, 우리는 그 애를 자주 보지 못했다.

칼은 애정 어린 미소를 지었다.

"일곱 살짜리 눈에는 공을 차며 뛰어다닐 수 있는 넓은 마당이 축구장으로 보였을 테지. 이젠 거기서 바니가 축구를 할 수 있는데… 그러니까 집에 오기만 한다면 말이야."

거의 매주 금요일 저녁, 우리 아들 부부는 루나의 부모와 주말을 보내려고 요크셔로 갔다. 마리와 조 바턴 제임스는 그림 같은 시장 마을✢ 헴슬리 외곽의, 잘 다듬어진 약 8천 제곱미터 부지에 자리 잡은 아름다운 저택에 살았다. 칼과 나는 둘 다 주중에는 일을 하느라 바빴고, 주말에는 바니를 만날 기회조차 없었다.

나는 불공평하다고 여기면서도 목소리를 내지 못하고 속앓이만 했다. 괜히 말했다가 상황이 더 나빠져서 문제를 일으킬까 두려웠기 때문이다. 그 대신, 일이 잘 풀려 손자와 소중한 시간을 보낼 기회가 조금이라도 생기기를 바라면서 살고

✢ market town, 중세 시대에 시장이 열리던 마을로 지역사회의 중심지 역할을 했다.

있다. 지난주에 파커가 전화해서 1박 2일 동안 바니를 돌봐 줄 수 있는지 물어본 것처럼.

"제가 수상 후보에 올랐는데 회사에서 레스터셔의 고급 호텔에서 호화로운 디너 댄스파티를 연대요. 거기 갈 수 있으면 좋겠어요. 상을 받으면 더 좋겠죠!" 파커는 이렇게 말했다.

나는 기뻐했다. "당연히 가야지. 그런데 몇 주 전부터 알고 있었을 텐데 왜 이제야 말하는 거니?"

"루나 부모님이 아직 시차 적응이 안 되신 것 같아서요. 바베이도스에서 장시간 비행기를 타고 오신 지 며칠 안 됐거든요. 그래서 그분들께 부탁하고 싶진 않았어요." 파커는 대수롭지 않게 말했다.

"우리야 바니가 오면 정말 좋지." 나는 재빨리 말했다.

"파커와 남자 대 남자로 다시 얘기해야겠군. 처가에 갈 시간은 있으면서 왜 여기 들러서 차 한 잔 마실 시간은 없는지 당신이 물어봐." 의자에 앉아 있던 칼이 말했다.

"아니야, 그러지 마." 나는 다시 창밖을 보며 말했다. "언젠가는 루나도 우리 집에 오겠지. 지금은 시간이 필요할 뿐이야. 우리를 제대로 알아가야 할 테고. 게다가 결혼하면 처가와 자연스레 더 가까이 지내는 경우가 많잖아. 특히 자식이 어릴 때는."

칼은 어이없어하며 숨을 내뱉었다. "이 집에 거의 발도 들이지 않는데 우리를 어떻게 알아간단 말이야? 그 애들이 결혼한 지 9년이 지났는데 제대로 집에 들른 횟수는 겨우 두 자릿수가 될까 말까야. 우리가 걔들 집에 초대받은 횟수는 더 적고."

나는 손바닥의 보드라운 살갗에 손톱이 파고들자 움찔했다.
"칼, 그러지 마. 부탁이야, 오늘 밤엔 하지 마. 망치지 말라고."
"난 그저…."
"내가 상처받지 않도록 하려고 그런다는 거 알아. 하지만 난 괜찮아." 나는 주먹 쥔 손을 풀고 손가락을 쭉 폈다. "일주일 내내 오늘 밤만 기다렸어. 그러니까…."
"도착한 것 같은데." 칼이 창밖을 가리키자, 나는 돌아서서 아들이 새로 뽑은 매끈한 검은색 벤츠가 대문 밖에 멈추는 걸 보았다.

급히 현관으로 뛰어가 문을 활짝 열자, 때마침 차에서 내린 파커가 기분 좋게 손을 들어 인사했다. 대문 밖 가로등이 그 애의 잘생긴 얼굴을 비춘 덕분에 환한 미소를 제대로 볼 수 있었다. "엄마, 저 왔어요!"

"어서 오렴. 이렇게 보니 정말 좋구나." 나는 마당에서 일할 때 신는 크록스에 발을 욱여넣고, 추워서 팔짱을 낀 채 도로로 이어진 짧은 진입로를 걸어 내려갔다. 파커가 인도 쪽 뒷문을 열자 생기 넘치는 바니가 튀어나왔다.

"할머니!" 바니는 이렇게 외치며 한 뼘 길이의 플라스틱 공룡 장난감을 겨드랑이에 끼고 나를 향해 질주했다. 나는 그 애를 꼭 끌어안고 뽀뽀를 퍼부었다.

"우리 아가 왔구나!" 나는 아이의 몸이 전하는 묵직함과 온기를 만끽했다. 키가 많이 크고 몸도 탄탄해졌다. 얼마나 보고 싶었는지. 마지막으로 본 게 한 달 전이었다. 그때 루나의 패션 영상 촬영이 지연되고 파커가 북동부로 출장 가서 제시간에 돌아오지 못하게 되어, 내가 학교에 가서 바니를 데려와 간식을 주었다.

짙은 녹색 공룡이 얼굴 앞에 나타났다. "할머니, 이거 보세요. 스물다섯 번 움직이면 트럭으로 변신해요." 바니가 진지하게 말했다.

"세상에나! 들어가서 할아버지에게도 보여주자. 보고도 못 믿을 거야!"

바니는 전속력으로 달려 집에 들어갔고, 나는 다시 차로 향했다. 파커가 장난감, 옷, 바니의 '특별' 음식이 담긴 가방을 아직도 꺼내고 있었다. 파커는 하던 일을 잠시 멈추고 나를 끌어안았다. 널찍한 가슴에 나를 품고 강인한 팔에 힘을 주어 꼭 안았다. 180센티미터가 훌쩍 넘게 자라버렸지만, 학교에 데리러 가고 씻겨 주고 방금 바니에게 했듯이 뽀뽀를 퍼붓곤 했던 내 아들.

"사랑한다, 아들." 나는 파커의 귓가에 속삭였다.

"제가 더 사랑해요, 엄마." 파커는 이렇게 속삭이더니 포옹을 풀고 하던 일을 계속했다.

조수석 쪽 문은 계속 닫혀 있었고 선팅된 창문 때문에 안이 보이지 않았다. 창문을 두드리자 유리창이 천천히 내려갔다.

"안녕, 루나. 잘 지냈니?"

어둑한 차 안에서 루나의 예쁘고 퉁명스러운 얼굴이 드러났다. 조각 같은 이목구비와 높은 광대뼈를 지녔고, 윤기 나는 검은 머리카락을 높이 올려 묶고 있었다. 호박색이 감도는 아름다운 눈동자는 빛을 받아 반짝였다. 루나가 미소 짓자 표정이 바뀌었지만, 나는 눈 밑의 어두운 그림자와 그 위로 드리운 불안의 기색을 알아차렸다.

"어머님, 반가워요. 전 잘 지내요, 고맙습니다. 어떻게 지내셨어요?" 루나가 중얼거렸다.

창문 아래쪽에 루나가 손을 올리자, 나는 그 위에 내 손을 얹고 잠시 힘주어 잡았다. 바로 그때 술 냄새 비슷한 것이 풍겼다.

"우리도 잘 지내지, 고맙구나. 잠시나마 바니를 데리고 있을 수 있어서 정말 좋아. 부모님은 잘 계시고?"

"아, 잘 지내세요. 바베이도스에서 돌아오시긴 했는데 비행기가 너무 오래 연착돼서 회복하시는 데 시간이 좀 걸리네요. 아빠가 거기 집을 사고 싶어 하세요. 포르투갈에 있는 별장도 너무 멀어서 거의 안 가시면서요!"

"정말 멋지구나. 그런 걸 누리실 만하지. 잠깐 들어가서 차 한 잔 마실 시간 되니? 그동안 어떻게 지냈는지 이야기 나누고 싶은데." 나는 다정하게 말했다.

"엄마, 죄송해요." 파커가 트렁크 너머에서 큰 소리로 말했다. "곧바로 가봐야 해요. 고속도로에서 사고가 났다는 소식을 들어서…."

"다음에요, 어머님." 루나가 말하자 그녀의 숨결이 다시 내 뺨에 느껴졌다. 술이 아니라 구강 청결제 냄새 같았다. "정말 죄송해요. 맨날 급하게 가는 것 같네요." 솔직히, 루나는 정말 미안해하는 표정이었다.

"괜찮아. 너희가 온다면 우리는 언제든 대환영이라는 것만 알고 있으면 돼. 일은 어떠니? 네 인스타그램을 팔로우하고 있어서 무슨 재미있는 일을 하는지 다 볼 수 있기는 하지만."

"정말요? 몰랐어요. 팔로워가 5만 명이 넘어서 일일이 다 챙기기 어렵거든요. 기억해뒀다가 다음에 맞팔로우할게요."

"일상을 실시간으로 올리는 것 같던데 정말이지 전부 다 아주 잘 해내고 있더구나. 어떻게 그렇게 최신 유행 패션을 모두 쫓아가는지, 대단해!"

루나는 억지로 미소 지었다. "제 일이잖아요. 아무거나 올리는 게 아니라고요. 성공한 인플루언서가 소셜 미디어에 시간을 얼마나 많이 투자해야 하는지 사람들은 모르죠. 제가 일하는 시간이 자기보다 더 길다는 걸 인정한 사람은 파커가 처음이었어요."

"맞아요!" 파커가 이렇게 외치자 루나는 그 애를 쏘아보았는데, 그 눈빛에 나는 잠시 움찔했다.

"어쨌든 보아하니 아주 잘 해내고 있는 것 같아. 계속 다 잘 되길 바라마." 나는 잠시 후에 이렇게 말했다.

"고맙습니다." 루나는 잠시 입술을 꼭 다물었다. "여기, 바니에게 알레르기를 일으키는 음식들을 추가로 적어 놓았어요." 루나의 얼굴에서 미소가 사라지더니 눈가에 불안감이 고스란히 드러났다. "바니가 먹을 건 전부 다 가방에 들어 있어요. 새로운 비타민 영양제를 먹이고 있는데, 끼니마다 음식에 뿌려줘야 해요. 바니는 질색하지만 꼭 먹이셔야 해요."

"걱정 마. 내가 꼭 먹일게." 나는 가슴이 내려앉았다. 바니가 먹으면 안 되는 음식 목록은 이미 내 팔보다 더 길었다. 칼이 보면 엄청나게 화낼 게 틀림없었다.

올해 초, 루나가 파커를 통해 바니에게 유제품 알레르기가 새로 발견되었으니 부활절 달걀을 주면 안 된다고 전해 왔을 때 칼은 격분했다. "완전 편집증 환자잖아. 애를 콤플렉스 덩어리로 만들고 있어. 걔네 둘은 세상에서 자기들이 제일 잘난 줄 알지."

나는 가방을 집 안으로 들여놓는 파커를 흘끗 보았다.

"난 파커를 도와야겠다. 디너 댄스파티에서 즐거운 시간 보내렴. 파티에 갈 준비 마치면 파커랑 같이 사진 한 장 찍어서 보내 줄 수 있니?"

루나는 빙긋 웃었다. "그럴게요. 미우미우 투피스를 선물 받았어요. 인조 다이아몬드로 장식된 환상적인 옷이에요."

"정말 근사하겠구나! 바니를 데려올 테니 가기 전에 인사 나누렴."

"곧 또 봬요." 루나가 손가락을 꼼지락거리자 창문이 다시 올라갔다.

2장 / 니콜라

 나는 걸어가는 파커를 얼른 쫓아가서 가방을 받아 들었다. 현관문 앞에서 파커는 나를 돌아보며 물었다. "아빠는 기분이 어떠세요?"

 "괜찮아!" 나는 최대한 쾌활하게 대답했다. "너희들이 잠깐 차 한 잔 마실 시간도 없다고 해서 실망했지만 어쩔 수 없지."

 파커는 못마땅한 듯 눈을 굴렸다. "아빠는 다들 자기처럼 매일 물 새는 수도꼭지와 고장 난 보일러나 좀 고치고 저녁 내내 의자에 파묻혀 쉬는 줄 알잖아요. 아빠한테는 시간이 너무 많아서 문제예요."

 "파커, 말이 심하구나." 진입로에 주차된 칼의 업무용 승합차를 지나가며 내가 말했다. 칼이 18년 동안 일하면서 세 번째로 타고 있는 승합차였다. 그는 차 양옆에 화려한 검은색

글씨로 '밴스 부자 배관·난방 공사 Vance & Son Plumbing and Heating' 라는 문구를 넣어야 한다면서 고집을 꺾지 않았다. 파커는 어린 시절부터 아버지가 운영하는 작은 회사에서 일하는 데 조금도 관심이 없었지만. "이제 네 아빠도 환갑이 훌쩍 넘었어. 그런데도 아직 열심히 일하고 있지. 정부 지원금이 끊기는 바람에 수습 직원을 내보내고 나서 부쩍 힘들어해."

지난 수년 동안 칼의 일감은 꾸준했지만, 파커가 지적했듯 규모는 늘 작았다는 게 뼈아픈 사실이었다. 칼은 사업을 확장하거나 정규 직원을 고용하려는 야망이 크지 않았다. 그렇게 하지 않더라도 사업은 늘 안정적이었고, 나도 병이 나기 전까지는 시간제 도서관 도우미로 일했다. 우리는 감당할 수 없는 대출금에 시달린 적이 없었다. 칼의 고모할머니가 남긴 유산으로 일반적인 경우보다 집 계약금을 더 많이 낸 덕분이었다. 물론, 바베이도스에 집을 사기는커녕 그곳에서 휴가를 보낼 여유조차 없었지만.

복도로 들어서기 직전에 파커가 속삭였다. "엄마, 저랑 얘기 좀 해요."

나는 놀라서 그 애를 보았다. 아픈 뒤로 파커와 제대로 이야기 나눈 적이 없었다. 18개월 전, 침실 전신 거울 앞에서 옷을 입다가 왼쪽 가슴 피부에 주름이 잡힌 걸 발견했다. 통증이나 불편함은 없었지만 이상해 보였고, 최근에 생긴 게 분명하다는 확신이 들었다.

그래서 주치의를 찾아가 종양 전문의를 소개받았다. 그 결과 주름 아래에서 종양이 발견되어 제거 수술을 받았고, 항암 치료를 거쳐 이제 말끔히 나았다. 이렇게 말하니 매우 간단해 보이지만, 사실은 그렇지 않았다. 모든 과정이 두렵고 끔찍했다. 나뿐만 아니라 칼과 파커에게도 마찬가지였다.

투병하는 동안 파커를 더 자주 보기는 했지만, 그 애가 아빠와 가까워지기에는 충분하지 않았다. 오히려 내가 회복하고 나서 둘 사이의 골이 더 깊어진 것 같았다.

"엄마, 제 말 들으셨어요? 드릴 말씀이 있다고요." 파커는 내 멍한 표정을 보더니 인상을 찡그리며 다시 말했다.

"그래… 얘기해 보렴. 무슨 말을 하려고?"

"지금 말고 조만간이요." 파커는 진입로를 흘끗 보았다. "그게, 지금 얘기하긴 좀 곤란해요. 단둘이 있을 때 해야 할 말이라서요. 아빠나 루나가 모르면 좋겠어요."

"파커, 괜찮은 거니?" 목구멍을 타고 공포가 밀려 올라왔다. 뭐가 그렇게 급하고 비밀스럽길래 다른 사람이 몰랐으면 하는 걸까?

"아빠는 아침에 일하시죠?"

"그래, 린비에 가서 먼저 하던 일을 마무리해야 해." 내가 나지막이 말했다. 파커는 칼이 가끔 토요일에도 일한다는 걸 알았지만 매주 그러는 건 아니었다. "점심시간에 축구 봐야 한다고 일찍 나갔다가 온댔어."

"좋아요. 루나가 온라인 패션 행사를 진행해야 해서 늦어도 오전 10시에는 돌아올 거예요. 루나를 먼저 집에 내려 주고 곧장 여기로 올게요. 엄마랑 주방에서 이야기하는 동안 바니는 텔레비전을 보여 주거나 하면 되고요."

나는 파커의 초췌한 얼굴과 이마에 패인 주름을 유심히 보았다. 자기가 바람피운다고 말하려는 걸까? 아니면 루나가 바람피우는 것 같아서 어떻게 하면 좋을지 의논하려는 걸까? 돈 문제인가? "무슨 일인지 조금만 힌트를 주면…."

파커는 고개를 저었다. "모든 걸 처음부터 제대로 설명하려면 시간이 필요해요, 엄마." 파커는 들고 온 가방들을 내려다보았다. "이거 어디에 둘까요?"

"그냥 거기 놔둬. 네가 가고 나서 내가 정리하마." 파커는 가방을 전부 계단 아래에 내려놓고 다시 문밖으로 나가려 했다. 나는 파커를 거실 쪽으로 슬쩍 밀었다. 거실에서는 칼과 바니가 공룡을 어떻게 분해하는 게 가장 좋을지 이야기하며 깔깔대는 소리가 났다. "아빠랑 잠깐 인사 나누고 가."

파커는 뭐라고 말하려는 듯 입을 벌렸다가 다물더니 마지못해 거실 입구로 갔다.

"아빠, 잘 계셨어요?"

잠시 침묵이 흐르고 나서 칼의 목소리가 들렸다. "파커, 왔니. 어떻게 지냈니?"

나는 키 큰 파커 뒤에 서서 둘을 지켜보았다. "잘 지내요… 아주 잘. 얼마 전에 승진해서 지역 영업 담당 책임자가 되었어요. 임원 차량도 받았고요. 벤츠예요."

"거기 잘못 떼어냈어. 그건 반대편이란다. 그렇지." 칼이 바니에게 말했다.

"여보, 새 차가 정말 좋더라고. 한번 나가서 봐." 뒤에서 서성대던 내가 말했다.

아버지와 아들은 난처한 상황에서 갑자기 마주친 낯선 사람처럼 서로 바라보았다. 나는 언제부터 둘 사이가 이렇게 소원해졌는지 궁금했다. 어느 날 갑자기 일어난 일이 아니라 서서히 진행되어 시점을 정확히 파악하기 힘들었다. 매일 침묵이 이어졌다. 양파 껍질처럼 벗겨도 벗겨도 끝이 없었다…. 그러다가 내가 아팠고 둘의 관계는 회복이 불가능해 보일 정도로 나빠졌다.

"독일 차? 나는 영국에서 만든 차가 좋아." 칼은 콧방귀를 뀌며 바니에게 분해한 공룡 조각을 건넸다. "지금껏 포드 트랜싯 승합차를 몇 대나 탔지만 한 번도 실망한 적이 없어."

"아, 그렇군요. 요즘 포드는 스페인에서 만들던데요." 파커는 이렇게 대꾸하고 흡족해했다. 그러더니 바니에게 다가가 정수리에 입 맞추며 머리를 쓰다듬었다. "내일 보자." 그러고 나서 내게 말했다. "엄마, 갈게요. 루나가 오늘 밤 행사를 무척 기대하고 있거든요. 준비 시간이 많이 필요할 거예요."

나는 바니의 손을 잡고 현관문으로 갔다. 바니는 제 엄마에게 인사하려고 진입로를 뛰어 내려갔다. 나는 파커를 보았다.

"오늘 밤에 좋은 시간 보내고 바니는 걱정하지 마. 필요한 건 다 챙겨줄 테니까."

"좋아요." 파커는 나를 뚫어지게 보았다. "내일 아침에 보는 거죠? 오는 길에 메시지 보낼게요."

"그래." 파커는 고개를 숙여 내 뺨에 입 맞추고 차로 돌아갔다.

바니가 다시 집으로 뛰어왔고 우리는 파커와 루나에게 손을 흔들었다. 벤츠가 모퉁이를 돌아 빠져나가자, 나는 거실로 돌아가 칼의 의자 앞에 섰다. "그걸 못 참아?"

"내가 뭘?" 칼은 당황스럽다는 듯이 두 손을 들더니, 이 장면을 지켜보며 같이 화내고 응원하는 사람들이 있기라도 한 듯이 주위를 둘러보았다. "내가 뭘 잘못했는데?"

"잘 알잖아. 도대체 왜 아들이랑 몇 분이라도 즐겁게 이야기하려고 노력하지 않는 거야? 애들이 여기 오고 싶어 하지 않는 게 당연하지."

"누가 여기 안 오고 싶어 하는데요?" 공룡을 가지고 놀던 바니가 쳐다보며 물었다.

칼은 본격적으로 불평을 쏟아냈다. "파커도 내 기분 좀 맞춰줄 수 있었을 텐데, 평소처럼 말대꾸해서 화를 돋우었잖아. 게다가 그 건방진 마나님은 잠깐 와서 인사할 수도 있었을 텐데 안 그랬지. 뭐, 우리가 부족한 사람들이라 차에서 기다리기로 했나 보지."

"할아버지가 우리 엄마 얘기하는 거예요?" 바니가 어리둥절한 표정으로 물었다.

"아니란다, 아가야." 나는 칼을 노려보았다. "난 이런 식의 험담이 진절머리 나. 알겠어? 일주일 내내 즐거운 저녁 시간을 고대하고 있었다고. 그러니까 이쯤 해 두자."

"알겠어." 칼은 심통 난 아이처럼 씩씩대며 팔짱을 꼈다. "하지만 이거 한 가지는 말해야겠어. 당신은 장밋빛 색안경을 끼고 파커를 보고 있어. 늘 그랬지. 그래서 *당신* 눈에는 안 보이는 거야. 그 애는 이기적이고 잔인한 짓도 얼마든지 할 수 있어. 장담하는데, 당신이 그걸 보지 못하는 게 전부 루나 탓은 아니야."

"말도 안 되는 소리!"

"파커가 정말 우릴 보러 오고 싶어 한다면 루나가 막을 수 있을까? 아니야! 파커는 화려하게 사는 장인, 장모와 시간을 보내고 호화 댄스파티에서 어슬렁대며 풍족하게 삶을 즐기는 쪽을 택한 거야. 그런 허황된 생각을 심어 준 사람은 바로 *당신*이고. 배관 일로는 파커를 풍족하게 키울 수 없었고 지금 우리도 풍족하게 살진 못하지. 이 현실에 빨리 익숙해질수록 당신도 덜 힘들 거야."

칼은 내가 아픈 뒤로 이따금 파커가 제 아빠가 일하러 간 틈을 타 집에 와서 차를 마시고 간다는 사실을 몰랐다. 나는 이 일로 칼의 기분이 상할까 봐 말하지 않았다.

바니가 장난감을 내려놓고 우리를 번갈아 보았다. "난 여기 오는 거 좋아요. 할머니랑 할아버지 보고 싶어요."

"그럼!" 나는 얼른 가서 바니를 안으며 칼을 노려보았다. "당신이 무슨 짓을 했는지 봤지? 애를 불편하게 했잖아. 애가 들으면 안 되는 얘긴데."

칼의 목소리가 누그러졌다. "니콜라, 난 그저 당신이 너무 큰 충격을 받지 않았으면 해서 그래. 어느 날 눈을 뜨고 파커가 당신이 생각하는 천사가 아니라는 걸 깨닫기를 빌어. 언젠가는 그 애가 숨기려고 하는 차갑고 냉혹한 모습을 직접 보게 될 테니까."

3장
파커

 파커가 운전하는 내내 루나는 부루퉁하게 말없이 옆에 앉아 있었다. 그러자 파커는 생각에 잠겼다. 사람들이 이렇게까지 순진할 수 있다니 신기했다. 사실, *대부분* 그런 것 같았다.
 조금 일탈한다고 해서 날 때부터 뼛속까지 나쁜 사람이라고 볼 수는 없다. 파커를 살펴보자. 그는 평범하고 착한 사람이다. 여러분의 연로한 고모할머니가 길가에서 쓰러졌는데 많은 사람들이 그냥 지나치며 제 할 일을 하고 있다면, 파커는 가장 먼저 걸음을 멈추고 도와줄 사람이다. 고모할머니가 괜찮은지 확인하고 응급 구조대에 전화를 걸었을 것이며 구급차가 도착할 때까지 옆에 있어 주기까지 했을 것이다. 파커는 머뭇거리지 않고 그랬을 사람이다.
 그는 열심히 일하고 성실하게 세금을 냈다. 매달 영국 왕

립 동물 학대 방지 협회와 암 연구소에 기부금을 냈다. 코로나19 락다운 기간에는 시골 마을에 사는 취약 계층에게 식료품과 처방 약을 배송하는 자원봉사 활동을 하기도 했다.

파커는 아내와 아들을 사랑한다. 어머니를 사랑하고 자주 찾아가지 못해서 죄책감을 느낀다.

하지만 다들 그렇듯 파커에게도 어두운 면이 있었는데… 문제가 발생하면 그런 모습이 튀어나왔다. 그리고 지금 그에게는 아주 큰 문제가 있었다. 상황은 점점 나빠져서 통제하기 힘들 지경에 이르렀다. 생각하지 않으려 애썼지만 그 문제는 머릿속을 떠나지 않았다.

지금 당장 파커는 뭘 어떻게 해야 할지 도무지 알 수 없었다.

몇 년 전, 교회 행사에서 처음 본 순간부터 지금껏 루나 바턴 제임스는 조용하고 수줍음이 많았다. 하지만 파커는 그녀 안에 잠재된 무언가가 피어나는 걸 감지했다.

루나는 특권 계층에서 태어났고 적어도 물질적으로는 부족한 것이 하나도 없었다. 그렇다고 행복했다는 건 아니다. 아버지는 루나에게 코르셋을 입혔고 어머니는 루나를 금빛 새장에 가두었다. 외곽의 작고 허름한 술집에서 처음 이야기를 나누었을 때, 파커는 루나에게서 불만이 파도처럼 밀려오는 걸 느꼈다. 세월이 흘러가기 전에 날개를 펴고 날고 싶은 절박함이 느껴졌다. 파커는 그 심정을 이해했다.

루나가 그와 사귄 것을 후회한다면, 이제 와서 그와 결혼하지 말 걸 그랬다고 생각한다면 유감스러운 노릇이다. 파커가 루나에게 가끔 일깨워 주듯이, 그는 루나를 만나 그녀가 갇혀 있던 감옥 같은 삶에서 벗어나도록 도왔다.

하지만 결혼해서 애지중지하는 아들까지 하나 둔 지금, 두 사람의 상황은 엉망이었다. 제대로 엉망진창이었다. 파커가 이 상황에서 벗어나려면 상상력과 결단을 총동원해야 한다. 하지만 그는 어떻게든 빠져나올 것이다. 해낼 것이다.

파커는 조수석 유리창에 얼굴이 눌린 채 깊이 잠든 아내를 보았다. 루나는 며칠 잠을 제대로 못 잤다. 파커는 그녀가 한밤중에 집 안에서 돌아다니는 소리를 들었다.

파커는 루나가 자기 때문에 실망했다는 걸 알았다. 그는 두 사람을 위험하고 험난한 길로 이끌었고 이제 돌이킬 수 없는 지경이 되었다. 원래 명료하던 파커의 머릿속에는 구름이 잔뜩 꼈다. 그는 무엇이 최선인지 결정할 수 없었고 달리 물어볼 사람도 없었다. 다른 사람이 도와줄 수 있는 문제가 아니었다.

그들의 목숨이 위험했고 가족이 무너질 위기였다.

그리고 딱 한 가지 확실한 건, 그러니까 파커가 확신할 수 있는 단 한 가지는 이 모든 것이 그의 잘못이라는 사실이었다.

4장 노팅엄셔 경찰

1개월 전

헬레나 프라이스 경위는 한때 노팅엄의 산업 중심지였던 레이스 마켓 지구 한가운데에 서서 주위의 정교한 건축물을 둘러보았다.

그녀는 노팅엄 중에서도 이곳에 언제나 매료되었다. 지금은 고급 복층 아파트로 개조된 웅장한 창고 건물은 예전에 섬세한 디자인의 레이스를 만들어 전 세계에 팔던 곳이었다.

헬레나는 이곳에 얽힌 역사를 좋아했기에, 자주 와서 독특한 소규모 상점을 둘러보거나 여동생을 만나서 다양한 식당 중 한 곳을 골라 식사하고 술을 마셨다. 하지만 오늘 머릿속에는 이런 여유로운 일들이 전혀 떠오르지 않았다.

2시간 전, 스토니 스트리트에서 끔찍한 무언가가 발견되었다. 마침내 소셜 미디어 인플루언서이자 네 살 난 딸을 둔 세라 그레이슨 실종 사건에 대한 실마리가 풀리는 순간이었다. 어머니의 집에서 가까운 새 아파트로 이사한 세라는 9일 전에 홀연히 사라졌다. 저녁에 시내에 나갔다가 어머니와 딸이 있는 집으로 돌아가지 못했다.

"세라에게 밀리는 삶의 전부예요. 세라가 집에 늦게 들어올 거라는 건 알고 있었어요. 연락도 없이 외박할 애는 아니고요. 그런데 다음 날 아침에 침대에 없는 걸 보고 끔찍한 일이 벌어졌다고 생각했어요." 세라의 어머니 줄리 그레이슨은 슬픔에 잠긴 채 경찰에게 말했다.

나이트클럽 보안 요원의 진술에 따르면, 세라는 새벽 1시 무렵에 그에게 작별 인사를 하고 밖으로 나갔다. 경찰은 CCTV 영상을 통해 세라가 나이트클럽이 있는 브로드웨이 지역을 걸어간 뒤로 어딘가에서 사라졌다는 대략적인 사실을 알아냈다.

경찰은 대대적인 수색을 펼쳤고, 이틀 전 세라가 마지막으로 목격된 상황을 재구성해 보았으나 사실상 전혀 실마리를 찾지 못했다. 목격자도, 단서도 없었고 폭행이나 살인이 발생한 증거도 없었던 데다 결정적으로 세라도 발견되지 않았다.

"죄송합니다, 경위님." 헬레나는 케인 브루스터 경사의 다급한 목소리에 그를 쳐다보았다. 브루스터가 빠른 걸음으로 다가왔다. "길을 잘못 든 바람에 일방통행 도로를 다시 한 바퀴 돌아야 했어요. 이 거리는 운전하기가 정말 힘들군요."

헬레나는 무슨 말인지 정확히 이해했다. 레이스 마켓 지구는 좁은 골목과 지름길이 뒤얽혀 여러모로 토끼 굴처럼 복잡한 곳이었다. 그 골목 여기저기에 작은 술집이 숨어 있었고 동네를 잘 아는 사람이 아니라면 찾기 힘든 곳에 색다른 가게들이 틀어박혀 있었다. 간판도 없고 입구도 눈에 띄지 않지만, 소셜 미디어에서 사람들의 추천으로 알려진 가게도 있었다. 이런 가게를 찾아가는 건 마치 게임 같았다.

"우리 애들은 모퉁이 돌자마자 스토니 스트리트에 있어." 헬레나가 걸음을 옮기며 말했다. "살이 좀 빠진 것 같은데. 지금도 헬스장에 다니나?"

"네. 교대 근무 일정에 따라 다르지만 일주일에 너댓 번은 가려고 해요."

"정말 대단하군." 헬레나는 동료가 자기 관리를 잘하고 있다는 사실에 진심으로 기뻤지만, 한편으론 그가 언제 싫증 낼지 궁금했다.

"이 동네는 언제나 사람들로 붐비는군요. 지금껏 아무도 발견하지 못했다는 게 믿기지 않아요." 학생들 무리가 웃고 떠들면서 지나가자 브루스터가 말했.

"시신이 긴 골목길 쓰레기통 뒤 같은 데 숨겨져 있었던 게 틀림없어. 그런 곳에는 인근 아파트 리모델링 공사용 자재가 쌓여 있으니까. 세라 그레이슨 살해범이 누군지는 모르지만 그걸 이용했을 테지." 스토니 스트리트에 접어들며 헬레나가 설명했다.

브루스터는 인상을 썼다. "그래도 경찰이 더 폭넓게 수색해야 했어요. 안타깝게도 대응이 완벽하진 않았던 것 같군요."

"내가 진작 문제를 제기했고 담당 경관들이 건설사에 연락해서 자재를 치우라고 요청했대. 우리가 요구한 시기보다 훨씬 늦어졌지만 어쨌든 자재를 치운 덕분에 세라의 시신이 발견되었고."

경찰 통제선에 가까워지자, 골목 맞은편 인도에 서 있던 경찰 너머로 사람이 점점 많이 모여들었다. 남녀노소 다양했는데, 헬레나는 아기까지 안고 나온 몇몇 사람들을 보고 불쾌해졌다.

헬레나가 배지를 보여주자 골목 입구에 있던 경관이 옆으로 비켜섰다. "법의학자가 이미 도착했습니다, 경위님." 경관의 말에 헬레나와 브루스터는 그를 조용히 지나쳤다.

입구에 있던 다른 경관이 신발 커버를 건네주었다. 두 형사는 벽에 기대 어색한 자세로 방호복을 걸쳤다. 통제 구역에 들어서기가 무섭게 곰팡이와 축축한 냄새를 비롯해 매우 기분 나쁘면서도 익숙한 냄새가 헬레나의 코를 찔렀다.

"이런 곳에서 생을 마감하다니, 정말 암울하군요." 브루스터가 나지막이 말했다.

두 사람은 안쪽으로 더 들어갔다. 들큼하면서도 퀴퀴한 냄새가 헬레나의 목구멍 깊은 곳까지 찌르고 들어왔다. 골목은 좁았고 양옆으로 높게 솟은 건물 탓에 환기가 잘 되지 않았다. 짐작대로 어둡고 축축했다. 수사팀이 효율적으로 일할 수 있도록 임시로 설치한 조명등이 벽 주위에 늘어서 있었다.

"오, 헬레나. 왔군요!" 법의학자 롤리 맥아피가 한 손으로 허리를 받치고 몸을 일으키며 인사했다. "브루스터 경사도요." 덧붙인 말에는 반가운 기색이 조금 덜했다.

체구가 작은 맥아피는 설치류처럼 재빨리 움직였는데, 브루스터는 이를 두고 불안해 보인다고 했다. 그리고 그가 박제를 취미로 한다는 소문도 돌았다. "뭐 흥미로운 점이라도 있나요?" 헬레나가 물었다.

"쯧쯧. 당신네 형사들은 다들 똑같군요. 물증에만 관심이 있지 상냥하게 인사말 한마디 건네는 법이 없어요."

맥아피가 비켜서자 빙긋 웃던 헬레나의 표정이 이내 진지해졌다.

"이런." 브루스터는 손수건으로 코와 입을 막으며 중얼거렸다.

세라 그레이슨이었던 젊은 여자에게 남아 있는 증거는 거의 없었다. 심하게 부패한 시신은 그녀의 어머니가 형사들에게 자세히 설명한 옷을 그대로 갖춰 입고 있었다. 짧은 검은색 원피스를 입고 은색 하이힐을 신었으며, 바닥에는 금속 소재의 세련된 퀼트 핸드백이 있었다. 부패하기 전에는 예뻤을 얼굴을 감싼 붉은색 머리카락이 밝은 조명에 드러났다. 헬레나는 세라의 얼굴과 머리카락, 그리고 옷에 하얀 가루가 묻어 있는 것을 보았다.

"건축 자재에서 묻은 회반죽일 거야." 헬레나가 브루스터를 향해 중얼거렸다.

"시신의 상태가 피해자가 실종되고 경과한 시간과 일치해요. 다행히 기온이 서늘해서 부패 속도가 느렸고요. 안 그랬으면 여기에서 할 일이 더 적었을 겁니다." 맥아피가 말했다.

"추정되는 사인은요?" 브루스터가 물었다. 손수건으로 입을 가리고 있어서 낮게 웅웅대는 목소리였다.

"결정적 사인은 교살로 추정됩니다. 목 주위 자국과도 일치하지요. 하지만 보다시피 머리 부상도 고려해야 합니다." 맥아피는 유감스러운 표정이었다. "지금 시점에서는 성적인 동기가 있었는지 확실치 않지만, 일단은 피해자의 옷이 온전한 점으로 볼 때 그럴 가능성은 높지 않다고 볼 수 있습니다."

헬레나는 과학 수사대 소속 사진사가 바로 앞에서 플래시를 터뜨리는 바람에 눈을 가늘게 뜬 채 고개를 끄덕였다. "내 생각에도 그래요. 피해자의 외관은 어머니가 묘사한 것과 일치합니다. 옷과 액세서리가 그대로예요. 걸어가다가 골목으로 끌려 들어온 게 분명해요." 헬레나는 잠시 망설이다가 조심스레 말을 이었다. "지금까지 특이 사항은 없나요? 특별히 주목할 만한 사항이라든지요?"

맥아피는 턱을 내리고 헬레나를 보았다. "헬레나, 그렇게 밀어붙여도 딱히 줄 만한 정보가 없군요. 당신에겐 웬만하면 알려 줄 텐데 말이죠." 맥아피는 피해자를 살펴보았다. "지금까지 특이 사항은 없어요. 시신 상태로 보아 여기에서 할 수 있는 일이 많지 않고요. 빨리 본부로 이송해야 해요."

골목에서 나가자 브루스터는 코와 입을 막은 손수건을 떼고 서늘한 공기를 깊이 들이마셨다.

"이런, 누군가 지역 언론에 제보한 모양이네." 헬레나가 중얼거렸다. 남자 한 명과 여자 한 명이 뛰어왔는데, 그중 한 사람은 긴 렌즈를 단 카메라를 들고 있었다.

"세라 그레이슨을 찾았습니까? 시신이 발견됐습니까?" 여자가 녹음기로 보이는 물건을 들어 올리며 외쳤다.

헬레나는 고개를 돌렸다. 물론 이들도 일 때문이겠지만, 헬레나는 경쟁사보다 먼저 정보를 얻으려고 서두르느라 일말의 연민조차 보이지 않는 언론이 당황스러울 때가 많았다. 이곳에서 20킬로미터도 떨어지지 않은 곳에 세라의 네 살 난 딸 밀리 그레이슨이 있었다. 밤에 외출한 엄마가 일주일 조금 넘게 집으로 돌아오지 못했다. 줄리 그레이슨의 진술에 따르면, 세라는 기분 좋은 냄새가 나는 밀리의 곱슬 머리카락에 잘 자라고 입 맞추었고, 다음 날 아침에 딸의 새 침실에서 내려다보이는 공원에 같이 가기로 약속했다. 남편을 여읜 세라의 어머니는 50대 후반이었고 두 군데서 시간제로 청소일을 하고 있었다. 그녀는 하나뿐인 딸을 잃은 슬픔을 극복하지 못할 테고, 엄청난 슬픔에도 불구하고 손녀를 홀로 키워야 한다.

헬레나의 경험에 의하면 범죄에는 끔찍한 인적 희생이 따르는 법인데, 많은 언론이 흥미진진한 이야깃거리를 얻기 위해 이를 간과하거나 인식하지 않는 쪽을 택했다.

헬레나와 브루스터는 스토니 스트리트 위쪽으로 걸어갔고, 기자들은 현장을 촬영하려고 뒤로 처졌다. 그때 브루스터가 갑자기 걸음을 멈추고 얼어붙은 듯 섰다.

"맞아요!" 그는 짧게 주먹을 휘둘렀다. "바로 *이거*였어요. 뭔가 있을 줄 알았다니까요."

"도대체 뭔데?"

"세라의 겉모습 말이에요." 브루스터는 헬레나를 보았다. "경위님도 봤다시피 옷과 액세서리가 어머니의 설명과 일치했죠."

헬레나는 다음 말을 기다렸다. "그런데?"

"음, 딱 하나 다른 게 있었어요. 실크 스카프 말이에요."

헬레나의 입이 떡 벌어졌다. "이럴 수가. 브루스터, 그 말이 맞아!"

세라는 그날 밤 외출할 때, 불과 몇 주 전에 어머니가 생일 선물로 사준 독특한 실크 스카프를 둘렀다. "물론 내게 베르

사체를 살 돈은 없지만, 모던한 검은색과 금색 무늬가 베르사체 스카프와 아주 비슷했다고요. 원래 세라는 유명 상표 제품을 좋아하는데, 그 스카프는 기회가 있을 때마다 둘렀어요." 그레이슨 씨는 눈물에 젖은 눈을 빛내며 형사들에게 말했다.

헬레나는 발길을 돌려 사람들이 모여들어 소란스러운 곳을 향해 걷기 시작했다.

"돌아가는 건가요?" 브루스터가 따라오며 물었다.

"그 스카프가 있는지 주변을 잘 살펴보고 핸드백을 확인해야겠어. 롤리의 추측대로 교살당했다면 언론의 도움을 받아 스카프 사진을 대중에게 공개해야 해. 수사의 초점도 달라져야 하고."

5장

니콜라

현재

파커와 칼이 이야기 나눈 뒤 날카로운 말과 긴장감이 감돌았지만, 마침내 우리 셋은 기적적으로 한자리에 앉았다.
"배고파요." 파커와 루나가 떠난 지 15분쯤 지난 뒤에 바니가 말했다.
"잘됐네. 할머니가 깜짝 선물을 준비했지. 저녁에 피자 먹자!"
바니는 좋아서 환하게 웃다가 갑자기 시무룩해졌다. 그러더니 가지고 온 보냉 가방을 집어 들고서 침울하게 건넸다. "엄마가 이 렌틸콩 샐러드 먹어야 한댔어요. 웩!"
나는 가방에서 사각 플라스틱 통을 꺼내 열었다. 솔직히 제법 맛있어 보였다. 초록 렌틸콩, 잘게 썬 싱싱한 채소, 직접 만든 것처럼 보이는 랩에 싼 롤빵이었다. 루나는 보냉 가방에 영화 보는 동안 먹을 간식으로 셀러리와 길게 자른 당근, 직접 만든 후무스도 넣어 놓았다. 모두 영양이 풍부하고 건강에 유익해 보였지만, 내가 만난 일곱 살짜리 아이 중 이걸 좋아할 만한 아이는 없을 것 같았다.

나는 가방을 닫고 바니를 보며 미소 지었다. "방금 말했듯이 우리는 피자 먹을 거야. 그러면서도 네 엄마가 알려 준 식단 규칙을 다 지킬 수 있어. 더 신나는 건, 피자를 직접 만든다는 거야. 만들어서 먹어 보고 마음에 들면 나중에 집에 가서도 만들 수 있단다."

"좋아요… 고맙습니다, 할머니!" 바니의 표정이 밝아졌다. 우리는 주방으로 갔고, 칼은 이미 주방에서 내가 조리대에 펼쳐 놓은 재료를 살펴보고 있었다. 그는 글루텐 프리 밀가루와 토핑으로 얹을 알록달록한 다양한 채소를 의심스러운 눈초리로 보았다.

"이게 다 뭐야?" 그가 인상을 찡그리며 물었다.

"할아버지, 저녁에 먹을 글루텐 프리 비건 피자 만들 거예요." 바니가 손을 씻으며 외쳤다.

"칼, 걱정하지 마. 당신 먹으라고 냉동 페퍼로니 피자 샀으니까." 나는 칼의 당황한 표정을 보고 씩 웃으며 한마디 덧붙였다. "냉동실에 있어."

칼은 안심한 듯 미소 지었다. 나는 모두 같은 음식을 맛있게 먹으면서 우리가 엄격한 식단을 지켜야 하는 바니를 응원한다는 걸 보여 주고 싶었지만, 그건 나만의 몽상이 분명했다. 칼에게 고기 없는 끼니를 한 끼라도 먹이려면 신의 도움이 필요할 것이다.

바니는 재료를 계량하고 열심히 반죽을 치대고 굴리며 즐거워했다. 우리는 반죽을 어느 정도 구워서 위에 토마토소스를 펴 바르고 채소 토핑을 고루 얹었고, 마침내 바니는 내 도움을 받아 둥근 피자 팬을 예열된 오븐에 조심스레 집어넣었다.

내가 오븐 문을 닫자 바니는 슈퍼맨처럼 허공에 팔을 휘두르며 외쳤다. "우주에서 제일 맛있는 피자가 될 거예요!"

실제로 피자는 매우 성공적이었다. 나는 루나가 시킨 대로 바니가 먹을 부분에 비타민 가루를 살짝 뿌렸고, 바니가 법석을 떨지 않아서 안도했다. 피자는 바삭하고 신선했으며 입안에서 풍미가 폭발했다. 바니와 나는 피자를 담은 쟁반을 들고 소파에 나란히 앉아서 함께 노력한 걸 칭찬했고, 그동안 칼은 안락의자에 앉아 말없이 페퍼로니 피자를 입안에 욱여넣었다.

나는 칼과 마실 말벡 와인을 두 잔 따랐고 바니에게는 가져온 스피룰리나✢를 타 주었다. 칼이 〈쥬라기 월드: 도미니

✢ 단백질과 비타민이 풍부한 건강 보조 식품

언)을 구매해 다운로드하자 우리는 조명을 낮추고 영화를 보기 시작했다.

불길한 징조를 알리는 음악이 거실을 가득 채웠다. 말 탄 남자들이 얼어붙은 황무지를 가로질러 달리며 공룡 무리를 쫓아가는 장면에서, 나는 고개를 돌려 손자를 보았다. 바니는 화면 속 액션에 푹 빠져 완전히 넋을 잃은 채였다. 두 눈을 크게 뜬 채 기대감에 입을 약간 벌리고 있었다. 옆모습이 같은 나이 때의 파커와 닮았다. 바니의 머리카락은 파커보다 더 가늘고 색이 약간 밝았지만, 코와 완벽한 장밋빛 입술은 제 아빠와 똑 닮았다. 나는 뿌듯함과 애정이 솟구쳐 마음이 몽글몽글해졌다.

"봐요, 할머니. 화산이 폭발하고 나서 사람과 공룡이 지구에서 같이 살고 있어요. 저기를 관리하는 사람들이 길 잃은 공룡을 모아 안전한 곳으로 데려가는 거예요." 바니는 화면에서 눈을 떼지 않고 말했다.

"아, 그렇구나." 내가 중얼거렸다. 칼은 우리 쪽을 흘끗 보더니 내게 윙크했다.

바니를 원하는 만큼 자주 보지는 못하지만 이 아이가 우리 삶에 함께해 정말 감사했다. 예전에 도서관에서 함께 일한 여자 동료는 가족 간에 다투다가 돌이킬 수 없는 말을 하는 바람에 딸과 사위와 멀어졌다고 했다. 그러면서 네 살 난 손녀를 첫돌 이후로 보지 못했다고 했다. 나는 그 말을 듣고 정말,

정말 슬펐다.

　바니를 잘 키우는 방법에 있어 파커와 루나의 생각과 우리 생각이 다른 건 사실이지만, 애들이 바니를 무척 사랑하는 건 분명했다. 나는 그 애들이 하는 모든 일이 바니를 위한 최선이며, 거기에 엄청난 사랑과 믿음이 담겨 있다고 믿었다.

　내일 파커와 무슨 이야기를 나누게 될지는 모르지만, 우리가 다시 좀 더 가까워지는 데 도움이 되기를 바랐다. 나는 파커가 누구보다 나를 믿고 속이야기를 털어놓는다는 게 놀랍고 뭉클했다.

　와인을 한 모금 마시고 블랙베리와 자두의 풍미를 음미했다. 파커와 좀 더 가까워질 수 있다면, 그다음 단계로 루나가 왜 그렇게 행동하는지 이해하고 우리 사이의 공통점을 찾으려고 애써 볼 생각이었다.

　나는 오늘 밤이 정말 성공적이라고 생각했고, 앞으로 바니가 와서 자고 가는 일이 더 자주 있기를 바랐다.

　그때 내 휴대폰에서 불빛이 번쩍거려서 보니 루나의 메시지가 와 있었다. 휴대폰을 연 나는 디너 댄스파티 준비를 마친 루나와 파커의 사진이 뜨자 감탄사를 내뱉었다. 턱시도를 입고 나비넥타이를 맨 파커는 정말 멋있었다. 빳빳해 보이는 흰색 드레스 셔츠는 올리브색 피부와 검은색 머리카락, 뚜렷한 턱선에 완벽하게 어울렸다. 아까 봤을 때는 이발해야 할 것 같았던 머리가 어찌 된 노릇인지 사진에서는 말끔해 보였다. 완벽하게 탄탄한 복근을 살짝 드러낸, 반짝이는 상아색 투피스 드레스를 입은 루나는 그야말로 감각적이었다. 아까 차에서 보았을 때는 곱슬거리는 검은색 머리카락을 아무렇게나 올리고 있었지만, 사진에서는 어깨 길이의 머리를 풀고 드라이해 매끈하고 반짝거렸다. 칼과 바니에게 사진을 보여 주자 칼마저도 감탄하는 표정이었다.

영화를 보고 나서 바니는 떼쓰지 않고 자러 갔다. 칼은 바니에게 제프 키니의 《윔피 키드》를 몇 장 읽어 준 다음, 내려와서 자기가 마실 와인을 한 잔 더 따르고 내가 마실 차를 끓여 주었다. 우리는 함께 앉아서 말없이 자연 다큐멘터리를 보았다.

"아침에 우리가 깨기 전에 바니가 일어나서 내려올지도 모르니까 아래층 보안 장치는 꺼 둘게." 칼이 침실로 향하며 말했다. 칼이 코를 심하게 골아서 자다가 내가 찌르면 말없이 일어나 다른 방에 가서 자는 일이 많았지만, 언제나 잠자리에는 함께 들었다.

칼은 현관문을 확인한 다음 문을 잠갔고, 나는 식기세척기를 돌리고 와인 잔을 씻었다. 아무 생각 없이 익숙하게 소소한 일상을 이어가는 우리 모습에 미소가 번졌다. 늙어간다는 신호일 수도 있겠지만, 가정이 제대로 돌아간다는 사실이 일정 부분 만족감을 주었다. 우리 부부는 대체로 모든 일이 제때 진행되고 예측 불가한 일이 거의 없는, 조용하고 질서 있는 삶을 살고 있었다.

적어도 몇 시간 뒤, 새벽 2시 직전에 칼이 나를 흔들어 깨우기 전까지는 그랬다. 잠에서 깨 침실에 경광등의 푸른빛이 가득한 걸 보자마자 내 심장이 요동치기 시작했다.

"왜 그래?" 나는 팔꿈치를 딛고 몸을 일으킨 다음, 눈을 가늘게 뜨고 커튼을 보며 속삭였다. "무슨 일이야?"

칼은 침대에서 나가 재빨리 창가로 가서 커튼 틈으로 밖을 내다보았다. 그는 창백하고 걱정스러운 얼굴로 돌아왔다.

"경찰이야." 그가 가라앉은 목소리로 말했다.

6장 / 니콜라

 "경찰이라고? 이 시간에? 우리 집에 온 건 아니지?" 나는 눈을 비비며 푹 잠긴 목소리로 물었다. 그리고 침대에서 나가 칼 옆으로 갔다.
 밖을 보니, 소리 없이 번쩍이던 경광등이 마침내 멈추고 경찰관 두 명이 순찰차에서 내렸다. 한 사람이 무전기에 대고 잠깐 뭐라고 말하더니 두 사람이 같이 인도에 서서 우리 집과 옆집을 바라보았다.
 "아, 이런." 경찰이 움직이기 시작하자 칼이 탄식했다. "우리 집 대문 쪽으로 오고 있어."
 "뭐 때문에 그러지?" 나는 떨려서 팔로 몸을 감쌌다. 얇은 면 잠옷을 입고 그렇게 서 있자니 문득 내 존재가 연약하게 느껴졌다. "파커나 루나와 관련된 일은 아닐 텐데. 애들은 밤

새 파티장에 있을 테니까."

"진입로에 들어섰어." 칼이 의자에 걸린 가운을 가져오며 다급하게 말했다. "내가 내려가 볼게. 바니가 깰지도 모르니까 당신은 여기 있어."

칼은 침실에서 나갔고 나는 가운을 챙겨 입었다. 칼이 맨발로 계단 내려가는 소리가 들렸고 곧 초인종이 울렸다. 고요한 집 안에 울리는 날카로운 소리에 귀가 먹먹해질 것 같았다. 죽은 사람도 깨울 듯이 시끄럽게 느껴졌다.

칼이 현관문을 여는 사이에 나는 조용히 계단 입구로 갔다. 서늘한 공기가 위층으로 흘러 들어왔고 나지막하지만 걱정스러운 목소리도 들려왔다. 뱃속 깊은 곳에서 두려움이 꿈틀댔다. 열려 있는 바니의 침실을 살며시 들여다보니, 놀랍게도 이런 소동 속에서도 바니는 계속 자고 있었다. 나는 문을 가만히 닫고 계단을 내려갔다.

아래층에 내려가니 칼은 이미 현관문을 닫고 제복 입은 두 경찰관을 거실로 안내하고 있었다. 남자 한 명과 여자 한 명이었다. 칼은 불을 켰다. "앉으세요." 그는 경찰에게 이렇게 말했고 그제야 거실 입구에 나타난 나를 보았다. "이쪽은 아내 니콜라입니다." 칼이 말하자 두 경찰은 나를 향해 고개를 끄덕이며 인사했다. 나는 안색이 잿빛으로 변한 칼을 보았다.

"여보, 사고가 났대."

"누가? 무슨 일인데?" 귀에서 쿵쾅대는 심장 박동 소리 위로 내 목소리가 울렸다. 경찰은 둘 다 어려 보였다. 여자는 20대 후반 정도 되어 보였고 남자는 아무리 많아도 30대 초반이 넘지 않을 것 같았다. 나는 이들이 경찰로 근무한 지 얼마나 됐는지 궁금했고 혹시 경험이 부족해서 실수하는 게 아닐까 생각했다. 마치 옆집에 가야 하는데 잘못 온 것처럼 불안해 보였기 때문이다.

여자 경찰이 설명을 시작했다. "간선도로에서 교통사고가 크게 났습니다. 노팅엄 나이트 아일랜드를 바로 지난 지점입니다. 안타깝게도 아드님 파커 밴스와 아내 루나 밴스가 사고를 당해 중상을 입었습니다. 지금…."

"그럴 리 없어요." 나는 두려움이 파도처럼 밀려드는 느낌에 말을 끊었다. "그 애들은 오늘 집에 돌아오지 않아요. 레스터셔의 호텔을 예약했다고 했어요. 디너 댄스파티에 참석해…."

키가 작고 다부진 체격에 파란 눈동자가 날카로운 남자 경찰이 수첩을 확인했다. "파커와 루나 밴스가 맞습니다." 그는 다시 나를 보았다. "현장에 출동한 경찰관이 신원을 확인했습니다. 등록 번호가 PCV로 끝나는 검은색 C 클래스 벤츠 차량에 타고 있었습니다."

PCV. 파커 캘럼 밴스. 파커의 번쩍이는 새 검은색 벤츠에 붙어 있던, 특별히 신청해서 받은 번호판의 끝자리였다. 얼마 전에 승진해서 받은 성공의 신호탄 같은 차였다.

지난밤에 루나에게 받은 아름다운 사진이 머릿속에 스치

자 내 입술에서 작은 신음이 새어 나갔다.

그때 칼이 갈라지는 목소리로 간신히 물었다. "애들은… 살았나요?"

"네, 하지만 두 분 다 중상이라 노팅엄의 퀸스 병원으로 이송되었습니다."

"중상이라니 어느 정도로 다친 겁니까? 목숨이 위태로울 정도인가요, 아니면…." 칼이 심각한 목소리로 말했다.

"죄송합니다만 지금 저희가 아는 정보는 이 정도입니다. 구급대가 현장에 출동했으니 아드님 내외가 병원으로 이송되기 전에 적절한 치료를 받은 건 분명합니다."

"여기 손자가 와 있어요." 내가 여자 경찰을 보며 속삭였다. "바니예요. 지금 위층에 있어요. 애들이 파티에 간 동안 우리가 돌보기로 했거든요. 루나의 부모에게도 연락이 갔나요?"

남자 경찰이 다시 수첩을 보았다. "지금 연락 중일 겁니다."

"대체 어떻게 된 일입니까? 누가 차로 치었습니까? 음주 운전 차량인가요?" 칼이 몸을 꼿꼿이 세워 앉으며 남자 경찰에게 물었다.

"아니면 마약에 취해 운전하던 사람이 그랬다든지요?" 내가 희미한 목소리로 물었다. 지난주에 마약에 취해 운전하는 사례가 증가하고 있다는 기사를 읽은 게 떠올랐기 때문이다.

"죄송합니다. 지금 단계에서는 자세한 정보를 알 수 없습니다. 오늘 밤 저희 임무는 두 분이 사고 발생 상황을 충분히

인지하도록 알려 드리는 겁니다."

"도로 교통 조사국 조사관이 이미 현장에 도착해 사고 발생 경위를 철저히 조사하고 있으니 걱정하지 않아도 됩니다. 세부 내용이 밝혀지는 대로 알려 드리겠습니다."

"애들이 왜 집에 오기로 했는지 도통 이해가 안 돼. 저녁 행사를 정말 기대했잖아. 술도 마시고 쉬겠다고 했는데." 나는 칼을 보며 절망에 빠져 말했다.

"누가 아팠을 수도 있잖아. 그거야 알 수 없지. 곧 알게 될 거야." 칼은 경찰을 보았다. "병원에 가 볼 수 있을까요?"

여자 경찰이 고개를 끄덕였고 둘은 자리에서 일어났다. "당연히 가능합니다. 하지만 상황에 따라 만나지 못할 수도 있다는 건 아셔야 합니다."

"병원에 가야겠어. 뭔가를 더 알아내려면 그 방법뿐이야." 나는 벽을 멍하니 보며 말했다. 그곳에는 10년도 더 된 파커의 노팅엄 대학교 졸업식 날 우리 셋이 찍은 사진이 걸려 있었다.

칼은 경찰을 배웅하려고 현관문으로 안내했다. 나는 칼을 따라가다가 계단에서 뭔가 움직이는 게 시선을 사로잡아 멈춰 섰다.

"바니?" 나는 계단 아래로 가며 속삭였다. 스펀지밥 잠옷을 입고 맨발로 서 있는 바니는 너무 자그맣고 연약해 보였다. 크게 뜬 눈은 침울했고 창백한 얼굴은 그림자에 반쯤 가려져 있었다. 그 나이 때의 파커와 똑같았다. 파커는 아래층에 내려와 우유를 한 잔 달라거나 토스트를 먹고 싶다고 하는 등… 어떻게든 늦게 자려고 했다. 나는 괜히 목을 만지작거렸다. "아가, 이리 오렴. 다시 자러 가자."

칼은 현관문을 닫고 바닥을 내려다보며 잠시 서 있다가 돌아섰다. 그러더니 어둡고 주름이 깊어진 얼굴로 속삭였다.

"아, 이런. 혹시 애들이…."

내가 기침하자 칼은 계단에 있던 바니를 보았다.

"우리 귀염둥이 왔구나. 왜 깼어?"

"무슨 일이에요? 왜 경찰이 왔어요?" 바니는 계단을 몇 개 더 내려오며 물었다.

나는 칼을 째려보았다. "그게… 뭐 좀 물어볼 게 있어서. 뭔가 일이 생겼나 봐."

"무슨 일이요?"

내가 손을 내밀자 바니는 내 손을 잡고 계단을 마저 내려왔다. "사고가 난 걸 알려 주고 싶었대."

"엄마랑 아빠는 괜찮아요?"

"당연하지." 칼은 바니 앞에 쪼그리고 앉아서 아이의 머리카락을 쓸어 넘겨 주었다. "따뜻한 귀리 우유 한 잔 마실까? 그리고 할머니한테 비밀로 하고 작은 비스킷도 줄까?"

바니는 씩 웃더니 칼을 따라 거실로 갔다. 텔레비전 켜지는 소리가 들렸고 칼이 심각한 표정으로 돌아왔다. "이제 어쩌지?"

"우리가 할 수 있는 건 하나뿐이야. 당신은 바니랑 집에 있어. 난 옷 갈아입고 병원으로 갈게." 나는 시계를 흘끗 보았다. "지금 2시 20분이니까, 준비하고 출발하면 30분 뒤에는 퀸스 병원에 도착할 거야."

"그래도 되겠어? 당신 혼자 보내는 건 싫은데." 칼은 입술을 깨물며 말했다. 내가 치료받을 때 여러 번 병원에 함께 갔던 일을 떠올리는 것 같았지만, 지금은 그런 생각을 할 때가 아니었다.

"괜찮아. 둘 중 하나는 바니를 돌봐야지. 그리고 상황을 자세히 파악하는 데는 내가 나을 거야."

칼은 말씨름하지 않았다. 우리 둘 다 그가 약간 내성적이라는 걸 잘 알기 때문이었다. 게다가 지금껏 같이 살면서 전화를 걸어 중요한 정보를 파악하거나 항의 전화를 하거나 약속을 잡거나 휴가를 예약하는 등 '의사소통'과 관련된 일은 내 담당이었기 때문에 내가 가는 게 맞았다. 사실 이런 일은 끝도 없이 많았다. 그래서 칼은 간호사와 의사, 어쩌면 경찰에게까지 연락해야 하는 일을 맡으면 물 밖으로 나온 오리처럼 뒤뚱댈 것이다. 칼이 잘하는 일은 따로 있었다.

바니는 칼이 틀어 준 밝고 알록달록한 만화를 넋 나간 듯 보고 있었다. "금방 올게." 나는 아이의 머리에 입 맞추며 속삭였지만 바니는 내가 옆에 있다는 사실조차 모르는 듯했다.

나는 계단을 뛰어 올라가 재빨리 청바지와 티셔츠와 따뜻한 점퍼를 입었다. 그리고 현관으로 가서 양말과 발목까지 오는 굽 없는 부츠를 신었다. 바니에게 줄 따뜻한 우유를 들고 가던 칼이 다시 와서 내 뺨에 입 맞췄다.

"애들이 어떤지 알게 되면 곧바로 메시지 보내거나 전화해 줘. 내가 할 일 있으면 알려 주고." 칼이 나지막이 말했다. "혹시… 그러니까 혹시라도…." 내가 어리둥절한 표정으로 쳐다보자 칼은 말을 이었다. "혹시 나쁜 일이 생기면 병원에 갈 수 있게 바니 옷 갈아입히고 있을게. 만약에 애들이…."

나는 고개를 돌리고 문을 열며 냉정하게 말했다. "여보, 다 괜찮을 거야. 틀림없어."

길가에 세워둔 내 작은 피아트로 가서 운전석에 탔다. 심호흡하고 잠시 눈을 꼭 감았다. 칼에게 말한 것처럼 자신감이 생기기를 바랐다. 곧 파커와 루나가 얼마나 다쳤는지 알게 될 것이다. 그러면 다 괜찮을지도 알게 될 테지.

아니면, 불과 몇 시간 만에 우리 삶이 영원히 송두리째 바뀔지 곧 알게 될 것이다.

7장

니콜라

눈 감고도 찾아갈 수 있을 정도로 잘 아는 길이었지만, 구글 지도에 목적지를 입력하고 휴대폰을 차의 작은 대시보드 화면에 연결했다. 교통 상황이 양호하며 도착까지 32분이 걸릴 예정이라는 정보가 떴다.

나는 다시 눈을 감고 몇 번 심호흡했다. 괜찮다. 할 수 있다. 칼이 함께 가기를 간절히 바랐지만, 유감스럽게도 선택의 여지가 없었다. 우리에겐 바니를 돌보는 일이 최우선 과제였다. 앞으로 어떤 일을 마주하게 될지, 우리가 어떤 대화를 나누어야 할지 생각하자 몸이 떨렸다. 경찰이 '중상'이라고 했기 때문에 상태가 좋지 않으리라는 건 알고 있지만 얼마나 안 좋은지가 문제였다. '중상'이라는 말이 머리에서 떠나지 않았다. 하지만 그와 동시에 이 악몽을 헤쳐 나갈 방법은 지금 상황에 집중하고 최악의 시나리오를 머릿속에서 모두 떨쳐내는 것뿐임을 잘 알았다.

차 안은 춥고 냉랭했다. 이제 10년 된 이 차는 주인과 마찬가지로 준비하고 출발하는 데 예전보다 시간이 더 걸렸다. 나는 출발하면서 집을 흘끗 보았다. 앞쪽 창문에 비치는 불빛을 보자, 따뜻한 우유를 들고 소파에 앉아 어리둥절한 채 반쯤 잠든 손자의 모습이 그려졌다.

예상대로 거리는 한산했다. 하지만 새벽 2시 30분에 밖에 나와 있는 건 묘한 경험이었다. 그것도 무슨 일이 닥칠지 모른다는 두려움이 혈관을 타고 독처럼 퍼지는 상황에서. 가로등이 눈앞의 매끈하고 시커먼 아스팔트를 비추고 있었지만, 밝은 헤드라이트를 켰는데도 불구하고 칠흑 같은 어둠이 차를 집어삼켜 희망이 조금도 새어 들어오지 못하도록 꽉 막아 버리는 것만 같았다.

시내에 나가거나 데이브룩의 대형 슈퍼마켓에 갈 시간이 없는 바쁜 주중에 자주 이용하는 상점 몇 곳을 지나갔다. 식료품점, 정육점, 매달 빼먹지 않고 가서 머리를 다듬고 뿌리를 염색하는 작은 미용실도 지났다. 평소에는 혼잡한 시간대에 주차할 자리를 찾기 힘들 정도로 붐비는 동네였지만, 지금은 상점 셔터가 모두 내려간 다음이었고 인도 가장자리에 설치된 가스 가로등 하나가 기이하고 불친절한 느낌의 주황빛을 내뿜고 있었다.

한동안 멍하니 운전하다가 화면을 보니 10킬로미터, 19분이 남아 있었다.

칼은 4주 동안 일주일에 세 번씩 이 길을 운전해 항암 치료를 받는 나를 병원에 데려다주었다. 그때는 병원에 오가며 시계를 보지 않았다. 그냥 멍하니 창밖을 보며 평소에는 무심코 지나쳤던 것들을 눈에 담았다. 생울타리에서 꽃을 피운 양귀비, 눈에 띄는 모양의 구름, 유리창에 맺힌 빗방울이 그린 무늬 같은 것들이었다. 이런 작은 기적을 깨닫게 된 것이 치료 과정을 이겨 내는 데 도움이 되었다.

습관적으로 라디오를 켰다가 차 안에 음악이 가득 차자 곧바로 꺼 버렸다. 모든 걸 제대로 생각하려면 고요함이 절실했다. 자꾸 최악의 결과를 떠올리는 걸 멈출 수 없었다. 파커와 루나가 괜찮기를, 부상이 심각하지 않은 것으로 판명되어 쉽게 회복하기를 간절히 바랐지만 그럴 가능성이 낮다는 걸 알았다. 파커와 루나 둘 중 하나가 더 심하게 다쳤을 가능성이 높을 것 같았다.

분명 파커가 운전했겠지. 루나도 작은 스포츠카를 운전하지만, 둘이 함께 외출할 때면 거의 항상 파커가 운전하는 것 같았다. 우리 집에 바니를 데려다주었을 때도 파커가 운전했고, 신나는 저녁을 보내러 떠날 때도 그랬다. 일반적으로 자동차 사고가 나면 운전자가 가장 심하게 다치지 않던가? 에어백이 장착되어 있지만 사고 당시의 정확한 상황과 다른 차의 개입 여부에 따라 도움이 될 수도 있고 아닐 수도 있었다. 아직 모르는 게 너무 많다는 생각이 들자 가슴이 더 깊이 내려앉았다. 확인해야 할 일이 너무 많았다.

생각이 꼬리에 꼬리를 문다는 걸 알아차렸지만 폭주하는 생각을 제어할 수 없었다. 차마 입 밖에 낼 수 없는 끔찍한 생각도 들었다. 파커가 덜 다친 쪽이기를 속으로 기도하기도 했다. 나쁜 상황을 가정하며 해결책까지 떠올렸다. 루나가 병원에 더 오래 있게 되면 당연히 칼과 내가 즉시 나서서 파커와 바니를 돌봐야겠다고. 그럼 우리는 다시 가족이 되는 것이다. 나는 어린 파커에게 그랬듯이 바니를 학교에 데려다 주고, 칼은 파커가 일에 집중할 수 있도록 바니의 축구 연습을 대신 봐줄 수 있겠지.

이런 세세한 생각들이 순식간에 머릿속에 스쳤고, 미처 떨쳐내기도 전에 다른 생각이 떠올랐다. 끔찍한 가능성까지 생각하다니, 나는 나쁜 사람이 틀림없었다. 생각을 날려 보내려고 창문을 조금 열어 찬 바람이 들어오게 했다.

이제 7킬로미터가 남았고 10분 뒤면 병원에 도착한다.

루나는 알기 쉽지 않은 유형이었다. 파커가 집에 처음 데려와 "한동안 사귄 여자 친구고 제가 정말 좋아하는 사람이에요"라고 소개했을 때, 루나의 이질감은 우리의 작고 평범한 세계에 침투한 등불처럼 빛났다.

그때 나는 루나가 우리 집을 살피며, 우리가 가진 게 얼마나 없는지 말없이 둘러보고서는 긴 속눈썹을 파르르 떠는 모습을 보았다. 바로 그때, 루나가 자기 아버지의 엄청난 재산과 넓디넓은 땅에 자리 잡은, 가족이 사는 농장을 개조한 저택과 어머니의 성공적인 승마 사업을 말하기도 전에, 나는 그녀가 파커와 완전히 다른 세계에서 자랐다는 것을 알았다.

"루나의 부모님은 부유하시지만 루나는 돈에 연연하는 사람이 아니에요. 돈이 많고 적은 것으로 사람을 판단하지 않죠." 파커는 루나를 데려오기 전에 자신만만하게 말했다.

"내 생각은 달라. 돈이 늘 있으면 그게 중요하지 않다고 생각하기 쉽지." 나중에 둘이 와인을 마시며 〈뉴스나이트〉†를 볼 때 칼이 말했다.

칼은 눈썹을 치켜올렸다. "돈이 아주 많다면 더하겠지."

순환도로의 어둠 속에서 불이 환하게 켜진 병원 본관 건물이 눈앞에 모습을 드러냈다. 황량하고 어두운 풍경에 자리 잡은 드넓은 우주 센터처럼, 마치 다른 세상에 있는 것 같았다. 나는 정문으로 들어가 병원 시설 주변으로 난 순환도로 표지판을 따라 넓은 주차장으로 갔다. 그곳에 주차하고 도보 5분 거리의 본관 정문으로 향했다.

가는 동안 칼에게 메시지를 보냈다.

† 영국 BBC에서 방영되는 심층 시사 프로그램

주차하고 본관으로 가는 중. 바니는 괜찮아?

칼은 곧바로 엄지 척 이모티콘과 함께 짧은 답장을 보냈다.

괜찮아. 다시 잠들었어. 계속 연락 줘.

나는 안도의 한숨을 내쉬었다. 우리 귀여운 손자는 아주 영리하기 때문에 끔찍한 일이 벌어졌다는 걸 어떻게든 짐작했을까 봐 겁났다. 하지만 아이는 한밤중에 왜 경찰이 찾아왔는지에 대한 우리의 모호한 설명을 그대로 받아들인 듯했다.

걸음을 옮길 때마다 부츠 굽이 인도에 끌리는 소리가 났고 숨을 내쉴 때마다 입김이 나왔다. 나는 패딩 점퍼 지퍼를 끝까지 올리며 집을 나서기 전에 목도리와 장갑을 챙기지 않은 것을 탓했다. 본관에 가까워지자 건물을 드나드는 다른 사람들이 보였다. 이따금 차가 나를 지나쳐 주차장으로 향했다. 운전자들은 퀭한 얼굴과 침울한 눈빛을 하고 저마다 앞만 보고 있었다. 이곳에서 일하는 사람이 아니라면, 좋은 일로 새벽 3시에 병원 본관에 도착해 주차장을 찾는 사람은 없을 테지.

건물 안에 들어서자 바깥세상의 어두운 정적은 이내 사라졌고 강렬한 형광등 불빛과 울려대는 전화기 때문에 정신이 쏙 빠질 것 같았다. 안내 데스크로 가서 병원에 왜 왔는지 설명하고 파커의 이름을 대자, 직원은 중증 외상 병동으로 가라고, 그곳에 병동 전용 안내 데스크가 있다고 설명했다.

병원에서 대기할 때마다 따뜻한 음료를 마시러 자주 갔던 코스타 커피 매장과 작은 잡화점을 지나 엘리베이터로 갔다. 두 곳 모두 아직 영업 전으로 아침 7시에 문을 열었다. 본관 로비를 지나자 사람들의 발길이 현저히 줄었다. 가끔 짐 나르는 사람이나 의료진이 지나갈 때를 제외하면, 끝이 없을 것만 같은 복도에 오롯이 나 혼자였다.

속이 울렁거리고 목이 몹시 말랐다. 이따금 음료수 자판기를 보았지만 1초도 지체할 겨를이 없었다. 최대한 빨리 병동으로 가서 먼저 아들이 어디에 있는지 확인한 다음, 정확히 무슨 일이 있었는지 알아내야 한다. 그러면 파커와 루나가 얼마나 다쳤는지도 알게 되겠지. 이런 생각을 하자 기분이 더 안 좋아졌다.

중증 외상 병동에 들어서자 완전히 다른 차원에 접어든 느낌이었다. 이곳은 정신없이 바쁘게 돌아갔고, 모든 직원이 분주히 뭔가를 하고 있었다. 내가 보는 방향에서는 창문이 하나도 보이지 않아서, 여기 틀어박혀 어느 정도 시간을 보내고 나면 아침인지 밤인지 파악하기 힘들 것 같았다. 대기실에는 사람이 제법 있었는데, 그중에는 흐느끼는 사람들도 있었다. 나지막하지만 자신 있는 목소리로 이야기하는 사람들도 있었고 먼 곳을 응시하며 말없이 혼자 앉아 있는 사람들도 있었다.

나는 안내 데스크로 가서 젊은 남녀 뒤에 서서 기다렸다. 순서가 되자 차분하고 일을 잘할 것 같은 직원에게 내 신분을 밝히고 파커와 루나에 대한 자세한 정보를 알렸다.

"파크 밴스의 어머니라고요?"

"네, 루나 밴스는 며느리예요."

"네, 한번 볼게요." 직원은 키보드를 두드리고 모니터를 보았다. "아드님은 지금 여기, 우리 병원 중환자실에서 치료받고 있어요." 나는 목을 만지작거렸다. "지금은 만날 수 없지만 앉아서 기다리시면 상태를 설명해 줄 사람을 불러올게요."

"우리 아들은… 괜찮은가요?"

"안타깝게도 안내 데스크에서는 환자 개인 정보를 다루지 않습니다. 하지만 의사를 만나면 궁금한 걸 모두 물어보실 수 있어요."

"고맙습니다… 그런데 루나는요? 그 애는 어떤가요?"

직원은 말해야 할지 말아야 할지 망설이는 듯했다.

"우리 집에 얘들의 어린 아들이 와 있어서 그래요. 우리 손자요. 사고 소식을 접했을 때 우리가 손자를 돌봐 주고 있었기 때문에 제 엄마와 아빠가 어떤 상태인지 꼭 알려 줘야 해요."

"그렇군요." 직원은 이해한다는 듯이 말하며 다시 키보드를 두드렸다. "루나 밴스 역시 아직 상태를 지켜보는 중이고 마찬가지로 면회가 금지되어 있습니다."

"루나도 중환자실에 있나요?"

"아니요. 부상 정도를 파악하려고 응급으로 검사를 받는 중이에요."

나는 직원에게 고맙다고 인사한 다음, 다른 사람들에게서 최대한 멀리 떨어진 빨간 플라스틱 의자에 앉았다. 그럴 줄 알았다. 파커의 상태가 더 안 좋을 줄 알았다.

나는 휴대폰을 꺼내서 칼에게 재빨리 메시지를 보냈다.

의사를 만나려고 기다리는 중이야. 파커는 중환자실에 있고 루나는 검사 중이래. 둘 다 아직 만날 수는 없어.

핸드백에 휴대폰을 집어넣는데 코 옆을 지나 바싹 마른 입술 위로 눈물이 한줄기 흘렀다.

나는 떨려서 몸을 꼭 감싸안았다. 성공 가도를 달리며 행복하게 살던 내 아들이, 어젯밤 사진 속에서 말도 안 되게 잘생긴 모습을 자랑하던 내 아들이… 어떻게 한순간에 이렇게 될 수 있지?

절망이 차디찬 폭우처럼 나를 덮쳤다. 나는 본능적으로 내가 할 수 있는 유일한 일을, 지금 이 상황에서 도움이 될 만한 딱 한 가지를 하기 시작했다.

나는 눈을 감고 파커를 위해 조용히 기도했다.

8장
니콜라

나는 길가에 서서 파커의 검은색 벤츠가 다가오는 걸 지켜보고 있었다. 운전대를 잡은 파커의 손이 보이기 시작했는데 얼굴은 드러나지 않았다. 차는 점점 속도를 내더니… 내가 있는 쪽으로 미끄러졌고….

"밴스 씨? 괜찮으세요?" 누가 내 어깨를 살며시 흔들었다.

나는 눈을 번쩍 떴다. 지금 어디에 있는지 깨닫자 얼굴이 뜨거워졌다. 정신을 차리려고 애쓰는 동안 대기실에 있던 다른 사람들이 별 뜻 없는 호기심 어린 눈길로 쳐다보았다. 얼마나 잠들었던 걸까? 손목시계를 보고 20분 정도 지났다는 걸 알았다.

"죄송합니다… 깜빡 잠들었어요." 나는 자세를 바로 하고 앉은 다음, 이상한 각도로 너무 오래 움직이지 않아서 뻣뻣하게 아픈 목을 주물렀다.

그러다가 마침내 내 앞에 서 있는 키 작고 호리호리한 젊은 남자를 쳐다보았다. 체크무늬 셔츠와 짙은 갈색 바지를 입고, 목에는 사진이 박힌 병원 직원 카드를 걸고 있었다. "아드님 파커 밴스의 담당 의사 레만이라고 합니다."

나는 순식간에 정신이 또렷해졌다. "파커의 상태는 어떤가요? 혹시…."

"수술을 받았고 방금 깨어났습니다. 교통사고로 내부 장기가 심각하게 손상되었고 위장관 출혈이 심해서 그걸 막는 수술을 진행했습니다. 수술은 잘 된 것 같지만 회복하고 나면 곧바로 해결해야 할 다른 문제들이 있습니다."

"오, 정말 대단하세요. 고맙습니다. 정말 고마워요." 수술이 성공적으로 끝났다는 말에 의사를 끌어안고 싶은 심정이었지만 꾹 참았다. "아들을… 볼 수 있을까요? 잠깐이라도요."

나는 더 간절하게 부탁하려고 마음먹었지만 의사는 미소지으며 고개를 끄덕였다. "잠깐은 가능합니다. 극도로 피곤한 상태라서 추가 검사와 검진을 시행하기 전에 쉬어야 하거든요. 여기에서 기다리시면 안내해 드릴 사람을 보내도록 하죠."

호출기가 울리자 의사는 돌아서서 가려고 했다. 나는 그를 불렀다. "레만 선생님, 정확한 사고 경위를 아직 모르는데요."

"죄송합니다. 그건 경찰에게 물어보셔야 합니다."

"그럼 루나는요? 루나 밴스요. 제 며느리인데 검사 중이라고 들었어요. 루나는…."

"그건 안내 데스크에 물어보시는 게 가장 좋을 겁니다. 다른 병동에서 치료 중일 테니까요."

나는 의사에게 고맙다고 인사했고 그는 허리춤에 찬 호출기를 빼며 황급히 뛰어갔다. 잠시 후, 친근한 얼굴에 뺨이 발그레한 중년 간호사가 오더니 같이 가자고 했다.

나는 간호사를 따라 안내 데스크를 지나 복도를 내려갔다. 더 넓은 복도가 나타나자 그녀는 속도를 늦춰 나와 나란히 걸었다.

간호사는 나긋나긋한 북동부 억양으로 말했다. "이런 일이 생기면 누구나 엄청난 충격을 받아요. 하지만 아드님은 제대로 된 병원에서 최상의 치료를 받고 있으니 안심하세요. 어쩌다가 사고가 났는지 아직 모르시나요?"

나는 고개를 끄덕였다. "의사 선생님은 모른대요. 경찰을 통해 알아봐야겠어요. 아들 내외가 호텔에서 하룻밤 자고 올 일이 있어서 손자를 봐 주고 있었어요. 아무리 생각해도 그 애들이 왜 운전해서 집으로 오고 있었는지 이해할 수가 없어요."

"상황을 자세히 파악하기 전까지는 무척 답답하죠. 하지만 분명 곧 다 알게 될 거예요."

모퉁이를 돌자 '성인 중환자실'이라고 쓰여 있는 대형 흑

백 표지판이 눈에 들어왔다. 화살표는 우리가 가고 있는 방향을 가리켰다.

귀에서 고음이 윙윙댔다. 나는 약간 방향 감각을 잃고 비틀댔다.

간호사는 걸음을 늦추고 나를 걱정스럽게 보았다. "괜찮으세요?"

"네. 그냥 좀… 바보처럼 들릴지도 모르지만 파커가 생각보다 안 좋아 보일까 봐 겁나네요."

"전혀 바보같지 않아요. 환자의 모습이 충격적일 수도 있어요." 간호사는 내 팔 위쪽에 살며시 손을 댔다. "가벼운 교통사고를 당해도 심하게 붓고 멍이 많이 들 수 있어요. 그런데 아드님은 심각한 사고로 다친 거잖아요. 부착된 의료 장비들을 보면 겁이 나실 수도 있지만, 그건 다 환자를 돕기 위한 것이고 의료진이 치료할 수 있도록 돕는 것이라는 걸 잊지 마세요. 자, 다 왔어요." 간호사는 양쪽으로 열리는 문 앞에서 걸음을 멈추었다. "바로 들어가시겠어요, 아니면 1, 2분 정도 마음을 가라앉히시겠어요?"

"괜찮아요. 파커를 보고 싶어요. 지금 바로 들어갈게요." 내가 힘주어 말했다.

간호사가 번호를 입력하자 문이 열렸다. 걸어온 복도는 조용했던 터라, 이렇게 눈부실 정도로 조명이 밝고 바닥이 딱딱한 데다가 온갖 소음이 울리는 시끄러운 곳을 마주할 준비가 되어 있지 않았다. 나는 엑스레이를 높이 들고 있는 의사들과 간호사 스테이션에서 심각하고 걱정스러운 얼굴로 뭔가를 의논하는 직원들을 지나 간호사를 따라갔다.

곧 번잡함은 사라졌고, 사생활 보호를 위해 대부분 커튼을 쳐놓은 침대로 가득 찬 공간에 들어섰다. 이따금 꼼짝도 못하고 말없이 누워 있는 환자를 지나가기도 했는데, 그들의 창백한 팔과 머리는 뱀처럼 구불구불한 관에 둘러싸여 있었고 얼굴은 산소마스크에 가려진 채였다.

입술이 말라 잇몸에 달라붙었다. 한 걸음 내디딜 때마다 곧 마주하게 될 일을, 아들을 직접 보고 얼마나 다쳤는지 확인하게 될 순간을 감당할 자신이 없어졌다.

"여기가 파커의 병상입니다." 간호사는 연두색 커튼 가장자리에 손을 대며 말했다. "제가 한 말 기억하세요. 지금 당장 눈에 보이는 부상에 너무 신경 쓰지 않도록 노력하셔야 해요."

간호사가 뻣뻣한 커튼을 젖히자 시간이 느리게 흐르며 주변의 소리가 모두 엄청나게 크게 들렸다. 커튼이 금속 레일에서 부드럽게 움직이는 소리와 윙윙대는 목소리가 귓속을 가득 채웠다. 소독약 냄새와 뭔가… 불길하면서도 알 수 없는 냄새 때문에 속이 뒤집혔다.

잠시 후 현실로 돌아온 나는 침대에 누워 있는 사람을, 간호사가 파커라고 확인해 준 형체를 물끄러미 보았다.

내 아들일 리 없어. 그럴 리 없어.

이 말만 되풀이했다. 머릿속으로만 되풀이했다고 생각했는데 소리 내 말한 모양이었다. 잠시 후 간호사가 걱정스러운 표정으로 나를 보며 뭐라고 했기 때문이다. 하지만 내게는 그녀의 말이 들리지 않았다.

천천히 다가가 침대 옆에 섰다. 파커의 차갑고 창백한 손을 잡고 온통 검붉게 멍들고 상처 난 팔을 따라 올라가며 살폈다. 팔 위쪽에는 붕대가 감겨 있었고 얼굴은, 지금 내 눈에 보이는 얼굴은 파커의 얼굴이 아니었다. 내 얼굴만큼이나 구석구석 잘 알고 있는 그 얼굴이 전혀 아니었다. 머리는 전체적으로 기괴하리만치 부풀어 오른 채였다. 한쪽 뺨에는 두툼하게 거즈를 댄 반창고가 붙어 있었다. 번들거리고 부어오른 눈꺼풀은 감겨 있었고 매끈하던 머리카락은 뒤로 넘겨 고정되어 있었으며 두피에 빨간 무언가가 반짝이는 게 보였다.

"세상에. 아니야. 이럴 순 없어." 나도 모르게 중얼거렸다.

감정이 위협적으로 폭주하며 나를 집어삼키려던 바로 그때, 어깨에 차분한 손길이 느껴지며 뒤에서 의자 끄는 소리가 들렸다. "여기 앉으세요. 지금 떨고 계세요. 막상 이런 모습을 보시면 정말 충격이 크실 거예요." 간호사는 다정한 목소리로 위로하듯 말했다.

나는 순순히 의자에 주저앉아 엉망진창이 된 아들을 바라보았다. 그 애의 손을 꼭 잡고 몸을 숙여 얼굴을 더 가까이 들이댔다. "파커? 엄마야…. 우리 아들, 엄마가 왔어. 널 정말 사랑한단다." 나는 간호사를 보았다. "내 말이 들릴까요?"

"아마 들을 수 있을 거예요. 수술받고 의식을 조금씩 회복하는 중이거든요."

용기를 얻은 나는 말을 이었다. "아무것도 걱정하지 마. 엄마랑 아빠가 바니를 돌보고 있어. 바니는 잘 있단다. 우리가 잘 데리고 있다가 데려와서 만나게 해줄게. 지금 넌 회복하는 데만 신경 쓰렴."

나는 뺨을 문질렀고 그제야 얼굴이 눈물범벅이라는 걸 알았다. 계속 눈물이 흘러내려 파커의 모습이 뿌옇게 보였다.

"자, 밴스 씨? 이제 환자가 쉬도록 해줘야겠어요." 간호사가 다정하게 말했다.

"집에 손자가 있어요." 나는 파커를 흘끗 보며 간호사에게 말했다. "우리가 한동안 그 애를 돌봐야 할 것 같아서 옷을 좀 가져와야 하는데요."

"그렇군요." 간호사는 어리둥절한 표정이었다.

"그러니까 제 말은, 제게 파커 집 열쇠가 없어요. 며느리는 검사 중이고… 혹시 파커의 집 열쇠를 보관 중이면 받을 수 있을까 해서요."

"물론이죠. 파커의 옷과 귀중품이 담긴 가방을 아내 데스크에서 보관 중이에요. 법적으로 가장 가까운 친족이시니 문제없이 가방을 가져갈 수 있을 거예요. 병동 관리자에게 확인하고 손자가 어떤 상황인지 설명할게요."

간호사는 걸음을 옮겼다. 부드러운 신발이 딱딱한 바닥에 부딪히는 소리가 희미하게 들렸다.

나는 다시 파커를 보았고, 그 순간 그 애의 눈꺼풀이 떨렸다.

"파커… 내 목소리 들리니? 엄마야." 나는 벌떡 일어나 내 얼굴이 정면으로 보이도록 몸을 숙였다. 파커의 손을 다시 잡자 약하게나마 손에 힘을 주는 느낌이 들었다. 아주 약해서 내가 상상한 게 아닐까 싶은 정도였다. 파커는 아직 눈을 감고 있었지만 눈꺼풀이 한 번 더 떨리더니, 잠시 후 놀랍게도 잔뜩 부은 가련한 눈을 천천히 뜨고 나를 똑바로 보았다.

"아, 내 아들. 깨어났구나! 우리 아들, 괜찮을 거야. 엄마가 정말 사랑해." 눈물이 뺨을 타고 흘러내려 말하기가 힘들었다.

잠시 후 뒤에서 간호사의 목소리가 다시 들렸다.

"밴스 씨, 괜찮다고 하네요. 가실 때 안내 데스크에서 아드님 소지품을 챙겨… 아, 이런! 파커, 정신이 들었군요." 간호사는 파커에게 연결된 기기를 확인하더니, 기기에 달려 있던 클립보드를 집어 들었다. 그리고 약간 인상을 썼다.

"좋은 징조죠? 파커가 깨어난 것 말이에요." 내가 듣기에도 절박하게 느껴지는 목소리였다. 파커가 이렇게 깨어난 건 긍정적인 조짐이 틀림없었다. 그래야만 했다.

"네, 좋은 신호예요. 담당 의사 선생님을 모셔 와야겠어요. 밴스 씨, 안타깝지만 지금 가셔야겠어요."

나는 파커를 다시 보았다. "아들, 엄마는 지금 가야 해. 하지만 내일 다시 올 거야. 바니 걱정은 안 해도 돼. 엄마가 지금 집에 가서 바니 옷 좀 챙겨 갈게.”

파커는 부은 눈을 약간 크게 뜨더니 입술을 달싹였다. 숨을 내뱉는 소리가 작게 들렸다.

"왜 그러니? 무슨 말을 하려는 거야?”

"밴스 씨, 환자는 쉬어야 해요. 억지로 말 시키지 않는 게 좋아요." 간호사가 이번에는 단호하게 말했다.

내가 귀를 가까이 가져가자 파커는 내 손을 좀 더 힘주어 잡았다. 잠시 후 자리를 뜨려는데 희미하게 속삭이는 소리가 분명히 들렸다. 나는 가려다 말고 파커의 입 쪽으로 귀를 더 가까이 갖다 댔다. 아주 작은 소리였지만 그 애의 말이 분명히 들렸다.

"거기… 가지… 마세요."

9장
파커

6주 전

파커는 눈을 번쩍 떴다. 시계를 보지 않았지만 새벽 3시쯤이라는 걸 직감했다. 술을 많이 마셔서 머리가 베개에 닿자마자 기절하는 운 좋은 날을 빼고는 거의 매일 밤 이랬다.

증오는 아주 강력했고 매우 오래 지속되었다. 증오에 감염되어 본 사람만이 이 바이러스가 얼마나 침투력이 강한지 이해할 수 있다. 이 바이러스는 어떤 치료법이나 이성적 사고도 소용없다는 것을. 눈에 띄지 않게 핏속으로 흘러든 다음, 독을 한 방울씩 흘려 뼛속까지 적신다는 것을. 생각은 물론이고 깨어 있는 순간까지 모두 희석되지 않은 순도 100퍼센트의 분노로 가득 찰 때까지 뇌를 좀먹는다는 것을.

파커는 침대에서 일어나 앉았다. 방안은 칠흑같이 캄캄하고 조용했다. 다른 방에서 자는 루나의 숨소리가 들리는 것 같았다. 깊이 잠들어 규칙적인 숨소리였다.

루나도 이 생각 때문에 괴로울까? 아니면 루나는 이런 일들을 머릿속에서 밀어내는 데 능숙한 걸까? 그런 것 같지는 않았다.

파커는 함정에 빠졌다. 루나도 마찬가지였다. 그들은 우리에 갇힌 두 마리의 쥐 같았다. 서로를 망가뜨릴 수도 있었지만 차마 그럴 수는 없었다.

상대의 비밀을 누설하면⋯ 결국 둘 다 망가지게 될 테니까.

10장
니콜라

중환자실을 떠나기 전, 서명을 하고 파커의 소지품을 챙긴 다음 병동 관리자에게 루나를 볼 수 있는지 물어보았다. 희끗한 머리를 바짝 올린, 통통한 손에 주근깨가 있는 근엄한 표정의 여직원이 친절하게 외상 병동으로 전화해 알아봐 주었다.

"환자는 지금 편안한 상태지만 자고 있다는군요. 골반이 골절되었고 혈압이 높아서 걱정스럽지만 일단은 안정적이라고 해요. 환자의 부모님이 오는 중이고 가장 가까운 친족이라 그분들만 면회가 가능하다고요." 통화를 마친 직원이 무미건조하게 알려 주었다.

"그렇군요." 나는 실망스럽게 대꾸했다. 바니에게 아빠와 엄마를 모두 만나보았다고 말할 수 있기를, 루나의 손을 잡아 줄 수 있기를 바랐는데. 루나의 부모는 항공편이 지연되는 바람에 어젯밤 늦게 집에 도착했다고 들었다. 그래서 병원에 오는 데 시간이 더 걸리는 모양이었다. 루나가 골반을 다쳤다니 무척 고통스럽고 치료 기간도 오래 걸릴 것 같았다. 루나가 몸을 제대로 움직이지 못하는 동안 적어도 바니를 돌볼 걱정은 하지 않게 해 주고 싶었다. 바니가 학교는 물론이고 정기적으로 참여하는 다양한 과외활동 등 평소에 하던 일을 지장 없이 계속하게 해줄 수 있는 사람은 칼과 나뿐이었기에, 적어도 그런 면에서는 루나의 걱정을 덜어줄 수 있었다. 칼은 계속 일을 해야겠지만 나 혼자서도 잘 해낼 수 있었다.

　병동 관리자는 전화번호가 적힌 쪽지를 내밀었다. "아드님 상태가 궁금하시면 아침에 여기로 전화하세요. 부탁인데, 여러 사람이 전화해서 이것저것 문의하지 말고 한 명을 정해서 그 사람이 하루에 한 번 전화하도록 해 주세요."

　나는 고맙다고 인사하고 병동을 떠났다. 사고로 파커가 더 심하게 다쳤다는 사실이 이제 분명해졌다. 파커가 깨어났을 때 간호사가 상당히 걱정하는 것 같았다. 나는 걱정할 일이 생기지 않기를 기도했다. 하룻밤 푹 쉬고 내일은 파커가 조금 더 나아지기를 바랐다. 그런데 그 애들이 왜 계획대로 호텔에 머물지 않고 집으로 향했는지 정말 궁금했다. 파커가 내게 하려던 이야기와 관련이 있을까? 날이 밝으면 파커를 보러 병원에 오기 전에 호텔에 전화해서 애들이 한밤중에 체크아웃한 이유를 알려 줄 사람이 있는지 확인해 볼 생각이다. 운이 좋으면 내일 파커에게 직접 물어볼 수도 있겠지.

중환자실의 밝은 조명과 소란을 뒤로하고 주차장으로 돌아가는 길은 그 어느 때보다 한산했다. 이슬비가 내리기 시작하자 온기가 빠르게 사라졌고, 패딩 점퍼를 입었는데도 추위가 뼛속까지 스며 뚝 떨어진 기온이 느껴졌다. 나는 얼른 차에 가서 칼에게 집에 간다고 메시지를 보내고 싶어서 걸음을 재촉했다.

루나의 부모 조와 마리는 몇 시쯤 병원에 도착할지 궁금해졌다. 헴슬리는 요크에서 북쪽으로 30킬로미터 정도 떨어진 라이 강 인근에 있다. 병원까지는 160킬로미터가 훌쩍 넘는 먼 길이었다. 도로 상황이 원활하더라도 차로 2시간 30분 정도 걸리는 거리였다.

파커가 결혼해서 산 9년 동안 그들의 멋진 집에 딱 두 번가 보았다. 첫 번째는 파커와 루나의 약혼 파티에 초대받았을 때였고, 그다음은 2년 뒤 결혼식 때였다. 결혼식 날, 그들의 광활한 부지에 엄청나게 크고 멋진 천막이 설치되었는데, 연분홍색 새틴 주름 장식과 동화 같은 분위기를 연출하는 작은 흰색 조명이 가득했다. 원형 식탁에 빳빳한 리넨 식탁보를 깔고 최고급 식기를 배치한 결혼식은 인테리어 잡지 《홈스 앤드 가든스》에 실릴 만했다.

칼과 나는 몇 안 되는 아주 특별한 손님이었는데, 우리는 저택의 침실에서 하룻밤 머물고 다음 날 아침에 신랑, 신부와 함께 아침 식사를 하도록 초대받았다.

잊지 못할 하루를 보내고 우리가 머물 침실에 갔을 때, 결혼식 내내 술을 마셔서 만취한 칼은 방에 딸린 욕실에서 흥청댔다. 나 역시 고급 샴페인을 몇 잔 마셔서 그랬는지, 신부 아버지 조가 무대에서 〈스테잉 얼라이브〉에 맞춰 팔을 허우적대며 춤추던 걸 흉내 내는 칼을 보고 웃음을 참을 수 없었다. 하지만 칼이 세면대 위쪽의 얇은 유리 선반을 실수로 떨어뜨리자 내 얼굴에서 웃음기가 사라졌다. 선반은 산산조각 났고, 바닥에 깔린 값비싼 이탈리아 타일도 몇 개 깨졌다.

다음 날 아침, 마리는 우리의 사과에 손사래를 치며 괜찮다고 했지만 그 말을 있는 그대로 믿을 수는 없었다. 마리의 콧구멍이 약간 벌렁거렸고 눈은 웃고 있지 않았기 때문이다. 조가 똑같은 타일을 구하지 못해 바닥 타일을 모두 교체했다는 사실을 나중에 알게 된 파커는 무척 당황했다. 그 일이 있은 뒤로 우리가 저택에 다시 초대받지 못했다는 정도로만 말해 두겠다.

나는 주차장에 도착해서 칼에게 메시지를 보냈다.

이제 집에 가려고. 가서 다 얘기해 줄게.

주차비를 정산하는데 칼의 전매특허인 엄지 척 이모티콘 답장이 왔다. 나는 차에 타서 시동을 걸고 온열 시트 스위치를 켰다. 하지만 곧바로 출발하지는 않았다. 앞 유리 와이퍼가 크게 원을 그리며 최면을 걸듯이 이슬비를 닦아내는 동안, 나는 거의 비어 있는 주차장 너머, 흐릿한 불빛이 반짝이는 병원 건물을 멍하니 바라보았다.

머릿속에는 병원 침상에 누워 있던 파커의 얼굴만 떠올랐다. 그 애의 잘생긴 얼굴은 붓고 멍들어 알아볼 수 없을 정도로 일그러졌다. 아직 사고 경위를 자세히 몰라서 미칠 것 같았지만 이 시간에는 어디에서도 답을 얻지 못하리라는 걸 받아들였다. 게다가 너무 피곤했다. 지금 눈을 감으면 이곳 주차장에서 곧바로 잠들 수 있을 것 같았다. 하지만 파커의 말이… 제 집에 가지 말라는 그 애의 부탁이… 자꾸 신경 쓰였다. 곧 루나나 파커가 회복해서 집에 못 가게 말리기 전에 그 애들 집에 가 보고 싶은 충동이 강하게 들었다.

집에 도착하니 새벽 4시였다. 나는 집 앞 길가에 차를 세웠다. 앞쪽 창문과 복도에 불이 켜진 집은 우리 집뿐이었다. 내가 대문에 다가가기도 전에 칼이 현관문을 열었다. 기운 없어 보였고 근심이 가득해 초췌한 모습이었다.

집 안에 들어서자 그는 말없이 나를 안아 주었다. 나는 칼의 따뜻한 가슴에 차가운 뺨을 대고 그가 전하는 굳건한 믿음을 느꼈다. 곧 그의 가운은 소리 없이 흘린 내 눈물에 젖어 축축해졌다.

"바니는?" 마침내 내가 잔뜩 가라앉은 목소리로 울먹이며 물었다.

"괜찮아. 잠들었어." 칼은 나를 꼭 안더니 다정한 손길로 내 턱을 들어 올렸다. "자, 들어가자."

나는 외투와 신발을 벗었고 칼은 내게 줄 차를 끓이러 주방으로 갔다. 묵직한 몸을 이끌고 거실로 가서 소파에 털썩 앉아 부드러운 쿠션에 기대 안정을 찾았다. 머리를 뒤로 젖히고 눈을 감았지만 망가진 내 아들의 모습과 부어오른 눈으로 애원하던 눈빛을 떨칠 수 없었다.

잠시 후 칼이 차를 담은 머그잔을 들고 왔다. 그는 내 옆 소파 팔걸이에 컵 받침을 놓고 잔을 조심스레 내려놓더니 목소리를 가다듬었다.

"이제 얘기해 줘. 전부 다."

"파커가 의식을 찾았어. 내가 옆에 있는 동안에. 그 애에게 우리가 정말 사랑한다고, 바니는 걱정하지 말라고 했어."

칼은 놀란 표정이었다. "정말 엄청난 소식인데. 그러니까, 파커가 의식을 회복하다니 말이야."

"하지만 상태가 너무 안 좋아서 파커 같지 않아. 온몸에 관이 연결되어 있었고… 멍투성이에 얼굴은 부어서… 정말 충격적이었어. 너무 아파 보였어. 전혀 파커 같지 않았어." 나는 눈물을 훔쳤다.

"당신을 알아보는 것 같았어?"

"처음에는 내 말을 못 듣는다고 생각했는데 잠시 후에 깨어나더니 마지막에는 말까지 했어. 속삭임에 가까워서 잘 들리지 않았고 앞뒤가 안 맞는 소리 같기는 했지만, 간호사의 말에 따르면 좋아지고 있다는 신호래."

"파커가 뭐라고 했는데?"

나는 어깨를 으쓱했다. "내가 걔들 집에 가서 바니 물건을 챙겨 오겠다고 했거든. 그런데 파커가 정신이 또렷하지 못했던 게 틀림없어. '거기 가지 마세요'라고 했거든."

"거기 가지 말라고 했다고? 당신이 거기 가는 게 싫은 거 아닐까? 우리에게 집 열쇠를 준 적이 없잖아." 칼은 걱정스러운 표정이었다.

"그럴 수도 있겠지. 하지만 병원 직원에게 바니 사정을 설명했더니 내가 가장 가까운 친족이라서 열쇠를 찾아가는 게 맞는 것 같다고 하던데. 우린 바니가 최대한 평소처럼 지내게 해줘야 해."

칼은 고개를 끄덕였다. "그런데 파커는 무슨 수술을 받은 거지?"

"병원에서 의사에게 들었는데 내부 출혈이 심해서 수술해야 했대. 위장이랑 관련된 뭐였는데." 나는 차를 한 모금 마시고 한숨을 내쉬었다. "자세한 사고 경위에 대해서는 아무것도 알아내지 못했어. 사고에 관련된 다른 차량이 있는지도. 그건 경찰만 알려 줄 수 있나 봐. 병원에서는 모르는 것 같더라고."

 나는 간호사에게 들은 이야기를, 파커가 사고에서 회복하고 나서 여러 검사를 받아야 할 수 있고 의학적으로 문제가 생길 수 있다는 이야기를 칼에게 해주었다. "구체적으로 어떤 문제인지는 설명해 주지 않았어. 그리고 루나는 직접 보지는 못했는데 병동 관리자가 친절하게도 검사하는 곳에 전화를 걸어서 경과를 알아봐 주었어. 골반이 부러졌고 혈압이 높다고 하더라고."

 "그래도 루나는 중환자실로 가거나 수술받을 정도로 심각하지는 않나 보네. 적어도 그걸로 바니를 안심시킬 순 있겠어." 칼이 말했다.

 "맞아. 사돈이 병원에 가는 중인 것 같았어. 시차 적응 때문에 힘들 텐데."

 칼은 나를 보았다. 그제야 나는 그의 얼굴이 잿빛이라는 것을, 그가 무척 지치고 힘들어 보인다는 것을 알아차렸다.

 나는 일어나서 손을 내밀었다. "가자. 침대로 가서 몇 시간이라도 자자. 내일을 위해 최대한 힘을 모아야지."

 칼은 내 손을 잡지 않았다. 꼼짝도 하지 않았다.

 "니콜라, 앉아 봐."

 나는 의아한 표정으로 그를 보았다. "왜 그래?"

 "당신 정신 시끄러울까 봐 이 얘기는 아침에 하려고 했는데, 혹시 그전에 올지도 모르니까…"

"누가 온다는 거야?"

"사돈 내외가 올 거야. 그들이 병원에 가고 있다는 걸 알고 있었어. 20분쯤 전에 마리가 전화했거든."

나는 다시 앉았다. "우리가 사고 소식을 들었나 확인하려고 전화한 거야?"

"아니. 병원에 가는 길이라고 했어. 그래서 난 당신이 이미 병원에 도착했다고 했지. 그랬더니 나중에 우리 집에 들러서 바니를 데려가겠다고 했어."

나는 믿기지 않는 소식에 얼굴이 일그러졌다. "바니를 병원에 데려가겠다는 거야?"

"아니, 그게 아니라. 병원에 들렀다가 돌아가는 길에 여기 들르겠다고. 루나와 파커가 많이 다쳤으니 바니를 데리고 요크셔로 가겠대." 칼이 허망한 듯 말했다.

"말도 안 돼!" 나는 분노로 얼굴이 달아오르는 듯했다. "바니는 최대한 평소처럼 지내야 해. 망할 헴슬리에서는 애가 학교에 갈 수 없다고!"

칼은 손을 들어 올렸다. "니콜라, 진정해. 오늘 밤에는 안 된다고 했어. 바니가 깊이 잠들었고 애를 깨우는 건 좋지 않을 것 같다고. 하지만…."

"오늘 밤뿐만 아니라 *다른 어떤* 날에도 안 돼! 진짜야. 자기들이 뭐라도 된다고 생각하는 거야? 바니는 우리 손자이기도 해. 그들이 바니를 데려갈 거란 말을 파커에게 직접 듣기 전까지 바니는 여기 있을 거야. 우리와 함께." 나는 화가 나서 씩씩댔다.

그러다가 칼이 고개 숙인 채 말없이 손만 내려다보고 있는 게 이상해서 고함을 멈췄다. 1월이면 우리가 결혼한 지 35년이 된다. 그렇게 긴 시간을 함께 보내면 배우자에 대해 몇 가지를 알게 되는데, 방금 칼의 손동작을 본 나는 소름이 끼쳤다. 숨기는 게 있다는 뜻이었다. 그가 묻어두려고 애쓰고 있지만 혼자 간직할 수 없는 무언가가 있다는 뜻이었다.

"칼, 그리고? 뭐가 됐든 다 말해 봐." 내가 나지막이 말했다.

칼은 고개를 저으며 손가락을 깍지 꼈다. "마리 말에 따르면 바니가 태어난 뒤에 일종의 조치를 취했다더군."

"조치?" 나는 인상을 썼다.

"들은 말을 그대로 옮긴 거야. 이런 일이 발생할 경우, 마리와 조가 자동으로 바니의 법정 후견인이 된다고 명시한 법적 서류가 있대."

11장 노팅엄셔 경찰

1주 전

델라 그레이 경정은 사무실 문을 노크하고 들어오는 헬레나를 날카롭게 쳐다보았다.

"헬레나, 어서 와. 이리 앉아." 그레이는 자리에서 일어나 낮은 커피 탁자 옆에 놓인 소파로 갔다. 둘 다 편안하게 자리 잡자 그레이는 자주색 맞춤 정장의 재킷 단추를 풀고 몸을 앞으로 숙였다. "현재 상황을 말해 봐."

"경정님, 아시다시피 3주 전, 세라 그레이슨의 시신이 도심 골목에서 발견되었고, 목을 조르는 데 사용된 것으로 추정되는 독특한 스카프가 사라졌습니다. 그 일대를 다시 철저히 수색하고 광범위한 언론 캠페인을 조직해 스카프 사진을 내보내고 대중에게 제보를 호소했습니다." 헬레나는 눈빛을 이글거리며 집중하는 상사에게 조심스레 말했다.

그레이는 고개를 끄덕였다. "결과는?"

"안타깝게도 확실한 증거는 찾지 못했습니다. 처음에는 비슷한 스카프를 발견했다거나 중고품 가게에서 똑같은 걸 샀다고 주장하는 전화가 몇 통 걸려 왔지만, 결국 전부 다 아무 것도 아니었습니다."

"그럼 전반적인 살인 사건 수사 상황은?"

헬레나는 목소리가 너무 높은 것 같아서 목을 가다듬었다. 그리고 수색 작전과 온라인상의 재구성 작업을 비롯해 지금까지 기울인 노력을 대략 설명했다.

"세라가 술집을 떠날 무렵, 주변에서 은색 아우디를 보았다고 진술한 초기 목격자가 있습니다. 초동 수사 당시 CCTV에서 결정적인 증거를 찾지 못했지만, 목격자를 통해 차량 등록 연도를 알아내는 데는 성공했습니다. 운전면허청 데이터베이스에 접속해 목격자 진술과 일치하는 차량을 추렸고요."

"노팅엄셔로 수색 범위를 좁혔던가?"

"네. 목록에 있는 차량 소유자에게 연락해서 알리바이를 확인했습니다. 모두 확실한 알리바이가 있었습니다."

헬레나는 세라에게 친구가 많지 않았고 그녀가 어린 딸 밀리에게 헌신했다고 설명했다. "세라가 밤에 나가는 일은 드뭅니다만, 어머니에게 데이트하러 간다고 했습니다. 온라인에서 만난 사람이라고요."

"데이트 상대에 대한 정보는?"

"그 남자가 자진해서 곧바로 정보를 주었습니다. 독립영화사를 소유하고 있는데 그날 밤에 약속 장소에 가지 못했습니다. 촬영장에서 사고를 당했다고요. 응급실에 몇 시간 동안 있고 난 뒤에야 간신히 세라에게 메시지를 보냈습니다. 그 말이 사실임이 확인되었고요."

"내가 알기로는 세라의 직업이 좀 모호하던데?"

"네, 경정님. 모든 매체에서 세라를 소셜 미디어 인플루언서라고 부르지만, 믿을 만한 근거에 따르면 온라인 플랫폼에서 성적인 사진과 동영상을 판매했습니다. 현재 디지털 포렌식팀에서 조사 중입니다만, 아시다시피 온라인 기업에서 데이터를 넘겨받는 일이 쉽지 않습니다. 또한, 세라의 어머니는 딸의 수입원에 대해 전혀 아는 바가 없고, 세라의 직업을 '꺼림직하다'라고 말하며 딸이 그런 일을 했다는 사실을 인정하지 않고 있습니다."

그레이는 아무 말도 하지 않고 가만히 앉아 있었다. 짧게 잘린 희끗한 머리카락은 단정했고 까무잡잡한 얼굴에 박힌 파란 눈동자가 상대를 꿰뚫을 것 같았다.

"최선을 다했으나 약간 벽에 부딪힌 것 같습니다, 경정님." 헬레나는 솔직히 인정했다.

그레이는 작고 말끔한 손을 무릎 위에서 포갰다. 손톱은 짧았고 매니큐어를 바르지 않았으며 손에 장신구도 하지 않았다. "헬레나, 노팅엄셔 총경님이 이 사건이 진전되지 않아 애태우고 계신다는 걸 굳이 상기해 주지 않아도 되겠지."

"잘 알고 있습니다. 장담하건대…."

"자네가 '벽에 부딪혔다'라고 인정한 걸 총경님께 보고할 순 없어. 이해되나?"

"네, 물론입니다."

"자, 내가 원하는 건 수사를 원점에서 다시 시작하는 거야."

"네?"

"처음부터 다시 시작하라고. 자동차 주인들에게 다시 연락하고 사라진 스카프를 찾는 언론 캠페인도 다시 시작해. 이 사건이 꼬인 건 분명하니까 어디에서 꼬였는지 찾아보자고. 빨리 진전을 보이지 못하면 팀을 개편할 수밖에 없어."

헬레나는 고개를 끄덕였다. 놀라운 말은 아니었다. 이렇게 될 줄 알았다. 하지만 새로 부임한 고위직 수사관이 헬레나가 조사하지 않은 사항을 추가로 밝혀낼 수 있을지는 두고 볼 일이었다.

"세라 그레이슨 사건의 진상이 발견되길 기다리고 있다고. 그러니 가서 알아내." 그레이는 일어나서 재킷 단추를 채우고 옷매무새를 가다듬었다. "내일 아침에 새로운 수사 계획 개요를 보고하도록."

"처음부터 우린 아무것도 놓치지 않았다고요. 품이 많이 드는 일도 전부 다 했잖아요." 헬레나가 그레이의 지시를 전달하자 브루스터가 투덜댔다. "뭐라도 본 사람이 아무도 없고 단서도 없어요. 세라가 나가는 모습을 포착한, 나이트클럽 출입문에 달린 CCTV 카메라가 전부라고요. 세라 그레이슨은 그냥 허공으로 사라진 것 같아요."

"브루스터, 무슨 말인지 잘 알아." 헬레나는 책상 의자에 털썩 주저앉았다. "신발 끈 조이고 처음부터 다시 살펴보자. 가장 먼저 할 일은 사건 시간 순서를 다시 짜 보고 모든 진술을 새로운 시각에서 바라보는 거야. 그러려면 돌파구가 필요해. 작은 돌파구라도 찾으면 재수사에 속도가 붙겠지."

"음, 이번에는 뭔가 찾기를 기도해야겠군요. 처음 수사했을 땐 돌파구 같은 건 흔적도 없었으니까요." 브루스터가 자기 책상으로 돌아가며 말했다.

12장
루나

    루나 바턴 제임스는 누구에게도 어린 시절에 대해 말하지 않았다. 주기적으로 응하는 여러 온라인 인터뷰에서 어린 시절에 관한 질문을 받으면 미리 연습한 답변을 몇 가지 내놓았다. 사실 부분은 건너뛰고 재빨리 소소한 일화에 초점을 맞추었다. 해변에 놀러 간 일, 동네 마구간에서 좋아하는 말을 탄 일, 일요일 점심 식사 후에 일주일 내내 기다리던, 어머니가 직접 만든 후식을 먹은 추억 같은 것들이었다. 일요일 점심 후식으로 푸딩을 먹은 건 사실이었다. 전날 가사도우미가 만들어 놓은 것을 어머니가 데워 준 것이었지만.

    루나는 어린 시절 이야기를 조금도 하고 싶지 않았다. 청소년기를 지나서도 마찬가지였다. 20대 중반까지 그녀의 삶은 어머니에게 지배당했으니까.

루나는 어머니를 매우 사랑했다. 그건 사실이었다. 하지만 자신이 어머니를 만족시킬 만큼 훌륭한 딸이라고 느낀 적은 없었다. 루나가 커갈수록 마리의 따뜻하고 안락한 보호는 점점 목줄처럼 느껴졌다. 어쩌면 외국으로 나가서 돌아오지 않아야 그 목줄에서 벗어날 수 있을지도 모른다고 생각했다. 마리는 루나의 외모와 성과를 비롯해 모든 면에서 비판적이었는데, 루나와 아버지의 관계에 대해 유독 예민했다. 루나는 딸이 자라서 성숙해지면 질투하는 어머니들이 있다는 말을 들어봤지만, 마리가 그런 부류라는 생각은 차마 견딜 수 없었다. 그래서 스스로에게 비난의 화살을 돌렸다. 자신이 더 잘하면 어머니가 자랑스러워할 게 틀림없다고 생각했다.

시간이 지나면서 마리는 루나가 의도대로 움직이지 않을 것이라는 사실을 깨달았다. 그러자 루나가 숨 막힌다고 느낄 때까지 통제했다. 빠져나가려고 애쓸수록 루나는 점점 더 숨쉬기가 힘들어졌다.

삶은 끝도 없이 밋밋하고 실망스러웠다. 의사는 불안증 약을 차례로 처방해 주었다. 루나는 스트레스가 너무 심해서 터져버릴 것 같을 때면 어깨 근처의 보드랍고 얇은 살갗을 깨끗한 면도날로 눌렀다. 그리고 빠르게 찾아 든 날카로운 고통 속에서 피부에 무늬를 그린 단정한 암적색 구슬 모양 핏방울을 보며 해방감을 느꼈다. 이렇게 찰나의 해방감을 위해 낸 작은 상처는 잘 가려지는 윗옷으로 얼마든지 숨길 수 있었다.

루나는 이런 식으로 모든 걸 참아냈다. 어머니가 원하는 사람이 되기 위한 힘든 여정을 지속하는 방법이기도 했다. 비록 어머니가 원하는 사람이 어떤 사람인지는 확실히 알지 못했지만.

그때 루나는 파커 밴스를 만났고, 처음으로 어머니의 통제에서 약간은 벗어난 기분이었다.

루나는 집 근처 대형 교회 부지에서 열린, 지루하기 짝이 없는 가든파티에 참석 중이었다. 누가 아파서 행사에서 빠지는 바람에 여자 교인들은 당황했고, 루나는 어머니의 고집 때문에 마지못해 오전 내내 음식을 팔았다. 작은 기름 덩어리처럼 생긴 것에 알록달록한 아이싱을 얹고 작은 사탕을 뿌린, 입맛 떨어지는 음식이었다. 옆 가판대에서 수제 빵을 팔던 덩치 큰 부인이 '페어리 케이크✢'라고 알려 주었다.

"케이크 여섯 개 사고 싶은데요. 열량만 낮다면요."

루나는 굵직한 목소리에 고개를 들고 파커 밴스의 최면을 거는 듯한 갈색 눈동자를 똑바로 바라보았다.

"농담이에요." 루나가 대답하지 않자 파커가 말했다. "기분 나쁘게 할 생각은 아니었어요. 직접 구운 건가요?"

"세상에, 그럴 리가요." 루나는 얼굴을 찡그렸다 "지방 덩어리 여섯 개 나갑니다."

✢ fairy cake, 영국식 작은 컵케이크

루나는 집게로 컵케이크를 하나씩 집어 흰 종이봉투에 담는 동안 파커의 시선을 느꼈다. 그래서 케이크 하나를 두 번이나 떨어뜨렸고, 파커는 그녀의 빨개진 얼굴을 보며 웃었다.

둘은 잠시 이야기를 나누었다. 파커는 대학을 갓 졸업하고 일을 시작했다고 말했다. 루나는 새로운 프로젝트를 진행 중이라고 말했다. 대학교를 중퇴했고 아직 뭘 해야 할지 모르겠다는 말은 하지 않았다. "대학에 간 지 얼마 안 돼서 경영과 재무 분야는 내게 안 맞는다는 걸 알게 됐어요. 엄마는 아빠가 경영하는 가족 사업인 부동산과 조경업에 내가 동참하기를 간절히 바라지만 어쩔 수 없어요."

"음, 지금 이렇게 열심히 일하고 있잖아요. 분명 어머니께서 뿌듯해하실 거예요." 파커가 씩 웃으며 말했다.

"다행히 1시에 일이 끝나요. 해고당하기 전에 말이죠." 루나는 케이크를 건네며 말했다.

"진짜 운이 좋군요. 나도 그때 시간이 나거든요. 같이 한잔 할래요? 밖에서 기다릴게요."

1시가 되어 다른 사람이 판매대를 넘겨받았고 파커는 약속대로 교회 밖에서 기다리고 있었다. 그는 엄마 차라고 수줍게 고백한 작은 피아트에 루나를 태우고 시골길 끝에 있는 작은 술집에 갔다. 평소 같았으면 노인들이나 가는 술집이라고 부를 법한 곳이었지만 루나는 신경 쓰지 않았다. 파커와 좀 더 오래 함께 있을 수 있다면 그런 건 신경 쓰이지 않았다.

루나는 휴대폰을 끄고 스키니진 주머니에 집어넣었다.

술집 안은 전형적인 옛날 분위기였다. 벽에는 과거와 현재를 비교한 사진이 걸려 있고, 발밑에는 무늬 있는 카펫이 깔려 있었다. 홈집 난 참나무 탁자에는 어울리지 않는 의자가 놓여 있었다. 루나는 뒷벽을 따라 길게 이어진, 쿠션이 놓인 의자에 앉아서 어머니가 지금 이 모습을 보면 표정이 어떨지 상상했다. 그것도 작고 낡은 피아트를 타는 남자와 함께 있는 모습을!

"왜 웃어요?" 파커가 씩 웃으며 슬며시 어깨에 손을 두르자 루나의 등줄기를 타고 미세한 떨림이 스쳤다.

"20분 전에는 교회에 있었는데 지금 이런 곳에 당신과 함께 있는 게 재미있어서요."

파커는 킥킥 웃으며 얼굴을 더 가까이 가져갔다. 까칠하게 자란 수염이 루나의 매끄러운 뺨에 잠시 스치자 루나는 전기가 올라 두피가 찌릿한 느낌이었다.

파커는 술을 주문하러 갔고 루나는 걸어가는 그의 큰 키와 탄탄한 몸을 지켜보았다. 파커는 애지중지 자라서 버릇없는 엄마 친구 아들들과 달랐다. 그 애들은 고급 디자이너 옷을 입고 부모가 대여해 준 최신 스포츠카를 타고 다녔다. 마리는 언제나 그런 애들을 루나와 연결해 주려 애썼다.

파커는 루나보다 네 살 많았다. 그에게는 '그게 뭐 어때서?'라는 식의 자신감이 있었는데, 이를 알아본 루나는 전율을 느꼈다. 그녀는 또래들이 자주 가지만 자신은 질색하는, 작고 소박한 식당에 간 파커를 떠올려 보았다. 유행하는 간단한 음식을 팔고 눈물 나게 비싼 와인 리스트가 있는 그런 곳 말이다. "내가 형편없는 차를 모는 게 *뭐가 어때서?* 싸구려 청바지를 입는 게 *뭐가 어때서?* 그래도 내가 너희들 모두보다 나아 보이는데" 파커는 이렇게 말할 것 같았다.

파커가 레드 와인 한 병과 잔 두 개를 들고 돌아왔을 때야 비로소 루나는 그가 자신에게 뭘 마실지 물어보지 않았다는 걸 깨달았다. 어찌 된 노릇인지 그게 전혀 신경 쓰이지 않았다. 사실, 그의 결단력이 꽤 매력적으로 느껴졌다.

두 사람은 한 시간 동안 이야기를 나눴다. 파커는 루나가 좋아하는 것과 싫어하는 것, 앞으로 하고 싶은 것을 즐겁게 듣는 것 같았다. 루나는 자신을 있는 그대로 받아들이는 파커의 모습을 보고 아버지 조가 떠올랐다. 그리고 마리의 통제에서 해방된 기분이었다. 파커는 아시아를 여행하고 싶어 했고 루나와 같은 음악을 좋아했으며 생선보다 고기를 선호했고 놀랍게도 그 역시 여자 친구가 없고 연애 상대를 찾고 있었다.

그는 루나가 진짜 자기 모습을 드러내도록 해주었다. 루나에게 충고하지도 않았고 뭐가 됐든 그녀의 의견을 바꾸려 하지 않았다. 파커는 그냥 이야기를 듣고 루나를 있는 그대로 받아 주었다. 마침내 루나는 난생처음 스스로 만족할 수 있는 곳을 찾은 것 같았다.

파커와 함께 술집에서 나갈 때 루나는 온몸이 기분 좋게 찌릿했다. 그녀가 피아트 조수석에 타서 안전띠를 매자, 파커는 고개를 숙여 키스했다.

루나는 불길에 휩싸인 것 같았다. 그리고 바로 그때, 그곳에서 알게 되었다. 어머니가 뭐라고 말하든, 설령 반대한다고 해도 자신은 신경 쓰지 않을 것임을.

파커는 그녀의 소울 메이트였고 루나는 그 누구에게도 그를 빼앗기지 않을 작정이었다. 영원히.

13장
니콜라

"니콜라! 진정해. 그렇게 성급하게 행동하지 마." 계단 아래 수납장에 기어들어가 커다란 여행 가방을 꺼내고 있는데 칼이 애원하는 소리가 들렸다. "법적 서류와 상관없이 우리가 바니를 만나는 걸 아무도 막을 수 없을 거야."

"난 지금 바보 같은 짓을 하려는 게 아니야. 애들 집에 가서 바니에게 필요한 걸 챙겨 오려는 계획을 앞당기는 것뿐이야." 나는 어수선한 곳에서 빠져나가며 말했다.

애들 집 열쇠를 얼마나 오래 가지고 있게 될지 알 수 없는 노릇이었다. 마리와 조가 병원에 다녀오는 길에 나보다 먼저 가서 바니의 옷과 소지품을 몽땅 가져가게 하고 싶지 않았다. 그렇게 하면 바니를 데려가야 한다는 그들의 주장에 명분만 더할 뿐이다. 바턴 제임스 부부가 어떤 식으로든 합의를 통해 우리를 배려해 줄 것이라고 믿다니, 칼은 생각보다 순진했다. 그들은 이제껏 오랫동안 자기 방식을 고집하며 살아왔다.

"하지만 지금 새벽 5시잖아! 좀 쉬었다가 아침에 눈 뜨자마자 가는 게 나을 거야." 칼은 이성적으로 설득하려 했다.

"한 시간만 지나면 아침이 될 텐데. 지금 난 잠이 다 깼어. 그러니까 그 한 시간을 요긴하게 쓰는 게 낫겠어. 어차피 이런 상태로는 한숨도 못 자."

칼은 몹시 화가 나서 한숨을 내쉬었다. "알겠어. 하지만 당신 정말 지쳐 보여. 바니의 짐을 챙겨 오는 게 그렇게 급하면 적어도 내가 다녀오게 해줘. 당신은 바니랑 같이 집에 있으면서 잠깐 눈 붙이고, 그동안 내가 후다닥 다녀와서…."

"내가 가야 해." 나는 단호했다. 칼은 뭘 가져와야 할지 전혀 몰랐다. 결국 바니가 좋아하는 장난감과 게임만 잔뜩 챙길 뿐 입을 옷은 거의 가져오지 않을 것이다. "여기서 며칠 지내는 동안 바니에게 뭐가 필요한지는 내가 잘 알아."

"일리 있군." 칼은 짜증스럽게 말하며 숨을 내뱉었다. 내가 과하게 반응한다고 생각하는 게 분명했다. 이성적이지 못하다고.

나는 쪼그리고 앉아서 가방 지퍼를 열어 안이 완전히 비었는지 확인한 다음 칼을 쳐다보았다. "그 사람들이 자기들 좋으라고 만든 그 말도 안 되는 법적 서류 말이야. 내가 보기에 그건 심각한 문제야, 칼. 이런 말 하면 안 되겠지만 혹시라도 파커와 루나에게 나쁜 일이 생기면 우리에게 손자를 볼 권리가 없어지는 거라고."

"당신 지금 최악의 시나리오로 급발진하고 있어." 칼은 두 손가락으로 콧등을 짚었다. "파커가 아직 회복되지 않은 건 알아. 하지만 수술받고 깨어났다면서. 루나는 뼈가 부러진 정도인 것 같고. 다행히 둘 다 생명이 위태로운 상황은 아니잖아."

"그건 당신이 파커를 못 봐서 하는 소리야." 다친 아들의 모습이 다시 떠오르자 목소리가 갈라졌다. "그 애는 지금 중환자실에 있다고. 심각하게 아프지 않으면 그곳으로 보내지 않아."

칼은 침을 삼켰다. "그래. 니콜라, 난 균형 잡힌 시각으로 상황을 보자는 것뿐이야. 우리가 사돈과 친한 사이는 아니지만, 바니를 못 만나게 할 정도로 형편없는 사람들은 아니라고 생각하고 싶어." 그가 나지막이 말했다.

내 목에서 경멸 어린 소리가 작게 흘러나왔다. "난 잘 모르겠어."

칼은 인상을 찡그렸다. "달리 말하면, 당신이 일어나지도 않은 일을 비관적으로 생각하지 않더라도 이미 우리에겐 걱정거리가 너무 많아."

상황이 얼마나 나빠질 수 있는지 논쟁할 생각은 없었다. 나는 빈 여행 가방을 들고 현관문으로 갔다. "최대한 빨리 올게."

칼이 따라왔다. "배웅해 줄게. 바니에게 필요한 것만 좀 챙겨서 얼른 집에 와서 쉬어. 운전 조심하고." 그는 이렇게 말하고 내 뺨에 입 맞췄다.

　진입로를 걸어가다가 길 건너편 어느 집 위층에 불이 켜져 있는 것을 보았다. 작년에 이사 온 40대 부부가 사는 집이었다. 다른 이웃에게 그 집 부인이 레스토랑 지배인으로 일하는데 교대 근무를 한다고 들었다. 통성명한 사이는 아니지만 동시에 차에서 내리면서 마주쳐서 몇 번 인사 나눈 적이 있었다. 파커를 키울 때만 해도 이웃을 대부분 알고 지냈지만 지금은 다들 이사한 것 같았다. 사실상 남이나 다름없는 이웃들은 잠에서 깨 일상을 이어가고 있었다. 우리가 사는 세상의 축이 흔들리는 동안에도 어제와 비슷하게 지루한 하루를 또 보내는 것이다.

　나는 칼에게 손을 흔들었고 그는 현관문을 닫았다. 여행 가방을 트렁크에 싣고 운전석에 탄 나는 입을 벌리고 심호흡하려 애썼다. 뭔가가 폐의 공기를 빨아들여 산소가 부족한 기분이었다. 딱 꼬집어 이름 붙일 수는 없지만 두려움이 여러 갈래로 손을 뻗쳐 등줄기를 타고 올라오는, 서늘하고 불길한 느낌이었다.

　지금도 상황은 매우 좋지 않았지만, 저 멀리서 들려오는 희미한 우르릉 소리나 어슴푸레한 빛처럼 더 안 좋은 일이 닥칠 듯한 예감이 들었다.

　파커의 집은 우리 동네에서 차로 10분 정도 걸리는 레이븐스헤드에 있었다. 비교적 생긴 지 얼마 안 된 소규모 고급 주택 단지의 조용한 골목에 자리한 침실 4개짜리 단독 주택이었다. 파커의 집으로 가는 동안 그 애와 루나가 우리와 아주 가까운 곳에 살게 됐다고 알렸을 때 얼마나 기뻤는지 떠올랐다. 그때 나는 마음껏 상상의 나래를 펼쳤다.

"요리할 때 2인분 더 해서 애들 주면 되겠다." 나는 칼에게 이렇게 말했고, 애들을 어떤 식으로 도와줄 수 있을지 떠올리며 훈훈한 기분을 만끽했다. "둘 다 일하니까 얼마나 힘들겠어. 그리고 누가 알아? 시간이 지나서 애들이 아기를 가질지. 그렇게 되면 내가 일을 그만두고 도와줘야 할지도 몰라."

"난 무리해서 도와주진 않을 거야. 우리도 어찌저찌 해냈잖아." 칼은 코웃음을 쳤다. "우린 도와줄 사람이 아무도 없었어. 우리 부모님은 너무 멀리 사셨고 장모님은 관절염으로 편찮으셨고…."

"칼, 시대가 달라졌어. 요샌 자식이 다 커도 부모들이 도와준다고. 게다가 사돈은 너무 멀리 살아서 많이 도와줄 수가 없어. 애가 생기면 아마 우리에게 꽤 의지할걸." 나는 칼 때문에 기분을 망치고 싶지 않아서 밝게 대꾸했다.

"그렇게 앞서가지 마. 아직 결혼도 안 했잖아!"

칼을 동참하게 만들려고 애써봤자 시간 낭비였기 때문에 나는 그냥 그쯤 해두었다.

파커의 집 정원은 넓지 않았기 때문에 애들이 새집에 처음

이사 왔을 때 나는 정원을 직접 관리해 주겠다고 제안했다. "정원사 고용하느라 돈 낭비하지 마. 내가 쉬는 날 너희가 출근한 사이에 와서 잔디 깎아 줄게."

파커와 루나는 서로 눈치를 살폈다.

"너희들 좋을 대로 하렴. 별로 힘들 건 없으니까."

"엄마, 고마워요. 하지만 루나는 주로 집에서 일하는걸요."

나는 루나의 긴 손톱과 완벽한 의상을 흘끗 보았다. 루나가 손을 더럽히며 뭔가를 한다는 게 상상되지 않았다.

"어머님, 고맙습니다. 하지만 아빠 회사 직원들이 전국에 있어서요. 아빠가 일할 사람을 보내주실 거라 뭐든 수고스럽지 않게 처리할 수 있어요." 루나는 파커의 손을 꼭 잡고 말했다.

"오, 그것 참 아쉽구나. 잔디밭이 예뻐서 새와 야생동물을 더 많이 볼 수 있을 텐데. 그러니까…"

"엄마, 고마워요. 잘 기억하고 있을게요." 파커가 끼어들었다.

그때부터 상황은 안 좋아지기만 했다. 이사하는 날에 도와주겠다거나, 애들이 요리하지 않아도 되도록 거의 매주 일요일에 점심을 먹으러 오라고 초대하는 등, 내가 도와주려고 할 때마다 애들은 곧바로 거절했다.

"주말에는 주로 제 부모님을 뵈러 가야 해요. 엄마가 요리를 정말 잘하세요. 파커가 엄마의 선데이 로스트✢를 정말 좋

✢ 영국의 전통적인 일요일 식사로, 구운 고기에 채소와 감자 등을 곁들인 요리

아하거든요. 그렇지?"

파커는 중얼거리며 그렇다고 대답했다. 최소한의 예의는 있는지 당황한 기색을 보이긴 했다.

나중에 밝혀진 바에 따르면 애들은 일요일마다 헴슬리에 가는 게 아니었다. 토요일 아침이나 때로는 금요일 밤에 갔다. 그 무렵 파커는 주중에 퇴근하고 나서 잠깐 들러 차를 한 잔 마시며 이야기를 나누고 갔다. 파커는 몇 년 동안 아파트에서 혼자 살았는데도 아직 우리 집 예전 침실에 물건이 남아 있었고, 그걸 다 정리하고 싶어 했다. 이때 우리는 파커가 주말을 어떻게 보내는지 알게 되었다.

"장인어른이 클레이 사격에 데려갔는데 정말 재미있었어요. 같이 간 사람들 모두 좋았고 사격하고 나서는 다 같이 술집에 갔죠. 다음 달에는 전용 컨트리클럽에 데려가신댔어요. 초대받아야 회원으로 등록할 수 있는 곳이래요."

"파커 말이야. 다음에는 헐렁한 트위드 바지를 입고 모자에 깃털을 꽂고 오겠군. 제대로 시골 신사가 되려고 훈련받는 것 같은데." 칼은 내게 파커의 말을 전해 듣고 이렇게 농담했다.

나는 가볍게 듣고 넘겼지만, 애들이 요크셔로 이사 가서 계속 살게 될까 봐 은근히 걱정했다. 만약 아기가 생기면? 손주를 못 볼지도 모른다. 일단 당장은 안심할 수 있을 것 같았다. 파커가 노팅엄까지 출퇴근하는 게 힘들테니까. 하지만 앞으로 그 애 일이 어떻게 될지 누가 알겠는가?

"아직 일어나지도 않은 일로 초조해하지 마. 난 그냥 농담한 거니까." 내가 조용해지자 칼이 의심스러운 듯 나를 보며 말했다.

칼의 말이 농담이었다는 건 알고 있다. 하지만 당시에는 우리 둘 다 상황이 어느 정도까지 나빠질지 예상하지 못했다.

레이븐스헤드에 진입한 다음 왼쪽으로 급커브를 틀어 출입문이 통제된 주거 단지로 향했다. 파커의 열쇠고리에는 열쇠가 두 개 달려 있었는데, 그중 하나는 집 보안 장치용이 틀림없었다. 나는 자동차 창문을 내리고 출입문 센서에 열쇠를 갖다 댔다. 그러자 작고 빨간 등이 깜빡이더니 화려하게 장식된 철제 대문이 열리기 시작했다.

10년 전쯤 조성된 이 고급 주택 단지는 모든 집이 아주 깔끔했는데, 파커와 루나의 집은 유독 새 집 같았다. 루나가 다른 집들 사이에서 눈에 띄게 꾸미고 싶어 했기 때문이다. 흰색 석고 벽에 진회색 창문이 달린 집은 매우 세련되어 보였다. 집을 산 지 1년 반 만에 뒤쪽에 2층 건물을 증축하고 주방을 수리했다.

칼과 내가 애들 집에 초대받은 지는 무척 오래되었다 얼마나 오래됐는지 생각하고 싶지 않을 정도로 오래전이었다. 증축 공사가 끝난 걸 보고 싶어서 집에 가겠다고 우긴 끝에, 어느 토요일 아침에 가게 되었다.

"엄마, 일찍 오셔야 해요. 늦어도 10시에는 요크셔로 출발해야 하거든요." 파커가 말했다.

우리가 아침 9시에 도착하자마자 파커는 새로 지은 멋진 건물을 보여주었다. 주방 창밖으로 크림색 세라믹 타일과 회색 데크가 깔린 모던한 풍경이 보였다. 꽃도 있었는데, 화분에 심긴 꽃만 있을 뿐 잔디나 제멋대로 자라나는 관목은 보이지 않았다. 상류층을 대상으로 한 잡지에서 볼 법한, 나름대로 세련된 풍경이었지만 다섯 살 난 손자 바니가 공을 찰 만한 곳은 보이지 않아서 속상했다. 애들은 우리에게 차를 한 잔 주었고 바니는 제 방을 보여 주고 싶다고 고집부렸다. 하지만 파커와 루나는 시계를 본다든가 한숨을 길게 내쉰다든가 하는 식으로, 우리가 가기만을 기다리고 있다는 걸 다양하게 노골적으로 드러냈다.

조명이 환했다. 초승달 모양으로 집 여섯 채가 배치되어 있었는데, 집안 조명은 모두 꺼져 있었고 빛은 주로 외부 조명이었다. 중간쯤 갔을 때, 나는 애써 아닐 거라고 생각하면서도 내가 보고 있는 게 무엇인지 깨닫고 자동차 속도를 더욱 줄였다. 오키드 클로즈 4번 집 앞에서 차를 완전히 세운 나는 도저히 믿기지 않아서 앞만 바라보았다.

내 아들의 집에는 '매물'이라는 표지판이 붙어 있었다.

파커와 루나는 이사하기로 했으면서 내게 아무 말도 하지 않은 것이다.

14장
마리

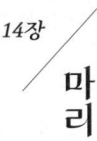

 마리 바턴 제임스는 병원 침대 옆에 서서 잠든 딸의 얻어 맞은 듯이 멍든 얼굴을 내려다보았다. 그러면서 감정을 다스리려고 이를 악물었다. 울컥 솟아나는 눈물은 슬픔이 아니라 분노 때문이었다.
 파커 밴스만 아니었다면 딸이 이 지경이 되지 않았을지도 모른다.
 12년 전, 열여덟 살이던 루나는 저녁 식사 자리에서 나이프와 포크를 조심스레 내려놓고 선언했다. "엄마, 아빠. 좋아하는 남자가 생겼어요." 조는 온갖 질문을 쏟아내며 파커에 관해 알고 싶어 했다. 파커는 영업 사원으로 일하며 회사에서 입지를 굳히겠다는 야망을 키웠다. 조가 파커의 가정 환경을 계속 캐물었기 때문에 마리는 말없이 귀 기울이고 있었다. 마리의 마음속에서 경고음이 울리기까지는 오래 걸리지 않았다.

"파커의 아빠는 오랫동안 사업을 잘해 오셨어요. 배관과 난방 분야예요." 루나는 조의 관심을 끌려고 말을 쏟아냈다.

곧 조는 그 사업이라는 것이 칼 혼자 하는 일이라는 것을 알게 되었다. 칼은 가끔 수습 직원을 고용하는 배관공 자영업자에 불과했다.

"파커가 두 분 다 정말 만나고 싶어 해요." 루나가 얼굴을 붉히며 말했다.

루나는 지금까지 짧게 연애를 몇 번 했지만, 언제나 초반에는 열정적이다가 상대방이 기대에 부응하지 못하면서 서서히 흥미를 잃었다.

하지만 파커는 달랐다. 마리는 그를 만나자마자 정말 위협적인 존재라는 것을 알았다. 키가 크고 피부색이 어둡고 잘생긴 파커를 보자마자 루나가 왜 빠졌는지 알 수 있었다. 마리는 강인해 보이는 사각 턱, 도톰한 입술, 탄탄한 체격에 넓고 듬직한 어깨를 본 지 몇 초 만에… 루나를 위해 세워둔 자신의 계획이 모두 물거품이 되었다는 것을 알았다.

분하게도, 2년 뒤에 둘이 결혼하고 나자 조는 갑자기 파커를 예뻐했고 그때부터 파커는 조에게 없는 아들 노릇을 했다. 마리는 루나 밑으로 동생을 낳고 싶었다. 하지만 루나 전에 짧은 간격으로 세 번이나 유산했고 루나를 만나는 축복을 받은 뒤에도 두 번 더 유산했기 때문에, 포기하고 몸과 마음의 건강을 챙겨야 한다는 현실을 받아들일 수밖에 없었다.

마리는 루나가 깨어나기를 바라며 계속 지켜보았다. 루나를 향한 마리의 감정은 혼란스러웠다. 때로 루나는 사랑하기 힘든 아이였다. 하지만 지금은 루나가 자신에게 얼마나 필요한 존재인지 말해 주고 싶은 마음뿐이었다.

"바턴 제임스 씨, 괜찮으세요?" 마리는 처음에 자신을 이곳으로 안내해 준 간호사 목소리에 주위를 둘러보았다. "따님이 이렇게 누워 있는 걸 본다는 게 엄청난 충격이죠. 제가 도와드릴 일은 없나요?"

"없어요. 고마워요. 남편이 오길 기다리는 중이에요." 마리가 딱딱하게 대답했다.

조는 의사를 만나서 루나가 언제 이 끔찍한 병동에서 퇴원해 헴슬리의 집과 가까운 개인 병원으로 옮길 수 있는지 이야기하고 있었다. 마리는 병동에 도착해서 주위를 둘러보며 환자가 너무 다닥다닥 붙어 있어서 충격에 빠졌다. 면회객들은 사랑하는 사람이 아프거나 다쳐서 누워 있는 장면을 마주하고 감정을 내보이는 사람들에게서 시선을 피하는 눈치나 예의도 없이, 호기심 어린 눈길로 쳐다보았다.

마리는 어서 빨리 루나를 편안한 곳으로, 잠이 부족해서 정신없어 보이지 않는 의사의 치료를 받을 수 있는 곳으로 데려가고 싶었다.

적어도 루나는 파커처럼 중환자실에 있지는 않았다. 운전한 사람은 파커였고 마리의 딸을 완전히 회복할 수 없을지도 모를 정도로 심각하게 다치게 해 입원하게 만든 사람도 파커였다.

다들 파커를 친화력이 좋고 대체로 괜찮은 사람이라고 생각하는 것 같았다. 하지만 마리는 절대 속지 않았다. 파커는 오만하고 의지가 강했다. 그래서 마리와 조가 훨씬 더 좋은 집에서 살라고, 요크셔에 살면 좋겠다고 하며 거액의 자금을 주겠다고 너그럽게 제안했는데도, 이를 거절하고 태어난 지 얼마 안 된 아이와 아내를 기준 미달인 집에 살게 했다.

루나는 행복하다고 했지만 마리는 어떻게 해야 딸이 더 행복할 수 있는지 알았다. 루나는 언제나 야망이 컸다. 루나는 부유한 집안에서 편하게 자랐는데, 파커와 결혼한 뒤로 잔인하리만치 기대치를 낮춰야 했다. 기본적으로 파커가 모든 걸 자기 힘으로 하고 싶어 했기 때문이다. 파커는 루나를 조종하기 시작했고, 마음 아프게도 마리는 그가 성공했다고 인정할 수밖에 없었다.

"난 파커가 대단하다고 생각해. 젊은 애들은 대부분 돈을 뜯어내려고 하잖아. 하지만 파커에게는 성취욕이 있고 목표를 향해 나아간다는 자긍심이 있어." 마리가 불평하자 조는 이렇게 말했다.

마리는 비웃었다. "노동자 계급의 잘못된 자긍심일 뿐이야. 발전하지 못하고 현실에 안주하게 만드는 태도지." 마리에게는 루나가 자기 일을 하는 것이, 딸이 자신의 어머니나 할머니처럼 아내이자 어머니로만 살지 않는 것이 중요했다. 남자들은 자기가 먹여 살릴 테니 일할 필요 없다고 말할지 모르지만, 실제로는 자신과 삶의 방향이 비슷한 직장인 여성을 더 좋아하는 것 같았다.

마리는 언제나 파커에게서 온전히 신뢰할 수 없는 무언가를 느꼈다. 하지만 바니가 태어났고, 마리는 손자를 보자마자 마음이 이렇게 빨리 녹아내릴 수 있다는 사실에 놀랐다. 손자의 유전자 절반이 파커에게서 왔다는 사실은 아주 쉽게 외면할 정도였다. 마리에게는 루나의 앙증맞은 코와 조를 닮아 높은 이마와 보기 좋은 골격만 보였다. 그 모습에 마리는 다른 쪽으로 마음이 아팠다.

그녀는 몸을 숙여 딸의 얼굴에 입 맞췄다. 이런 끔찍한 일이 벌어질 줄은 몰랐지만, 어쩐지 마음 깊은 곳에서는 파커와 결혼한 루나가 결국 눈물 나는 결말을 맞이하리라 생각했다.

하지만 마리는 스스로 불가능하다고 여길 정도로 손자를 사랑했다. 이 가슴 아픈 사건에서 굳이 좋은 점을 하나 찾자면, 바니가 헴슬리에서 함께 지낼 수 있다는 것과 루나가 다시 가족의 품으로 돌아온다는 것이었다.

그리고 더 중요한 사실은, 그렇게 되면 마침내 마리가 부끄러운 비밀을 묻어두고 잊을 수 있다는 것이었다.

15장 / 니콜라

 가슴팍을 두드리며 거세게 쿵쿵대는 심장을 부여잡은 채 핸드백을 들고 차에서 내렸다. 운전석 문 닫히는 소리가 작고 조용한 동네에 천둥소리처럼 울렸지만 그건 전혀 걱정되지 않았다.

 나는 '매매' 표지판 앞으로 걸어가서 밝은 정원 조명에 환히 빛나는 글자를 노려보았다. 힘이 셌다면 땅에 박힌 표지판을 당장 비틀어 뽑아버렸을 것이다. 화가 났고 상처받았다. 파커의 엄마이자 바니의 할머니로서, 내게는 중요한 결정을 전달받을 권리가 있었다.

 그러다가 문득… 깨달았다. 파커가 아침에 바니를 데리러 와서 할 말이 있다고 한 게 이거였구나. 예정대로라면 오늘 아침에.

하지만 계속 뭔가 찜찜했다. 파커가 칼이나 루나가 우리 대화를 아는 건 원치 않는다고 분명히 말했기 때문이다.

나는 돌아서서 현관문 쪽으로 갔다. 파커의 열쇠를 꺼내서 문을 열었다. 삐 소리가 스타카토로 짧게 울리기 시작하자, 보안 패드에 두 번째 열쇠를 갖다 대고 복도 불을 켰다. 마지막으로 현관문을 닫고 잠갔다.

정말 오랜만이었다. 이곳에 와 본 지 2년도 더 된 것 같았다. 그동안 파커를 본 건 바니를 데려다주거나 데려갈 때였다. 그 짧은 시간 동안 급히 대화를 나누었는데, 주로 우리가 잠깐 들어가서 차 한 잔 마시면서 이야기하고 가라고 초대하면 파커가 거절하는 식이었다. 파커와 루나가 약혼을 발표했을 때, 나는 애들과 함께 일요일 오후를 느긋하게 즐기는 모습을 상상했다. 파커가 어렸을 때 칼과 함께 아지트를 만들며 시간을 보내던 동네 숲에서 함께 산책할 수도 있겠다고 생각했다. 미래의 손주와 함께 바닷가로 놀러 가거나 날씨가 따뜻할 때는 정원에서 소풍을 즐기는 모습도 상상했다.

하지만 현실은 우리의 예상과 달랐다. 나는 낯선 아들 집에서, 광택이 나는 하얀 타일과 티 하나 없는 상아색 계단 카펫이 깔린 병원 같은 새하얀 복도에 서서, 어쩌다가 이렇게 되었는지 알아내려고 애썼다. 파커는 좀처럼 볼 수 없게 되었고 바니와 함께 보내는 짧은 시간에 감사하는 것이 우리의 새로운 일상이 되었다. 어쩌다 이렇게 된 걸까.

113

집 안은 쥐 죽은 듯이 조용했다. 나도 모르게 소리 내지 않으려고 거실 입구를 향해 살금살금 걸어 내려갔다. 집 안에 나 혼자뿐이니 그럴 필요가 없는데도 스스로가 낯선 사람처럼… 사기꾼처럼 느껴졌다.

나는 거실을 들여다보았다. 노르딕풍 금빛 마루가 깔려 있고 아주 큰 흰색 고급 가죽 소파가 놓여 있었다. 벽에는 첨단 기술로 만들어진 전기 벽난로와 지금껏 본 중 가장 큰 텔레비전이 설치되어 있었다. 제자리를 벗어난 건 아무것도 없었고, 당연히 아이가 사는 집이라는 흔적도 없었다. 다른 방도 비슷했다. 루나의 사무실은 놀라울 정도로 깔끔했다. 후기를 대가로 받은 수많은 견본 의류와 액세서리가 방 한쪽 옷걸이에 가지런히 걸려 있었다. 재활용 목재로 만든 식탁과 의자 열 개가 놓여 있고 그릇, 커틀러리, 유리잔이 완벽하게 차려진 다이닝룸은 한 번도 사용하지 않은 듯한 모습이었다. 아일랜드 식탁이 놓여 있는, 널찍하고 고급스러운 흰색 톤의 주방에는 잘 가꿔진 넓은 정원으로 이어지는 통유리창이 있었다. 이 공간은 루나의 소셜 미디어 채널에 꽤 자주 등장했다. 루나는 주방 아일랜드 식탁에서 최신 유행 패션을 이야기하는 영상을 촬영해 포스팅했다. 이곳 아래층에는 굳이 들어갈 필요 없는 다른 방도 많았다. 중요한 건 바니가 일주일 정도 지내는 데 필요한 물건을 모두 챙기는 일이었다. 그 후 바니의 인생에서 우리가 어떤 역할을 하게 될지는 아무도 모를 일이었다. 나는 걸음을 멈추고 숨을 깊이 들이마셨다. 너무 앞서 나가고 있었다. 오늘 하루만 생각하자. 이 말을 마음에 새겨야 한다.

부츠를 벗고 계단을 올라갔다. 발아래로 비싼 카펫의 탄탄한 짜임이 느껴졌다. 위층 바닥에서 길게 내려온 나선형 크리스털 조명이 계단 옆벽에 걸린 사진을 비추었다. 전문 사진작가가 찍은 파커와 루나와 바니의 가족사진이 보였다. 해마다 생일에 촛불을 부는 바니의 사진도 있었다. 나는 계단 맨 위를 향해 올라갔다. 계단이 꺾이는 곳에 이르자, 크고 화려한 행사에서 공식적으로 찍은 것이 분명해 보이는, 바니와 루나의 부모가 함께 찍은 커다란 사진이 눈앞에 나타났다. 바니는 긴 바지에 흰 셔츠를 입고 나비넥타이를 맨 멋진 모습으로 서서 정면의 카메라를 보며 희미하게 미소 짓고 있었다. 조와 마리는 완전히 격식을 갖춰 차려입고 바니 뒤에 서서 아이의 좁은 어깨에 손을 올리고 있었다.

그 사진을 보자, 올해 초에 알턴 타워스 놀이동산에서 바니와 함께 찍은 사진이 떠올랐다. 그날은 월요일이었는데, 바니의 학교에서 교직원 연수가 있는 날이었다. 요크셔에서 주말을 보내고 돌아온 직후였다. 루나는 화상 회의가 몇 건이나 잡혀 있었고 파커는 뉴캐슬로 일찍 출장을 떠나야 했기 때문에 내가 하루 동안 바니를 봐주겠다고 제안했다. 좀처럼 쉬지 않는 칼도 하루 쉬기로 하고 우리 셋은 집에서 차로 1시간

거리에 있는 놀이공원으로 향했다. 놀이공원에 도착한 다음부터 떠나는 순간까지 우리는 쉬지 않고 웃었다. 놀이기구 타는 곳에서 찍어준 사진을 구매했는데, 우리 얼굴에는 기쁨이 가득했다. 셋 다 발작에 가까울 정도로 웃어서 얼굴에 생기가 돌았다. 나는 사진을 두 장 사서 한 장을 우리 집 거실에 자랑스럽게 걸어 두었다. 이 집 어딘가에서도 마음만 먹으면 바니에게 준 나머지 사진 한 장을 찾을 수 있기를 바랐다.

위층으로 올라가서 곧장 바니의 침실로 향했다. 불을 켜고 방안을 살펴보니 숨 막힐 정도로 질서정연하지는 않아서 다행스러웠다. 장난감이 여기저기 나와 있고 플레이스테이션 연결선이 바닥을 가로지르고 침대 옆 탁자에는 부스러기가 남은 접시와 빈 유리잔이 놓여 있었다. 스파이더맨 색상으로 꾸민 방에는 카펫마저 파란색에 붉은 거미줄이 오묘하게 반짝이는 것이 깔려 있었다. 일곱 살 난 남자아이라면 누구나 좋아할 만했다.

바니의 옷장을 열고 옷을 여러 벌 꺼냈다. 교복과 함께 셔츠와 스웨터를 몇 벌 챙겼다. 그리고 아래층에 가서 교복 신발을 찾아보자고 머릿속으로 메모했다. 침대 위에 아무렇게나 던져 놓은 읽기 자료 폴더를 발견하고 그것도 챙겼다. 속옷과 학교에 다녀와서 갈아입을 편안한 바지와 티셔츠도 넣었다. 운동화와 외투는 우리 집에 올 때 신고 입었던 게 있었다.

침대 옆에서 만화책도 몇 권 집었고, 파커가 가져온 가방에서 닌텐도 스위치 게임 콘솔을 봤기 때문에 게임도 몇 개 챙겼다. 그리고 한발 물러서서 꺼내 놓은 물건을 살펴보았다. 이 정도면 당분간은 충분할 것 같았다. 앞으로 며칠 동안은 이 정도로 지낼 수 있을 테고 꼭 필요한 게 있다면 어쨌든 지금은 내게 집 열쇠가 있으니까. 혹시 마리 바턴 제임스가 난리 치더라도, 수술해서 물리적으로 열쇠를 떼어내지 않고서는 절대 내게서 가져갈 수 없을 것이다.

나는 차에 가서 가방을 가져오려고 바니의 방에서 나갔다. 보안 장치 때문에 집에 들어가지 못할 수도 있다는 생각에 차에 가방을 두고 왔다. 아래층으로 내려가기 전에 안방 문을 살짝 열고 고개를 들이밀었다. 널찍하고 하얀 방 안에는 기둥이 네 개 달린 침대가 상당한 면적을 차지하고 있었다. 침구도 흰색이었고, 침대 위에는 열두 개도 넘어 보이는 하얀 레이스 쿠션이 보기 좋게 놓여 있었다. 매일 밤 쿠션을 다 내렸다가 아침마다 다시 정리해야 한다니… 파커가 쿠션을 정리하다니 상상할 수 없는 일이었다! 안방에는 욕실과 드레스룸이 딸려 있었는데, 애들이 처음 이 집을 샀을 때 운 좋게 구경했던 게 기억났다.

그러면 안 되는 걸 알면서도, 루나의 멋진 옷들을 살짝 구경하고 싶어서 드레스룸으로 가서 벽면을 꽉 채운 옷장으로 향했다. 맨 처음 옷장 문 두 개를 열자 가득 찬 드레스, 스팽글, 크리스털이 쏟아져 들어온 조명에 반짝거렸다. 다른 옷장에도 마찬가지로 멋진 고급 디자이너 의상이 있었는데, 그중에서도 비싼 드레스는 대부분 통풍이 가능하도록 만들어진 의류 가방에 담겨 지퍼가 채워져 있었다.

맨 마지막 옷장으로 간 나는 인상을 찡그렸다. 뒤로 돌아 키 큰 장의 서랍을 하나씩 잠깐 열어보았다. 예쁜 란제리 세트와 일상적으로 입는 실용적인 속옷 같은 것들이 있었다. 스카프, 허리띠, 모자… 많은 여자들이 갖고 싶어 하는 보물 창고였다. 하지만 정말 이상하다는 생각이 들었다. 파커의 물건은 하나도 보이지 않았기 때문이다.

나는 다시 침실로 갔다. 침대 한쪽에는 폭신한 슬리퍼가 놓여 있었고 문에는 고급스러운 목욕 가운이 걸려 있었다. 침대 반대쪽에는 슬리퍼가 보이지 않았다. 그리고 파커는 쉴 때 가벼운 실크 가운 입는 걸 좋아하는데 그런 건 보이지 않았다.

침대 옆 탁자의 서랍도 잠깐 열어보았다. 한쪽에는 여자들이 주로 읽는 소설책, 화장지, 립밤, 해열진통제가 있었다. 그리고 뒤쪽에 빈 보드카 미니어처 병이 처박혀 있었다. 루나의 숨결에서 '구강 청결제' 냄새가 나던 기억이 스쳐 잠시 멈칫한 채 생각에 잠겼다. 파커 쪽에 놓인 탁자 서랍에는 아무것도 없었다. 안에 있는 걸 몽땅 가방에 쓸어 담기라도 한 것 같았다.

복도를 따라 내려가며 다른 침실도 확인해 보았다. 첫 번째 방은 아무도 사용하지 않는 게 분명해 보였다. 하지만 그

옆방, 그러니까 바니의 침실 맞은편 방에는 파커의 물건이 가득했다. 방 크기는 적당했고 작은 붙박이장이 있었다. 옷장 문 하나가 약간 열려 있었는데 그 틈으로 아들의 옷이 보였다. 바닥에는 신발, 입고 나서 벗어 놓은 티셔츠, 속옷이 여기저기 널브러져 있었다. 파커는 늘 이렇게 너저분했다. 생각해보니 칼이 옳은 것 같았다. 내가 애를 너무 애지중지 키웠다.

침대는 엉망이었고 옆 서랍장은 열려 있었다. 서랍에는 파커가 모은 여러 손목시계 중 하나, 손수건, 편지 몇 통, 처방받은 스테로이드 연고가 있었다. 연고는 어릴 때부터 가끔 고생하던 습진 때문인 것 같았다. 스탠드 옆에는 '세계 최고의 아빠'라고 쓰인 머그잔이 있었는데, 잔에는 차갑게 식어 표면에 막이 생긴 커피가 담겨 있었다.

마음 아프게도, 이 집에서 무슨 일이 일어나고 있는지 분명해졌다. 파커와 루나는 다른 방에서 잠을 자고 있었다. 그제야 나는 파커가 의논하고 싶다는 게 이 문제라는 확신이 들었다.

파커는 결혼생활에 위기가 닥쳤다고 말하려 한 것이다. 그러면서 그 이유도 털어놓으려 했던 게 아닐까.

16장
니콜라

 차에서 가방을 가지고 돌아와 바니의 짐을 정리해 넣었다. 그러는 내내 오늘 아침에 파커와 나눌 예정이었던 대화를 생각했다. 집은 팔려고 내놓았고 파커와 루나는 잠을 따로 잔다… 똑똑한 사람이 아니더라도 그 애들의 관계가 깨지고 있다는 걸 알 수 있었다. 그보다 더 안 좋은 상황일 수도 있었다… 이미 이혼하기로 합의했다던가. 그렇게 되면 칼과 내가 바니를 얼마나 더 볼 수 있을지 생각조차 하기 싫었다.
 보안 장치를 켜고 불을 끈 다음 문을 잠갔다. 짐을 챙긴 여행 가방을 밀고 나와 차로 향하는 동안, 다른 집들은 모두 쓰레기를 내놓았다는 걸 알아차렸다. 파커가 어젯밤에 집을 나서기 전에 내놓는 걸 잊은 모양이었다. 가방을 트렁크에 싣고 쓰레기를 모아두는 집 옆쪽으로 갔다. 움직임을 감지하는 외부 센서 등이 일제히 켜졌다. 나는 일반 쓰레기를 버리는 검은색 쓰레기통을 벽돌로 만든 쓰레기장 밖으로 끌어냈다. 그러자 그 뒤에 묶어 놓은 쓰레기봉투가 보였다. 확인해 보니 절반 정도밖에 차지 않아서 봉투를 끌지 않고 들고 나갔다. 생각보다 무거웠다. 봉투를 쓰레기통에 넣으려고 들어 올리는데, 비닐이 찢겨 날카로운 모서리 같은 것이 튀어나와 있었다. 나는 이게 뭔가 싶어서 묶어 놓은 봉투를 열어 보았다.

알턴 타워스에서 칼과 나와 함께 찍은 바니의 사진이었다. 나는 사진이 담긴 액자를 꺼내며 분노와 슬픔을 동시에 느꼈다. 사진을 다시 봉투에 넣고 다른 것들을 살펴 보았다. 옷 몇개, 새것처럼 보이는 거품 목욕제 한 병, 비닐 포장도 뜯지 않은 화장품 상자가 보였다. 루나가 인플루언서로 활동하면서 선물을 많이 받는 건 알고 있었지만, 물건을 이런 식으로 버리는 건 죄악 같았다.

쓰레기통을 끌고 내려가 다른 집들처럼 차고 진입로 쪽으로 살짝 밀어 넣었다. 그런 다음, 쓰레기봉투를 들다가 끌다가 하며 차가 있는 곳으로 갔다. 그냥 쓰레기통에 쓰레기봉투를 버렸다고 하면 애들이 눈치채지 못하겠지.

나는 정면의 축축하게 젖은 도로를 응시하며 좀비 같은 상태로 집을 향해 차를 몰았다. 앞 유리 와이퍼가 이따금 움직이며 암울한 시야를 흩트렸다. 꼬리에 꼬리를 물며 머릿속을 계속 휘젓는 생각을 끊어낼 수 있다면 얼마나 좋을까.

파커가 하고 싶다던 이야기에 몇 가지 의문이 있었는데, 애들 집에 잠시 들른 덕분에 그 답을 찾았다. 하지만 이제 새로운 의문이 생겼다. 파커와 루나가 갈라설 생각이라면 왜 함께 댄스파티에 갔을까? 루나가 보낸 사진 속에서 둘은 매우 행복해 보였다. 파커는 정말 집에서 나가려고 했던 걸까? 여러 시나리오가 한꺼번에 떠올라 머릿속이 어지러웠다. 어쩌면 파커는 루나와 시간을 갖고 싶어서, 잠시 우리와 함께 살 수 있는지 물어보려고 궁리했는지도 모른다. 가족인 우리가 어쩌다가 이렇게 멀어졌는지, 파커와 칼의 관계가 얼마나 적대적인지 생각해 보면 파커가 일단은 아내나 아버지 몰래 나와 이야기하고 싶어 했던 이유를 이해할 수 있었다.

그런데 지금 내 아들은 수술을 받고 병상에 누워 회복 중이고, 오늘 새벽에 의사에게 들은 바에 따르면 앞으로도 여러 검사와 검진을 받아야 한다. 파커와 루나가 정말 헤어지기 직전이라면 바니가 제 엄마와 함께 살게 되리라 추측하는 게 합리적이다. 아까 마리가 칼에게 전화해서 바니를 요크셔의 자기 집으로 데려간다고 한 걸 보면, 루나의 부모는 애들의 불화를 알고 있을지도 모른다는 생각이 들었다. 루나가 병원에 있는 동안 우리 손자에 대한 주도권을 쥐려고 전략적으로 움직이는 것이다.

집으로 돌아가는 길은 짧게 느껴졌다. 어느새 나는 우리 동네 골목에 들어섰다. 마리와 조의 커다란 S클래스 벤츠가 집 앞에 서 있으면 어쩌나 했는데, 집 앞이 비어 있는 걸 보고 안도의 한숨을 내쉬었다.

하늘이 시시각각 밝아지고 있었다. 찌르레기가 무거운 내 마음을 풀어 주려는지 아름다운 소리로 노래했다. 나는 트렁크를 열고 바니의 짐이 가득한 여행 가방을 꺼내 현관문까지 씨름하며 끌고 갔다. 최대한 조용히 문을 연 다음 문턱에 걸리지 않게 가방을 들어 올렸다. 그리고 복도에 내려놓고 가만히 귀 기울였다. 집 안은 조용했지만 거실 불은 아직 켜져 있었다. 나는 신발을 벗고 소리 나지 않게 거실로 갔다. 칼이 소파에서 자고 있을 줄 알았는데 없었다.

위층으로 올라가서 바니가 잘 있나 확인했다. 바니는 쌔근쌔근 숨 쉬며 깊이 잠들어 있었다. 나는 아이 팔을 이불로 덮어 주고 나왔다. 우리 침실에 가 보니 칼이 이불을 덮고 코를 심하게 골며 자고 있었다.

문을 닫고 아래층으로 다시 내려가 물을 끓이기 위해 주전자를 올렸다. 신경이 너무 곤두서서 잠을 잘 수 없었지만 차를 한 잔 마시면 긴장이 풀릴 것 같았다. 가능하면 몇 시간이라도 눈을 붙이고 싶었다. 병원에 다시 가려면, 그리고 혹시 마리와 조를 마주칠 때를 대비해 기운을 좀 차려야 했다.

그때 문득 차 뒷좌석에 싣고 온 쓰레기봉투가 떠올랐다. 주전자의 물이 끓는 동안 조용히 현관문을 열고 봉투를 가지러 갔다. 그걸 소파 옆에 갖다 놓고 차를 한 잔 만들었다. 마침내 앉아서 뜨거운 차를 음미하게 된 나는 잠시 눈을 감고 힘들지만 마음의 평화를 찾으려 애썼다.

잠깐 그렇게 있다가 쓰레기봉투를 열고 내용물을 하나하나 꺼내기 시작했다. 봉투에 담긴 것은 쓰레기가 아니었고 지저분한 것도 전혀 없었다. 맨 처음 꺼낸 것은 우리가 바니와 함께 알턴 타워스에서 찍은 사진이었다. 이 사진이 쓰레기 수거 업체로 갈 운명이었다고 생각하니 슬펐다. 왜 이걸 찬장 같은 곳에 걸어 두지 않았을까? 사진을 버린 사람은 루나일 것 같았다. 파커와 예전만큼 가깝지 않은 건 사실이지만 그 애가 버렸을 리 없다. 무슨 일이 있어도 어쨌든 우리는 부모니까. 세상 무엇도 그 사실을 바꿀 수는 없다.

다음으로 꺼낸 것은 비닐 포장도 뜯지 않은 화장품과 양장본 책 두 권, 그리고 옷이었다. 라벨도 떼지 않은 55사이즈 랩 원피스, 스키니 진, 솔직히 누구의 옷장에도 어울릴 것 같지 않은 형광 초록색 리본 블라우스였다.

봉투 맨 아래에는 허리띠, 구긴 종이, 빈 포장재 같은 자잘한 물건들이 주로 있었고, 이것 말고 하나가 더 있었다. 작은 봉지였다. 그걸 꺼내서 들여다보니 뭔가 부드러운 것이 담긴 또 다른 봉지가 있었다.

봉지를 들여다보다가 안에 담긴 물건을 꺼내서 앞에 놓았다. 색이 있는 사각 스카프였는데, 주름을 펴려고 털자 공기중에 향기가 퍼졌다.

나는 인상을 찡그리고 잠시 스카프를 물끄러미 바라보았다. 본 적이 있는 스카프 같았지만 어디에서 봤는지 생각나지 않았다. 루나가 두른 걸 보고 검은색과 금색 기하학적 무늬가 독특해서 기억에 남았는지도 몰랐다. 잠시 벽을 보며 생각에 잠겨 있는데, 칼의 의자 팔걸이에 접혀 있는 신문으로 시선이 내려갔다. 그리고 신문 머리기사가 눈에 띄었다.

지역 살인 사건 수사에 진전을 보이지 못하는 경찰

굵고 검은 글씨가 나를 응시하는 것 같았다. 세라라는 젊은 여성이… 그녀의 시신이 4주 전쯤 시내의 레이스 마켓 지구에서 발견되었다. 세라가 실종되자 경찰은 실종 당일 밤에 그녀가 입었던 의상을 공개하는 데 노력을 기울였다. 그중에는 독특한 무늬의 스카프도 포함되어 있었다. 지역 신문은 물론이고 전국에 발행되는 신문까지 비슷한 스카프의 컬러 사진을 수록한 기사를 실었다.

나는 신문을 집어 들었다.

경찰은 현지 여성 세라 그레이슨(25세) 살인 사건 수사의 핵심 증거 수색 작업을 원점에서 다시 시작하기로 했다.

그레이슨의 시신은 폭넓은 수색 끝에 도심 레이스 마켓 지구에서 발견되었다. 부검 결과, 사인은 교살로 확인되었다. 현재 형사들은 사라진 스카프를 찾고 있다.

노팅엄셔 경찰서의 헬레나 프라이스 경위는 《노스 놋츠 포스트》에 다음과 같이 밝혔다. "그레이슨 씨는 사망하기 전 몇 시간 동안 검은색과 금색 무늬가 있는 독특한 실크 스카프를 착용했습니다. 그녀가 나이트클럽에서 나갈 때 찍힌 CCTV 영상에서 또렷하게 확인되었으나 발견된 시신에는 사라지고 없었습니다."

경찰은 즉시 대대적인 수색을 펼쳤으나 일주일이 지난 지금도 스카프의 소재를 파악하지 못했다.

"힘차게 살아가던 이 죄 없는 젊은 어머니를 살해한 범인을 검거하여 괴로움에 빠진 가족에게 조금이나마 위로를 전하기 위해서는, 이 핵심 증거물을 반드시 확보해야 합니다."

나는 기사 아래에 실린 사진을 보았다. 창백한 얼굴에 다크서클이 짙고 눈에는 눈물이 가득한, 내 또래로 보이는 여자 사진이었다. 그녀는 네 살 정도로 보이는 밝은 빨강 머리의 귀엽고 자그마한 여자아이를 안고 있었다. 사진 아래에는 다음과 같이 표기되어 있었다.

세라 그레이슨의 딸 밀리와 어머니 줄리 그레이슨

종종 만나는 친구의 여동생이 줄리 그레이슨 근처 동네에 살고 있었다. 친구가 여동생에게 어느 날 지인의 딸이 실종되었다는 이야기를 들었다고 했다.

사진 속 여자의 뭔가에 씐 듯하면서도 비참한 얼굴과 여자아이의 당황한 표정이 눈에 들어왔다. 문득 이 사건이 남 일 같지 않았다. 가슴이 조여오며 바니가 떠올랐다. 바니에게 제 엄마와 아빠가 병원에 있다는 걸 어떻게 설명해야 할까. 그런데 이 어린 밀리는… 제 엄마가 하늘나라로 떠났다는 이야기를 들어야 했다니.

나는 신문을 다시 접어서 소파에 엎어 놓았다.

파커는 세라 그레이슨 실종 사건과 관련해 조사받은 적이 있었다. 그리고 아무 잘못이 없다고 확인받았다. 세라가 실종되기 직전에 그 동네에서 아우디로 알려진 은색 차량을 목격한 사람이 있었는데, 그때 파커는 은색 아우디를 타고 있었다. 회사에서 차를 새로 받기 직전이었다.

경찰은 그들이 받은 차량 데이터와 일치하는 차량에 대해 통상적인 조사를 하는 것뿐이라고 분명히 밝혔다. 그게 다였고 더 이상 아무것도 없었다. 파커가 조사받은 시간은 짧았고, 즉시 경찰이 인정할 만한 알리바이를 제시했다 뉴캐슬에서 열린 영업 회의에 참석해 다음 날까지 출장 중이었기 때문이다. 조사는 그걸로 끝이었다. 그 후에는 아무 연락도 없었다.

나는 무릎 위에 떨어진 작고 구겨진 검은색과 금색 무늬 스카프를 내려다보았다.

경찰이 계속 찾고 있는 스카프와 똑같았다.

17장

파커

6년 전

파커는 6년 전 루나를 처음 만났을 때 그녀가 질투심 많은 성격인 줄은 몰랐다.

둘은 짧은 시간에 깊이 사랑에 빠졌고, 따뜻하고 관능적인 감정에 휩싸여 그 무엇도, 그 누구도 보이지 않았다. 아무리 같이 있어도 부족했고 매일, 매 순간 함께 있기를 열망했다.

파커는 만난 지 1년 뒤에 루나에게 청혼했고 다시 1년 뒤에 둘은 결혼했다. 그리고 바니가 태어나 가족이 완성되었다.

파커는 만족스러운 결혼 생활과 아버지로서의 역할 속에서 여유를 찾으며 한결 차분해지고 안정되었다. 루나는 안락하고 예쁜 집을 만들기 위해 시간과 노력을 쏟았고, 일종의 패션 컨설턴트로서 온라인에서 입지를 쌓기 시작했다. 그리고 나중에는 인플루언서로 성공했다.

파커는 야망을 품고 일에 집중하며 최대한의 노력을 쏟아부었고, 집에 들어가지 못하는 날이 점점 많아졌다.

시간이 지나면서 파커는 루나의 행동이 달라졌다고 느끼기 시작했다. 먼저, 음주 문제가 있었다. 밤에 와인을 한두 잔 마시던 것이 한 병을 거의 다 비울 정도가 되었고, 거의 매일 마셨다. 그것도 파커가 퇴근해서 집에 도착하기도 전에.

어느 주말에 마리가 실수로 무심코 한 말에 따르면, 루나는 10대 때 술을 많이 마셔서 학교와 집에서 문제를 일으킨 적이 있었다. "끔찍한 부모님 덕분이었지. 내가 견뎌야 했던 일들을 생각하면…." 부모님이 침실로 가고 나서 루나가 씁쓸하게 말했다.

파커는 자세히 묻지 않는 편이 낫다는 걸 알고 있었다. 전에 한번 물어본 적이 있었는데, 그때 루나는 몇 시간이나 입을 꼭 다물고 그와 말을 하지 않았다. "그 이야기는 하고 싶지 않아. 아마 다시는 그럴 일 없을 거야." 루나는 눈물이 그렁그렁한 눈으로 이렇게 말했다. 파커는 그걸로 충분했다. 그 역시 아버지와의 관계에 문제가 있었고, 그 문제를 이야기하는 건 고사하고 생각하기도 싫었으니까.

파커는 루나의 질투심을 자극하지 않는 법을 배웠고, 루나는 술을 조절하는 법을 배웠다. 적어도 파커가 집에 있을 때는. 파커가 승진해 영업부 임원에서 지역 영업 담당 부책임자가 되자 루나의 질투심은 점점 커졌다.

파커는 새로운 직책을 맡으면서 출장이 잦아졌고 집에 들어오지 못하는 날도 많아졌다. 그리고 그때마다 이어지는 루나의 끝없는 질문에 짜증이 나고 지쳤다.

호텔 몇 호에 묵고 있어? 비상시에 당신에게 어떻게 연락해야 해? 매일 자기 전에 숙소에서 화상 통화할 수 있어?

파커는 루나를 사랑했지만 루나는 제정신이 아니었다. 그래서 걱정스러웠다.

하지만 이건 앞으로 닥칠 모든 일의 시작에 불과했다.

18장
니콜라

실크 스카프를 제외한 모든 것을 쓰레기봉투에 다시 담았다. 스카프는 아까처럼 봉지 두 겹에 잘 싸서 내 핸드백 아래쪽에 넣어 두었다.

거실에 앉아서 5주 전에 이 지역에서 젊은 엄마 세라 그레이슨이 실종되고 살해당한 사건에 관한 기사를 검색해서 읽었다. 시간이 얼마나 지났는지 알 수 없었지만, 창밖은 아직 어두웠다. 손목시계를 보니 새벽 5시 30분이었다.

언론에 공개된 사진을 확인해 보니, 내가 파커의 집에서 발견한 스카프가 경찰이 찾는 것과 일치하는 게 분명했다. 부패가 시작된 세라의 시신이 발견되었고 부검 결과 사인은 목 졸림으로 밝혀졌다. 옷은 다 입고 있었고 신용카드, 현금, 신분증이 들어 있는 핸드백도 옆에 그대로 있었다. 사라진 것은 딱 하나였다. 그녀의 시신이 발견된 뒤, 경찰이 도시를 샅샅이 뒤지며 찾고 있는 바로 그 물건이었다. 세라가 그날 저녁 외출하기 전에 세련되게 목에 둘렀던 실크 스카프.

내가 발견한 것이 단순히 루나가 원치 않아서 버린, 아무 의미 없는 물건이 아니라는 사실을 알게 되자 겁이 났고, 두려움과 피로로 몸이 아팠다. 분명 전국에 이것과 똑같은 스카프가 수백, 수천 개 있을 텐데…. 하지만 불쌍한 세라의 어머니가 딸에게 선물로 준 스카프는 딱 하나일 테지. 내가 발견한 게 그 선물일까? 조심스럽게 싸서 쓰레기봉투 바닥에 숨겨 둔, 그래서 결국 쓰레기통에 버리려고 한 그 스카프가? 불길한 예감은 아무리 삼키려 해도 사라지지 않았다. 목에 단단하고 시큼한 덩어리가 걸린 것만 같았다.

내가 찾은 걸 아직은 아무에게도 말하고 싶지 않았다. 칼에게도. 그는 내가 아는 사람 중 가장 엄격했다. 장담하건대 내가 끔찍한 범죄를 저지른다면 의무감에 나를 신고할 것이다. 다른 사람에게 말하기에는 아직 너무 일렀다. 파커가 이미 차 때문에 조사받은 적이 있다는 사실이 경찰의 관심을 불러일으킬 수 있다. 그러면 경찰이 파커를 더 자세히 조사할 이유가 두 가지가 되는 셈이다

상황이 그리되면 경찰은 순순히 물러서지 않을 것이다. 냄새를 쫓는 개처럼 달려들 테고 혹시라도 언론에 소문이 퍼지기라도 하면… 이런, 세상에. 절대 안 될 일이다. 내가 이 일을

무심코 입 밖에 내서 상황을 걷잡을 수 없게 만들기 전에, 아들이 관련된 일의 진상을 파악하여 부모로서 의무를 다해야 한다. 무죄가 입증되었음에도 삶이 망가진 사람들의 이야기가 언론에 넘쳐나지 않는가.

내 아들이 병상에 누워 살려고 싸우는 동안 그런 일이 일어나게 둘 수는 없다. 내가 아들의 단점을 잘 보지 못하는 건 사실이지만, 그 애를 천사라고 생각한다는 칼의 말은 오해다. 파커에게 성깔이 있고 자기 방식대로 하려는 고집이 있다는 걸 안다. 하지만 살인과 거리가 먼 사람이라는 것도 안다.

파커는 아무것도 모르고 루나가 진실을 아는 쪽이라면?

생각하자, 생각, 생각을 해 보자.

나는 양손으로 얼굴을 가렸다. 세상에, 그렇지 않아도 끔찍하기 짝이 없는 상황에⋯ 어쩌자고 이런 엄청나고 혼란스러운 일이 벌어진 걸까.

지난번에 병원에서 파커는 들릴락 말락한 소리로 집에 가지 말라고 했다. 왜 그런 경고를 했을까? 집을 팔려고 내놨기 때문일까, 아니면 더 불길한 이유가 있는 걸까?

디너 댄스파티장으로 떠나기 전에 나와 이야기 나누고 싶다던 파커의 말이 귓가에 맴돌았다. 머릿속에서 뭔가를 털어내고 싶었던 걸까? 아니면 루나의 비밀이라도 알게 된 걸까?

수년 동안 파커는 루나가 질투심과 소유욕이 강하다는 말을 한두 번 한 적이 있었다. 내가 캐물으면 언제나 입을 꾹 다물었지만 루나의 그런 성격 때문에 힘들어하는 건 분명했다. 게다가 루나의 침대 옆 서랍에 있던 작은 술병과 숨결에서 은은하게 풍기던 알코올 냄새… 루나에게 술 문제가 있는데 파커가 내게 말하지 않은 걸까? 결혼 생활에서 사람을 지치게 하는 그런 문제는 혼자 간직하고 싶을 수도 있는 법이다.

거실 문에서 소리가 나서 돌아보았다. 가운을 입은 칼이 초췌하고 핼쑥한 얼굴로 서있었다. "여보, 침대에 가서 자. 한두 시간 만이라도. 많이 피곤할 텐데."

나는 걱정을 억누르고 고개를 저었다. "잠이 안 와. 당신은 다시 가서 쉬어. 난 소파에서 잠깐 눈 붙이고 바니가 깨서 내려오면 아침 차려 줄게." 나는 머뭇거렸다. "8시에는 병원에 다시 가려고. 최대한 일찍 갈 거야. 그동안 바니 좀 봐줄래? 당신이 아직 파커를 못 보긴 했지만 내가 다시 가서 보고 싶어. 미안해. 내가…"

칼은 손을 들어 올렸다. "걱정 마. 이해해. 당신과 파커는 언제나 끈끈한 관계였잖아." 칼은 올라가려다 말고 말을 이었다. "필요한 게 있으면 올라와서 나 깨워. 알겠지?"

나는 고개를 끄덕이고 그가 맨발로 계단 올라가는 소리를 들었다.

당신과 파커는 언제나 끈끈한 관계였잖아.

사실이다. 우린 그랬다. 그래서 지금 날 질식시키려고 위협하는 수많은 감정과 씨름하고 있는 것이다.

"니콜라. 니콜라, 일어나!"

나는 눈을 번쩍 뜨고 허둥지둥 소파에서 일어나 앉았다. 가슴이 두근거렸다. 깊이 잠들어 꿈을 꾸고 있었다.

나를 내려다보고 서 있던 칼은 내 어깨에 손을 올리고 세게 흔들었다.

"여보, 방금 병원에서 전화 왔어."

"무슨 일로… 지금 몇 시야?"

"8시 30분이야."

"이런, 안 돼! 가야 해. 바니는?"

"바니는 잘 있어. 방에서 닌텐도 게임하고 있어. 니콜라, 내 말 들어봐." 칼은 걱정으로 초췌해진 모습으로 내 옆에 앉았다. "파커 말이야. 상태가 안 좋아졌대."

"뭐라고?" 벌떡 일어나는 바람에 순간 어지러웠다. 나는 손으로 입을 틀어막았다. "무슨 일이래?"

칼은 나를 가만히 끌어당겨 다시 앉혔다.

"파커가 받은 수술에 부작용이 생겼대. 지금 상태가 좋지 않은데 호전되지 않으면 혼수상태를 유도할 거래. 상태에 변화가 생기면 곧바로 전화해 주기로…."

나는 다시 벌떡 일어났다. "내가 가야겠어."

"니콜라, 내 생각에는 지금은 병원에 가도 소용없어. 파커도 못 볼 테고…."

"상관없어. 지금 당장 가서 파커가 혼수상태에 빠지기 전에 볼 수 있도록 어떻게든 해 볼 거야."

칼의 창백하던 뺨이 붉어졌다. "그건 터무니없는 짓이야!"

"상관없다니까!" 나는 소리 질렀고 칼의 충격받은 얼굴을 보고 목소리를 낮추었다. "당신은 이해 못 해. 나도 지금은 설명 못 하겠어. 하지만 파커를 꼭 봐야겠어. 그 애에게 꼭 할 말이 있어."

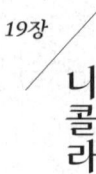

19장 니콜라

 병원에 가겠다는 내 생각이 확고하다는 것을 깨달은 칼은 택시를 타고 가라고 고집부렸다.
 "당신, 밤새운 것과 다름없어. 응급실에 실려 갔다는 소식을 또 듣고 싶진 않아. 그러니까 정 가야겠다면 택시 타고 가."
 나는 칼이 '협상의 여지가 없음'을 알리는 목소리로 말하고 있다는 걸 알아차렸다. 그래서 택시를 예약한 다음 바니를 보러 위층으로 올라갔다.
 내가 방에 들어가자마자 바니는 게임기를 내려놓았다.
 "엄마랑 아빠가 나 데리러 몇 시에 온대요?" 창백한 얼굴로 묻는 바니를 보니 마음이 아팠다. 바니는 뭔가 잘못됐다는 걸 눈치챈 것 같았는데 어른들은 아무것도 알려 주지 않고 있었다.

나는 침대 끝에 걸터앉았다. "바니, 지금 뭔가 이상해 보일 수도 있다는 거 알아. 그 점은 정말 미안하구나. 그러니까, 할아버지랑 할머니가 몇 가지 일을 정리하고 정보를 더 알아낸 다음에 무슨 일이 있는지 알려 줄 거야. 이해하지?"

"조금은요." 바니는 처량하게 대답했다. "밤에 경찰이 온 것과 관련된 일인가요?"

"그래, 어느 정도는." 나는 한숨을 쉬었다. 힘든 일이었다. 정말 힘들었다. "이제 너도 아기가 아니고 어린이니까 곧 얘기해 준다고 약속할게."

"알겠어요." 바니는 풀 죽은 목소리로 대답하고 다시 게임기를 집어 들었다.

"할머니는 잠깐 외출할 건데 다녀와서 얘기하자. 금방 올 거야."

바니는 이미 게임에 빠져들었다. 나는 바니의 머리에 입 맞췄고 아이는 정신이 팔린 채 잘 다녀오라고 중얼거리며 인사했다.

택시가 병원 정문 바로 앞에 내려 주었고, 나는 칼의 말을 듣기를 잘했다고 생각했다. 적어도 주차하고 정문까지 걸어갈 필요는 없었으니까.

황급히 엘리베이터를 타고 중환자실로 향했다. 발소리가 울려 퍼지는 복도를 걸어가자니 이 길이 그 어느 때보다 길게 느껴졌다. 몇 명이 지나가다가 나를 알아보고 미소 지으며 고개를 끄덕여 인사했다. 대부분 병원 직원인 것 같았다.

중환자실 안내 데스크로 가자 아까와 다른 사람이 근무 중이었다. 파커의 이름을 대자 직원은 내 이름을 물었다. "아들의 상태가 나빠져서 혼수상태를 유도해야 할지도 모른다고 들었어요. 그러니까, 그전에 우리 애를 꼭 만나야 해요. 꼭 할 말이 있어요."

직원은 내 이름을 묻고 키보드를 두드리더니 나를 다시 보았다. "밴스 씨, 담당 의사 선생님을 불러 드릴게요. 잠시 앉아서…."

"안 돼요! 앉아서 기다릴 수 없어요." 그때 뭔가 퍼뜩 떠올랐다. "설마 파커가… 제 말은, 그 애가…." 갑자기 직원이 흐릿하게 보여서 안내 데스크를 붙잡았다. "우리 애에게 무슨 일이 생긴 건 아니죠? 그렇죠?"

"소식을 알려 드릴 사람을 최대한 빨리 부를게요." 직원은 했던 말을 반복했다. "그런데 괜찮으세요? 입구 옆에 음수대가 있어요. 혹시 물을…."

"물 따위는 필요 없어요. 내 아들을 보고 싶을 뿐이에요!" 내가 곡선 모양의 안내 데스크를 내리치자 직원은 깜짝 놀랐다.

"목소리 낮추세요. 최대한 빨리 의사 선생님을 부르겠다고 말씀드렸잖아요."

직원과 면회객 몇 명이 나를 바라보자, 이내 원초적인 분노와 공포가 사라졌다. 하룻밤 사이에 나는 병원 직원을 함부로 대하는, 모두가 싫어하는 그런 사람이 되어 버렸다. 수치심과 무력감에 눈시울이 뜨거워졌다. "미안합니다. 원래 이런 사람은 아니에요. 소리 지를 생각은 아니었어요." 나는 나지막이 말했다.

"괜찮아요. 곧 담당자가 선생님을 만나러 올 겁니다, 밴스 씨." 직원이 너그럽게 말했다.

나는 창피해하며 자리에 앉아서 손을 내려다보았다. 이곳에서 기다리고 있는 다른 사람들의 못마땅한 표정을 보고 싶지 않았기 때문이다.

파커와 딱 5분만 이야기하고 싶었다. 딱 5분이면 이 스카프가 빌어먹을 범죄의 증거라는 생각을 지워 버릴 수 있을 텐데. 그리고 5분이면 파커에게 사랑한다고, 다 잘될 거라고, 우리가 바니를 돌보고 있다고, 루나와 헤어지게 되면 다시 일어서는 데 시간이 얼마나 걸리든 집에 와서 지내도 된다고 말할 수 있을 텐데.

의사가 내 앞에 나타나기까지 20분이 걸렸다. 아까 만난 의사였고 이번엔 잠들지 않아서 다행이었다.

나는 벌떡 일어났다. "제 아들은 어떤가요? 상태가 안 좋아지고 있다는 전화를 받았는데요."

의사는 고개를 끄덕였다. "이른 아침에 합병증이 생겼고 위장관 출혈 수술을 다시 해야 할 것 같습니다."

"심각한가요? 의식이 없나요?"

"심각한 상황이 될 수 있습니다만 수술을 통해 최악의 상황을 막을 수 있길 바랍니다. 환자는 매우 지쳐 있지만 의식은 있습니다. 투약을 많이 해서 자다 깨기를 반복하고 있습니다."

"볼 수 있을까요?"

"지금 상태에서는 그러지 않는 게 좋겠습니다…"

"선생님, 제발요. 부탁이에요… 5분만요. 파커에게 아주 중요한 이야기를 해야 해요. 그 정도로 중요한 일이 아니라면 부탁하지도 않았을 거예요."

의사는 나를 보더니 입꼬리를 늘어뜨리며 고민했다. "알겠습니다. 딱 5분이에요."

"고맙습니다! 정말 고맙습니다."

"환자는 힘과 에너지를 아껴야 하니 흥분하거나 괴로울 수 있는 대화는 하지 마세요."

"약속할게요." 나는 이렇게 말하면서도 파커에게 솔직히 물어야 할 불편한 이야기를 생각했다. 하지만 내게는 선택권이 없었다.

의사는 나를 중환자실로 데리고 가 파커 옆에 두고 나갔다. 몇 시간 전에 마지막으로 봤을 때보다 훨씬 더 부은데다 안색이 안 좋은 아들의 얼굴을 본 나는 충격과 괴로움을 애써 참았다.

내가 손을 잡고 얼굴을 가까이 가져가자 파커는 파르르 눈을 떴다. "아들, 엄마야. 엄마 왔어. 우리 아들, 정말 사랑해."

파커는 내 손을 꼭 잡더니 핏발 선 눈을 좀 더 크게 떴다.

나는 주위를 둘러보며 듣는 사람이 없는지 확인하고 파커의 귓가에 속삭였다. "아까 너희 집에 다녀왔어. 음… 너한테 꼭 물어봐야 할 아주 중요한 일이 있는데 솔직하게 대답해 줘야 해." 시간이 촉박한 느낌이었다. 언제라도 간호사가 나타나 시간이 다 됐다고 말할 것만 같았다.

파커는 다시 눈을 뜨고 나를 보았다.

"스카프를 발견했어. 쓰레기통 옆에서. 여자 스카프야." 병상 옆 심장 박동 모니터 신호음이 빨라졌다. 파커는 눈을 깜박이지도, 말을 하지도 않았다. 그저 나를 보기만 했다. "가져왔어." 나는 주위에 아무도 없는지 확인한 다음, 핸드백에서 봉지를 꺼내 재빨리 열었다. 그리고 뒤에서 누가 나타나더라도 안 보이도록 비스듬히 가리고 서서 스카프를 들어 보였다. "파커, 내가 걱정할 필요가 있는 거니? 혹시 루나 거야?"

심장 박동 모니터 신호음이 다시 빨라졌다. 파커는 눈을 크게 떴고 어쩔 줄 모르는 눈빛이었다. 그리고 숨을 헐떡이며 말했다. "버리세요… 가지고 있으면 안 돼…."

나는 겁이 났다. "왜? 누구 건데?" 스카프에서 달콤한 꽃향기가 피어오르자 나는 입에서 느껴지는 역한 맛을 삼켰다. "파커, 왜? 왜 이걸 갖고 있으면 안 돼? 말해 줘… 엄마한테 꼭 말해야 해!"

파커가 얼굴을 돌리려고 애쓰자 숨소리에 작은 쇳소리가 섞여 들렸다. "당장 버리세요." 파커는 눈을 꼭 감고 간신히 꺽꺽댔다. "버리…라고요!"

"파커, 이게 경찰이 찾고 있는 스카프니? 세라 그레이슨의?"

심장 박동 모니터 신호음이 전에 없이 빨라졌다. 파커는 고개를 저으려고 몸부림쳤지만 거동이 힘든 상태라 아주 조금 움직일 뿐이었다.

가장 두려워한 상황이 현실이 되자 냉혹한 두려움이 내 목을 조였다.

그때 문득 주위에서 움직임이 느껴졌다. 간호사가 달려왔는데, 처음에 나를 파커에게 데려다준 사람이었다. 그 뒤로 다른 간호사가 곧바로 쫓아왔다.

"무슨 일이죠? 심박이 치솟고 있어요." 첫 번째 간호사가 울리는 심장 박동 모니터 기기로 다급하게 움직이며 말했다. 그녀는 나를 보았다. "이런 상황을 피해야 한다고 말씀드렸을 텐데요. 환자에겐 휴식이 필요해요."

"파커가… 기계가 갑자기 울리기 시작했어요. 파커가 좀 속상한 모양이에요." 나는 절망에 빠진 목소리로 대답했다.

파커는 벌게진 눈으로 나를 보았다. 그 애가 입을 열길래 나는 귀를 가까이 가져갔다.

"루… 루나가…"

"루나가 뭐? 파커, 크게 말해봐. 엄마에게 말해야 해."

"밴스 씨, 이제 환자가 쉬게 가셔야 해요." 간호사가 끼어들었지만 나는 무시했다.

"루나가 이걸 알아?"

"루나가… 날 망가뜨릴 거예요. 루나가 바로…."

파커는 말을 잇지 못하고 기침하기 시작했다.

"이제 정말 가셔야 합니다. 담당 의사 선생님이 오기 전에 안정을 찾아야 해요." 두 번째 간호사가 단호하게 말했다.

다른 의료진이 와서 나를 데리고 나가려 했다. 나는 고개를 돌려 아들의 두들겨 맞은 듯 멍든 얼굴을 마지막으로 한 번 더 보았다. 파커는 눈을 뜨고 애원하는 눈빛으로 나를 보았다. 무슨 말을 하려던 걸까? 루나가 스카프에 대해 안다는 걸까?

루나가 날 망가뜨릴 거예요.

파커는 루나가 뭔가를 안다는 신호를 준 것과 마찬가지였다. 이런 상황에서 아무것도 하지 않고 가만히 앉아 있을 수는 없었다. 무슨 수를 써서라도 오늘 루나와 이야기해야 했다.

중환자실 안내 데스크로 가는 동안 안타까운 마음에 눈앞이 흐려졌다. 파커가 회복하는 데 지장을 주는 것만은 피하고 싶었는데. 하지만 어쩔 도리가 없었다. 파커가 그나마 말할 수 있을 때 물어봐야 했다.

당장 버려요. 버리…라고요!

파커는 왜 이런 말을 했을까? 왜 그렇게 겁에 질려 보였을까?

그럴만한 이유는 딱 한 가지였다. 내가 두려워한 최악의 상황이 사실이라는 것. 그런데도… 나는 파커가 그렇게 끔찍한 범죄에 연루되었다고 믿고 싶지 않았다.

출구로 가는데 오른쪽에 큰 쓰레기통이 보였다. 쓰레기통은 커피 컵과 과자 봉지로 이미 꽉 차 있었다. 나는 어깨너머를 흘끗 돌아보며 이쪽으로 오는 사람들이 한참 뒤에 있는 걸 확인했다.

그리고 다른 생각이 들기 전에 핸드백에서 스카프 봉지를 꺼내 쓰레기통 속 과자 봉지 아래에 쑤셔 넣었다.

그런 다음 이 일을 완전히 잊어 버리자고 다짐하며 성큼성큼 병원에서 나왔다.

20장

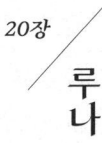

루
나

3년 전

파커의 팀에 새로 온 직원 이름은 섀넌 오루크였다. 스물네 살의 미혼이었고, 회사의 파견 근무 지원 제도를 활용해 고향 아일랜드 골웨이를 떠나 2년 동안 근무할 예정이었다.

"섀넌은 나이에 비해 자신감 있지만 아직 배울 게 많아." 어느 날 저녁 식사를 하던 중, 파커는 루나의 수많은 질문 중 하나에 이렇게 대답했다. "당신도 알다시피 내가 모이라를 정말 마음에 들어 했잖아. 은퇴해서 아쉬워."

"섀넌이라는 사람은 어떻게 생겼어?" 루나가 즉시 물었다.

"응? 뭐, 그냥 평범한 요즘 애들 같아. 머리를 아무렇게나 하고 화장도 진하고." 파커는 별다른 것 없다는 듯이 말했다.

루나는 파커가 포크로 감자를 접시 가장자리로 밀어내는 걸 지켜보았다. "특별하게 대접받아야 한다고 생각하는 것 같아."

파커는 서른한 살이었고 야망이 컸다. 그래서 루나는 그가 뼈빠지게 일하고 싶어하지 않는 젊은 사람을 잘 참지 못할 거라고 생각하며 스스로를 안심시켰다.

한 달 뒤, 파커는 센터 파크 셔우드 포레스트 호텔에서 이틀간 열린 회의에 참석했다. 그때 회사에서 개최한 가족 행사에서 루나는 섀넌을 처음 만났다. 바니는 아주 어렸지만 매 순간 즐거워했다. 직원들이 오전에 동기부여를 위한 등반 활동과 팀 화합을 위한 '숲 속 탐험' 활동에 참여하는 동안, 가족들은 실내 수영장을 비롯한 부대시설을 이용할 수 있었는데 수영장에는 아기부터 지루해하는 10대 청소년까지 즐길 수 있는 활동이 준비되어 있었다. 오후에는 직원들도 가족과 함께 자유 시간을 보냈고, 저녁에는 최고 경영진을 비롯한 모든 사람이 옷을 차려입고 모여 만찬을 즐겼다. 오락 거리도 마련되어 있었고 샴페인을 포함한 모든 것이 무료였다.

루나는 다른 사람들과 함께 있는 데 차츰 자신감이 생겼다. 바니와 비슷한 또래의 아이를 둔 엄마들이 몇몇 모였고, 전에 만난 적이 있는 사람들이라서 자연스럽게 어울렸다. 루나는 이들 무리의 끄트머리에 앉아서 이야기를 하기보다는 주로 들었는데, 아무도 이에 신경 쓰는 것 같지 않았고 편안한 분위기였다. 루나에게 필요한 자리였다.

첫날 아침, 여자들 몇 명이 수영장 주변에 앉아서 호텔 직원들이 아이들과 노는 걸 지켜보며 커피를 마시고 케이크를 먹었다.

어떤 여자가 눈을 굴리며 말했다. "새로 온 직원들 봤어요? 우리 남편이 그러는데, 어느 여직원을 두고 서로 데려가려고 싸웠대요. 그래서 내가 그랬죠. 그렇게 간절하면 나랑 애들 놔두고 그 여자랑 같이 살라고요."

다른 여자가 웃음을 터뜨렸다. "그럴 리가요. 자기 남편은 부인밖에 모르는 사람이잖아요, 페트라."

"나도 지난번에 봤어요. 정말 예쁘던데요. 곱슬한 금발 머리에 완벽한 55사이즈예요. 굴곡이 뚜렷한 몸매에 젊고. 윽. 기분 나빠서 토할 것 같아요."

여자들은 웃음을 터뜨렸다.

루나는 커피잔을 내려놓고 조심스레 말했다. "파커 팀에 직원이 새로 왔다던데요. 이름이 섀넌이라고 했어요."

농담과 키득거리는 웃음이 뚝 끊어지더니 모여 있던 사람들 사이에 불편한 침묵이 흘렀다.

"내가 말한 사람이… 그 사람이에요." 페트라라고 불린 여자가 루나의 얼굴을 살피며 말했다. "하지만 과장이 섞인 말이었어요. 싸우느니 어쩌느니 하는 것도 농담이고요. 파커는 아무 말도 안 했을걸요."

페트라는 한두 명이 시선을 교환하며 불편한 듯 들썩거리는 걸 보았다.

"호랑이도 제 말 하면 온다더니." 누군가가 꿍얼거렸다.

루나는 고개를 들어 아주 짧은 반바지에 컨버스를 신고 열대식물이 가득한 수영장으로 들어오는 젊은 여자를 보았다. 아래에서 위로 시선을 옮기며 끝없이 이어진 갈색 다리와 탄탄한 복근, 배꼽이 드러난 운동복을 훑었다. 컬이 있는 곱슬머리를 높이 묶어, 온화하고 예쁜 이목구비와 눈부신 미소가 돋보였다.

"안녕하세요." 그녀는 아일랜드 서부 억양이 약간 섞인 말투로 밝게 인사했다. "인사하고 싶었어요. 저는 영업팀에 새로 온 직원 섀넌 오루크라고 해요."

"만나서 반가워요, 섀넌. 정말 매력적인 분이군요!" 페트라의 말에 모두 미소 지었다.

"아휴, 그만하세요!" 섀넌은 페트라의 칭찬에 손사래 치며 얼굴을 붉혔다.

"사실인걸요. 섀넌, 난 루나 밴스라고 해요. 파커의 아내죠."

"루나, 만나서 반가워요." 섀넌은 자그마한 손을 내밀었다. 매니큐어를 바르지 않은 손톱은 자연스럽게 다듬어져 있었다. 얼굴을 가까이에서 보니, 피부는 매끄럽고 흠 하나 없었으며 화장도 거의 하지 않았다.

루나는 섀넌의 손을 잡고 악수하며 입가를 억지로 당겨 미소 비슷한 표정을 지었다. "섀넌, 만나서 반가워요. 파커에게 얘기 많이 들었어요."

루나는 자기보다 어린 섀넌을 물끄러미 바라보며 손을 계속 잡고 있었다. 섀넌이 손을 빼려 했으나 루나가 놓아 주지 않자 그녀의 얼굴에서 미소가 사라졌다.

다른 여자 한 사람이 기침하자 루나는 눈을 깜빡이며 섀넌의 손을 놓았다.

"잠깐 실례할게요." 루나가 일어나며 긴장된 말투로 말했다. "화장실에 다녀올게요. 그때까지 바니 좀 봐줄 수 있어요?"

"물론이죠. 천천히 다녀와요." 페트라가 밝게 말했다.

루나는 수영장을 가로질러 재빨리 화장실로 향했다. 가슴이 쿵쾅거렸고 몸속에서 강력한 무언가가 솟구쳐 머리가 폭발할 것 같았다.

그냥 평범한 요즘 애들 같아. 머리를 아무렇게나 하고 화장도 진하고.

루나는 파커를 죽일 수도 있을 것 같았다. 거짓말쟁이.

화장실에 간 루나는 안에 사람이 없는지 확인한 다음, 문 하나를 있는 힘껏 발로 차서 열었다. 아래쪽 경첩이 부러지도록 몇 번이고 문을 걷어차서 문이 덜렁덜렁해진 다음에야 정신이 돌아왔다.

루나는 찬물을 틀고 세수했다. 밖에 있는 저 여자들에게 그런 말을 듣고 괴로워하는 모습을 보여줄 순 없었다.

다시 수영장을 가로질러 자리로 돌아가던 루나는 여자들

이 서로 쿡쿡 찌르며 자세를 고쳐 앉는 걸 보았다. 섀넌은 가고 없었지만 다들 루나 이야기를 쑥덕거리고 있었던 게 틀림없었다. 파커가 젊고 예쁜 신규 직원을 낚았다는 얘기겠지. 루나는 마음을 가라앉히고 그곳으로 돌아가 바니를 기다리는 수밖에 없었다.

  다만, 한 가지는 분명했다. 그녀는 나중에 파커가 오면 이 문제를 이야기하기로 마음먹었다. 어떤 식으로든 두 사람이 더는 함께 일하지 못하도록 만들 것이다.

21장
니콜라

스카프를 버리고 약간 멍한 상태로 간호사 스테이션으로 내려갔다. 나는 나쁜 사람은 아니지만, 몹시 나쁠 수 있는 데다가 불법일지도 모를 일을 저질렀다.

딱딱한 바닥에 신발 부딪치는 소리가 들리고 형광등 불빛이 보이자, 이 삭막하고 넓은 공간에서 팔에 링거를 꽂고 다른 암 환자들 틈에 섞여 오랜 시간 앉아 있던 기억이 떠올랐다.

우리는 모두 다양한 일을 하며 다양한 모습으로 살아가는, 서로 다른 사람들이었다. 이런 우리를 한데 묶어준 중요한 공통점은 모두 살고 싶어 한다는 것이었다. 우리 모두 그 무엇보다 살기를 원했다. 만성 질환이 가르쳐 주는 게 있다면, 바로 삶이 소중하다는 사실이다.

세라 그레이슨도 자기 삶을 소중히 여겼을 것이다. 그녀의 어머니나 어린 딸에게도 귀한 존재였을 테고.

가만히 앉아서 뭐가 옳고 그른 행동인지 도덕적으로 판단하기는 쉽다. 하지만 좋은 엄마와 책임감 있는 시민 사이에서 갈등할 때는 이야기가 달라진다. 내가 무슨 권리로 경찰이 찾고 있을지 모를 증거를 버렸을까 하는 생각이 이제야 들었다. 불쌍한 젊은 여자의 목숨을 빼앗아 간 의문투성이 사건을 해결하는 데 도움이 될지 모를 증거를.

앞에 간호사 스테이션이 보였다. 새벽에 루나의 상태를 문의했던 병동 관리자를 만날 수 있기를 바랐다. 가까이 가자 카운터 뒤에 그 간호사가 보였다. 내가 근처에서 서성대자, 잠시 후 간호사가 서류에 서명하다 말고 고개를 들었다.

"무슨 일 있으세요?" 간호사는 눈살을 약간 찌푸렸다.

"도움이 필요해요." 어찌할 새도 없이 말이 튀어나왔다. "이런 부탁 정말 미안하지만, 외상 병동에 연락해서 며느리를 5분만 볼 수 있는지 물어봐 줄 수 있을까요? 며느리 이름은 루나 밴스예요."

간호사는 양쪽 입꼬리를 늘어뜨렸다. "그건 곤란…"

"제발요!" 나는 책상 쪽으로 몸을 숙였다. "부탁이에요. 그야말로… 생사가 달린 일이라서 그래요. 그 애를 만나야 해요. 꼭 물어볼 게 있어요. 인생이 뒤바뀔 수 있는 문제예요."

간호사는 나를 보았지만 아무 말도 하지 않았다. 내가 정신적으로 약간 불안하다고 생각하는 것 같았다.

"5분이면 돼요. 부탁해요. 이걸 설명할 수만 있다면 이해하실 테지만…" 나는 차분한 목소리를 유지했다.

"네, 알겠어요." 간호사는 두 손을 들었다. "병동 관리자에게 전화는 하겠지만 장담은 못 해요."

"이해해요. 고맙습니다." 그때 문득 뭔가가 떠올랐다. "혹시 루나의 부모가 와 있는지도 확인해 줄 수 있나요? 지금 같이 있으면 방해하고 싶지 않아서요."

"급한 일이라고 하시지 않았나요?" 간호사는 다시 서류 작업을 하며 차갑게 말했다. 그녀는 무서웠고 불쾌한 기색을 드러냈지만, 환자와 가족을 위하는 마음이 느껴졌다.

나는 조금 물러섰다. 이미 간호사를 화나게 했는데 더 이상 감정을 건드리고 싶지 않았다.

"미안해요. 내가 말도 안 되는 소릴 한다는 거 알아요. 그러니까… 루나와 단둘이 해야 할 이야기라서요." 간호사는 고개를 들고 나를 보았다. "그 애 부모가 알면 안 될 만한 일이에요."

간호사가 전화기를 집어 들자 나는 숨을 내쉬었다. 그녀는 나를 등지고 낮은 목소리로 통화했기 때문에 간혹 들리는 몇 마디 말고는 알아들을 수 없었다.

"몇 분만… 중요한… 부탁…."

나는 숨 쉬려고 애썼다. 몇 초가 몇 분처럼 느껴졌다.

간호사는 전화를 내려놓더니 알 수 없는 표정으로 나를 보았다. "5분 드릴게요. 환자 부모님은 오늘 오후에 올 예정이라는군요. 면회 시간이 아닌데 특별히 부탁한 것이니 너무 오래 있으면 안 됩니다."

"안 그럴게요. 이게 얼마나 의미가 큰지 모르실 거예요. 정말 고맙습니다."

5분 뒤, 나는 복도를 내려가 루나가 있는 병동으로 이어진 문으로 향했다. 조금만 더 가면 내가 반드시 밝혀야 할, 하지만 듣기 두려운 진실을 마주하게 될 것이다.

검사 병동으로 간 나는 양쪽으로 열리는 문 앞에서 호출 버튼을 누르고 이름을 댄 다음, 중환자실 병동 관리자가 보냈다고 말했다. 그러자 문이 열렸고 안으로 들어갔다.

이곳은 중환자실과 전혀 다른 분위기였다. 우선, 안내 데스크가 없고 작은 간호사 스테이션만 있었다.

"밴스 씨?" 키가 작고 머리카락이 검은 간호사가 유감스러워하는 표정으로 다가왔다. "루나에게 이야기했는데 지금은 면회객을 맞이할 기분이 아니라고 하더군요."

"오! 정말… 몇 분이면 되는데요. 아주 중요한 일로 루나와 이야기해야 해요. 그것만 얘기하고 갈 거예요."

간호사는 입술을 깨물었다. "그게 말이죠, 환자가 쉬는 게 중요해서요. 약도 복용 중이고…."

"잘 알고 있어요. 내 아들, 그러니까 루나의 남편이 중환자실에 있어서 이해해요. 하지만 우리가 루나의 아들 바니를 돌보고 있어서요. 꼭 이야기를 좀 해야 하는데요."

"알겠습니다. 그럼…." 간호사는 주위를 살펴보았지만 가까이에 다른 직원은 없었다. "몇 분만요."

"고맙습니다."

나는 간호사를 따라 양쪽에 병상이 있는 일반 병동으로 갔다. 일어나 앉아 있는 환자도 있었고 우리를 호기심 어린 눈길로 보는 환자도 있었다. 모두 관과 기계를 달고 있었고 아파 보였지만 파커 같은 환자는 없었다. 생사의 끔찍한 경계에 선 환자는 아무도 없어 보였다.

루나는 병실 끝 침대에 누워 있었다. 창백하고 멍들었지만 파커에 비해 괜찮아 보였다. 루나는 나를 보자 콧구멍을 벌름거렸다.

"면회할 기분이 아니라고…." 루나가 말끝을 흐려서 잘 들리지 않았다.

간호사가 뭐라고 말하자 루나는 퉁명스레 고개를 끄덕였다.

"5분 드릴게요. 더는 안 됩니다." 간호사가 지나가며 말했다.

"루나, 이런. 좀 어떠니?" 내가 침대로 다가가며 물었다.

"몸이 너무 안 좋아요. 말할 기분이 아니에요."

"무슨 일이 있었던 거야? 사고 말이야… 어쩌다가…."

"저는 차에서 자고 있었어요. 하나도 기억 안 나요." 루나가 재빨리 대답했지만 나는 그 말을 믿을 수 없었다. "지금 그 얘기는 못 하겠어요. 간호사가 그러는데 바니 일로 꼭 하실 말

157

쓸이 있다면서요."

나는 고개를 끄덕이며 더 가까이 갔다. "바니 얘기는 좀 있다 하마. 그보다 먼저 네가 도와줘야 할 일이 있어."

루나는 나를 쳐다볼 뿐 아무 말도 하지 않았다.

"실은… 너희 집에 다녀왔어."

"뭐라고요?"

"너희 집에 갔다고. 파커의 열쇠로 열고 들어갔어." 루나의 표정이 어두워지자 나는 손을 들어 올렸다. "바니 물건을 챙기러 간 거야. 그런데 집을 팔려고 내놓은 걸 보고 깜짝 놀랐어."

"파커가 말씀드리려고 했어요."

"아, 그러니? 언제 얘기할 생각이었다니? 부동산 웹사이트를 확인해 보니 2주 전에 내놨던데."

루나는 어깨를 으쓱했다. "그건 파커가 알아서 할 일이죠. 저희 부모님은 처음부터 알고 계셨지만…."

"그렇지만?"

"파커는 어머님이 야단치실 것 같다고 했어요. 그래서 미루고 있었나 보죠."

나는 부당하다는 생각에, 그리고 이 상황이 무엇을 의미하는지 알았기에 목에서 뜨거운 것이 올라왔다.

루나는 다시 입을 다물었다. 그리고 내게서 살짝 몸을 틀어 벽을 바라보았다.

"하지만 집 매매 문제로 여기 온 건 아니야. 궁금한 게 있어서. 혹시… 최근에 스카프를 버렸니?"

"스카프요?" 루나가 아주 작게 물었다.

"응. 쓰레기통 뒤에 내놓은 쓰레기봉투를 발견했어. 네 물건이 가득하더구나. 그런데 맨 아래에 비닐봉지로 싼 검은색과 금색 무늬 스카프가 있더라고. 이것과 똑같이 생겼어."

나는 휴대폰을 들어 올려 경찰이 잃어 버린 증거를 찾으려고 캠페인을 벌인다는 수많은 기사 중 하나에서 저장해 둔 사진을 보여 주었다.

사진을 본 루나의 반응은 슬로모션 같았다. 나는 떨리는 손으로 입을 막고 눈이 커진 루나를, 그 애의 완벽하게 다듬은 눈썹이 콧대 위쪽에서 만나는 모습을 지켜보았다.

잠시 후 나는 다시 물었다. "이 스카프, 네 것이니?"

루나의 얼굴이 창백해졌다. 내가 도착했을 때보다 훨씬 더. 루나는 속삭였다. "어디 있어요? 스카프 말이에요."

"내가 가지고 있어. 루나, 네 것이니?"

"허락도 없이 우리 집에 들어가시면 안 되죠, 어머님이…"

"경찰이 이것과 똑같은 스카프를 찾고 있어. 몇 주 동안이나. 그 스카프는 세라 그레이슨의 것과 똑같아 보였어. 살해당한 여자 말이야." 나는 조심스레 말했다

"저는 본 적도 없는 거예요. 파커와 이야기하셔야 할 것 같은데요. 그 사건으로 이미 경찰 조사를 받은 적도 있잖아요." 루나가 다시 멍한 표정으로 말했다.

"음, 그런 식의 조사는 아니었잖니. 너도 잘 알다시피 통상적인 조사였어."

루나는 사진을 다시 보았다. "뭐든 간에요. 어머님이 스카프를 찾으셨대도 저랑은 아무 상관없어요."

"하지만 네 물건이 가득한 봉투에 들어 있었어. 쓰레기통과 함께 내놓은 봉투에."

루나는 침대 옆쪽으로 손을 내려 능숙하게 버튼을 눌렀다.

"어머님, 이제 그만 가주세요. 파커와 이야기하세요. 찾으신 물건에 확신이 들면 경찰에 신고하시든가요. 제가 드릴 말씀은 그뿐이에요."

나는 휴대폰을 핸드백에 넣었다. "그건 어려울 것 같구나. 파커는 상태가 아주 안 좋아. 너보다 훨씬. 아마 알고 있겠지. 회복에 힘써야 할 때 경찰이 찾아가서 괴롭히는 일은 절대 없어야지."

돌아서자 간호사가 우리 쪽으로 오고 있었다.

"아, 바니는 잘 있으니 안심하라는 얘기도 해 주려고 왔어. 집에서 일주일 정도 지낼 옷도 챙겨 왔고. 이따가 무슨 일이 있었는지 이야기해 줄 텐데…"

"오늘 오후에 저희 부모님이 병원에 들렀다가 바니를 데리러 가실 거예요. 병원과 가까운 숙소에서 지내실 거고요. 바니에게는 아무 말도 하지 마세요. 저희 부모님이 다 설명하실 테니까요."

"바니 학교는 어쩌고? 이런 상황에서는 최대한 평소처럼 지내게 하는 게 최선 아닐까?" 루나가 자신이 가진 힘을 교묘하게 일깨워 주자 내 까칠함은 이내 풀이 죽었다.

"부모님이 헴슬리 근처의 개인 병원으로 저를 옮기려고 준비하고 계세요. 오늘은 아니더라도 늦어도 월요일에는 옮길 거예요. 그곳 사립학교에 임시 반 배정을 신청하실 거고요. 바니를 제 곁에 두고 싶어요. 여기가 아니라요." 루나는 차분하게 말했다.

나는 온몸이 뻣뻣하게 굳는 것 같았다. 애들 집이 매물로 나왔고 둘의 관계에 문제가 생겼다. 바턴 제임스 부부는 우리 손자를 멀리 데려가려 하고, 무엇보다 루나는 스카프에 대한 모든 질문을 신경질적으로 파커에게 밀어내고 있었다. 자신을 제대로 방어할 수조차 없는 파커에게.

"무슨 일이죠?" 간호사는 루나와 나를 보았다.

"너무 피곤해요. 어머님은 이제 가신대요." 루나가 말했다.

간호사는 루나의 베개 위치를 바로잡고 침구를 매만지며 분주히 움직였다. 그리고 철제 침대 끝에 달린 클립보드를 들고 체크 표시를 했다.

나는 출입구로 향하며 루나가 파커는 어떤지 한 번도 묻지 않았다는 것을 깨달았다.

뭔가 잘못됐다. 분명했다. 스카프를 버리는 게 아니었는데. 그 스카프가 파커와 아무 상관없고 루나와 관련되었을 수도 있는데.

나는 왔던 길을 되짚어 재빨리 중환자 병동 입구로 갔다. 근처에 아무도 없을 때까지 기다렸다가 휴지를 한 움큼 쥐고 쓰레기통으로 다가갔다. 그리고 쓰레기통 옆에서 들고 있던 휴지를 밀어 넣는 동시에 옆쪽을 파고들어 스카프가 담긴 봉지를 꺼냈다.

봉지를 다시 핸드백에 넣고 걸어가면서도 솔직히 이게 맞나 싶은 생각이 들었다. 사진을 보여 주었을 때 루나는 분명 스카프를 알아보았다. 그리고 루나가 어떤 식으로든 파커를 끌어들이려 하는 것도 틀림없었다.

나는 루나가 스카프가 사라지기를 바라는 듯한 인상을 받았고, 그래서 그걸 다시 찾아오기로 결심했다.

22장

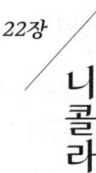

다시 중환자 병동에서 나와 택시를 불렀다. 잠시 후 칼에게서 메시지가 왔다.

바니가 자다 깨서 자꾸 물어보네. 집에 오면 다 같이 얘기 좀 해야겠어.

당연히 바니를 앉혀놓고 이야기해 줘야 했다. 하지만 내 머릿속에는 다른 무언가가 가득 차 있었다. 핸드백 바닥을 불태워 구멍을 낼 것만 같은 물건. 증거. 살인 사건 피해자의 것이었을지 모를 스카프… 경찰이 지난 몇 주 동안 찾던 스카프. 그리고 내 아들이 자동차 때문에 조사받았다는 사실.

나는 칼에게 재빨리 답장을 보냈다.

좋아. 택시 기다리는 중. 9시 30분에는 도착할 거야.

병원 로비에 앉아서 택시를 기다렸다. 본관 안내 데스크는 이미 접수 중인 환자들과 길을 묻는 방문객들로 붐볐다. 코스타도 문을 열었는데, 내가 보는 쪽에서는 자리가 대부분 차 있었다. 하지만 커피를 마시고 싶지는 않았다. 내 머릿속에는 이제 뭘 어떻게 해야 하나 하는 생각뿐이었다. 우리에게 또 다른 문제가, 그것도 아주 큰 문제가 있다는 걸 칼에게 어떻게 말해야 하나.

유리 미닫이문을 물끄러미 바라보았다. 열리고 닫히고 또 열리고 닫혔다. 문은 잠시도 가만히 있지 않았다.

스카프가 아무것도 아닐 수도 있다. 그저 루나가 마음에 들지 않아서 버린 것일 수도 있다.

하지만 루나는 스카프를 본 적이 없다고 했다.

스카프를 쓰레기봉투 아래에 넣어둔 사람이 루나가 아니라면… 누구일까?

파커일 수도 있다. 그 스카프가 끔찍한 사건에 연루되었다는 증거라서 파커가 숨겼을 수도 있다.

나는 양손으로 얼굴을 가렸다. 내 아들을 두고 어떻게 이런 생각을 할 수 있지? 파커는 착한 사람이다. 가족을 사랑하고 열심히 일한다. 우리 외아들이고 요즘엔 자주 못 보지만 우리가 필요하다고 하면 즉시 곁에 올 아이다.

그런데 파커는 곤란한 처지다. 결혼 생활이 무너지고 있고 집을 팔려고 내놓았다. 내게 뭔가 중요한 이야기를 하고 싶어 했다….

나는 손을 내렸다. 밖에 도착한 택시가 보이자 핸드백을 들고 출구로 향했다.

집으로 가는 길은 편안했고 교통 정체도 없었다. 칼이 현관에서 나를 맞이했다.

"할 말이 있어." 내가 말했다. 칼은 내가 벗은 외투를 받아 들고 가방도 받아 주려 했으나, 나는 가방을 더욱 꼭 끌어안았다. "먼저 바니랑 얘기하자."

칼은 인상을 썼다. "괜찮아? 애들은 어때?"

나는 칼이 하는 말에 집중하려고 안간힘을 썼다.

"파커는 안 좋아. 루나는 다친 데가 좀 있지만 그것 말고는 제법 괜찮고." 검은색과 금색 무늬가 섞인 스카프가 머릿속에 새겨져 모든 곳에 그림자를 드리웠다. "하지만 이 일부터 해치우자. 바니와 이야기해 보자고."

칼은 고개를 끄덕였다. "좋아. 거실에서 텔레비전 보고 있어."

우리는 함께 거실로 갔다. "안녕, 우리 아가." 나는 바니의 머리에 입 맞췄다. "잘 있었어?"

바니는 나를 보았고, 칼이 텔레비전을 끄자 이내 수상쩍은 표정을 지었다.

"바니, 우리 얘기를 좀 해야 하는데." 나는 소파의 바니 옆

자리에 앉았고 칼은 맞은편 안락의자에 앉았다.

"엄마랑 아빠 얘기예요?"

"그렇단다."

바니의 얼굴에 두려움이 드리웠다. "나 데리러 언제 온대요?"

나는 바니를 진정시키려고 팔에 손을 얹었고 칼은 목소리를 가다듬었다.

"한밤중에 경찰이 집에 왔던 거 기억하지?" 내 질문에 바니는 고개를 끄덕였다. "음, 경찰이 와서 말이지. 엄마랑 아빠가 호텔에서 나와서 운전하다가 교통사고가 났다는 걸 알려 주었어."

"하지만 둘 다 괜찮단다. 지금 병원에 있는데 의사 선생님이랑 간호사 선생님이 아주 잘 치료해 주고 계셔." 칼이 재빨리 말했다.

"오늘 집에 오나요?" 바니가 아랫입술을 떨며 물었다.

나는 당장 아이를 끌어안고 걱정하지 말라고, 다 괜찮을 거라고 말해 주고 싶었지만, 그보다 최대한 솔직하게 알려 주고 싶었다.

"아니. 엄마랑 아빠는 한동안 병원에 있어야 한단다." 나는 다정하게 설명했다. "엄마는 뼈가 몇 개 부러져서 치료받아야 하고 아빠는…." 목소리가 떨렸다. 칼이 말을 이어받아서 다행스러웠다.

"아빠는 엄마보다 조금 더 많이 다쳤어. 아빠가 바니를 정말 사랑하는 거 알지? 그런데 아빠는 수술 받아야 한대."

"왜요?" 바니는 얼굴을 찡그렸다.

"음, 아빠가 운전하고 있었거든." 칼이 계속 설명했다. "그래서 더 많이 다친 거야. 여기를 아주 세게 부딪치면…." 칼은 배를 두드렸다. "안에서 피가 날 수 있거든. 아빠에게 그런 일이 생겨서 그걸 고치려고 수술 받는 거야."

"의사 선생님이 다른 검사도 많이 해야 하고 또 다른 수술을 할지도 몰라. 그래서 아빠가 아직 집에 못 오는 거야." 나는 병원에서 들었던 말을 떠올리며 말했다.

파커의 얻어맞은 듯 멍든 얼굴이 머릿속에서 떠나지 않았다. 내 가방에 들어 있는 물건과 그게 내 아들을 망가뜨릴지도 모른다는 생각도. 아들뿐만 아니라 우리 모두의 삶을 망가뜨릴 수도 있었다. 그냥 쓰레기통에 버리고 올 걸 그랬나. 너무 많은 감정이 한꺼번에 밀려와서 더 이상 제대로 생각할 수 없었다.

"엄마랑 아빠 보러 가도 돼요?" 바니의 눈에 눈물이 고여 반짝거렸다. 나는 아이의 좁은 어깨를 감싸안았다.

"그럼, 당연하지. 의사 선생님이 와도 된다고 하면 곧바로 가자." 내가 말했다.

"알겠지?" 칼이 바니의 머리를 헝클며 묻자, 바니는 살짝 고개를 끄덕였다.

"그럼 난 어디로 가요? 엄마랑 아빠가 병원에 있잖아요."

바니가 물었다.

"그걸 지금 의논하는 중이란다. 요크셔에서 할머니랑 할아버지가 오실 텐데, 네가 어디로 갈지는 엄마에게 달려 있어."

나는 칼에게 의미심장한 표정을 지었다. 그는 내가 루나와 무슨 이야기를 했는지 몰랐다. 아직 모르는 게 많았다. "그런데 하나도 걱정할 필요 없어. 당분간은 여기서 우리와 함께 지내게 될 테니까."

"좋아요. 엄마랑 아빠가 집에 올 때까지 여기서 할머니, 할아버지랑 있고 싶거든요." 바니가 힘주어 말했다.

23장
파커

3년 전

파커는 그 일을 최대한 미루고 있었다. 하지만 크리스마스 3주 전에 요크에서 열리는 전국 영업 회의에 참석해야 한다고 루나에게 말해야만 하는 때가 왔다.

"빠질 수 있는 회의가 아니야. 곧 크리스마스인데 당신과 바니를 두고 떠난다고 생각하면 정말 싫지만 꼭 참석해야 해." 파커는 루나에게 자세히 설명했다.

루나는 평소와 달리 차분한 반응을 보였다. 파커의 예상과 달리 소리 지르지도, 미친 듯이 악을 쓰지도 않았다. "새로 온 직원도 같이 가?"라고 물었을 뿐 별다른 말을 하지 않았다.

파커는 가슴이 내려앉았다. 한 달 전, 센터 파크에서 열린 회의에서 루나가 섀넌을 잠깐 만나고 나서 둘은 심하게 말다툼했다. 순화해서 말하자면, 루나는 섀넌의 첫인상을 마음에 들어 하지 *않았다*. 게다가 그때 루나는 와인을 많이 마시고 심술을 부렸다. 파커가 외도에 푹 빠졌다고, 그녀를 무시한다고 비난했다. 그러면서 섀넌을 해고하거나 다른 팀으로 보내라고 요구했다.

파커는 그렇게 하면 고위 경영진이 못마땅해할 테고 그릇된 관심을 받을 수 있어서 불가능하다고 설명하려 애썼다. 하지만 루나는 "두고 봐"라고 단호하게 말한 다음에 입을 꼭 닫았다.

그 말이 무슨 뜻인지는 누구나 짐작할 수 있었다. 그래서 파커는 굳이 물어보지 않았다. 다행히 그 후로 루나가 섀넌을 거론한 적은 없었다. 하지만 이번에는 어쩔 수 없이 며칠 출장 다녀와야 한다는 이야기를 꺼냈다.

"회사 전체가 관련된 일이야. 한 사람도 빠짐없이 참석해야 한다고." 파커는 조심스레 말했다.

루나는 짜증 난 표정으로 콧방귀를 뀌더니 저녁을 준비해야 한다는 핑계를 댔다. 이렇게 운이 좋다니, 파커는 믿기지 않았다. 어쩌면 오래전부터 루나가 기분 나빠할 만한 이야기를 할 때마다 달걀 껍데기를 밟듯 조심하기보다 이렇게 강경한 태도를 보여야 했는지도 모른다.

"요크에서는 어느 호텔에 머무는데?" 루나가 저녁을 먹으면서 물었다.

"시내에 있는 더 그랜드 호텔에서 회의하기로 되어 있으니 같은 곳에 머물지 않을까." 파커는 작은 잔에 시원한 리오하 화이트 와인을 한 잔씩 따랐다. "한 번쯤은 그런 호사를 누리는 것도 좋겠지. 그 호텔이 시내와 아주 가깝기도 하고."

"시내에서 가까운 게 왜 중요한데?"

"음, 지루하게 회의만 하다가 올 순 없잖아. 가끔은 좀 쉬어야지. 알다시피 요크에는 즐길 거리가 많으니까."

루나는 표정이 약간 밝아지더니 와인을 꿀꺽꿀꺽 마셨다. "좋은 생각이 났어. 바니를 부모님 댁에 데려다 놓고 내가 같이 가면 어떨까? 당신은 회의에 참석하고 '쉬는 시간'에는 나랑 같이 놀고…. 어떻게 생각해?"

파커는 웃음을 터뜨렸다. 와인의 상큼한 감귤류 풍미가 혀에서 기분 좋게 터졌다. "정말 그러고 싶은데 안 될 거야!"

루나의 얼굴에서 웃음기가 사라졌다. "왜?"

"여보, 전국에서 모이는 회의야. 영국 전역에서, 심지어 다른 유럽 국가에서도 온다고."

"쉬는 시간이 많은 것처럼 말했잖아."

"그래, 하지만 공식 회의 시간 사이사이에 친목을 도모하고 인맥을 다져야지. 내 일만 하고 나면 그만이 아니야."

루나는 잔을 비우더니 파커를 노려보았다. "회의에 여자들도 와?"

파커는 이 우스꽝스러운 질문에 웃음을 참지 못했다. "당연하지. 우수 영업 사원 중에 여자들도 있으니까."

"그럼 그 여자들과 함께 술집이나 클럽 같은 데도 가겠네?" 루나는 잔을 채웠다.

"개인적으로는 안 가지. 다 같이 인맥을 쌓고 이야기하러 간다면 모를까." 파커는 아직 와인이 절반 남은 자기 잔을 흘끗 보았다. "루나, 이 일이 원래 그렇잖아. 고위 경영진이 되려면 기대에 부응해야 해. 게임에 참여해야 한다고."

"단어 선택이 재미있네. '*게임에 참여한다*'라니. 원정까지 가야 하는지는 몰랐네."

파커는 나이프와 포크를 내려놓았다.

"여보, 왜 그래? 내가 일 때문에 가끔 집을 비울 수밖에 없다는 거 알잖아."

"하지만 3일이나 비웠던 적은 없지! 누굴 바보로 알아!" 루나는 손잡이가 가는 와인 잔을 거세게 내려놓았고, 그 바람에 손에서 잔이 깨졌다. 루나의 손가락에서 핏방울이 떨어지자 파커는 놀라서 벌떡 일어났다.

"세상에! 왜 그러는 거야?" 파커는 다급하게 행주를 가져와 루나의 손을 감쌌다.

나중에 루나는 파커의 품에 안겨 울면서 이때 있었던 일을 사과했다.

"파커, 정말 사랑해. 당신 없이 바니와 내가 어떻게 살까."

"하지만 그럴 일은 없어. 당신과 바니를 내 목숨보다 더 사랑해. 알지?" 파커는 루나의 턱을 다정하게 들어 올려 눈을 맞췄다.

루나는 침울하게 고개를 끄덕였다. "난 그냥… 그런 여자들도 있잖아. 독신에 야망이 가득하고 정상에 오르기 위해 필요하다면 잠자리도 마다하지 않는."

"이런, 루나! 그건 너무 심한 말인데. 내가 함께 일하는 여자들은 전혀 그렇지 않아. 게다가…." 파커는 루나의 코에 입 맞췄다. "집에 세계 최고의 여자가 있는데 내가 그 사람들에게 신경 쓸 이유가 있겠어?"

루나는 미소 지으며 그의 입술에 다정하게 입 맞췄다.

어리석게도 파커는 이걸로 다 끝난 줄 알았다.

요크 출장은 시작부터 좋지 않았다.

우선, 이유는 알 수 없지만 총무팀이 섀넌의 객실을 취소하는 바람에 엉망이 되었다. 다행히 파커에게 잘 보이고 싶어 하는 영업팀의 젊은 직원 둘이 방을 같이 쓰겠다고 했다.

그리고 둘째 날 아침, 파커는 아침 식사 시간에 울고 있는 섀넌과 마주쳤다.

"이런, 좀 앉아봐. 무슨 일이야?" 그는 평소 깔끔하던 섀넌이 머리가 헝클어지고 화장이 번져 눈가가 시커먼 모습을 보고 놀랐다.

"아침 일찍 프런트에서 전화를 연결하길래 받았는데요." 섀넌은 퉁퉁 부은 얼굴로 눈물을 삼키며 목멘 소리로 말했다. "간호사 전화였는데 아버지가 심장마비로 쓰러지셨다고, 아버지를 볼 마지막 기회일지도 모르니 어서 집으로 돌아오라고 했어요."

"아, 그런 안타까운 일이." 파커는 힘내라는 뜻으로 섀넌의 팔을 다독였다. "곧장 집으로 돌아갈 수 있도록 처리할 테니 걱정하지 마. 아버지 상태가 안 좋으신 것 같은데…"

"문제는 거기서부터예요." 섀넌은 계속 울면서 말했다. "저희 아빠는 심장마비가 아니었어요!"

파커는 섀넌의 찡그린 얼굴과 굳게 다문 입을 보았다. 안도한 표정이 아니었다. "아! 음, 그럼 좋은 소식… 아닌가?"

"누가 거짓말을 했어요. 전화한 사람이 누구인지 몰라도 병원 간호사가 아니었던 거예요." 섀넌은 휴지로 눈을 꾹꾹 눌렀다.

"뭐라고?"

"그 전화를 끊자마자 엄마에게 전화했는데 주무시다가 깨셨더라고요. 제가 무슨 말을 하는지 도통 이해하지 못하셨어요. 제가 히스테리에 가까울 정도로 흥분하자 아빠를 바꿔주기까지 하셨고요. 엄마 옆에서 주무시고 계셨고 아무 문제 없으셨어요."

"젠장! 아, 그러니까 아버지가 괜찮으셔서 다행인데 도대체 이게 무슨 일이지?"

"누가 그랬을까요? 누가 그렇게 잔인한 짓을, 왜 제게 했을까요?" 섀넌은 훌쩍거렸다.

파커는 목덜미가 오싹해졌다. "그러게. 정말, 누가 그런 짓을. 정말 끔찍한 일인데."

"문제는, 여기 못 있겠다는 거예요. 이제 안 되겠어요. 그런 일을 겪고 나니 너무 무서워요. 부모님을 두 눈으로 보고 잘 계시는지 확인해야겠어요. 이해하시죠?"

"그럼, 당연하지. 이해하고 말고." 파커는 이렇게 말하면서, 머릿속으로는 섀넌이 지금 떠나면 오늘 아침 영업 강의를 위해 그가 추가로 준비해야 할 온갖 일들을 떠올렸다. "가서 가족과 함께 시간 보내. 이런 일을 겪다니 유감이군."

섀넌은 훌쩍이며 고개를 끄덕였다. "이해해 주셔서 고맙습니다. 아무 이유 없이 저를 노리는 정신병자가 있다고 생각하니… 신경이 곤두서요."

"그 일은 생각하지 말고. 집에 가는 것만 생각해."

섀넌이 짐을 꾸리러 아침 식사 장소에서 나가자, 파커는 먹으려던 푸짐한 영국식 아침 식사를 밀어냈다. 왜인지 전혀 배고프지 않았다.

24장
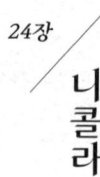
니콜라

바니는 우리와 이야기를 나누고 나서 그럭저럭 괜찮아 보였다. 닌텐도 스위치를 해도 되는지 묻기도 했다. 오래전부터 루나는 아침에 게임을 하지 못하게 했다.

내가 선뜻 하라고 하자 칼은 놀랐다. "바니가 이 상황을 받아들이는 데 도움이 될 거야. 우리 둘이 앉아서 이야기할 시간도 필요하고."

칼은 바니를 데리고 위층으로 올라갔고, 그사이에 나는 차를 끓이고 토스트 반쪽에 버터를 발라 억지로 삼켰다. 계속 버텨야 했다. 어떻게든 모든 일을 해결할 힘을 내야 했다.

칼이 내려와서 말했다. "아주 똑똑한 녀석이야. 어쩌다가 사고가 났는지, 왜 호텔에서 나왔는지 묻더라고. '엄마랑 아빠랑 또 싸웠어요?'라던데."

"아, 이런. 그래서 뭐라고 했어?"

"우리가 알아내려고 애쓰는 일이 아직 많다고, 알게 되면 얘기해 준다고 했어."

나는 고개를 끄덕였다. 파커와 루나는 둘의 관계를 감추려고 조심했지만 가여운 바니는 그 상황의 한가운데 놓여 있었다. 우리는 알지도 못했는데. 바니가 무엇을 봤는지, 제 아빠가 다른 방에서 따로 자는 걸 보고 무슨 생각을 했는지는 알 수 없었다.

하지만 칼에게 전해야 할 더 안 좋은 일이 있었다.

먼저 나는 애들이 집을 내놓았다는 소식을 알렸다.

"뭐?" 칼은 눈이 휘둥그레졌다. "옆집에서 세운 표지판이 아니고? 확실해?"

"옆집 아니야. 애들 집 앞 마당에 있었어. 그런데 더 안 좋은 소식이 있어."

나는 칼에게 쓰레기통을 내놓다가 묶여 있는 쓰레기봉투를 발견했다고 이야기했다.

"알턴 타워스에서 찍은 사진을 액자에 넣어서 줬던 거 기억하지? 그 사진이 튀어나와서 봉투가 찢겨 있더라고. 그래서 눈에 띄었어."

"대단들 하군!" 칼은 못마땅해서 눈을 굴렸다.

"봉투에 뭐가 들었나 뒤져봤는데… 글쎄, 이걸 발견했어."

나는 조심스럽게 스카프를 봉지에서 꺼냈다.

칼은 의자에 기대앉더니 눈을 가늘게 뜨고 스카프를 보았다. "이게 뭔데? 스카프잖아."

나는 고개를 끄덕이고 스카프를 계속 들고 있었다. "어디서 본 것 같지 않아?"

칼은 입술을 오므리고 한동안 유심히 보았다. "처음 보는 것 같은데. 누구 건데?"

나는 의자 팔걸이에 놓인 신문을 집어 들고 1면을 보여주었다.

"설마, 진지하게 하는 얘기는 아니지…? 죽은 여자라니?"

"살해당한 여자야. 뉴스와 온라인 매체에 온통 이 소식이 가득해. 경찰이 이것과 똑같은 스카프를 몇 주째 찾고 있어."

칼은 신문에 실린 컬러 사진을 보더니 이내 고개를 저었다. 내가 그랬듯이, 이제는 그가 혹시나 하는 공포와 씨름하고 있었다.

"그 스카프일 리 없잖아…. 그러니까 내 말은, 도대체 그게 왜 애들 쓰레기봉투에 있단 말이야?" 나는 그를 보았다. 그가 상황을 이해하기까지 잠시 침묵이 흘렀다.

"설마 당신, 파커가 관련됐다고 생각하는 건 아니…. 이미 경찰과 이야기했고 파커에겐 알리바이가 있었잖아. 다 끝난 일이잖아!"

"칼, 나도 알아. 하지만 이렇게 스카프가 있는걸."

칼은 턱을 문지르며 잠시 생각했다. "당신 생각엔 우리가 뭘 어떻게 해야 할 것 같아?"

"그게 고민이야. 파커와 루나 둘 다에게 이 일을 이야기했는데 파커는 잘 모르는 것 같았어. 스카프를 버려야 한다는 말만 하더라고. 왜 그런 말을 했는지는 이해가 돼. 이미 경찰에게 조사받은 적이 있으니까." 칼의 표정이 달라졌다. "그 표정은 뭐야?"

칼은 턱을 꼬집었다. "이런 말, 당신은 좋아하지 않겠지만… 난 당시에 파커가 말한 것 이상의 무언가가 있을지도 모른다는 생각을 자주 했어."

나는 신문을 내려놓았다. "무슨 말이야?"

"경찰은 파커의 알리바이를 의심하지 않고 받아들인 것 같았지만…."

"계속해 봐."

"저, 니콜라. 내가 이런 말을 하다니 믿기지 않지만… 그때 파커가 정말 회의에 참석했는지 경찰이 회사에 확인했을까? 부모로서 이런 말 하기 끔찍하지만, 난 그 알리바이가 정말 증명된 걸까 하고 자주 생각했어."

"파커의 말이 진실이었다는 게 증명된 걸까 하고?"

"응. 그 애가 회의에 며칠이나 참석했는지… 경찰이 확인했을까? 그날 밤 늦게 돌아와서 그 여자가 클럽에서 나왔을 무렵에 얼마든지 시내에 있었을 수도 있잖아. 마음만 먹으면 아침 식사 시간에 맞춰서 뉴캐슬로 돌아갈 수도 있었을 테고."

나는 천천히 고개를 저었다. "당신 같은 부모는, 부모가 아니라 원수야!"

"파커가 범인이라고 말하는 게 아니잖아!"

"분명 경찰이 물밑에서 다 확인했을 거야. 조금이라도 확실치 않거나 궁금한 점이 있었다면 금세 다시 왔겠지."

나는 분노를 삼켰다. 바니가 위층에 있고 파커가 아직 병원에 있는 상황에서 칼과 본격적으로 말싸움하기는 싫었다. 하지만 칼은 말을 끝내지 않았다.

"루나는 스카프를 보고 뭐래?"

"처음 보는 거라고 했어. 하지만 스카프는 봉지 두 겹에 싸여 루나 물건이 가득한 쓰레기봉투 바닥에 깔려 있었다고."

칼은 인상을 썼다. "루나의 물건이라. 루나가 말을 안 해서 그렇지 많은 걸 알고 있는지도 모르겠군."

나는 고개를 끄덕였다. "칼, 정말 안 좋은 예감이 들어. 혹시라도 이게 그 불쌍한 여자 것일까 봐 너무 무서워… 버리려는 생각도 했어. 파커 말대로 없애버릴까 하고." 나는 잠깐이지만 *실제로* 버렸다는 말은 하지 않았다.

칼은 나를 물끄러미 보았다. "왜 그렇게 자신을 괴롭혀? 골치 아프게 고민할 문제가 아니야. 그냥 없애버려. 줘 봐. 내가 버릴게!" 내가 대답하지 않자 칼은 한숨을 쉬며 내 팔을 토닥였다. "여보, 지금 이 상황에서 무슨 생각이 드는지 알아. 하지만 그러지 마. 논리적으로 생각해 봐. 파커와 루나는 살인 사건에 연루될 애들이 아니야… 그냥 그런 애들이 아니라고!"

칼은 점점 가늘어지는 머리카락을 쓸어 올렸다. "내가 말은 그렇게 했지만 파커에게는 확실한 알리바이가 있고 그 애들은 노팅엄에 잘 안 가잖아. 안 그래? 주말엔 거의 요크셔에 가니까."

칼의 말이 맞지만…. "스카프가 존재한다는 사실을 외면하자니 양심에 걸려. 비닐봉지에 두 번이나 싸서 쓰레기통에 버려질 봉투 바닥에 숨겨 두었잖아. 칼, 뭔가 수상해. 머릿속에서 지워지질 않아." 내가 나지막이 말했다.

칼은 화가 나서 씩씩댔다. "내가 무슨 말을 해도 달라질 것 같지 않군."

"그럼 어떡해? 스카프를 버리고 그냥 잊자는 거야?"

"아니. 적어도 파커가 회복세에 접어들 때까지는 아무것도 하지 말아야 한다고 생각해. 애들에게 그걸 찾았다는 말도 하지 말았어야 했어." 칼은 나를 빤히 보았다. "경찰에 신고했는데 당신 의심이 틀린 것으로 밝혀지면, 그땐 그 결과를 감당해야 할 거야. 파커와 루나가 우리와 절연할 가능성이 크겠지. 그러면 바니를 다시는 못 볼지도 모르고."

나는 손등으로 이마를 문질렀고 칼은 한숨을 쉬었다. "여보, 생각해 봐. 정말 파커와 루나가 젊은 여자를 주이고 아무렇지 않게 살 수 있다고 생각해? 바니 물건을 챙기러 가지 않았다면 당신도 전혀 몰랐을 거잖아."

"하지만 난 거기 갔고 그걸 찾았잖아." 말은 이렇게 했지만

나는 칼이 옳다는 걸 알았다. 경찰이 개입하면 돌이킬 수 없을 것이다. 그리고 통상적인 절차였다고는 하나, 이미 경찰 조사를 받은 적이 있는 파커가 가장 먼저 용의선상에 오를 것이다.

그때 뭔가가 떠올랐다. "다른 누군가가 스카프를 거기 넣어 놓은 거라면? 파커에게 누명을 씌우려는 사람이라든지. 그런 일도 더러 있잖아."

칼은 신음했다. "니콜라, 이 문제를 더 키우면 안 돼. 우리에겐 이미 감당해야 할 일이 많잖아. 파커가 며칠 내로 좋아져서 직접 당신 걱정거리를 없애주길 바라자고. 노팅엄셔 경찰서에서 그 애가 누워 있는 병원으로 찾아가기 전에 우리가 그 정도는 해줄 수 있잖아."

칼의 말이 옳았다. 나도 그걸 알았다. 하지만 자꾸 마음에 걸렸다. "그게… 그 불쌍한 여자의… 가족이 슬퍼하고 있잖아. 생명은 정말 소중한데 이걸 외면하는 건 잘못인 것 같아. 잠시라도 말이야."

칼은 고개를 돌렸다. 넌더리 난다는 표정이 스쳤다.

"난 내 생각을 말했고 이제 당신에게 달렸어." 그가 퉁명스레 말했다. "하지만 니콜라, 이거 한 가지는 말해 둘게. 만약에 모든 게 지독하게 잘못돼서 이 일로 아들과 손자를 잃게 된다면, 그건 다 당신 책임이야."

25장

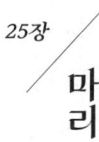
마리

 병원 근처에서 찾은 독특한 부티크 호텔 거실에서 휴대폰이 날카롭게 울리자, 마리는 아이패드를 내려놓고 휴대폰 액정을 보았다. 발신자 이름을 보고 놀란 그녀는 전화를 낚아채듯 집어 들어 받았다.
 "루나? 괜찮니?"
 "바턴 제임스 씨인가요? 퀸스 병원 간호사 플레처라고 합니다. 따님께서 전화를 걸어 달라고 부탁해서요."
 "무슨 일이죠? 루나는 괜찮나요?" 마리는 자줏빛 벨벳 소파에 앉았다.
 "안타깝게도 지금 좀 힘들어하고 있어요. 통화하고 싶어 하니 바꿔드릴게요. 환자가 쉬어야 하니 통화를 최대한 짧게 끝내 달라고 담당 의사 선생님이 말씀하셨어요. 오늘 하루 충분히 많은 일을 겪었거든요."

마리는 인상을 썼다. "네, 그럼요."

간호사는 목소리를 낮췄다. "아직 혈압이 좀 걱정스러우니 환자가 뭐 때문에 힘들어하는지 몰라도 마음을 좀 편안하게 해주시면 도움이 될 것 같아요."

"우리 애 바꿔주세요."

잠시 침묵이 흐르고 몇 마디 웅얼웅얼하는 소리가 들리고 나서 루나의 높고 떨리는 목소리가 들렸다. "엄마? 여기 와줄 수 있어요?" 심한 감기에 걸린 듯이 꽉 막힌 목소리였다.

"우리 딸, 왜 그러니? 무슨 일이야?"

"어머님이 다녀가셨어요. 간호사에게 만나고 싶지 않다고 했는데 막무가내로 왔어요." 루나는 간간이 울음을 삼키려 애쓰며 빠르게 말했다.

"뭐?" 마리는 얼굴에 열이 솟구쳤다. 자신과 조 말고는 아무도 찾아오지 못하게 해 달라고 직원들에게 그리 강조했건만.

"어머님이 파커 열쇠로 우리 집에 들어갔고 실크 스카프를 발견했대요. 예전에 경찰이 파커를 조사한 사건에서 살해된 여자 것으로 의심하고 있어요." 루나는 긴 호흡으로 한 번에 말을 쏟아냈다.

"루나, 알아듣기가 좀 힘들구나. 심호흡하고 천천히 말해 보렴. 네 시어머니가 허락 없이 너희 집에 들어갔다고 한 거니?"

"네. 바니 물건을 챙겨야 했다면서요."

"그런데 실크 스카프 얘기는 뭐니?"

마리는 아이패드에 열려 있던 소셜 미디어 피드에 눈이 갔다. 휴대폰이 울리기 직전에 관심을 끌어서 찾아본 게시물이었다.

NottsLiveNews @nottslivenews
노팅엄셔 경찰은 사라진 증거에 관한 제보를 요청합니다. 살인 사건 피해자 세라 그레이슨이 착용한 스카프는….

"어머님이 스카프 사진을 보여줬어요. 검은색과 금색 무늬가 섞인 그 스카프를 우리 집 마당에서 찾았다고요. 그러면서 그게 살해된 여자의 것이라고 했어요. 세라 그레이슨인가…. 경찰이 시신을 찾았는데 사라진 스카프는 아직도 찾는 중이래요. 엄마… 어떻게 해야 할지 모르겠어요… 난…." 루나는 숨이 넘어갈 듯이 흐느꼈다.

"넌 아무것도 안 해도 돼. 아빠와 내가 니콜라를 만나보마. 넌 회복에만 신경 써. 나머지는 전부 다 우리가 알아서 할 테니. 엄마 말 듣고 있지?"

"네." 루나가 작은 목소리로 대답했다.

"아빠가 널 다른 병원으로 옮기려고 애쓰는 중이야. 별일 없으면 모레부터는 그 끔찍한 곳에 있지 않아도 될 거다."

"저도 여기 있기 싫어요."

"자, 이제 진정하렴. 내가 지금 그리 가마."

"엄마, 안 오셔도 돼요. 아침부터 장거리 운전해서 힘드시잖아요. 그냥 엄마에게… 알려야 할 것 같았어요."

"아주 잘했어. 하지만 네가 잘 있는지 직접 봐야겠구나."

마리는 당장 병원에 가겠다고 루나를 안심시킨 다음 거실에서 나갔다. 가슴이 답답하고 머리가 윙윙 울렸다. 어떻게 감히 니콜라 밴스가 아파서 누워 있는 루나에게 달려가 살인 사건과 관련된 문제를 따질 수 있지?

한편으로 호기심도 생겼다. 경찰이 파커에게 연락했을 때, 마리는 겉으로 보이는 것 이상의 무언가가 있을 거라고 생각했다. 경찰은 파커에게 몇 주 전 어느 금요일 아침에 어디 있었는지 물었고, 경찰 조사를 받은 그날 밤에 파커와 루나는 바니를 데리고 헴슬리에 왔다. 집에 와서 루나가 경찰이 왔었다고 이야기하는데 파커는 안절부절못하며 불편해했다. 그러면서 자기 차가 경찰이 찾는 차와 비슷하기 때문에 통상적으로 몇 가지 물어봤을 뿐이라는 이야기를 몇 번이나 했다.

마리는 넓은 침실로 들어가 기둥 네 개 달린 침대를 지나 옷을 갈아입기 시작했다.

니콜라 밴스에게는 루나의 집에 들어갈 권리가, 병원에 침입해 그런 식으로 루나를 괴롭힐 권리가 없다. 루나가 그 젊은 여자의 죽음에 관해 뭔가 알고 있을지도 모른다고 지레짐작하다니, 그렇게 뻔뻔할 수가!

머리를 빗고 자동차 열쇠를 집어 드는 마리의 입가에 슬며시 미소가 피어올랐다.

언젠가 파커 밴스와 그의 어머니가 마리 가족의 삶에서 영원히 사라지기를 늘 바랐다. 운이 따라준다면 그날이 곧 올지도 모른다.

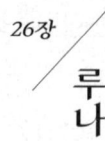

26장
루나

2개월 전

한동안 루나는 파커가 또다시 바람피우는 게 아닐까 의심했다. 파커는 언제나 추파를 던지고 다녔다. 하지만 그를 처음 만났을 때는 그런 점이 좋았다. 그때는 파커의 관심을 받는 사람이 그녀였으니까.

파커가 다른 사람의 아내에게 선 넘는 말을 하거나 저녁 모임이 끝날 무렵 젊은 웨이트리스가 자기 전화번호를 적은 쪽지를 슬쩍 건네게 만든 적이 어찌나 많았는지, 세다가 포기할 정도였다.

그때마다 파커는 사람들이 모두 보는 앞에서 자신이 받은 쪽지를 루나에게 보여주었고, 때로는 웨이트리스가 와서 시

중드는 중에도 보여주는 당황스러운 짓을 했다.

"난 그냥 같이 웃고 친근하게 대했을 뿐인데 그걸 오해하는 사람들이 있어. 농담 주고받는 걸 좋아할 뿐, 난 결혼해서 행복하게 사는 사람이라고." 파커는 자리에 모인 사람들에게 손을 들어 올려 결혼반지를 보여주기도 했다.

그럴 때면 남자들은 다 안다는 듯 웃음을 터뜨렸고, 여자들은 루나를 보며 딱하다는 듯이 미소 지었다. 그러면 루나는 뺨에 입 맞추는 파커를 받아 주고 그녀의 생각을 읽으려고 쳐다보는 다른 사람들의 시선을 돌리기 위해 대화 주제를 바꾸려고 애썼다.

다행히 과거가 되었지만, 파커 팀의 젊은 직원 섀넌 오루크도 있었다. 아주 오래전 일이었다. 그때만 해도 루나는 술을 마시지 않을 때면 어쨌든 남편이 그녀를 정말 사랑한다고 믿었다. 파커가 한 말은, 그러니까 루나와 바니와 함께 있을 때 행복하다는 말은 진심일지도 모른다고.

그러다가 불과 몇 달 전, 루나는 파커에 대해 전에는 몰랐던 점을 몇 가지 알아차렸다. 그녀는 노트북을 열고 목록을 작성했다.

- **하루의 12시간 이상을 밖에서 보내는 날이 많다.**
- **낮 동안 휴대폰이 몇 시간 연속으로 꺼져 있다.**

- 휴대폰과 아이패드 비밀번호가 바뀌었다.
- 가끔, 입고 나간 셔츠와 재킷이 드라이클리닝 된 상태로 옷장에 걸려 있다.
- 입출금 내역서에 확인할 수 없는 거액의 현금 인출이 몇 차례 발견되었다.

루나는 목록을 다시 읽고 잠시 생각에 잠겨 앉아 있었다. 그러다가 몇 가지 이상한 점이 더 생각났다.

- 퇴근하고 집에 왔을 때 예전과 달리 나를 잘 쳐다보지 않는다.
- 내가 왜 그렇게 말이 없고 딴생각에 잠긴 것 같냐고 물을 때마다 내 기분 탓이라고 말한다.

어느 날 늦은 아침, 루나는 학교 행정실에서 전화를 받았다.
"바니 상태가 좋지 않습니다. 아프고 안색이 매우 창백해요. 이번 주에 아이들 몇 명이 같은 증상을 보여서 크게 걱정할 일은 아닌 것 같습니다만." 직원이 말했다.

오늘 아침에 바니는 배가 아프다고 했지만, 루나는 온라인으로 처리해야 할 업무가 많은 날이라서 아이를 다그쳐 학교에 보냈다. "괜찮아질 거야. 친구들 만나면 배 아픈 게 사라질 걸." 루나는 이렇게 말했다. 하지만 지금은 죄책감으로 괴로웠다.

루나는 급히 학교에 가서 바니를 집으로 데려왔다. 그리고 파커에게 전화했지만 음성 사서함으로 연결되었다. 루나는 어쩔 줄 몰라 하며 메시지를 남겼다.

"바니가 아파. 애를 일찍 데려왔는데 열이 좀 있어. 집에 오는 길에 감기약 좀 사 올래? 이거 들으면 전화해."

파커에게서 아무런 소식이 없자, 루나는 오후 2시에 그의 사무실로 전화했다. "밴스 씨는 점심 식사하러 나가셨는데 연락하지 말라고 지시하셨어요."

파커는 오늘 하루 종일 사무실에 있을 거라고 했는데.

루나는 그의 아내라고 밝히지 않았다. "아, 그렇군요. 저희 대표님이 밴스 씨와의 점심 식사 약속에 제대로 도착하셨는지 확인차 연락드렸습니다. 대표님 성함은…."

"그분 성함이 맞는지 잘 모르겠네요. 여자분이셨는데." 직원이 미안해하며 말했다.

"여자분이라고요? 파커가 여자와 함께 있나요?"

"죄송합니다만 누구시라고 했죠?"

나중에 루나는 파커에게 사무실에 전화했다는 말은 하지 않았다. 찬장에서 찾은 감기약을 바니에게 먹였고, 바니는 몇 시간 자고 나서 오후에 회복했다.

"오늘 어땠어?" 그날 저녁, 집으로 돌아온 파커에게 루나가 물었다.

파커는 냉장고에서 맥주를 꺼내 꿀꺽꿀꺽 마시더니 루나

를 흘끗 보았다. "괜찮았어. 고마워. 당신은?"

"바니를 학교에서 일찍 데려온 것 빼고는 괜찮았어. 아까 전화했는데 휴대폰이 꺼져 있더라."

"응, 미안해. 팀원들이랑 종일 회의실에 틀어박혀서 최근 중요한 영업 전략을 정리했거든. 정말 힘들었어."

"저런. 온종일 회의실에 틀어박혀 있었다고? 쉬지도 못하고?"

파커는 맥주를 더 마시더니 시선을 피하고 하품했다. "응. 점심도 안에서 샌드위치로 해결하고 계속 틀어박혀 있었어."

루나는 냉장고 문을 열었다. "샤워하는 동안 내가 맛있는 거 해줄까?"

"나…." 파커는 맥주를 내려놓았다. "그게, 별로 배고프지 않아. 샤워하고 나중에 간식이나 좀 먹을게."

"샌드위치밖에 못 먹었다면서 제대로 된 식사를 해야지."

"괜찮다니까." 파커는 퉁명스레 말하더니 그런 뜻이 아니었다는 듯 손을 들어 올렸다. "미안. 미안해. 종일 이런저런 일로 시달려서 그래. 가서 샤워하고 바니랑 시간 좀 보낼 테니 당신은 좀 쉬어."

파커가 계단 올라가는 소리가 들렸다. 루나의 시선은 그가 출근할 때 입고 나갔다가 의자에 벗어 걸쳐 놓은 재킷으로 향했다. 머리 위에서 위층에 도착한 파커의 발소리가 들리자, 루나는 재킷 쪽으로 다가갔다.

아직 실밥도 뜯지 않은 양쪽 주머니에 손가락을 밀어 넣어 'GSK'라는 글자가 쓰인 물품 보관증을 꺼냈다. 오늘 날짜가 찍혀 있었다.

그래너리 스트리트 키친Granary Street Kitchen. 루나도 잘 아는 고급 식당이었다. 연애 초반에 파커가 데려갔던 곳이자, 약혼 파티와 결혼식을 하고 나서 간 곳이기도 했다. 이뿐만 아니라 루나가 파커에게 바니를 임신한 사실을 알린 곳이기도 했다.

그곳은 둘만의 특별한, 아주 특별한 곳이었다. 그런데 오늘 파커는 그곳에 다른 여자를 데리고 갔다.

27장
파커

2개월 전

파커는 길 건너편에 차를 세우고 기다렸다. 끝없이 모여든 부모, 조부모, 돌보미들이 저마다 아이들을 데리고 커다란 교문을 통과해 초등학교의 넓은 운동장으로 들어가는 모습을 지켜보았다.

종이 울리기 5분 전, 파커는 그 여자를 발견했다. 실물은 온라인 사진과 전혀 달라 보였다. 온라인 상에는 효과 좋은 필터가 많으니 크게 기대하지 않았는데, 막상 실제로 보니 정말 매력적이었다. 평범해 보이면서도 매혹적이었고, 특정 부류의 남자들이 끌릴 만한 독특한 매력이 있었다.

그녀는 딸의 손을 잡고 함께 걸었고 주위에서 부산스럽게 움직이는 다른 어른들에게는 눈길도 주지 않았다. 아이가 올려다보며 미소 짓자 아이의 머리카락을 헝클며 뭐라고 말했고, 잠시 후 둘은 학교 운동장으로 사라졌다.

파커는 그녀가 휴대폰을 쥐고 다시 나타날 때까지 좀 더 기다렸다.

파커는 그녀의 진짜 이름을 알고 있었다. 그녀에 대해 많은 것을 알고 있었다.

아담한 체구에 가슴이 예뻤고 피부는 투명하게 느껴질 정도로 하얬으며 머리카락은 밝은 빨간색이었다. 그런 머리카락을 '스트로베리 블론드'라고 부르는 걸 들었다. 원래 파커가 좋아하는 유형은 아니었다. 여자는 연약하고 순진해 보였는데, 이제 그녀에 대해 제법 알게 된 파커는 그럴 리 없다는 것을 알았다.

여자는 파커가 뚫어지게 보고 있다는 걸 모른 채 걸어가며 메시지를 보냈고, 교문으로 향하는 지각생과 부딪치지 않으려고 수시로 고개를 들고 앞을 살폈다. 그러더니 휴대폰을 주머니에 넣고 길모퉁이로 다가갔다. 복잡한 길을 건너가거나 좀 더 조용한 길로 가거나 둘 중 하나였다. 파커는 차에서 내려 찬 바람을 막으려 재킷 옷깃을 세우고 그녀를 향해 걷기 시작했다.

그녀는 짧은 연두색 레인코트를 입고 걸었다. 좁은 어깨에 느슨하게 묶은 포니테일이 살랑살랑 흔들렸다.

여자가 길을 건너지 않고 방향을 꺾자 파커는 욕설을 내뱉었다. 이는 곧, 그가 더 멀리까지 쫓아가야 한다는 뜻이기 때문이다. 아직 주변에 사람들이 좀 있었다. 파커는 그녀 뒤에 있던 여자 셋이 돌아서기를 기다렸다가 길을 따라 걷기 시작했다.

운동화를 신은 그녀는 수다를 떠느라 꾸물대는 세 여자와 달리 걸음이 빨랐다. 파커는 그들의 걸음이 더 느려진 틈을 타 앞질러 갔다. 이제 그녀와 파커 사이에는 아무도 없었지만, 그럼에도 파커는 꽤 뒤처졌다. 그녀가 돌아보지 않기를 바랐지만 혹시 돌아보더라도 의심하지 않을 만한 거리였다.

몇 분 뒤, 여자는 다시 오른쪽으로 꺾은 다음 왼쪽으로 돌아 조용한 주택가로 들어섰다. 파커는 동네 뒤쪽에 공원이 있다는 걸 알고 있었다. 몇 년 전 어린이들을 위한 나무 놀이기구가 설치된 놀이터로 개조된 곳으로, 주말에 바니를 데리고 몇 번 간 적이 있었다.

여자는 길을 반쯤 내려가다가 걸음을 늦추고 새로 지은 저층 아파트가 있는 구역으로 방향을 틀었다. 파커는 지난해 언젠가 공원 너머 넓은 부지 두 곳에 아파트가 지어질 때 임시 구조물의 그물망을 본 게 기억났다. 파커는 눈썹을 치켜올렸다. 최고급 호화 주택은 아니었지만 말끔하게 잘 지은 아파트라, 동네 다른 곳에 들어찬 낡은 테라스 주택보다 매매나 임대 비용이 분명 더 비쌀 텐데. 파커는 여자의 벌이가 제법 괜찮은 게 틀림없다고 생각하며 씁쓸해했다.

아파트에 딸린 작은 앞마당으로 이어진 대문에 이르자 여자의 휴대폰이 울렸다. 그녀는 파커를 등진 채 전화를 받더니 어깨가 구부정한 자세로 휴대폰에 대고 뭐라고 말했다. 30초 뒤, 그녀는 짧은 길을 올라가 입구 출입문 보안 키패드에 비밀번호를 입력했다.

"세라?" 파커가 낮은 울타리를 뛰어넘으며 쾌활하게 불렀다. 그는 입구 출입문을 찍는 CCTV 뒤쪽에서 그녀를 향해 다가갔다.

세라는 눈을 크게 뜨더니 목을 길게 빼고 위를 올려다보았다가 거리 아래쪽을 살펴보았다. 아무도 없었다.

"얘기 좀 해요. 여기에서 말고요. 공원에서 좀 걷죠." 파커는 차분하고 이성적인 목소리로 말했다.

"당신과는 아무 데도 가고 싶지 않은데요." 세라의 목소리는 놀라우리만치 굵직했다.

"왜요? 난 당신을 아주 잘 안다고 생각하는데요." 파커는 긴장한 표정으로 미소 지었고, 다시 울타리를 뛰어넘어 길가에 섰다. "선택의 여지는 없어요. 당신이 좋든 싫든 내가 꼭 해야 할 말이 있거든요. 당신의 그 너저분한 사생활이 어머니나 딸이 다니는 학교 사람들에게 낱낱이 알려지는 게 싫다면 응해야 할 거예요."

세라는 눈빛이 약간 흐릿해지더니 대문으로 나와 파커 앞에 섰다. "시간이 별로 없어요.. 한 시간 뒤에는 온라인에 접속해야 해요."

파커는 한 걸음 물러나 세라의 몸을 아래위로 훑었다. "음, 그거야 당신이 내가 원하는 걸 줄 수 있느냐에 달렸죠, 세라."

28장

노팅엄셔 경찰

현재

간호사가 형사들을 병실로 안내했을 때 루나 밴스는 침대에 앉아 있었다. 얼굴은 창백한데다 몹시 야위었고, 걱정 가득한 두 눈에서 고통스럽고 불편한 기색이 느껴졌다. 그럼에도 헬레나는 루나가 아름답다는 것을 알 수 있었다.

브루스터가 소개를 마치자 루나는 그들에게 앉으라고 했다.

"밴스 씨, 대화에 응해 주셔서 감사합니다. 최대한 간결하게 끝내겠습니다." 헬레나가 병상 옆 의자에 앉으며 말했다.

"루나라고 부르세요. 진통제를 목까지 차오르도록 많이 먹어서 지금은 편안해요." 루나는 희미하게 미소 지었다.

"저희가 이렇게 찾아온 이유는, 세라 그레이슨 살인 사건 수사에서 사라진 증거를 찾는 경찰 캠페인 직통 전화로 연락하셨기 때문입니다." 브루스터는 이렇게 말하며 헬레나 옆에 앉아서 수첩과 펜을 꺼냈다. "먼저 확인할 사항이 있습니다. 직접 전화하셨습니까?"

루나는 고개를 끄덕였다. "음, 엄밀히 말하면 제 어머니가 하셨어요. 어머니가 경찰에 신고하는 게 어떻겠느냐고 하셔서 제가 그렇게 해 달라고 부탁드렸어요."

헬레나는 병실 문을 보았다. "어머니께서 아직 근처에 계시나요?"

"아니요. 다른 문제를 처리하러 가셨어요. 하지만 지금 상황을 잘 알고 계시니 필요하면 이야기 나누실 수 있을 거예요."

"지금 단계에서는 그럴 필요 없지만 고맙습니다." 브루스터가 말했다. "예상하시겠지만 질문할 내용이 꽤 많은데요. 지금 몸 상태를 고려할 때, 힘드실 수 있으니 몇 차례 나누어 진행해야 할 것 같습니다. 간호사가 환자를 피곤하게 하면 안 된다고 신신당부했거든요."

루나는 희미하게 미소 지었다. "말은 그렇게 해도 실제로는 좀 봐주기도 해요. 계속하기 힘들 정도로 피곤하면 얘기할게요."

"고맙습니다. 그럼 먼저, 가장 중요한 질문인데요. 문제의 스카프를 가지고 있습니까?" 브루스터가 물었다.

루나는 고개를 저었다. "제 시어머니가 스카프를 보여주셨어요. 아니, 스카프 실물이 아니라 휴대폰에 저장된 사진을 보여주셨죠."

"확인 차원에서 질문하겠는데요. 시어머니가 파커 밴스의 어머니 니콜라 밴스 맞습니까?" 루나가 맞다고 하자 브루스터는 연필로 표시했다. "무슨 일이 있었는지 정확히 말씀해주시겠습니까?"

루나는 옆에 놓인 물잔을 향해 손을 뻗었다. 헬레나는 그녀의 팔 앞쪽에 가득한, 심하게 검푸른 멍을 보았다. 하늘색 환자복의 목 부분이 약간 벌어지자 오른쪽 쇄골에 덮인 흰색 의료용 테이프가 보였다. 루나는 물을 한 모금 마시고 잔을 다시 내려놓았다.

"어제 아들을 데려다준 뒤로 어머님을 보지 못했어요. 시부모님이 아들을 하룻밤 돌봐주기로 하셨거든요. 간호사들 말을 들어보니, 어머님이 몇 번 전화해서 제 상태를 물어봤다고 하더군요. 그러다가 나중에 직접 와서, 바니와 관련해 중요하게 할 말이 있으니 저를 만나게 해 달라고 특별히 부탁했다고요."

"그 중요한 말이 무엇인지 구체적으로 얘기하던가요?" 브루스터가 물었다.

"아니요. 병원 직원에게 들어보니 바니는 잘 있다고 했대요. 곧 저희 부모님이 바니를 데리러 가실 거라 제가 아이 일로 걱정할 필요는 없는데 말이죠. 저는 기분이 좀 그래서 간호사에게 어머님을 만나고 싶지 않다고 했어요." 루나는 헬레나를 흘끗 보았다. "뭐랄까… 어머님이 좀… 벅차서요."

"어떤 면에서 벅차다는 겁니까?" 헬레나가 파고들었다.

"어머님은 우리 가족이 친정과 가까이 지내는 걸 못마땅하게 여기세요. 우리 셋이 거의 주말마다 요크셔에 있는 제 부모님 댁으로 가는데, 그걸 속 쓰려하시는 것 같아요."

"그래서 만나고 싶지 않다고 한 거군요." 브루스터가 다음 이야기를 재촉했다.

"네. 엄마가 거의 매일 병원에 오시는데, 엄마가 다녀가시고 곧바로 어머님이 멋대로 들어왔어요. 저는 좀 당황했어요. 간호사들은 미안해했지만, 어머님이 막무가내로 나타나서 괴로운 표정으로 바니에 관한 급한 문제가 있어서 저와 이야기해야 한다고 말한 게 분명해요." 루나는 고개를 저었다. "어머님은 원래 그런 분이세요. 감정 과잉이죠. 하지만 어머님 표정을 보고 진짜 두려움에 차 있다는 걸 알았어요. 그래서 뭔가 큰 문제가 있다고 생각했죠."

"그 이야기를 나눌 때 누가 있었습니까?" 헬레나가 물었다.

"우리 둘뿐이었어요. 제가 몇 분 정도는 괜찮다고 해서 직원은 병실에서 나갔거든요."

"그다음에는 어떻게 됐죠?"

"어머님은 약간 불안해 보였어요. 파커의 열쇠를 가지고 허락도 없이 우리 집에 들어갔다고 했고요. 바니의 옷과 장난감을 가지러 간 것이지만요. 우린 어머님께 열쇠를 드리지 않았어요. 어머님이 우리를 훔쳐보고 싶어 하는 마음이 좀 있다는 건 파커도 인정했어요." 루나는 잠시 손을 내려다보고 나서 말을 이었다. "어머님은 저희가 집을 팔려고 내놓은 걸 보고 화내셨어요… 그리고 파커와 제가 방을 따로 쓴다는 사실에도요."

"두 분 결혼 생활에 문제가 있습니까?" 헬레나가 조심스레 물었다.

"그렇다고 볼 수 있죠." 루나는 팔짱을 꼈다. "하지만 어머님이 관여할 일은 아니잖아요. 어쨌든 제 물건이 담긴 봉투 바닥에서 검은색과 금색 무늬 스카프를 발견했다고 하셨어요. 사진을 보여주면서 '네 것이니?'라고 물으셨고요. 저는 처음 본다고 대답했어요."

"그러니까, 완전히 처음 보는 스카프였다는 말인가요?" 브루스터가 물었다.

"네. 그랬더니 어머님이 경찰에서 그것과 똑같은 스카프를 찾고 있다면서 살해당한 불쌍한 여자 이야기를 꺼냈어요."

"세라 그레이슨입니다. 정확히 뭐라고 하셨죠?"

"그냥 일반적인 내용이었어요. 그게 세라의 스카프와 똑같이 생겼고 그 여자가 살해당했다고요. 제가 쓰레기통 옆에 내놓은 쓰레기봉투에서 그걸 발견해서 물어보는 거라면서, 스카프에 대해 아는 게 없는지 자꾸 물었어요." 루나는 고개를 저었다. "저는 처음 보는 거라고 다시 말했고, 이 사건으로 파커가 경찰 조사를 받은 적이 있으니 그 사람에게 물어보시라고 했어요. 어머님은 이 말이 마음에 들지 않으셨던 것 같고요."

"파커와 스카프에 대해 구체적으로 언급하지는 않았나요?"

"파커 상태가 안 좋은데 스카프를 찾았다고 신고하면 경찰이 그 사람을 귀찮게 하지 않을까 걱정하셨어요. 그러더니 바니 이야기를 꺼내셨죠. 애를 어떻게 돌보고 있는지, 학교에는 어떻게 데려갈 건지… 그런 얘기요. 화가 난 게 분명해 보였어요. 제가 개인 병원으로 옮기고 제 부모님이 바니를 돌봐주실 거라고 얘기했거든요. 당연히 어머님은 못마땅해하셨고요."

"그럼 다시 스카프 이야기를 해 보죠. 그때 무슨 생각을 하셨나요? 충격받으셨나요?" 브루스터가 물었다.

"처음에는 아니었어요. 어머님이 최악의 상황을 상상한다고 생각했죠. 하지만 스카프에서 향수 냄새가 났다는 말을 듣자, 정말 살인 사건 피해자의 것일지도 모른다는 생각이 들어서 속이 울렁거렸어요."

"저희는 찾고 있는 스카프가 세라 그레이슨의 목을 조르는 데 사용되었다고 보고 있습니다." 브루스터가 인상을 쓰며 말했다.

"아… 정말 끔찍하군요." 루나는 손끝을 입술에 가져가며 속삭였다.

"니콜라에게 경찰에 신고하라고 했나요?" 헬레나가 물었다.

"네. 파커와 이야기하라고도 했고요. 아, 그리고 그때 제가 신고할 수도 있었겠지만, 저는 제대로 생각할 수 있는 상황이 아니었어요. 하지만 엄마가 제게 경찰에 신고할 의무가 있다고 강경하게 말씀하셨죠. 혹시라도 그게 사라진 스카프일 가능성이 있다면 경찰이 알아야 한다고요. 그래서 엄마와 저는 옳은 일이기를 바라며 신고한 것이고요."

"당연히 옳은 일을 하셨어요." 헬레나가 힘주어 말했다. "그런데 그 스카프가 어쩌다가 댁에 가게 되었을까요?"

루나는 한숨을 길게 내쉬었다. "저도 많이 생각해 봤지만 솔직히 모르겠어요. 하지만 처음 본 건 확실해요."

"혹시 남편이 알 수도 있을까요?"

루나는 입술을 꼭 다물고 창문 쪽을 보았다. "파커를 속속들이 안다고 생각했지만 지난 몇 달 동안 그는 이상하게 행동했어요. 다른 사람 같았죠."

"*이상하게 행동했다*는 게 무슨 뜻인지 구체적인 예를 들어주실 수 있습니까?" 브루스터가 물었다.

"전보다 자주 외출했고 휴대폰도 자주 꺼져 있었어요. 제게 알려 준 장소가 아니라 엉뚱한 곳에 있다는 걸 알게 된 적도 있고요. 별일 아닌 것처럼 들릴지도 모르지만, 제게 뭔가를 숨기는 듯했어요. 분명해요."

"파커가 외도한다고 생각한 적이 있나요?" 헬레나가 조심스레 물었다. "방금 말한 일들이 외도하는 사람들에게서 흔히 나타나는 행동과 비슷해서요."

"아, 그런 생각 많이 했어요." 루나는 쓸쓸하게 웃었다. "하지만 심리 지배에 아주 능한 사람이, 거기에 교활하고 단호하기까지 한 사람이 눈을 똑바로 쳐다보며 다 너의 망상이라고 말하며 새빨간 거짓말을 하면 진실에 다가가기 아주 힘들죠."

"파커가 그렇다는 말인가요?"

루나는 잠시 머뭇거리다가 대답했다. "몇 년 전에 파커가 신규 직원에게 추근댔다가 퇴짜 맞은 일이 있었어요. 파커가 그 여자에게 복수하겠다고 무슨 짓을 했는지… 믿지 못할 거예요. 파커는 자신이 원하는 건 당연히 가져야 한다고 생각해요. 파커를 아는 사람들은 모두 그가 대단하다고 생각하죠."

"그 직원의 이름이 뭡니까?"

"섀넌 오루크요. 결국 파커가 회사에서 쫓아냈어요."

브루스터는 이름을 적고 다시 고개를 들었다. "루나, 남편이 세라 그레이슨 살인 사건에 연루되었을지도 모른다고 생각할 만한 부분이 있습니까?"

"남편은 이미 그 사건의 수사 과정에서 조사받은 적이 있어요. 다른 사람들에게는 그저 통상적인 절차일 뿐이라고 했지만 저는 그 사람이 그 일로 얼마나 스트레스받는지 봤어요. 기사와 신문을 닥치는 대로 샅샅이 뒤졌어요. 아까 하신 질문에 답하자면, 그 사건에 파커가 관련된 것으로 밝혀지면 충격이 엄청날 거예요. 하지만 솔직히…." 루나는 손을 내려다보았다. "솔직히, 마음 한구석에서는 그리 놀라지 않을 것도 같고요."

"그렇게 의심이 들었는데 경찰에 신고해야 한다는 생각은 안 해 보셨습니까?"

루나는 놀란 표정이었다. "증거가 없었어요. 제가 경찰에 가서 그냥 의심스럽다거나 그런 느낌이 든다고 말하면 뭐라고 하시겠어요?"

"이제 와서 돌이켜 볼 때, 남편이 집에 증거물을 숨겼다고 생각할 만한 중요한 사건이 있었습니까?" 브루스터가 진지하게 물었다.

루나는 두 형사를 쳐다보았다. "난 파커를 알아요. 그이가 어떤 일까지 할 수 있는지 알죠. 하지만 그건 파커에게 직접 물어보셔야 할 것 같군요."

29장
세라

1년 전

새로운 재택근무 일을 시작한 첫날, 세라는 몹시 긴장했다. 그럴 수도 있다고 생각했다. 새로운 상황에서는 누구나 긴장할 테고 그녀 역시 다르지 않을 테니까.

하지만 첫 주가 끝날 무렵, 투지 빼면 시체인 세라는 훨씬 자신감이 생겼다. 어떤 일이 펼쳐질지 도무지 감이 잡히지 않았지만 다들 친절했고 그녀를 존중했다. 세라가 일하는 곳에서는 진상 고객이 오면 자비 없이 대응하는 정책이 시행되고 있었기에, 세라는 누구든 선을 넘으면 마음대로 거절할 권한이 있다는 사실에 안심했다. 질문도 금지되어 있었다.

그럼에도 세라는 이 일을 선택한 게 잘한 일일까 생각하며 계속 조심했다. 현금이 들어오기 전까지는. 두 번째 주가 지나자, 두 군데서 아주 긴 시간 동안 웨이트리스로 일하며 지난달 내내 번 돈보다 더 많은 돈을 벌었다. 첫 번째 달이 끝날 무렵에는 수입이 세 배로 뛰었다. 어머니 집 더부살이를 끝낸 다음 보증금을 넉넉히 내고 공원이 내려다보이는 아파트를 빌려 어린 딸 밀리와 함께 사는 건 한낱 몽상이라고만 생각했는데, 이제 그 일이 현실이 될 참이었다.

두 번째 달이 절반쯤 지나자 세라는 완전히 자리 잡았다. 인생이 순식간에 달라질 수도 있다는 말은 사실이었고, 세라가 바로 그 증거였다.

그녀는 뭐든 빨리 배웠는데, 이 일도 예외는 아니었다. 세라는 가장 인기 있는 제품과 서비스를 빠르게 파악하여 일에 적용했다. 이 일을 오래 한 사람들과 어떻게든 이야기를 나누며 그들에게 조언을 듣고 실행했다. 재정 상태가 좋아지자 세라는 선명한 미래를 꿈꾸게 되었고, 오랜만에 처음으로 터널 끝에서 빛이 보이는 것 같았다.

세라는 시계를 흘끗 보았다. 밀리는 학교에 있고 엄마는 쇼핑하러 나가서 점심시간에나 돌아올 것이다. 걱정거리 없는 빛나는 미래를 위해 일하러 갈 시간이었다. 세라는 자신과 딸을 위해 일했다. 그렇게 생각하고 싶었다. 그녀는 노트북을 켜고 음악 재생 목록을 켰다. 그리고 무엇보다, 빨간빛이 깜빡이는 카메라가 정확한 각도를 향하고 있는지 확인했다.

세라는 와인을 한 모금 마시고 긴장을 푼 다음, 예쁜 분홍색 침구와 그에 맞춰 새로 산 반짝이는 쿠션이 놓인 침대에 비스듬히 누웠다. 그리고 깜빡이는 빨간빛을 향해 미소 지으며 천천히 윗옷을 벗기 시작했다.

30장
니콜라

일요일 오전 11시

칼은 얼마 전에 공사한 옆 동네 욕실 배관에 긴급한 문제가 생겨 이를 해결하러 방금 집을 나섰다.

"전화해서 다음 주에나 갈 수 있다고 잘 설명해야겠어. 파커가 회복할지 걱정돼서 머리가 제대로 안 돌아가. 혹시… 혹시라도 최악의 상황이 벌어졌을 때 옆에 있어 주지 못하면 날 절대 용서할 수 없을 거야." 아까 주방에 갔을 때 칼이 머리를 감싸 쥐며 말했다.

파커와 칼이 오랫동안 불화를 겪고 있던 터라, 나는 칼이 이렇게 걱정한다는 사실에 감동했다. 하지만 스카프 일을 어떻게 처리할지 혼자 생각할 시간이 절실했다. 머릿속에서 온갖 생각이 뒤엉켰다. 나는 파커가 회복하지 못할지도 모른다는 원초적인 공포를 밀어내려 부단히 애썼다. 뭐 하나 제대로 되는 게 없는 것 같았다. 어젯밤에는 집에 스카프가 있다는 걸 견딜 수 없어서 차 트렁크에 넣어 두고 왔다. 이 일에 대한 칼의 입장도 이해되지만, 슬퍼하는 피해자 가족도 생각해야 했다. 나는 가능성이 아주 낮은 상황까지 포함해 떠올릴 수 있는 모든 시나리오를 생각하느라 밤을 새우다시피 했다. 다른 사람이… 그러니까 진짜 가해자가 애들 집에 스카프를 숨겼을지도 모른다는 생각도 했다. 파커나 어쩌면 루나에게 누명을 씌우고 싶어 하는 사람이 있을지도 몰랐다.

오늘 아침, 피곤하고 지친 몸을 이끌고 겨우 침대에서 나왔을 때 가장 먼저 떠오른 건 죄책감이나 걱정이 아니었다. 옳고 그름을 떠나 애당초 그 스카프를 보지 않았더라면 좋았을 텐데 하는 생각이었다.

"새로운 소식이 있거나 당신이 와야 하면 전화할게. 병원에서 점심시간 이후에 전화해 준댔어. 모든 게 잘돼서 파커가 좋아지기 시작할 거야." 나는 칼을 안심시켰다.

하지만 그는 계속 불안해 보였다. "당신을 혼자 두고 갈 순 없어."

"가서 일 끝내고 오는 게 나아. 파커가 두 번째 수술을 받을 때까지 우리가 할 수 있는 게 없잖아. 혹시 우리가 바라는 대로 일이 풀리지 않았을 때, 못 끝낸 일이 없는 게 가장 좋기도

하고. 그래야 마음대로 병원에 갈 수 있지." 내가 말했다.

"당신만 괜찮으면. 그래도 일보다는 가족이 먼저인데."

"정말 괜찮아. 가서 일해, 칼. 나도 할 일이 많아. 바니랑 시간도 좀 보내고 싶고. 오전 내내 틀어박혀서 게임만 하게 할 순 없잖아."

"음, 정 그렇다면. 가서 일 마치고 청구서 작성하고 점심시간에 돌아올게."

이제 칼은 죄책감에서 벗어나 안도하는 표정이었다. 그는 내 뺨에 입 맞추고 승합차로 향했다. 말은 그렇게 했지만, 셀 수 없이 긴 세월 동안 칼에게는 일이 먼저인 경우가 많았다. 그걸 원망한 적은 거의 없었다. 자영업자라면 누구나 가족과 일 사이의 균형을 맞추는 일이 얼마나 어려운지 이해할 것이다.

손목시계를 보니 11시 21분이었다. 조금만 지나면 병원에 전화해서 파커의 두 번째 수술이 어떻게 되었는지 확인할 수 있다.

그때 휴대폰이 울렸다. 액정에 발신자 표시 제한 번호라고 표시되었다. 혹시 소식을 알리려는 병원의 전화일까 싶어서 얼른 받았다. "여보세요? 니콜리 밴스입니다."

"밴스 씨, 노팅엄셔 경찰서의 케인 브루스터 경사입니다."

"아, 안녕하세요." 나는 풀 죽은 목소리로 대답했다.

"아드님 부부의 교통사고와 관련해 새로운 정보가 있어서 알려 드리려고 합니다."

"네?" 나는 정신이 번쩍 들어서 귀를 기울였다. 새로운 정보라니. 파커와 루나가 왜 호텔에서 일찍 나섰는지 수수께끼의 조각을 맞추는 데 도움이 될지도 몰랐다. "목격자가 나왔나요?"

"그건 아닙니다. 도로 교통 조사국에서 초기 조사를 마치고 알려 준 바에 따르면, 증거로 미루어 볼 때 아드님의 교통사고에 다른 차량이 연루되지 않았습니다. 사고로 인한 충격 때문에 며느님은 잠시 의식을 잃은 상태였고요."

"하지만 목격자가 없는데 다른 차량과 관계없다는 걸 어떻게 알죠?"

"조사는 다양한 방법으로 진행됩니다. 타이어 자국이나 차량 손상 정도를 측정하기도 하고, 아드님 차량 같은 최신 차량에는 속도와 브레이크 적용 여부를 비롯해 충돌에 앞서 여러 관련 정보를 제공하는 데이터 기록 장치가 있습니다."

"그렇군요." 파커가 운전했고 다른 차량과 관계없다니…. 나는 밝혀진 상황이 석연치 않았다.

브루스터 경사는 기침했다. "조사국에서는 구체적인 사고 원인이 무엇이든 차량 내부 문제로 결론 내렸습니다. 말다툼이 있었거나 앞에 동물이 갑자기 뛰어들어 운전자가 통제력을 잃었을 수도 있습니다."

"그러니까 사고 원인이 뭐든 파커 잘못이라는 건가요?"

"그런 뜻은 아닙니다. 다만, 아드님과 제대로 이야기 나누기 전까지는 어떤 판단도 내릴 수 없습니다."

상투적인 말을 몇 마디 더 나누고 형사에게서 어정쩡한 답변을 몇 번 더 듣고 나서 통화를 끝냈다. 경찰은 사고를 파커 책임으로 돌릴 셈이었다. 그런 예감이 들었다.

대문 밖에 번쩍이는 검은색 리무진이 정차하는 걸 본 나는 벌떡 일어났다. 차 주인이 어디로 가는지 보려고 기다리며 서성대다가 조수석에서 마리 바턴 제임스가 늘씬한 모습을 드러나자 심장이 입으로 튀어나올 듯 거세게 뛰었다.

엎친 데 덮친 격이었다! 나는 칼에게 전화하려고 다급하게 휴대폰을 집어 들었으나, 짧은 빨간 머리에 화장을 완벽하게 한 마리는 이미 대문을 열고 있었다. 그녀의 오만한 표정과 꼭 다문 입을 보면 분명 친목이나 다지자고 찾아온 건 아니었다. 문득, 이렇게 혼란스러운 와중에 어른들끼리 말다툼하는 모습만은 바니에게 보여주지 말아야 한다는 생각이 들었다.

나는 커피 탁자에 휴대폰을 내려놓았다. 칼은 몰아붙이면 곧이곧대로 말하는 편이라 차라리 나 혼자인 게 나을 것 같았다. 틀림없이 마리는 어세 내가 루나를 만난 일을 들먹이며 바니를 데려가겠다고 강압적으로 말할 것이다.

나는 마리가 초인종을 누르기 전에 현관문을 열었다.

"어서 오세요. 오늘 아침에 들르실 줄 몰랐어요." 내가 상냥하게 인사를 건넸다.

"그래요?" 마리는 이렇게 말하고는 돌아서더니, 따라오다 말고 서서 전화를 받는 조를 보았다. 그러더니 날카로운 초록 눈동자로 나를 다시 보았다. "루나도 시어머니가 예고 없이 병원에 나타날 줄 몰랐을 거예요. 무슨 생각으로 그랬죠?"

"루나에게 아주 중요하게 할 말이 있어서요." 나는 최대한 자신 있게 말했으나 속으로는 이미 마리의 적대적인 태도에 기가 죽었다.

"그래요. 실크 스카프 얘기 들었어요. 하지만 루나가 아니라 다른 사람과 이야기해야 할 텐데요."

"무슨 뜻이죠?"

"당신이 말할래, 아니면 내가 해?" 마리는 조를 보고 웃으며 물었다.

"마리." 조가 조심하라는 듯한 목소리로 말했다.

나는 도로 쪽을 흘끗 보았다. 이웃 한 사람이 목을 길게 뺀 채 우리를 보고 있었다.

"들어가서 얘기하죠." 나는 이렇게 말하고 현관문을 닫았다.

집 안으로 들어온 마리는 계단 아래에 멈춰 섰다. "바니는 위층에 있나요?"

"네. 우리가 하게 될 이야기를 듣느니 위층에 계속 있는 게 낫겠어요."

나는 두 사람을 거실로 안내했다. 마리는 거실을 훑어보았는데, 그 모습을 보자 루나가 이 집에 처음 왔을 때가 떠올랐다.

"내가 이야기해야 할 사람은 루나가 아니라니, 무슨 뜻으로 한 말이죠?" 나는 대놓고 무례한 마리의 말을 그냥 넘길 수 없었다.

마리는 제멋대로 앉더니 나를 보았다. "내 말은, 스카프에 관해 물어보아야 할 사람은 루나가 아니라 파커라는 뜻이었어요."

"왜요? 그 스카프는 루나 물건이 가득한 봉투 바닥에 있었는데요. 루나가 쓰레기통에 넣으려고 내놓은 봉투였어요."

"파커는 이미 세라 그레이슨 살인 사건 때문에 경찰 조사를 받은 적이 있잖아요. 좋든 싫든 이미 연결 고리가 존재하는 거죠." 조가 발끝으로 바닥을 톡톡 치고 등 뒤에서 손을 꼭 맞잡은 채 심각하게 말했다.

"그냥 통상적인 조사였어요. 경찰도 직접 그렇게 말했고요. 목격자가 보았다고 한 차량과 파커의 차가 같았던 건 우연이었다고요." 나는 상처받았다. 당시 파커는 마리와 조가 별일 아니라는 듯이 말하며 아무것도 아니라고 그를 안심시켰다고 했다. 하지만 속으로는 다르게 생각한 게 분명했다.

"하시반 이세 경찰이 열심히 찾고 있는 중요한 증거를 시돈이 찾은 것 같은데요." 마리가 말했다. "그러니까 그 '우연'이라는 것이." 마리는 손가락으로 따옴표를 그렸다. "쌓이고 있단 말이죠. 경찰에는 신고했겠죠?"

"뭐라고요?" 나는 가슴이 철렁해서 주저앉았다. 다른 사람들이 경찰에 신고하라 마라 끼어드는 건 정말 싫었다. 공감하는 척하다가 태도를 바꾼 사람들이라면 더욱. "아니, 아직이요. 파커와 다시 이야기해 보고 싶은데 현재로선 그럴 수가 없어서요. 그 스카프가 경찰이 찾고 있는 사라진 증거일 가능성이 매우 낮기도 하고요."

"하지만 병원에 있는 우리 딸을 괴롭힐 만큼 긴급한 문제라고 생각했잖아요."

"그건… 어쩔 줄 몰라서 그랬던 것 같아요. 사실, 루나나 파커가 그런 냉혹한 살인을 저지를 사람이 아니란 걸 우리 모두 알잖아요."

마리는 한쪽 눈썹을 치켜올렸다. "요 몇 달 동안 애들 사이가 안 좋았어요. 그건 알고 있죠?"

"각방을 쓰고 집을 내놓았다는 건 알아요." 마리가 확연히 놀라는 기색을 보이자 나는 흡족했다.

마리는 재킷 소매에 묻은 작은 먼지를 털어냈다. "파커는 부모님에게 알리지 않겠다는 생각이 확고했는데요."

마리의 말이 사실이라 마음이 쓰렸지만 티 내지 않았다. "애들 결혼 생활은 애들이 알아서 할 문제죠. 힘든 일을 겪고 더 가까워지길 바랄 뿐이에요. 이런 시련을 겪으면 삶에서 중요한 게 뭔지 깨닫는 법이니까요."

"하지만 이건 최근에 생긴 문제가 아니에요. 파커가 내 딸의 삶을 비참하게 만든 지 좀 됐다는 말이에요."

"그건 주관적인 의견 같은데요." 나는 마리에게 그게 무슨 말이냐고 묻지 않았다. 내 아들의 결혼 생활에 대해 말할 기회를 주고 싶지 않았기 때문이다. 보나 마나 마리는 애들 사이의 문제가 모두 파커 탓이라고 생각할 테니까. "오늘 아침에 파커가 두 번째 수술을 받았다는 건 알고 있나요? 두 분도 그렇고 루나도 그렇고 파커가 어떤지는 묻지 않네요."

마리는 무표정했다. "아까 전화로 오늘 중으로 바니를 데려갈 거라고 얘기했어요. 그래서 왔고요."

그들이 바니를 데려가게 할 순 없었다. 바니가 제 엄마와 아빠가 병원에 있는 동안 우리와 함께 있고 싶다고 말하기도 했고, 파커도 바니가 여기 있으면 좋겠다고 했기 때문에 지금은 곤란했다.

"루나와 파커가 바니를 돌볼 정도로 회복할 때까지는 여기에서 우리와 함께 지내는 게 최선인 것 같아요."

"루나가 입원할 수 있도록 조가 헴슬리에서 가까운 아주 좋은 병원을 예약했어요. 아침에 옮길 거예요. 틀림없이 루나는 며칠 뒤면 퇴원해 우리 집에서 회복하게 될 거예요."

"그럼 바니의 학교와 친구들은 어쩌고요?" 내가 퉁명스레 물었다. "축구나 자연 탐방을 비롯해 바니가 참여하는 여러 방과 후 활동도 있고요."

마리는 잘난 체하며 미소 지었다. "새로운 학교에서는 그 모든 활동, 아니 그 이상을 할 기회가 많아요. 교육기준청에서 1등급을 받았거든요. 지금 다니는 학교와 달리 말이죠."

"새 학교 가기 싫어요!" 바니의 괴로워하는 목소리가 거실을 갈랐다. 우리 모두 입구 쪽을 돌아보니 바니가 서 있었다. 온몸이 뻣뻣하게 경직된 채 주먹을 꼭 쥐고 있었다.

"우리 바니 왔구나! 와서 할아버지 안아줘야지." 조가 쾌활하게 말했다.

조가 팔을 뻗었지만 바니는 외면했다. "엄마랑 아빠가 병원에서 나올 때까지 여기서 할머니 할아버지랑 있고 싶어요."

"엄마 안 보고 싶어? 오늘 오후에 엄마 볼 수 있는데. 엄마가 네 얘기 계속 물어봤어." 마리가 말했다.

바니의 표정이 밝아졌다. "엄마 보고 싶어요. 아빠도요."

"엄마 먼저 보고 우리랑 같이 집에 가자." 조가 말했다.

"우리가 널 데리고 집에 가기로 엄마랑 얘기했어." 마리는 억지로 미소 지었다.

"음, 애 아빠는 여기 있으면 좋겠다고 했어요. 옷이랑 물건을 챙겨 와서 앞으로 일주일 정도는 편하게 있을 수 있어요." 내가 조심스레 끼어들었다.

"아, 참. 루나가 그러는데 허락도 없이 마음대로 집에 들어갔다면서요."

"파커 집이기도 해요. 그 애 열쇠를 사용했고요."

"듣자 하니 파커는 원하는 걸 제대로 말할 수 있는 상태가 아니라던데요."

나는 점점 과열되는 말싸움을 고스란히 듣고 있는 바니를 흘끗 보았다. 분위기를 진정시켜야 했다.

"두 분, 미안하지만 헛걸음했어요. 바니는 당분간 여기 있을 거니까요. 내일 아침에 애를 학교에 데려다주고 최대한 평소처럼 지내게 할 거예요."

바니는 발을 쿵쿵 구르고 내게 다가오며 외쳤다. "난 여기 있을 거예요! 헴슬리에 가기 싫어요. 거긴 심심해요. 친구도 없어요."

바니가 거실을 반쯤 걸어왔을 때 조가 팔을 잡았다.

"그만하렴!"

조가 팔을 단단히 잡자 바니는 빠져나오려고 이리저리 비틀었다.

"바니가 아파하잖아요." 내가 말했다.

조가 잔뜩 화난 표정으로 놓아주자, 바니는 팔을 문지르며 내게 달려왔다. 나는 옆구리에 얼굴을 파묻는 아이를 꼭 안았다. 마리는 분노를 참지 못했다.

"말도 안 돼! 우리가 바니를 데려가는 건 협의 대상이 아니란 점 알아 둬요." 그녀가 쏘아붙였다.

"그렇군요. 파커가 두 번째 수술을 받았으니 며칠 있다가 바니를 병원에 데려가서 제 아빠를 만나게 해주고 싶어요. 그러니까 말도 안 되는 짓 당장 그만둬요." 내가 차분하게 말했다.

"힘든 길을 택하겠다는 건가요? 좋아요." 마리는 조를 본 다음, 다시 나에게 시선을 돌렸다. "서류 보여줘."

조는 재킷 안주머니에 손을 넣어 접힌 종이 두 장을 단번에 꺼내더니 내게 건넸다. "바니의 부모가 아이를 돌볼 수 없을 경우에 우리에게 후견인 자격을 부여한다는 동의서예요. 법적 효력이 있죠. 지금 애들 둘 다 바니를 돌볼 수 없는 상황이라는 데는 동의하리라 생각해요."

나는 서류를 보지도, 뭐라고 말하지도 않았다.

바니가 울음을 터뜨리자 마리가 내 앞으로 다가왔다.

"아들이 어떤 거짓말을 했는지 알아내는 데 힘을 쏟는 게 좋을 것 같군요. 파커가 말할 수 있게 되는 순간부터 경찰의 관심이 온통 쏠릴 테니까요." 마리가 씩씩대며 낮은 목소리로 말했다.

31장
니콜라

　마리와 조가 이런 계략을 꾸미게 놔두다니, 나는 스스로에게 몹시 화가 났다. 하지만 내가 뭘 할 수 있었을까? 내가 변호사는 아니지만 조가 내민 서류가 진짜라는 건 알 수 있었다. 파커의 서명도 있었고.
　두통약 두 알을 먹고 물을 벌컥벌컥 마셨다. 경찰이 파커의 거짓말에 관해 이야기할 거라는 마리의 아리송한 말이 무슨 뜻일까 생각했다. 아까 브루스터 경사가 전화로 사고 조사 결과를 설명할 때 그런 말은 하지 않았는데.
　설마 저들이 스카프 일을 경찰에 신고하지는 않겠지! 미리가 파커 편이 아니고 모든 걸 그 애 탓으로 돌리는 건 분명했지만, 파커는 바니의 아빠다. 파커를 세라 그레이슨의 사망과 연관 짓는 안 좋은 소문은 뭐가 됐든 그들의 딸과 손자를 포함한 가족 전체에 부정적인 영향을 미칠 것이다.

지금 생각해 보니 마리와 조에게 문을 열어주지 말 걸 그랬다. 그랬다면 어쩔 수 없이 나중에 다시 왔을 테고, 그땐 칼이 집에 있었을 텐데. 하지만 후회해 봤자 너무 늦었다. 바니가 흐느끼며 그들에게 끌려가자, 법률 용어로 뒤덮인 서류 몇 장 앞에서 완전히 무기력하고 쓸모없는 존재가 된 기분이었다.

나는 재빠르게 집 안을 돌아다니며 어제 애들 집에서 가져온 물건을 전부 다시 챙겼다. 바니에게 제 엄마와 아빠가 퇴원할 때까지 우리와 함께 있을 수 있다고 안심시켰는데, 이제 와서 아이에게 실망을 안긴 것 같았다.

칼과 바니가 없는 집 안은 말도 안 되게 조용했다. 나는 스카프를 가지고 있는 게 걱정돼서 미칠 것 같았다. 차에서 꺼내 태워버리고 싶은 충동을 강하게 느꼈다. 그러고 나서 스카프를 가지고 있었던 적이 없다고, 루나가 착각한 게 분명하다고 말하는 거다….

손목시계를 보니 정오가 막 지났다. 나는 휴대폰을 집어 들고 병원에 전화했다. 계속 신호만 가다가, 이만 전화를 끊고 직접 병원에 가야겠다고 생각한 순간, 마침내 전화를 받았다.

"파커 밴스의 어머니 니콜라 밴스라고 합니다. 오늘 아침 수술 소식이 궁금해서 전화했어요."

"잠시만 기다려 주세요, 밴스 씨." 통화 연결음이 들리자 나는 눈을 꼭 감고 직원이 돌아와 좋은 소식을 알려 주기를 바랐다.

"밴스 씨? 기다리게 해서 죄송합니다. 아드님은 수술실에서 나왔고 수술도 순조롭게 진행됐습니다."

"아, 감사합니다." 안도감이 밀려들었다. 파커는 괜찮아질 것이다. 수술은 잘 됐다.

"아직 회복실에 있고…."

"제가 볼 수 있을까요? 잠깐이면 돼요. 전…."

"오후에 회복하면 상태를 살펴볼 예정인데요, 오늘 면회가 가능할지는 담당 의사 선생님이 결정할 겁니다."

나는 목 깊은 곳에서부터 좌절한 소리를 냈다. "아들을 봐야겠어요. 그 애가 괜찮은지 직접 확인해야 해요."

"심정은 이해합니다. 오후 4시 30분 이후에 전화하시면…." 직원의 목소리가 점점 작아졌다. 적당히 둘러대고 전화를 끊으려는 것 같았다. 병원에서는 오늘 파커를 보여주지 않을 게 틀림없었다. "…아직 상태가 심각해서 면회는 48시간 뒤에나 가능할 것 같다네요."

"4시 30분 이후에 전화하면 아들 상태를 자세히 들을 수 있을까요?"

"물론입니다. 그때는 저희도 훨씬 자세히 상태를 파악할 테니까요."

나는 고맙다고 인사한 다음 전화를 끊었다. 아무리 빨라도 이틀은 지나야 파커를 다시 볼 수 있다는 말인 것 같았다. 파커가 잘 회복하지 못할까 봐, 이 스카프 사건 때문에 상태가 더 안 좋아질까 봐 걱정됐다. 루나든 루나의 부모든 스카프를 찾았다고 다른 사람에게 말하다니, 정신 나간 짓이었다… 도대체 무슨 생각이었지? 이제 다른 사람들이, 파커를 믿고 응원하는 마음이 시들해지고 있는 사람들이 입 다물고 있기를 바라는 수밖에 없었다.

집이 텅 비어 소리가 울렸다. 이 끔찍한 정적과 머릿속에서 귀가 떨어져 나갈 듯이 시끄럽게 다투는 생각을 쫓아버리려고 텔레비전을 켰다. 정오 뉴스에서 지역의 중요한 소식을 알리고 있었다. 미소 짓는 세라 그레이슨의 얼굴이 화면을 채우자, 침울한 소식을 더 듣고 싶지 않아서 텔레비전을 끄려고 다시 리모컨을 집어 들었다. 그때 두 번째 사진이 나왔는데, 세라가 서너 살쯤 되어 보이는, 연한 빨간색 곱슬머리에 양 볼에 보조개가 있는 예쁜 여자아이를 껴안은 모습이었다. 나는 뉴스 음성이 나오자 놀라서 헉하며 리모컨을 떨어뜨렸다.

"야간에 외출한 뒤에 살해당한 현지 여성의 어머니가 슬픔에 빠진 채 딸 사건의 결정적 증거를 찾도록 도와 달라고 대중에게 호소했습니다."

세라의 사진이 사라지고 흐느끼는 여자가 등장했다. 검은색 머리카락에 등이 굽은 그녀는 50대 후반에서 60대 초반쯤으로 보였다. 여자 경찰관이 그녀를 위로하고 있었다. 여자는 눈가를 두드려 눈물을 닦더니 앞에 고정된 마이크에 대고 말했다.

"세라의 시신이 발견된 지 한 달이 지났습니다. 실종된 지는 5주가 지났고요. 누구인지 모르지만 범인은 자유롭게 살아가고 있습니다. 제가 세라의 어린 딸에게 뭐라고 말해야 할까요? 밀리는 엄마가 집에 언제 오는지 계속 물어보는데요."

그녀는 벌겋게 충혈된 부은 눈으로 카메라를 똑바로 보았다. "분명 누군가는 범인을 알 거예요. 의심 가는 사람도 있을 테고요." 그녀는 다시 눈물을 닦았다. "부탁이에요. 제발 나서 주세요. 이 사람이 살인자일 리 없다고 생각하더라도 의심되는 게 있다면 반드시 경찰에 신고해 주세요. 죄가 없으면 용의선상에 오르지 않을 테니까요."

카메라는 갈색 단발머리에 심각한 표정을 한, 30대 후반쯤 되어 보이는 다른 여자를 비추었다. "노팅엄셔 경찰서의 헬레나 프라이스 경위입니다." 그녀는 자신을 소개했다. "세라를 살해한 범인을 찾는 데 도움이 될, 결정적인 증거가 어딘가에 있습니다. 이걸 찾는 데 여러분의 도움이 필요합니다. 독특한 검은색과 금색 무늬가 있는 실크 스카프입니다. 세라가 목에 둘렀던 것입니다. 이제 똑같은 스카프를 보여드리겠습니다."

내 차에 있는 것과 똑같은 스카프가 화면을 채웠다. 잠시 후 카메라는 다시 형사를 비췄다.

"세라는 나이트클럽에서 나갈 때 이 스카프를 하고 있었는데, 세라의 시신이 발견되었을 때 유일하게 사라진 소지품이 바로 이것입니다."

그레이슨 씨는 통곡했다. 외로움과 온전한 고통에서 나오는 끔찍한 소리였다. "제발." 그녀는 경찰이 옆에서 다독거리는 중에 울부짖었다. "부탁이에요. 뭔가를 아는 사람이 틀림없이 있을 거예요. 배우자, 아들, 동료… 누구든 의심 가는 사람이 있다면… 이 고통을, 이 절망을 안다면, 우릴 도와주세요!"

화면에 뉴스 진행자가 다시 등장했다. 침울하고 걱정스러운 표정이었다.

"살해당한 현지 여성 세라 그레이슨의 어머니 줄리 그레이슨이었습니다. 세라 역시 한 아이의 어머니입니다. 경찰에 도움이 될 만한 정보를 아는 분은 익명으로 제보할 수 있습니다. 연락처는…" 화면에 전화번호를 비롯해 다양한 연락처가 떴다.

나는 리모컨을 집어 들고 텔레비전을 껐다. 다시 정적이 찾아왔지만 이번에는 그 정적이 반가웠다. 그레이슨 씨의 목소리에서 느껴진 고통과… 꺼져버린 희망, 그리고 도와 달라고 누군가에게, 모든 사람에게 외치는 필사적인 애원. 내 머릿속에서 그녀의 말이 다시 울렸다.

이 사람이 살인자일 리 없다고 생각하더라도 의심되는 게 있다면 반드시 경찰에 신고해 주세요. 죄가 없으면 용의선상에 오르지 않을 테니까요.

나는 내 아들이 살인자일 리 없다고 굳게 믿었다. 아니라는 걸 뼛속 깊이 알고 있었다. 파커는 그런 짓을 할 수 있는 사람이 아니다. 그럴 리 없다.

파커는 이기적이야. 언젠가 당신도 그 사실을 깨닫게 될 테지.

칼의 말은 떠올릴 때마다 충격적이었다. 지금껏 칼이 그런 비슷한 뜻의 말을 넌지시 하는 경우가 종종 있었는데, 그때마다 나는 질투심 때문이라고 생각했다. 그가 파커를 부러워해서 그런다고.

마마보이. 칼은 파커를 어릴 때부터 이렇게 생각했다. 파커는 제 아빠와 낚시하러 가거나 마당에서 노는 것보다 나와 시간 보내는 걸 더 좋아했으니까. 파커가 청소년이 되어 가족 사업을 물려받는 데 관심 없다는 뜻을 분명히 하자, 칼의 장난기 어린 농담에 분노가 담기기 시작했다.

"내 밑에서 일 배워. 기본기를 익히면 시급도 제대로 줄게." 칼은 이렇게 말하며 환하게 웃었다.

"제가 알 바 아니에요.. 배관과 난방 일은 세상에서 가장 지루해요. 차라리 엄마랑 집에 있을래요." 파커는 얼굴을 찡그리고 말했다.

"어떻게 사내 녀석이 엄마랑 빵 굽는답시고 아빠랑 같이 차 타고 나가는 걸 싫다고 할 수 있어?" 칼은 기분 상한 듯이 말했지만, 당시에도 그가 마음에 상처 입은 걸 느낄 수 있었다.

파커가 여러모로 칼과 반대였던 건 사실이다. 파커는 언제나 조용하고 사려 깊었지만, 칼은 대체로 퉁명스러웠다. 텔레비전 앞에 앉아 축구나 크리켓 경기를 보는 칼과 달리 파커는 독서를 좋아했다.

솔직히 파커가 결혼하기 전까지는 나와 아들의 유대 관계가 특별하다고 항상 확신했다. 우리 사이에는 친밀감과 이해가 있다고. 칼은 이런 유대감을 경험하지 못했을 뿐만 아니라, 이제 와서 보니 우리가 적극적으로 그를 밀어냈다.

나는 파커가 우리와 거리를 두는 게 루나 탓이라고 생각했다. 주말 대부분을 요크셔에서 보내도록 파커에게 압력을 넣었다고 루나를 원망했다. 하지만 파커는 책임감 있게 일하는 어른이다. 아버지이자 남편이자 아들로서 스스로 의사 결정을 한다.

집을 팔려고 내놨다는 소식을 우리에게 알리지 않기로 결정한 사람은 파커였다. 최악의 상황이 벌어졌을 때 우리에게서 손자를 볼 법적 권리를 완전히 박탈하는 서류에 서명한 사람도 파커였다.

정신이 번쩍 들며 내 아들의 본모습이 어떤지 퍼뜩 깨달았다. 그동안 내가 얼마나 순진했는지 알게 된 지금, 주먹으로 배를 얻어맞은 것처럼 아팠다.

정말 파커가 스카프에 대해 아무것도 모른다고 확신할 수 있을까?

그때 초인종이 울렸다. 나는 시계를 보고 벌떡 일어났다. 한참 동안 거실에 멍하니 앉아 있었고 마침내 칼이 집에 올 시간이 되었다. 칼은 차에 두고 오기 싫어서 작업 도구를 양손 가득 들고 올 때면 초인종을 눌렀다.

나는 바턴 제임스 부부가 다녀간 일을 빠짐없이 쏟아내려고 서둘러 복도로 갔다. 한 가지 확실한 건, 칼이 나를 끌어안고 다 잘될 거라고 얘기할거라는 사실이다. 안심할 상황이 전혀 아니라는 걸 잘 알면서도 나는 칼의 그 말을 듣고 싶었다.

그의 손에서 가벼운 공구 가방을 받아 들 준비를 하고 문을 열었다. "누가 왔다 갔는지 짐작도 못 할… 이런!"

문 앞에는 짧은 빨간색 머리에 턱수염을 기른, 체격이 크고 육중한 남자가 서 있었다. 그 옆에는 조금 전에 텔레비전 뉴스에서 본 여자가 있었다.

"안녕하십니까. 니콜라 밴스 씨인가요?" 남자가 신분증을 들어 올렸다. "저는 노팅엄셔 경찰서의 케인 브루스터 경사이고 이분은 헬레나 프라이스 경위님이십니다. 잠시 이야기 나눌 수 있을까요?"

32장
파커

4주 전

파커는 위태롭게 줄타기하는 중이었기에 조심해야 했다. 얼마 전, 결혼기념일을 잊어 버린 뒤로 루나는 신경을 곤두세우고 있었다. 파커의 일거수일투족을 감시했고 회의에 대해 꼬치꼬치 캐물었으며 일 때문에 방문하는 호텔 이름도 자세히 물었다.

하지만 어느 날 저녁 퇴근 후에 파커가 상사 케니와 함께 간 스쿼시 클럽에 루나가 나타난 건 선을 넘는 행동이었다. 파커는 케니와 농담을 주고받으며 멋진 경기를 해서 기분이 좋았다. 그리고 그때 케니가 집에 가는 길에 맥주 한 잔 하자고 제안했다.

"집에 가야 하는 게 아니면 벨기에 영업 확장에 관해 이야기를 좀 하고 싶은데. 이걸 성공시키려고 이사회가 내 목을 조르고 있어서 에너지 넘치는 사람을 찾고 있거든. 일을 믿고 맡길 수 있는 사람이 필요해." 케니는 편안하게 말했다.

새로운 직책을 맡게 된 파커는 벨기에 신규 영업 전략을 주도할 사람으로 발탁되고 싶어 했다. 루나가 몹시 화가 나 있는데도 오늘 스쿼시 클럽에서 케니와 같이 운동하겠다고 한 이유이기도 했다. 이 새 프로젝트가 성공하면 엄청난 보너스를 받게 될 수도 있다… 파커가 이 일을 맡아서 잘 해내기만 하면. 며칠마다 그를 더 깊이 빨아들이려고 위협하는 깊은 구덩이에서 빠져나가는 데 도움이 될 만한 금액일 것이다.

"맥주 한 잔 좋죠. 저는 일이 우선이라 급하게 집에 안 가도 됩니다." 파커가 열의에 차 대답했다.

"듣던 중 반가운 말이군." 케니는 파커의 등을 두드렸다. "우린 훌륭한 팀이 될 거야. 같이 일하면서 돈도 많이 벌고."

파커는 자신에게 찾아온 행운이 믿기지 않아서 미소를 감출 수 없었다. 생각보다 훨씬 수월하게 이 일을 맡게 될 것 같았다. 두 사람은 계속 이야기하고 웃으며 주차장으로 향했다. 하지만 차가 있는 쪽을 본 순간, 파커는 말아래 땅이 꺼지는 기분이었다.

옆 주차구역에 루나가 팔짱을 낀 채 자기 차 트렁크에 기대 서 있었다.

"젠장. 여긴 왜 온 거지?" 파커는 중얼거렸다.

케니는 상황이 심상치 않다는 걸 눈치챘다. "음, 맥주는 다음에 마시는 게 좋겠군. 자네의 사랑스러운 아내를 보니 아부좀 열심히 해야겠는데."

파커는 별일 아닌 듯 가볍게 넘겨보려 했지만 결국은 급히 루나에게 갈 수밖에 없었다. 루나의 비슷한 표정을 전에도 본 적이 있는데, 적당히 지나가지 않겠다는 뜻이었다. 루나는 화가 많이 나면 케니 앞에서도 서슴없이 난동을 부릴 테고 그것이야말로 끔찍한 일이었다.

"그럼 내일 봅시다." 케니는 이렇게 말하고 돌아서서 루나에게 인사했다. "밴스 씨, 다시 만나서 반가워요."

루나가 대꾸하지 않고 시선을 돌리자 파커는 발끝이 오그라드는 것 같았다.

"여보." 그는 루나에게 다가가 뺨에 입 맞추고 차 안을 보았다. "바니는?"

"친구 집에서 자고 올 거야. 바니가 아침에 말했는데. 그새 잊었어?"

"아, 기억하지. 음, 반가운데. 여기에서 당신을 볼 줄은 몰랐어."

"당연히 몰랐겠지."

"무슨 말이 그래? 케니가 나랑 같이 스쿼시 하려고 예약했다고 말했잖아." 케니가 다 안다는 듯이 파커를 향해 씩 웃으며 새로 뽑은 재규어에 올라타자, 파커는 그를 향해 손을 들어 보였다.

"당신이 저 사람이랑 어울리는 거 싫어. 이혼했잖아. 게다가 곧 마흔 살인데도 자기가 아직도 여자들에게 먹힌다고 생각하지."

"뭐?" 파커가 날카롭게 쏘아붙였다. 루나는 지난 크리스마스에 회사의 성과 발표 후 저녁 식사 자리에서 케니를 딱 한 번 보았다. 하지만 그때 케니는 파커의 직속 상사가 아니었다. "당신은 케니를 잘 모르잖아! 아는지 모르겠지만 이제 케니는 내 상사라고. 인사 정도 한다고 해서 큰일 나는 것도 아닐 텐데."

파커는 클럽에서 샤워하고 나왔는데도 여전히 피곤했고 너덜너덜한 기분이었다. 걱정 때문이었다.

"저 사람 페이스북 봤는데, 여자들이 자기에게 넘어온 걸 무척 자랑스러워하던데. 아주 어리고 날씬한 금발을 좋아하는 것 같았어. 게시물이 대부분 전체 공개로 되어 있더라고. 사람들이 자기가 한 일을 온라인에서 자랑할 때 조심할 줄 알았지?" 루나는 파커의 얼굴을 보며 주도면밀한 말투로 말했다.

파커는 가슴이 철렁했다. 위기 대응 조치를 발동해야 했다. "음, 우리 술 한 잔할까? 같이 한 잔한 지 오래되기도 했고 바니가 자고 오니까 또…."

루나가 파커를 노려보았고, 파커는 그 눈빛에 위축되어 할 말을 잃었다.

"파커, 그거 알아? 난 다 알고 있어. 당신이 뭘 하는지." 루나는 그를 뚫어지게 쳐다보았다.

"내가 뭘?"

"당신이 무슨 짓을 하고 다니는지 다 안다고. 입출금 내역서를 발견했어."

파커는 약간 휘청하며 운동 가방을 내려놓았다. "당신이 무슨 말을 하는지 모르겠…"

루나는 끼고 있던 팔짱을 풀고 차 문을 열며 퉁명스럽게 말했다. "거짓말할 생각 마. 집에 가서 얘기하자."

루나는 마쓰다 스포츠카 운전석에 타더니 필요 이상으로 세게 문을 닫았다.

파커는 허리를 숙여 가방을 집어 들고 눈길 한번 주지 않고 가는 아내를 바라보았다. 정신이 멍했고 어찌할 바를 몰랐다.

그는 재킷 주머니를 뒤적여 자동차 열쇠를 꺼낸 다음, 새로 받은 벤츠 문을 열고 가방을 트렁크에 실었다. 차 문이 닫히자 그는 양손에 얼굴을 묻었다.

폭주하는 기차에 매달려 있는데 기차 멈추는 법을 모르는 기분이었다. 거짓말을 너무 많이 했고 잠 못 이루는 날도 많았다. 이제 끝인 걸까? 막다른 길에 다다른 걸까?

그렇다면 그가 모든 것을, 열심히 일해 일군 것을 전부 다

잃지 않으려면 방법은 하나뿐인지도 몰랐다.
 어쩌면 그동안 계속 도망치기만 했던 일을 아내에게 말할 때가 마침내 온 것인지도 몰랐다. 루나에게 진실을 털어놓을 때가.

33장
니콜라

나는 두 형사를 잠시 바라보았다.

"밴스 씨, 들어가서 이야기 나눠도 될까요?" 남자가 말했다. 브루스터 경사라고 했던 것 같다.

"네, 그럼요. 전…." 나는 입을 벌렸다가 다물고 벽에 몸을 기대 정신을 차리려고 했다. "혹시… 우리 아들 일인가요?" 형사의 심각한 표정에 마음이 초조해졌다. 조금 전에 병원과 통화했으니 파커 때문일 리 없었다. "들어오시죠."

나는 두 사람을 거실로 안내했고 우리는 모두 앉았다. 남자 형사가 수첩과 펜을 꺼냈는데, 나는 그게 좀 불편했다.

손이 떨리지 않게 하려고 기도하듯 맞잡아 무릎 사이에 끼웠다. "무슨 일이죠?"

잠시 후 여자 형사가 차분하지만 단호한 목소리로 말했다.

"밴스 씨, 저희가 찾는 증거물을 가지고 계시다는 제보를 받았습니다. 검은색과 금색 무늬 스카프예요. 아주 독특한 스카프인데 현재 수사 중인 중대 살인 사건의 중요한 증거일 수 있습니다. 제가 말하는 물건이 뭔지 아십니까?"

심장 박동이 빨라졌다. 내 심장은 가슴뼈 안에서 거세고 빠르게 쿵쾅댔다. "제보를 받으셨다고요?" 나는 자신감 있는 목소리로 말했으나 속으로는 한없이 쪼그라들었다.

"며느님 루나 밴스에게 들어보니, 어제 병원으로 찾아가서 문제의 스카프 이야기를 하셨다던데요. 이 스카프를 가지고 계십니까?" 여자 형사가 간략하게 말했다.

"어… 가지고 있긴 하지만… 그러니까… 우연히 발견했어요. 누구 것인지는 모르고요." 루나가 경찰에 신고하다니 말도 안 되는 일이었다. 루나와 파커 사이가 좋지 않은 건 알겠지만 파커와 이야기해 보지도 않고 경찰에 알리다니… 루나 자신도 아무 잘못 없이 진흙탕 싸움에 휘말릴 수 있을 텐데.

"그러니까 검은색과 금색 기하학무늬가 있는 스카프를 가지고 계시다는 말입니까?" 형사가 이렇게 물으며 확인했다.

나는 손등을 뺨에 갖다 댔다. 얼굴이 뜨거웠다. 칼이 옳았다. 기다려야 했다. 파커가 자신을 방어할 수 없을 정도로 아픈 이런 때에 문제를 자초한 사람은 나였다. 파커가 회복세에 접어들 때 심각한 스캔들이 기다리고 있다면, 그 애는 날 용서하지 않겠지. 그것도 다 내가 그 애의 집을 염탐했기 때문에 생긴 일이라면.

"밴스 씨, 스카프를 보여주십시오." 프라이스 경위가 단호하게 말했다.

"아, 그래야죠. 솔직히, 아무것도 아닐 거예요. 그냥 우연히 발견한 건데 우리 아들과 며느리에게 물어보는 게 좋겠다고 생각했어요. 그래서 가져와서…"

"밴스 씨. 스카프 보여주시죠." 브루스터 경사가 끼어들었다.

"맞다. 그렇죠. 스카프. 가서 가져올게요."

스카프는 내 차에 있었다. 발견했을 때와 마찬가지로 봉지 두 겹으로 싸 놓았지만, 지금은 예비용 타이어 커버 아래에 처박혀 있었다. 나는 스카프를 옆쪽에 최대한 깊이 밀어 넣어 두었다. 내가 거실 입구로 가자 두 형사도 일어섰다.

"여기에서 기다리시면 금방 가져올게요."

나는 빠른 걸음으로 복도로 나가 콘솔 탁자 위에 놓인 자동차 열쇠를 집어 들었다. 현관문 손잡이를 잡는 순간, 바로 뒤에서 브루스터 경사의 목소리가 들렸다.

"밴스 씨, 스카프는 어디에 있습니까?"

"그게… 아직 제 차에 있어요." 적어도 내 생각에 따르면 그랬다. 나는 얼굴이 달아올랐고 허둥지둥했다. 제대로 생각할 수 없었다. 차에 놔둔 게 기억나긴 하는데… 꺼내서 다른 데 뒀던가? "병원에 가져갔었거든요."

나는 속으로 자신을 욕했다. 이 말은 하는 게 아닌데. "아들과 며느리가 퀸스 병원에 있어요. 자동차 사고가 났거든요."

"네, 그건 잘 알고 있습니다." 프라이스 경위가 다가와서 말했다.

나는 현관문을 열고 나갔다. 길 건너편에서 이웃 두 사람이 우리 집 쪽을 살피며 담장 너머로 이야기를 나누고 있었다. "오래 안 걸려요. 집 안에서 기다리셔도 돼요."

"괜찮으시면 차량까지 동행하겠습니다. 혹시라도 문제가 발생하면 안 되니까요."

"무슨 문제요?"

"그 스카프는 중대 살인 사건 수사에 아주 중요한 역할을 할 수 있습니다. 따라서 온전한 상태로 넘겨받을 수 있도록 확인하는 겁니다. 그래야 검사를 시작할 수 있으니까요." 브루스터 경사가 말했다.

"검사요?"

"네, 검사요. 앞좌석 수납함에 있습니까?" 내가 차 문을 여는 동안 브루스터 경사가 조바심 나는 듯이 물었다.

"그게… 아, 이런. 기억이 안 나요." 생각이 제대로 정리되지 않았다. "지금 여러 일로 스트레스가 심해요. 무엇보다 아들이 사고로 많이 다쳤고요. 제대로 생각하기가 힘들고 자꾸 뭘 잊어 버리네요."

"그렇군요. 천천히 생각하세요. 저희에게는 스카프를 온전히 입수하는 게 중요하니까요." 경사가 말했다.

나는 앞좌석 수납함을 찾아본 다음, 뒷좌석 문을 열고 안을 살폈다.

"스카프를 어디에 놔뒀는지 잊으셨나요?" 프라이스 경위가 물었다.

"분명 여기 있다고 생각했어요. 조금만 시간을 주시면 떠올리는 데 도움이 될 것 같군요."

형사들은 꼼짝도 하지 않고 있다가, 내가 트렁크로 가자 따라왔다. 그리고 무표정한 얼굴로 계속 지켜보았다. 이제 내가 의도적으로 스카프를 감췄다는 사실을 숨길 수 없게 되었다. 그냥 빨리 끝내는 게 나을 것 같았다.

나는 예비용 타이어를 덮어 놓은 트렁크 바닥 매트를 들어 올렸다. 브루스터 경사는 한 걸음 다가와 안쪽을 보았다.

"원래 예비용 타이어 옆 공간에 물건을 보관하십니까, 밴스 씨?"

"아니요, 그게 아니라… 중요한 것일지도 몰라서 안전한 곳에 두느라고요." 나는 손을 떨었다. 형사들이 옆에 없으면 제대로 생각할 수 있을 것 같은데.

나는 심호흡을 하고 예비용 타이어 옆쪽으로 손을 밀어 넣었다. 이런 곳에 감추다니, 스트레스가 심한 상황이라 완전히 잘못 판단했다. "여기 어디 있을 텐데." 나는 이렇게 중얼거리며 약간 위쪽을 더듬었다. 아무것도 없었다. 이번에는 아래로 내려가 타이어 옆쪽을 손으로 쓸며 찾아보았다. "분명 여기

됐는데."

"착각하셨는지도 모르죠." 프라이스 경위는 아까와 다름없이 차분하고 단조롭게 말했는데, 그 말투가 거슬리기 시작했다.

"불과 어제였단 말이에요. 제멋대로 상상하는 게 아니라고요." 내가 날카롭게 말했다.

"비켜 보세요. 제가 타이어를 치워 볼게요." 브루스터가 라텍스 장갑을 끼며 말했다.

기진맥진해서 말씨름할 기운도 없었다. 나는 그냥 차에서 한 발 물러났다.

체격이 큰 브루스터가 앞에 서자 트렁크 입구가 꽉 찼다. 그는 잠시 헉헉대더니 예비용 타이어를 들고 한 걸음 물러났.

그리고 나와 프라이스 경위를 보았다. "경위님, 보시죠."

나는 다시 보고 싶지 않은 그 작은 봉지가 있을까 걱정하며 프라이스 경위를 따라 트렁크로 갔다.

경위가 나를 돌아보고 나서야 그녀가 가리고 있던 시야가 트였다. "문제가 있는 듯하군요."

그녀 옆으로 가서 몸을 숙이고 예비용 타이어를 꺼낸 구멍에 손을 넣어보았다. 손가락으로 주변을 쓸어보고 바닥에 손바닥을 붙이고 훑었지만 아무것도 없었다.

스카프는 여기에 없었다.

34장 노팅엄서 경찰

"여기 놔뒀어요. 틀림없어요." 니콜라 밴스가 빈 트렁크를 보며 기어들어 가는 목소리로 말했다. 그녀는 놀라서 눈이 약간 커진 채 낮은 목소리로 중얼거렸다. "하지만… 지금 너무 혼란스러워요. 제가 다른 데로 치운 걸까요? 모르겠어요. 머리가 잘 안 돌아가요."

헬레나는 고개를 돌려 브루스터를 보았다. 상황이 예상과 달리 심각하게 전개되었다. 그 스카프가 그들이 찾고 있던 게 맞는지 영영 확인할 수 없을지도 몰랐다.

"밴스 씨, 스카프가 어디로 갔다고 생각하십니까?" 브루스터가 물었다.

"모르겠어요. 애들이 사고 난 뒤로 잠을 거의 못 잤어요. 정신이 하나도 없어요. 혼자 조용히 시간을 좀 보내면 그걸 어떻게 했는지 기억날지도 몰라요."

헬레나는 브루스터를 보며 인상을 찡그렸다. 지금 니콜라의 머릿속은 완전히 뒤엉켜 있었다. "남편은 언제 돌아오나요?" 헬레나가 물었다.

"모르겠어요. 아직은 아닐 거예요. 욕실 공사 계약 건을 마무리하러 갔어요."

"밴스 씨, 경찰서로 같이 가서 진술서를 작성하셔야겠습니다."

"뭐라고요? 언제요? 그게… 남편이 돌아올 때까지 기다리면 좋겠는데요…." 니콜라는 목을 만졌다.

"쪽지를 남기거나 메시지를 보내는 게 좋겠습니다. 지금 바로 같이 가주셔야겠습니다." 브루스터가 일어서며 말했다.

니콜라는 얼굴이 새파랗게 질렸다. "제가… 체포되는 건가요? 그럴 순 없어요. 난…."

"체포되는 게 아닙니다. 저희가 물어볼 게 많아서 그러니 이해해 주십시오. 저희에겐 이 사건의 진상을 파헤칠 의무가 있습니다." 브루스터가 힘주어 말했다.

"하지만 전 아무것도 모르는데요." 니콜라는 한 걸음 물러났다. "전 그저 스카프를 가져오는 게 옳은 일이라고 생각했어요. 전국에 똑같은 스카프가 엄청나게 많을 텐데… 아, 이럴 수가." 니콜라는 양손으로 머리카락을 움켜쥐었다. "내가 전부 다 엉망으로 만들었어."

"지금 많은 일이 한꺼번에 일어나고 있다는 건 잘 알고 있습니다. 아드님이 입원 중이니 당연히 많이 걱정되시겠죠."

브루스터가 말했다.

"하지만 저희는 살인 사건 수사에 집중해야 합니다. 그 스카프가 저희가 찾던 결정적 증거일 가능성이 있어요. 그러니 조서를 작성할 수 있도록 같이 경찰서로 가셔야 합니다." 헬레나가 단호하게 말했다.

니콜라의 작고 가는 몸이 그들 앞에서 스러지는 것 같았다. "남편에게 쪽지를 남기고 올게요. 외투도 입어야 하고요." 그녀가 희미하게 말했다.

헬레나와 브루스터는 조용한 거실에 앉아서 벽난로 위에 놓인 오래된 시계가 째깍대는 소리, 서랍이 열렸다가 닫히는 소리, 주방 마룻바닥에 의자가 끌리는 소리를 들었다.

"매우 혼란스러워 보이는데요. 하지만 일부러 그걸 없앴다면 아주 심각한 문제가 되겠죠." 브루스터가 속삭였다.

헬레나는 고개를 끄덕였다. "지금으로선 아무것도 짐작할 수 없어. 하지만 이 수사 단계에서 철저히 조사하지 않으면 총경님이 크게 화를 내시겠지. 조금이라도 구멍이 없는지 확인해야 해. 스카프가 부근에 있다면 반드시 찾아야 하고."

니콜라가 거실 입구에 나타났다. 패딩 점퍼를 입고 어깨에 핸드백을 걸치고 있었다. "준비됐어요." 그녀는 옳은 일을 하려고 애쓰는, 너무도 평범한 사람처럼 보였다. 하지만 핵심 증거가 사라졌다는 사실을 간과할 수 없었다. 특히 그녀의 아들이 매우 의심스러운 지금 상황에서는.

헬레나와 브루스터는 자리에서 일어났다. "밴스 씨, 증거물이 집 안에 있는지 확인하기 위해 집을 수색해야 할 겁니다."

"왜요? 말씀드렸잖아요. 차에 두는 게 안전할 것 같아서 거기 놔뒀다고요." 니콜라는 불안한 표정이었다.

"하지만 다른 데로 치웠을지도 모른다고도 하셨죠. 저희에게는 모든 가능성을 고려할 의무가 있습니다."

"알겠어요." 니콜라는 입을 굳게 다물었다. "제게 거절할 권리가 있나요?"

"있습니다만, 그때는 저희가 서둘러 압수 수색 영장을 청구하겠죠. 이런 중대 살인 사건의 경우, 한 시간 이내에 영장이 발부되어 수색이 시작될 겁니다. 밴스 씨에게 달렸어요. 지금 수색에 동의하면 최대한 조용히 진행할 수 있겠지만, 나중에는 손해 본 시간을 벌충하기 위해 제복 입은 경찰관을 더 많이 파견하게 될 겁니다."

니콜라 밴스의 눈이 창문으로 향했다. 자기 집 현관문을 또렷하게 볼 수 있는 이웃집이 몇이나 될까 생각하는 듯한 모습이었다. 이를 본 헬레나는 조금 전 브루스터가 은밀한 뜻을 담아서 한 말에 감탄하지 않을 수 없었다.

"제게 선택권이 있는 것 같지는 않군요." 니콜라가 침울하게 말했다.

35장 니콜라

조사실은 좁고 답답했다. 나는 집에 돌아온 다음, 욕실에 가서 두통약을 두 알 먹었다. 빈속에 먹었더니 속이 아팠다. 아니면 짧은 간격으로 너무 많이 먹어서 그런지도 몰랐다. 기억나지 않았다.

형사들은 나를 옥스클로즈 레인에 있는 아널드 경찰서로 데려갔다. 운전해서 시내로 나가는 길에 근처를 지나간 적은 많았지만 직접 가 본 적은 없는 동네였다. 오늘이 되기 전까지는.

아이러니하게도, 파커는 세라 그레이슨 실종 사건으로 조사받을 때 경찰서에 가지 않았다. 노팅엄 지역에서 목격된 차량과 파커의 차가 색상과 생산 연도가 일치하는데도, 경찰은 파커의 집으로 직접 찾아가서 그날 밤의 행적을 확인했다. 파커에게 들은 바에 따르면 경찰은 20분 정도 있다가 갔다.

"엄마, 그냥 통상적인 조사였어요. 전혀 걱정할 일이 아니에요." 내가 그 일을 묻자 파커는 자신있게 말했다.

연달아 수술을 두 번이나 받은 불쌍한 내 아들… 아직 그 애를 볼 수 없다고 생각하자, 그리고 파커가 대화를 나눌 수 있게 되는 순간 맞닥뜨리게 될 이 모든… 골치 아픈 일을 생각하자 미칠 것 같았다. 나 때문이었다. 루나와 그 부모 때문이었다. 그들은 스카프가 거기 있었던 이유를 해명할 기회도 주지 않고, 수술을 받느라 스스로를 방어할 수조차 없는 파커의 등에 칼을 꽂았다.

파커가 잘 회복할 수 있을지 걱정됐다. 그리고 그 다음 의문이 머릿속에서 맴돌았다. 발견된 스카프가 세라 그레이슨의 것으로 판명된다면, 도대체 왜 그게 내 아들의 집에 있었을까?

나는 경찰서에 앉아서 유죄를 선고받은 죄인이라도 된 양 기다리고 있었다. 옳은 일을 하려고 했던 것뿐인데. 옳은 일을 하려고 루나에게 이야기했고, 파커가 대화할 수 있을 정도로 회복할 때까지 기다렸다가 스카프가 어디에서 났는지 알아보고 내가 뭘 어떻게 해야 할지 결정하려고 했던 것뿐인데. 칼은 내가 앞서간다고, 괜히 다른 사람들을 끌어들인다고 경고했고… 이제 파커가 두 번째 수술에서 회복하고 나면 내게 엄청나게 화를 내겠지.

칼이 뭐라고 하든, 나는 젊은 여자가 살해된 사건의 증거일지 모를 중요한 물건을 못 본 체할 수 있는 사람이 아니다. 실제로 그 스카프가 사건의 증거일 수도 있다. 생김새가 똑같은 데다 경찰이 필사적으로 찾고 있음에도 아직 확실하게 밝혀지지 않았을 뿐.

문이 열리고 두 형사가 차례로 들어왔다. 브루스터가 물이 반쯤 담긴 종이컵을 내 앞에 놓았다.

"기다리게 해서 미안합니다. 조사 시작 전에 한두 가지 정리해야 할 사항이 있습니다." 프라이스가 얄팍한 서류철을 책상에 내려놓으며 말했다.

나는 고개를 끄덕이고 내 손을 내려다보았다.

"좋습니다. 그럼 시작하죠." 브루스터는 녹음 버튼을 누르더니 일시와 참석자를 비롯한 정보를 읊었다. "밴스 씨, 확인을 위해 묻겠습니다. 오늘 이렇게 경찰서로 출석을 요청드린 이유는, 경찰에서 수사 중인 살인 사건의 결정적 증거일지 모를 물건을 밴스 씨가 어떻게 손에 넣게 되었는지 이해를 돕기 위해서입니다. 맞습니까?"

"네."

"지금은 사라진 검은색과 금색 무늬 실크 스카프를 어떻게 입수하게 되었는지 말씀해 주시겠습니까?" 프라이스가 말문을 열었다.

나는 책상 위에 올려놓은 손을 맞잡았다. 그러면서 집중하자고, 이 폭주하는 롤러코스터의 속도를 늦추도록 애써 보자고 다짐했다. 천천히 사실을 바탕으로 말하자. 서두르지 말자.

"이틀 전에 제 아들 파커와 며느리 루나가 자동차 사고를 당했어요. 우린 그 애들의 아들이자 손자인 바니를 돌보고 있었고요. 애들이 한동안 입원해야 하는 상황이라 저는 바니가 일주일 정도 지내는 데 필요한 옷과 물건을 가지러 애들 집에 갔어요."

"집에는 어떻게 들어가셨습니까?" 브루스터가 물었다.

"병원에 상황을 설명하고 손자의 물건을 가지고 와야 한다고 하자, 파커의 열쇠를 주었어요."

"아드님이 동의한 일입니까?"

"꼭 그렇다고 할 순 없어요. 집에 들르겠다고 하자 파커는… 음, 수술받고 의식을 회복한 지 얼마 안 돼서 약간 정신이 없었어요."

"밴스 씨, 아드님이 정확히 뭐라고 했습니까?"

"파커는 수고를 끼치고 싶지 않았던 것 같아요. 일부러 집에 들러서 짐을 챙겨야 하니까요."

"파커가 그렇게 말했습니까? 수고를 끼치고 싶지 않다고요?" 브루스터는 적당히 넘어가지 않을 모양이었다.

"음, 아니요. 꼭 그렇게 말한 건 아니에요. 그냥… 가지 말라고 했어요."

"집에 가지 말라고 말했다고요." 브루스터가 천천히 반복해서 말했다.

"네. 하지만 속뜻은 그런 게 아니었어요. 제가 많이 걱정하는 걸 아니까 그런 상황에서 분주하게 만들고 싶지 않았던 것 같아요."

"원래 아들 집 열쇠를 가지고 있지 않았습니까?"

"없었어요."

"왜 그랬을까요?"

나는 얼굴이 서서히 뜨거워지는 느낌이었다. "모르겠어요. 거기까지 생각하지 못했던 것 같아요. 파커는 일 때문에 너무 바빴고 나머지 시간에는 가족에게 전념했거든요."

"그렇군요. 아드님 가족이 레이븐스헤드에 산 지는 몇 년이나 됐습니까?"

"8년일 거예요."

"8년이나 살았는데 집 열쇠를 준 적이 없군요." 브루스터가 생각에 잠겨 말했다. "혹시 병원에서 열쇠를 받아서 아드님 집으로 달려간 게 선 넘는 행동이었다는 생각은 전혀 들지 않으셨습니까? 아드님이 명확하게 허락한 건 아니었잖아요."

"그런 게 아니었어요." 나는 이 남자가 마음에 들지 않았다. 그는 겉으로는 사람 좋은 척하면서 나를 몰아세우고 있었다. "파커는 정신없고 기진맥진한 상태였어요. 내가 애들 집에 간 건 오로지 손자의 물건을 가져오기 위해서였다고요."

"바니에게 깨끗한 옷과 장난감 같은 게 필요했다는 건 이해합니다." 프라이스가 말했다.

"고마워요." 나는 이렇게 말하고 브루스터를 잠시 노려본 다음 다시 프라이스를 보았다. "그게 전부였어요."

"그럼 열쇠를 받자마자 그 집으로 가셨나요?"

"바니 물건을 챙길 여행 가방을 가지러 우리 집에 먼저 들렀어요. 그리고 남편 칼에게 다녀오겠다고 말했고요."

"남편은 뭐라고 했습니까?"

"칼은… 애들이 안 좋아할 거라고 걱정했어요. 하지만 말했듯이, 칼에게도 바니가 최대한 평소처럼 지낼 수 있게 해 주어야 한다고 했어요. 저는 파커를 만나고 너무 걱정돼서 잠이 완전히 깨 버렸기 때문에 곧바로 운전해서 애들 집으로 갔고요."

"그럼 곧장 바니의 침실로 가서 필요한 걸 챙기셨습니까?"

"맞아요. 최대한 이것저것 챙겨서 가져간 여행 가방에 넣었어요. 그런 다음 다시 나와서 우리 집으로 갔고요."

브루스터는 목소리를 가다듬었다. "그럼 스카프를 손자의 방에서 찾으셨겠군요. 맞습니까, 밴스 씨?"

"아니, 당연히 그건 아니죠!" 브루스터는 또 나를 곤란하게 만들려고 했다. "집에 가기 전에 쓰레기통이나 내놔야겠다고 생각했어요. 골목에 있는 다른 집들이 쓰레기통 내놓은 걸 보고 파커가 깜빡했나 보다 생각했거든요."

두 형사는 말이 없었고 나는 말을 이어 가기 전에 미지근한 물을 한 모금 마셨다. 마음먹은 대로 사실만 이야기하려고 애썼지만 머릿속에서 순서가 뒤엉켜버렸다.

"쓰레기통을 밀었는데 그 뒤로 입구를 묶어 놓은 검은색 쓰레기봉투가 보였어요. 봉투를 뚫고 튀어나온 액자를 보기 전까지는 아무 생각이 없었고요. 그 안에는 버리기엔 아까운 게 많았어요." 나는 잠시 말을 멈추고 호흡을 고르며 마음을 가라앉혔다. "그 봉투를 집에 가져가서 안에 뭐가 들어 있나 보기로 했어요."

"그래서 그 쓰레기봉투를 집으로 가져가셨군요?"

"네."

"그리고 스카프는 다른 물건들과 함께 그냥 그 안에 있었고요?"

"그냥 있었던 건 아니에요. 비닐봉지 두 겹에 싸여 맨 아래에 있었어요. 봉지에 뭐가 들었는지 보이지 않아서 풀어 보니 실크 스카프가 있었죠."

"그 스카프가 살인 사건 수사에 아주 중요하다는 걸 알고 계셨습니까?" 프라이스가 물었다.

"아니요, 몰랐어요." 나는 조심스레 대답했다. 거짓말하려니 목이 조이는 것 같았지만 꿀꺽 삼켜 그 느낌을 외면했다.

"저희가 언론을 통해 대대적으로 홍보했는데 그것 참 놀랍군요." 경위는 앞에 놓인 갈색 서류철을 열더니 종이를 한 장 꺼냈다. 그리고 방향을 돌려 내 쪽으로 밀었다. "발견하신 스카프가 이렇게 생겼나요?"

사진에는 똑같은 스카프가 있었다.

"아주 비슷해요." 나는 사진을 밀어내며 말했다.

"밴스 씨, 신문을 읽으십니까? 아니면 온라인으로 뉴스를 보십니까?" 브루스터가 물었다.

"둘 다요."

"경찰은 한 달 전, 시내의 레이스 마켓 지구에서 세라 그레이슨의 시신이 발견된 뒤로 계속 이 스카프를 찾아다녔습니다. 이에 도움을 얻고자 앞에 놓인 사진을 영국 전역의 언론에 배포했고요. 당연히 노팅엄셔 언론에서는 더욱 강조해서 다루었죠." 브루스터는 사진을 집어 들고 보았다. "그런데 온라인에서도, 지역 신문이나 전국 발행 신문에서도 경찰이 도움을 호소하는 내용을 본 적이 없으시군요."

"어… 어디서 본 것 같다고 생각하긴 했어요. 하지만 루나가 두른 걸 본 적이 있나 보다 했죠."

나는 거짓말쟁이가 아니다. 나쁜 사람도 아니다. 그런데도… 내 입에서 이런 말이 술술 흘러나왔다.

내 아들에게 해명할 기회를 줘야 해. 엄마라면 누구든 그렇게 할 거야!

나는 머릿속에서 이렇게 외칠 뿐 입 밖으로 내지는 않았다.

"어쨌든 그 스카프가 특별히 중요하다고 생각하진 않으셨다는 겁니까?"

"네, 그렇게 생각하지 않았어요."

"그랬다면 왜 쓰레기봉투에서 꺼내셨을까요? 그리고 왜 아침에 겁에 질려 어쩔 줄 몰라 하며 병원으로 달려가 루나 밴스에게 그 스카프를 본 적이 있느냐고 물어보셨을까요?"

나는 두 손으로 얼굴을 가렸다. 머리가 쿵쾅댔다. "모르겠어요! 그때 난 정신이 없었어요… 스카프를 어디서 본 것 같았지만 어디에서 봤는지 몰랐다고요."

"밴스 씨." 브루스터의 거친 태도와 달리 프라이스의 목소리는 차분하고 신중했다. "한 달 전, 아드님 파커가 차량 문제로 경찰의 통상적인 조사를 받은 적이 있습니다. 경찰은 세라 그레이슨이 실종된 날 밤에 파커가 근처에 없었다는 사실을 납득했고요. 제가 보기에 밴스 씨는 스카프가 얼마나 중요한지 아주 잘 알고 계셨고 아들을 보호하고자 그걸 치워 두신 것 같은데요."

"아니에요! 그런 식으로 지어내지 말아요. 파커는 누구에게도 해를 끼치지 않을 애예요. 내 목숨을 걸고 장담해요. 게다가 그날 밤 파커에게는 알리바이가 있었어요. 혹시라도 그 스카프에 대해 뭔가를 아는 사람이 있다면 그건 루나일 거예요. 파커가 직접 그렇게 말했어요."

조사실이 조용해졌다. 복도에서 희미하게 발소리가 들렸고, 디지털 녹음기에서 날카롭게 딸깍 소리가 났다.

"그러니까 파커에게 스카프 이야기를 하셨군요?" 프라이스가 의자에 기대앉으며 물었다.

"아마… 했을 수도 있겠죠. 어쨌든 파커가 한 말에 따르면, 차량 때문에 조사받았을 뿐이고 사건과 아무 관련이 없는 것으로 결론 났어요."

"세라가 사망하기 직전에 어떤 남자와 말하는 걸 보았다는 목격자가 있습니다. 목격자에게 다른 사람들 사진과 함께 아드님 사진도 보여주고 그중에 본 사람이 있는지 물어봐야겠군요." 브루스터가 말했다.

"파커는 세라 그레이슨을 만난 적이 없다고 했어요. 그러니까 파커일 리 없어요." 나는 퉁명스레 말했다.

"처음부터 다시 시작해야 할 것 같군요." 브루스터는 손가락을 마주 세우고 심각한 표정을 지었다. "밴스 씨, 이번에는 아드님을 보호하려고 생략하는 내용 없이 진실을 전부 다 말해야 합니다."

36장 니콜라

조사가 끝나고 경찰서 안내 데스크가 있는 곳으로 나왔다. 그곳에서 기다리던 몇 사람이 호기심 어린 눈길로 나를 보았다. 그들의 모습은 거울에 비친 것처럼 왜곡돼 보였다.

나는 천천히 입구로 간 다음, 그 자리에 서서 거센 바람을 맞으며 심호흡했다. 지나가는 차 소리가 귀에 울려서 문틀에 기대 눈을 감았다. 항암 치료를 마치고 링컨셔의 해안으로 며칠 떠났을 때 이후로 이렇게 기력이 바닥난 건 처음이었다.

그때가 5월이었던 것 같다. 맞다. 5월 말이었다. 빛나는 햇살 아래에서 바다 냄새를 맡고 머리 위로 날아다니는 갈매기 울음소리를 들으며 산책로를 따라 걷던 여행 첫날, 나는 살아 있음에, 가족이 있음에 감사했다. 그날 나는 완전히 새로 태어나겠다고 다짐했다. 그전까지와 다른 방식으로 살기로 했다. 여행과 피아노 배우기 등 꿈만 꾸던 일들을 시작하기로 했다. 화나는 상황에서 허둥대지 않고 내 생각을 더 분명히 말하기로 했다.

하지만 지금 생각해 보니 나는 달라진 게 없었다.

그때 누군가가 외치는 소리에 눈을 번쩍 떴다. 길 건너에서 손 흔드는 사람을 보고 목이 메었다. 나는 비틀비틀 앞으로 나아가며 속삭였다. "칼!"

칼은 순식간에 내 앞에 와서 섰다. 근심 가득한 표정이었다. 내가 힘없이 쓰러지자 그는 나를 꼭 잡고 바로 세웠다.

"이런, 니콜라. 경찰이 당신에게 무슨 짓을 한 거야?" 칼은 한 손으로 내 팔꿈치를 잡고 다른 한 팔로 내 어깨를 단단히 감쌌다. "집에 가자. 바니는?"

"바니는… 잘 있어. 병원에… 파커를 봐야…"

"내가 병원에 전화해 봤는데 수술받고 상태가 안정적이래. 그것 말고 별다른 소식은 없어. 병원에서 아직 면회는 이르다고 했고. 당신, 어서 가서 쉬어야겠어. 안 그랬다가는 쓰러지겠는데."

나는 오늘 아침에 병원에 전화한 게 기억나서 고개를 끄덕였다. 머릿속에 백색 소음이 가득했다. 이해되는 게 하나도 없었다. 하지만 칼에게 꼭 물어볼 게 있었다.

"칼, 차에 있던 스카프 당신이 치웠어?"

"차?"

"응. 스카프를 집에 놔두기 싫어서 차에 갖다 놓은 줄 알았는데, 아까 형사들이 보니까 없더라고. 그냥 내가 생각만 그렇게 한 건지 도무지 모르겠어."

칼은 고개를 젓고 차 문을 열었다. "난 아직 당신 가방에 있는 줄 알았는데."

나는 고개를 저었다. "내가 정신을 놓았나 봐. 차에 갖다 놨다고 생각했는데… 그러고 나서 다시 집으로 가져왔는지 어쨌는지 모르겠어. 기억이 안 나. 뇌가 곤죽이 된 것 같아."

우리는 차에 탔다.

"여보, 나 좀 봐." 칼의 목소리가 다정해졌다. "당신은 정신을 놓은 게 아니야. 그냥 스트레스가 심해서 그런 거야. 좀 쉬어. 집에 가서 같이 스카프 찾아보자. 어차피 별거 아닐 거야. 파커가 다 잘한 건 아니지만, 젊은 여자를 살해하고 집에 소지품을 숨겨 놓을 애는 아니야. 우리 둘 다 그걸 잘 알잖아."

칼은 시동을 걸었고 우리는 집을 향해 출발했다. 그때 문득 뭔가 떠오르며 목구멍이 막힌 듯한 느낌이 들었다. "아, 이런. 경찰이 집을 수색한댔어."

"뭐?" 칼은 나를 흘끗 보고 다시 도로를 응시했다. 운전대를 어찌나 꽉 잡았는지 손가락 마디가 하였다.

"스카프를 찾으러 집을 수색해야 한다고 했어."

"이건… 말도 안 돼. 경찰이 온 집 안을 헤집고 다니면… 이웃들이 어떻게 생각하겠어? 언제부터 한대?"

"이미 가 있을걸… 모르겠어."

칼의 양쪽 뺨이 시뻘겋게 달아올랐다. "파커가 어느 정도 의식을 회복할 때까지 가만히 있었으면 됐잖아. 기껏해야 하루나 이틀이라고. 하지만 당신은 다른 사람들에게 떠벌리고 다녔지."

화를 내는 칼을 원망할 수 없었다. 내가 전부 망쳐놓았다.

칼은 집까지 가는 동안 더 이상 아무것도 묻지 않았다. 턱 근육이 이따금 떨릴 뿐, 말없이 정면을 응시하며 운전만 했다.

우리 집이 있는 골목에 들어서자 심장이 내려앉았다.

"대체 이게 무슨 망할…." 칼은 잔뜩 화난 표정으로 욕을 중얼거렸다. 그리고 우리 집 진입로와 최대한 가까운 곳에 주차했다. 옆면에 경찰의 상징 색인 파란색과 노란색으로 '과학수사'라고 쓰인 흰색 대형 승합차 때문이었다. 그 앞쪽이자 우리 집 대문 맞은편에는 경찰차가 있었다.

나는 골목을 빠르게 훑어보았다. 가랑비가 내리는데도 이웃들은 저마다 마당에 나와 바쁘게 할 일을 하고 있었다. 마당 한쪽에서 어슬렁대면서 시선은 활짝 열린 우리 집 대문을 향하고 있었다.

칼은 나를 쏘아보았다. "당신이 무슨 짓을 했는지 보여?"

나는 눈물을 참으려고 시큰해진 눈을 빠르게 깜빡일 뿐, 말씨름하지는 않았다. 칼의 말이 옳기 때문이었다. 그 스카프가 세라 그레이슨의 것이라는 증거도 없는데. 무슨 의심이 들었든 파커가 어느 정도 회복한 다음에 그 애와 제대로 이야기해야 했다.

"칼, 난…."

칼은 내가 말을 미처 다 하기도 전에 차에서 내리더니 문을 세게 닫았다. '마당에서 바삐 일하는' 체하던 이웃들은 이제 칼이 집 밖에 서 있는 젊은 경찰에게 화내며 열변을 토하는 모습을 노골적으로 지켜보았다.

칼은 몇 분 동안 이야기를 나누고 돌아왔다.

"어떻게 되어 가고 있어?" 나는 재킷 소맷단을 꼬며 작은 목소리로 물었다.

칼은 나를 보지 않고 집만 바라보았다. "어떻게 되어 가고 있느냐고? 그 망할 스카프를 찾으려고 수없이 많은 경찰이 우리 집을 쑤시고 다닌다고."

칼은 코끝을 손가락으로 비틀었다. "분명 당신이 허락했겠지. 수색 영장도 없는 걸 보면. 당신 정말이지…."

제복 입은 경찰관이 큰 비닐봉지를 들고 집에서 나오자 칼은 말끝을 흐렸다. 그 경찰 뒤로 여자 경찰 둘이 따라 나왔다.

"이런. 뭘 갖고 나오는 거지?" 칼이 낮은 소리로 투덜댔다.

나는 칼이 부르는 걸 외면하고 차에서 내렸다. "니콜라, 지금 뭐 하는 거야? 다시 차에 타!"

나는 여자 경찰에게 다가갔다.

"저는 이 집에 사는 니콜라 밴스라고 해요." 나는 봉투를 보았다. "이건 뭐죠?"

"곧 감독관이 나와서 이야기할 겁니다. 오늘 가져가는 물건을 빠짐없이 기록한 목록을 드릴 겁니다." 경찰이 말했다.

"스카프는 찾았나요?"

"죄송하지만 저는 그 문제를 이야기할 수 없습니다. 말씀드렸듯이 곧…."

"니콜라! 집에 들어가 봐야겠어." 집 건너편에 있던 칼이 내게 외치며 다가왔다.

감독관은 40대 초반으로 보였는데, 머리숱이 적고 키가 큰 호리호리한 남자였다. "수색에 동의해 주셔서 감사합니다. 모든 곳을 최대한 어지럽히지 않으려고 애썼습니다." 그는 칼과 나를 차례로 보았다.

그는 칼에게 서류 뭉치를 건넸지만 대신 내가 받았다.

"저희가 가져간 물건의 1차 목록입니다. 조만간 갱신된 최신 목록을 받게 되실 겁니다."

목록을 훑어보니 그게 있었다. 검은색과 금색 무늬 실크 스카프 한 개.

"찾았군요. 스카프 말이에요. 다른 물건들은 도대체 왜 가져가는지 모르겠군요." 내가 냉랭하게 말했다. 웃이나… 이 일과 전혀 관계없는 물건들도 있었다. 목록에 따르면 스카프는 뒤쪽 침실에서 가져왔다. 예전 파커 방이었다. "이제 스카프는 어떻게 되는 거죠?"

"더 자세한 내용은 프라이스 경위님이 연락해서 알려 드릴 겁니다만, 검사하러 보낼 가능성이 높습니다." 감독관은 이렇게 말하며 모자를 썼다.

"무슨 검사요?"

"DNA를 비롯한 다른 증거겠죠."

팔을 타고 오싹하는 느낌에 나는 몸을 감쌌다.

"이제 집에 들어가도 되나요?"

"물론입니다. 수색은 다 끝났습니다."

나는 돌아서서 집 안으로 향했고 칼은 경찰과 이야기하고 있었다. 칼이 같이 들어가서 경찰에게 다 가라고 해주면 좋으련만. 어서 칼과 둘만 있고 싶었다.

나는 현관문을 닫고 복도 가운데 섰다. 냄새가 달라졌다. 뭔가 흙냄새와 고약한 냄새가 났다. 느낌도 달랐다. 들쑤셔진 집이 스스로 안정을 찾으려는 듯했다. 창문을 전부 다 열고 싶었지만 너무 기진맥진했다.

칼은 집에 들어와 주방으로 갔고, 나는 소파에 조용히 앉아서 창밖의 연회색 하늘을 물끄러미 보았다. 그러면서 복도 아래쪽에서 들려오는 컵과 숟가락이 부딪치는 마음 편안해지는 소리에 귀 기울였다. 이제 이웃들은 전부 다 집으로 들어갔다. 쇼는 끝났지만 분명 그들은 앞으로 몇 주 동안 이 난장판에 대해 떠들어대겠지.

칼이 차를 가져와 커피 탁자에 내려놓았다. "노트북을 가져가서 차에 둔 게 얼마나 다행인지 몰라. 경찰이 그걸 가져가 버리면 일하러 어디로 가야 하는지, 무슨 작업을 진행 중인지 모를 테니까."

"미안해. 왜 내가 그런 일에 동의했는지 모르겠어." 나는 기어들어 가는 목소리로 말했다.

"아마 당신도 어쩔 수 없었겠지. 하지만 오늘 아침에 일하러 나갈 때만 해도 바니는 여기 있었고 경찰은 흔적도 없었는데. 그래, 대체 무슨 일이 있었던 거야?" 칼은 자리에 앉으며 차분히 말했다.

나는 바턴 제임스 부부가 나타나서 바니를 헴슬리로 데려가겠다고 우긴 이야기부터 했다. "내가 안 된다고 했더니, 파커와 루나가 그들에게 후견인 자격을 부여한다는 법률 문서를 꺼내서 보여주더라고. 그러면서 마리가 나더러 스카프 일을 경찰에 알려야 한다고 했어."

"그래서 당신은 뭐라고 했는데?"

"파커랑 이야기하기 전까지는 그러지 않겠다고 했지. 그랬는데 그 사람들이 떠난 지 1시간도 안 돼서 형사 둘이 집에 찾아온 거야. 루나가 나를 신고했다면서 같이 경찰서로 가야 한다고 했어."

칼의 얼굴이 벌게졌다. "집에 와서 쪽지를 봤어. 당신이 보낸 메시지도 봤고. 그걸 보고 곧장 경찰서로 가서 당신을 만나게 해 달라고 했는데, 형사들과 이야기를 마칠 때까지 기다려야 한다는 거야. 그래서 차에서 기다렸고."

"칼, 내 생각엔 경찰이 파커를 노리는 것 같아." 나는 뜨겁고 진한 차를 한 모금 마셨다. "그 애가 세라 그레이슨을 죽였다고 생각하고 있어."

"경찰이 그렇게 말했어?"

"말을 많이 하진 않았지만 느낌이 그래. 그 여자의 가여운 어머니가 텔레비전에 나와서 사람들에게 스카프를 찾도록 도와 달라고 애원하는 걸 봤어. 뭔가를 아는 사람이 틀림없이 있을 거라면서…."

"계속해 봐."

"음, 다른 누구에게도 인정하고 싶지 않지만, 그런 생각이 들더라고. 혹시 파커가 그 여자에게 일어난 일에 대해 뭔가를 알 수도 있지 않을까?"

나는 칼이 화낼 줄 알았지만 그는 바닥을 보고 있다가 말을 꺼냈다. "당신이 이런 말 좋아하지 않는다는 거 알지만, 나도 모르게 자꾸 그런 생각이 들어… 혹시 파커가 어느 순간 광기에 젖어 이성을 잃고 끔찍한 짓을 저지른 건 아닐까 하는. 파커는 스트레스가 심했는데 우리도 최근에야 알았잖아."

나는 양손으로 얼굴을 감쌌다. "도저히 못 견디겠어. 아니야. 파커는 절대… 절대 그런 짓을 할 수 없어. 절대 아니야."

"이런. 모르겠어." 칼은 소리 나게 한숨을 내쉬었다.

"루나에게 스카프를 보여주면서 내 생각을 얘기했을 때,

루나는 이 사건과 파커를 연결할 기회를 호시탐탐 노리는 것 같았어."

"루나가 왜 그런 짓을 하겠어?"

"생각해 봐. 그렇게 되면 애들이 갈라섰을 때 일이 훨씬 간단해져. 우선 루나가 바니의 양육권을 온전히 갖게 되겠지. 파커가 감옥에 가기라도 하면 루나는 파커에게 방해받지 않고 살게 되는 거야."

"너무 극단적인 생각 같지 않아? 자기 삶을 수월하게 만들려고 누군가에게 살인 누명을 씌우려 한다니!"

"우린 아직 상황을 제대로 모르잖아. 내가 애들 집에 가 보기 전까지는 걔들 결혼 생활에 문제가 있다는 것도 몰랐어."

"루나가 경찰에 정확히 뭐라고 했대?"

"모르겠어. 경찰이 말 안 해주더라고. 하지만 루나는 상황을 자신에게 유리하게 만들려고 파커를 신고했겠지. 숨길 게 없다는 걸 보여준 거야."

"그럼 이제 어쩌지?"

나는 허리를 펴고 앉았다. "면회가 허용되면 곧바로 병원에 가서 파커를 만나야 해. 상황이 더 안 좋아지기 전에 파커에게서 진실을 들어야 한다고. 루나가 경찰에 신고했디는 걸 그 애도 알아야 해."

"스카프가 살인 사건 피해자의 것으로 밝혀지면, 파커와 루나 둘 다 위험해질 텐데." 칼이 말했다.

"내 생각엔 루나가 알고 있는 걸 다 말하지 않은 것 같아. 그 스카프가 세라 그레이슨의 것이라면, 내가 그걸 애들 집에서 발견했으니 둘 중 하나는 진실을 알겠지."

칼의 표정이 어두워졌다. "어쩌면 둘 다 알지도 모르고."

나는 손을 들어 올렸다. "파커에게 죄가 있다는 게 확실해지기 전까지 우리는 그 애가 결백하다고 믿어야 해. 난 파커의 엄마야. 파커 편에 서야 해. 파커가 내게 전부 다 말할 기회를 줄 거야. 또, 파커가 자신을 방어할 수 없는 동안 루나와 그 부모가 그 애를 곤경에 빠뜨리게 놔두지 않을 거야."

칼이 뭐라고 대답하기 전에 집 전화기가 울렸다. 칼은 전화를 받으러 주방으로 갔다.

조금 전의 용감한 말과 달리, 속으로는 나를 이룬 작은 조각이 하나씩 떨어져 나가는 느낌이었다. 나는 찻잔을 집어 들고 갈색 액체가 만든 심연을 바라보았다. 파커를 믿지만 소름 끼치는 공포가 밀려들기 시작했다. 아무리 아닐 거라고 생각해도 사랑하는 내 아들이, 똑똑하고 잘생긴 내 아들이 그토록 사악하고 부도덕한 일에 연루되었을지도 모른다는 생각을 떨쳐낼 수 없었다. 살아갈 이유가 너무 많은 한 젊은 여자의 삶이 가장 잔혹하고 폭력적인 방식으로 파괴되었다. 그로 인해 슬픔에 빠진 어머니와 아이는 그녀 없이 어떻게든 살아보려고 애쓰겠지. 그걸 알면서 내가 어떻게 살 수 있을까?

빈 찻잔을 들고 주방으로 가 보니 칼이 막 통화를 끝냈다.

그는 넋이 나간 표정으로 나를 보았다.

"병원에서 온 전화야. 파커의 상태가 안 좋아졌대." 칼이 힘없이 말했다.

"어떻게 안 좋아졌는데?" 나는 뒤쪽 조리대를 잡고 섰다.

"최대한 빨리 병원으로 오래. 위중하대." 칼의 얼굴이 더욱 침울해졌다.

37장
파커

4주 전

스쿼시 클럽에서 나온 파커는 루나의 마쓰다를 따라가지 않고 좌회전하여 멀리 돌아 집으로 가는 길을 택했다.

당연히 루나에게 진실을 말해야 한다는 충동이 들었지만, 아직 그녀를 마주할 수 없었다. 집으로 운전해서 가는 길은 그가 유일하게 혼자 생각할 수 있는 시간이었다. 집에 가면 루나가 의심을 쏟아내며 부정하거나 인정하라고 강요할 테니까. 모든 걸 털어놓아야겠다는 생각은 시간이 지날수록 부담스럽고 달갑지 않았다.

나쁜 점까지 모두 털어놓는 게 정말 좋은 생각일까? 파커는 스쿼시 클럽 주차장에 나타난 루나를 보고, 거짓말하고 속이는 시절은 이제 끝났다고 생각했다. 하지만 지금은 어떤 위기가 닥쳐도 헤쳐 나갈 수 있다는 익숙한 감정과 복수심이 되살아나고 있었다. 전부 다 털어놓으려 하다니, 무슨 생각이었을까? 파커는 스스로 문제를 해결할 수 있었다. 시간이 좀 더 필요할 뿐이었다.

파커에게는 사람 보는 눈이 있었다. 그는 만난 지 몇 분 이내에 사람을 파악할 수 있었다. 이 유용한 기술 덕분에 아주 유능한 영업 사원이 될 수 있었다. 그는 루나가 생각하는 것 이상으로 그녀를 깊이 이해하고 있었다. 그렇기에 루나가 아까처럼 허세를 부려봤자, 정말 답을 모두 알고 있다면, 알아야 할 것을 전부 다 알고 있다면 그렇게 집에 가서 이야기하자고 차분하게 반응하지 않았으리라는 걸 잘 알았다.

루나가 정말 다 알고 있다면 파커가 케니와 함께 스쿼시 클럽에서 나오는 순간 그의 멱살을 잡았을 것이다. 파커는 이미 정신병자 같은 루나의 모습을 경험한 적이 있었다. 그때 그녀는 파커가 몰래 일을 꾸미고 있다고 제멋대로 생각했다. 하지만 이번에는 그때와 달랐다. 입출금 내역서를 봤든 아니든 루나는 허풍을 떨고 있었다. 몇 가지를 알고 있는지는 몰라도 전부 다 알지는 못했다. 그녀가 모든 걸 알고 있다고 파커가 믿게 만들려고 하는 것이다.

그럼에도, 이 모든 일이 어떻게 시작되었는지와 상황이 점점 빠르게 안 좋아지는 걸 생각하면 모든 걸 한꺼번에 털어놓고 어깨의 짐을 더는 것도 방법이었다. 적어도 아까 주차장에서 루나가 그를 불러 세웠을 때는 그렇게 생각했다.

이제 머리가 맑아진 파커는 마음을 가라앉히고 논리적으로 생각하는 게 가족을 위해 최선이라는 것을 깨달았다. 오늘의 두려움에 반응하지 말고 미래를 위해 전략적으로 생각해야 한다.

파커는 집까지 남은 10분 동안 지난 몇 주를 생각하며 마침내 이 난국에서 빠져나올 계획을 세웠다.

어떤 대가를 치르는 일이든, 아무리 불편한 일이든 할 준비가 되어 있었다. 전에도 이미 증명한 바가 있었다.

38장
니콜라

전화를 끊고 나서 우리는 급하게 병원으로 갔다. 내 차는 주유해야 해서 칼의 업무용 승합차를 타고 갔다.

"진작 애를 보러 갔어야 하는데." 칼은 이 말을 반복했다. "혹시 내가 보기도 전에… 무슨 일이 생기면 날 용서 못할 거야."

"그런 생각 하지 마. 당신은 오늘 아침까지 계속 바니를 돌봤잖아. 파커는 그걸 원했을 거야."

칼은 운전하는 내내 말이 없었다. 나는 너무 지쳤기 때문에 차라리 다행스러웠다. 머릿속에 안 좋은 생각이 너무 많이 스쳐서 어느 하나에 집중할 수 없었다.

다행히 주차장에 줄은 없었다. 칼은 차단기 앞에서 주차권을 뽑았고, 우리는 서둘러 본관으로 간 다음, 안내 데스크를 지나 엘리베이터에 마지막 남은 두 자리를 차지했다. 병원은 붐볐다. 사람들이 온갖 방향으로 걸어갔고, 환자들은 몸에 관과 줄을 단 채 휠체어에 타고 있었는데… 이렇게 분주한 와중에도 다들 목적지에 제대로 도달하는 것 같아서 놀라웠다.

엘리베이터에서 내려 중환자실로 가는 동안 길게만 느껴지는 복도를 걸으며 칼을 흘끗 보았다. 그의 눈빛은 침울했으며, 얼굴은 창백하고 핼쑥했다. 지난 몇 년 동안 파커와 적대적인 관계로 지낸 걸 자책하는 게 아닐까 싶었다. 때로는 이렇게 예상치 못한 심각한 일이 발생해야 고집이 꺾이는 법이다. 파커와 칼은 동네 술집에서 같이 맥주를 마시거나 집에서 축구 경기를 함께 보며 소리 지르거나 그 유명한 트렌트 브리지 경기장에 가서 크리켓 경기를 보는 등 '아빠와 아들'이 즐기는 활동을 사실상 하지 않았다. 그러니까 둘 관계가 단지 지난 몇 년 동안만 좋지 않았던 건 아니었다.

드디어 눈앞에 중환자실 표지판이 보였다.

"아, 이런. 어떻게 이런 일이 있지?" 칼이 표지판의 굵은 글씨를 두려움에 찬 눈길로 바라보며 중얼거렸다.

나는 그의 손을 꼭 잡았다. "괜찮을 거야. 그렇게 믿어야 해."

출입문의 초인종을 누르고 우리 이름을 말했다. "파커 밴스의 부모예요."

잠시 기다리자 문이 열렸고 나는 안내 데스크로 갔다.

"니콜라 밴스와 칼 밴스예요. 우리 아들을 보러 오라는 연락을 받고 왔어요. 아들이 매우 아프다고…" 나는 목소리가 떨렸다. 안내 데스크 직원은 이해한다는 듯이 고개를 끄덕이더니 키보드를 두드렸다. 그때 어깨에 칼의 힘 있고 따뜻한 손이 느껴졌다.

"앉아서 기다리시면 곧 직원이 와서 안내해 드릴 겁니다."

내가 칼을 보자 그는 몇 걸음 나서서 말했다. "통화할 때 무척 시급한 상황인 것 같았는데요. 지금 당장 파커를 봐야겠습니다."

"오래 안 걸릴 겁니다. 한 번에 두 사람까지만 면회할 수 있어서요. 지금 들어가 있는 분들이 곧 나오면 두 분을 안내해 드릴 겁니다."

"그게 무슨 말이죠? 지금 누가 파커를 만나고 있다는 말인가요?" 내 말투가 달라지자 직원은 의자에서 몸을 들썩거렸다. 그는 누구에게 물어봐야 한다는 듯이 주위를 살폈지만 가까이에 다른 직원은 없었다. "우린 파커의 가족이에요. 지금 그 애를 만날 수 있는 사람은 남편과 나뿐이어야 한다고요. 지금 안에 누가 있는 거죠?"

"그게… 경찰입니다. 형사 둘이 환자와 이야기를 나누는 중입니다. 환자에게 문제가 생기지 않도록 간호사가 함께 있고요…." 직원은 목소리를 낮춰 조심스럽게 말했다.

"애가 그렇게 아픈데 경찰이 저기 있으면 안 되잖아요! 내 아들을 봐야겠어요. 지금 당장!" 나는 화난 눈빛으로 안내 데스크 뒤쪽을 보았다.

"니콜라, 목소리 낮춰. 이러다가 쫓겨나겠어." 칼이 내 귀에 속삭였다.

"그러라지!" 나는 직원을 노려보았다. "당장 아들을 만나고 싶다니까요. 아들이 그렇게 아픈데도 형사들을 들여보내다니. 누가 허락했든 이건 해고감이에요!"

병동 관리자가 다가왔다. 루나의 상태를 확인할 때 몇 번 도와준 직원이었다. 그녀는 이제 막 출근한 듯이 이름표를 만지작거리며 걱정스러운 표정으로 물었다. "밴스 씨, 제가 도와드릴까요?"

"경찰이 저 안에서 내 아들을 조사하고 있어요. 그건 옳지 않아요. 우리 애는 아직 충분히 회복되지 않았다고요."

"우리는 40분쯤 전에 파커가 위중하다는 연락을 받았습니다. 경찰에 시달릴 만한 상태가 아니에요. 당장 중단하기를 바랍니다."

"제가 한번 알아볼게요. 잠시만 앉아 계시면 무슨 일인지 알아보고 올게요." 병동 관리자가 차분하게 말했다.

내가 칼의 소맷자락을 끌자 그는 한숨 쉬더니 나를 따라 줄지어 놓인 딱딱한 플라스틱 의자에 앉았다.

"빌어먹을, 뭐가 그렇게 힘든지 모르겠군. 형사들에게 그냥 가라고 하면 될 것을." 칼은 씩씩댔다.

"애당초 경찰을 끌어들인 건 루나야." 나는 맞은편에서 우리를 바라보던 커플과 시선이 마주쳤다. 그들이 눈을 피하지 않자, 그제야 좀비처럼 앞을 응시할 뿐 실제로 뭔가를 보고 있지는 않다는 것을 깨달았다. 자신에게 닥친 충격을 감당하느라 힘들 테지.

몇 분 뒤, 병동 관리자가 나타났고 그 뒤로 프라이스와 브루스터가 따라왔다. 아까 나를 조사한 형사들이었다. 나는 자리에서 일어났다.

"니콜라, 가만히 있어." 칼이 말했다.

"내 아들이 생사를 넘나드는데 당신들이 여기 와서 그 애를 만나면 안 되죠, 이건 옳지 않아요. 아까 내가 질문에 전부 다 대답했잖아요." 나는 프라이스에게 말했다.

"또 뵙는군요, 밴스 씨." 프라이스는 경직된 미소를 지으며 말했다. 그리고 통성명을 기대하는 눈빛으로 칼을 보았지만, 그는 가만히 쳐다보기만 할 뿐 이름을 밝히지 않았다. "파커와 아주 잠깐 이야기를 나눴습니다. 상태가 안정되면 그때 다시 와서 좀 더 길게 이야기 나누겠습니다."

브루스터가 고개를 끄덕여 인사했고, 그들은 형광등이 켜진 복도를 지나 출구로 향했다.

"파커가 완전히 회복할 때까지 오지 말아요." 내가 그들 등 뒤에 대고 외치자 칼은 내 팔을 다정하게 꼭 잡았다.

"여보, 하지 마. 중요한 건 이제 저들이 갔고 우리가 파커를 볼 수 있다는 거야."

나는 한숨을 내쉬고 고개를 끄덕였다. 온몸의 살점이 아팠고 통증은 살을 뚫고 뼈까지 전해지는 것 같았다.

병동 관리자와 눈을 마주쳐서 부르려는데 간호사 둘이 우리를 지나쳐 뛰어갔고 의사가 뒤따라갔다. 병동 관리자는 나를 흘끗 보더니 돌아서서 병동으로 빠르게 걸어갔다. 나는 안내 데스크로 갔다. "형사들이 갔으니 아들을 보고 싶어요. 부탁이에요."

직원은 귀찮은 듯이 눈을 가늘게 뜨고 모니터를 살펴보았다. 그리고 목소리를 가다듬었다. "앉아서 기다리시면 곧 상황을 업데이트해 드릴게요."

"업데이트 같은 건 필요 없어요. 아들을 보고 싶다고요." 키 177센티미터인 칼은 몸을 꼿꼿이 세우고 어깨를 쫙 폈다. 나는 오래전에 그를 만났을 때 넓은 어깨에 끌렸던 게 떠올랐다. 우리를 위해, 파커를 위해 나서서 싸우는 칼의 모습에 애정이 샘솟았다. "병원에서 먼저 전화했잖아요. 기억하죠? 그래서 우리가 서둘러 왔고요."

직원은 고개를 끄덕였고 공감 어린 말투로 말했지만, 나는 두 번째 의사가 호출기를 허리띠에 끼우며 중환자실로 달려가는 걸 보느라 제대로 알아듣지 못했다. 이제껏 우리를 도와준 병동 관리자가 안내 데스크로 돌아왔다. 그녀는 얼굴이 창백했고 내가 시선을 맞추려 했지만 눈을 피했다.

직원이 모니터를 보더니 말을 멈추었다. 목구멍에서 쓴맛이 올라왔다.

"파커… 파커는 괜찮은가요?"

아까 본 첫 번째 의사가 빠른 걸음으로 다가왔다. "밴스 씨 부부신가요?"

"네, 그런데요?" 나는 갑자기 목이 따가워져서 가까스로 말했다.

"안타깝게도 지금 즉시 조치해야겠습니다."

"조금 전까지 형사 둘과 이야기를 나눴는데요! 무슨 일이 생긴 겁니까?" 칼이 어두워진 표정으로 물었다.

"환자의 몸이 기능을 멈추기 시작했습니다. 패혈증과 최대한 잘 싸울 수 있게 혼수상태를 유도해야겠습니다."

39장 니콜라

칼은 나를 부축하여 병원에서 나왔다. 나는 금방이라도 다리가 풀릴 것 같아서 걸음을 멈추었다.

"못 가겠어. 파커를 두고 이대로는 못 가."

"진정해, 니콜라. 병원에서 하는 말 들었잖아. 파커 상태가 안정되면 오늘 늦게 다시 올 수 있어. 의사가 자신 있게 말했잖아. 안 그래?"

나는 훌쩍이며 참담한 심정으로 고개를 끄덕였다. 의사는 이렇게 말했다. "매우 극단적으로 들리시겠지만 지금 환자를 가장 편안한 상태로 만들려면 혼수상태를 유도해야 합니다. 그러면 몸에서 스트레스가 모두 사라지고 뇌를 보호할 수 있습니다. 뇌는 몸의 기능을 조정하여 장기 부전을 예방할 수 있고요."

나는 의사에게 형사들이 와서 이야기한 것 때문에 더 안 좋아진 게 아닌지 물었다. "그럴 가능성은 매우 희박할 것 같습니다. 면회를 허가한 의사는 경찰 수사의 중요성을 고려할 때 환자가 몇 분 정도는 이야기할 수 있는 상태라고 판단했습니다. 안타깝게도 그사이에 상태가 안 좋아졌지만요."

나는 고개를 끄덕였지만 의사의 말이 진실인지는 의문이었다. 얼굴이 달아올랐고 불안하고 예민했다. 가만히 있을 수가 없었다. 집중할 수도 없었다.

"집에 가서 몇 시간 쉬었다가 다시 오는 게 좋겠어." 칼은 이렇게 말하고는 나무 벤치 옆에서 멈췄다. "여기 앉아 있으면 내가 차를 가져올게. 당신, 다리가 떨리잖아."

칼은 주차장으로 갔다. 나는 벤치에 앉아서 경찰이 파커와 이야기하는 걸 병원 측이 허락했다는 사실을 다시 떠올렸다. 그러다가 주차장을 가로질러 뭔가가 움직이길래 쳐다보았고, 그들을 발견했다.

나는 다리가 떨리는데도 벌떡 일어나 휠체어를 미는 키 큰 여자를 향해 걸어갔다.

"루나! 기다려!" 가면서 외쳤다.

마리는 상체를 돌려 나를 보더니 휠체어를 밀며 더 빨리 걸었다.

내가 따라잡자 마리는 걸음을 멈추고 돌아섰다.

"왜 이러는 거예요? 소란 피우지 말아요!" 마리는 차를 향해 가다 말고 멈춰 서더니, 점점 소리가 커지는 우리의 대화에 관심을 보이는 주위 사람들을 둘러보았다.

나는 그 말을 무시하고 루나 앞으로 갔다.

"왜 파커를 망가뜨리려고 하니? 아직 사실을 확인하지도 못했는데 왜 경찰에 신고했어?"

루나는 말없이 손만 내려다보았다.

"파커가 그렇게 아픈데 형사를 끌어들이면 안 되지. 뻔뻔하기 짝이 없구나."

"루나, 아무 말도 하지 말거라." 마리는 이렇게 말하고 나를 노려보았다. "좀 비켜 주세요. 안 그러면 경찰을 부를 수밖에 없을 테니까요."

칼이 숨을 헐떡이며 달려왔다. "니콜라, 무슨 일이야?"

"루나에게 왜 파커와 아무 관계없는 일로 그 애에게 누명을 씌우는지 묻던 참이었어." 나는 말리는 칼의 손길을 뿌리치고 간결하게 말했다.

"어머님은 우리가 어떻게 살았는지 아무것도 모르세요. 파커를 잘 안다고 생각하시겠지만 아니에요. 실제로는 아무것도 모르세요." 루나가 차분하게 말했다.

"너희들이 각방을 쓴다는 건 알아. 디너 댄스파티 다음 날 아침에 파커가 나와 단둘이 이야기하고 싶다고 했어. 네게는 알리지 말라고 했고." 내가 쏘아붙였다.

루나는 고개를 돌렸지만, 그 전에 얼굴에 이상한 기색이 스치는 걸 보았다.

"생사를 다투고 있는 배우자를 배신하는 사람이 어딨니? 그 스카프를 없애려는 사람이 네가 아니라는 걸 우리가 어떻게 믿을 수 있겠어?" 나는 계속 말했다.

"이제는 터무니없는 말까지 하는군요!" 마리가 다시 끼어들었다.

"이제 만족하겠군요. 경찰에게 거짓말해서 우리 아들을 이런 식으로 당신들 삶에서 도려내게 놔두지 않을 거예요. 원래 파커를 좋아하지도 않았잖아요. 언제나 파커가 루나에게 부족하다고 생각했죠?" 나는 마리에게 날카롭게 말했다.

"니콜라, 진정해." 칼이 내 팔을 잡았다. "같이 격 떨어지게 행동하지 마. 집에 가자."

나는 루나와 마리를 보았다. "파커가 내게 뭔가를 말하려 했어요. 난 그게 뭔지 알아낼 거예요. 왜 당신들이 파커가 그 스카프와 관련되어 있다고 경찰에게 말하고 싶어서 안달인지 밝혀낼 거라고요."

마리는 턱을 치켜들었다. "지금 협박하는 건가요?"

"그럴 리가요. 사실을 말하는 것뿐이에요. 파커를 무너뜨리면 같이 무너지도록 해줄 거예요." 나는 이렇게 말하고 루나를 보았다. "그러니 좋은 개인 병원으로 가더라도 그리 편하진 않을 거다."

루나는 나와 칼을 차례로 보았다. 그녀가 미소 짓자, 마리는 반대 방향으로 휠체어를 밀고 갔다.

차에 탄 칼은 한동안 말이 없다가 입을 열었다. "그런 말은 하지 말지 그랬어. 마리와 조는 우리 삶을 아주 피곤하게 만들 수 있는 사람들이야."

"칼, 난 입 다물고 가만히 있는 게 지긋지긋해. 너무 오래 그렇게 살았어."

"그 사람들에게는 돈이 있고 법무팀도 있어. 이렇게 쉽게 우릴 부러뜨릴 수 있다고." 칼은 손가락을 튕겨 딱 소리를 냈다. "마음만 먹으면."

"더 이상 겁먹고 도망치지 않을 거야. 그동안에는 어떤 식으로든 그 사람들을 불쾌하게 할까 봐 겁냈잖아." 나는 각자 할 일을 하는 창밖의 사람들을 바라보았다. 그들의 일상은 별 탈 없이 순조롭게 흘러가는 듯했다.

"파커와 루나가 우릴 보러 오지 않을까 봐 할 말도 제대로 못 했지. 그랬는데 루나가 우리 몰래 경찰에 신고하다니. 이제 뭐든 더 이상 안 봐줄 거야."

집 근처 신호등에 멈춰 선 칼은 고개를 돌려 나를 보았다. "그래서 뭘 어떻게 할 작정인데?"

"파커와 루나에게 무슨 일이 있었는지 알아낼 거야. 파커는 계속 우리와 거리를 두고 지냈고 난 그 이유가 뭔지 궁금했어. 우리에게 숨기려고 했던 게 뭘까?"

"상상이 좀 과한 것 같은데." 칼은 이렇게 중얼거리며 신호등이 초록색 불로 바뀌자 가속 페달을 밟았다.

"파커는 디너 댄스파티 다음 날 아침에 내게 뭔가를 말하고 싶어 했어. 다른 사람은 모르게."

"무슨 이야기인지 전혀 힌트를 주지 않았어?"

"응. 내게 처음부터 전부 다 말해야 한다고만 했어. 정확히 그렇게 말했어. '처음부터'라고."

"음. 스카프 사건과 관련된 게 아닐 수도 있잖아. 직장이나 바니의 학교에 관한 이야기일 수도 있고."

나는 칼을 흘끗 보았다. "그때 파커의 표정을 못 봐서 그래. 걱정거리가 있는 것 같았다고. 루나가 집에 있고 당신이 일하러 간 시간을 골라서 약속 시간까지 정했는데."

"잘하는 짓이군!"

"분명 중요한 일이야." 나는 이렇게 말하고 잠시 머뭇거렸다. "혹시 그 스카프에 관한 이야기라면 어쩌지?"

칼은 열려 있는 대문을 지나 곧장 진입로로 들어가서 주차하고 시동을 껐다. 그리고 안전띠를 풀더니 나를 보았다. "니콜라, 난 당신이 걱정돼. 이렇게 스트레스받고 있잖아. 스트레스가 심한 상황을 피하는 게 회복에 가장 큰 도움이 된다는 말을 병원에서 들은 지 얼마나 됐다고." 우리는 차에서 내렸다. "당신이 물만 올려주면 내가 들어가서 차 끓여줄게. 차에서 꺼낼 장비가 남아 있어서." 칼은 내 뺨에 입 맞췄다. "파커가 회복하도록 기도하는 수밖에. 그 애가 회복하면 무슨 말을 하려고 했는지 직접 물어보면 되니까 추측할 필요는 없겠지."

나는 고개를 끄덕였지만, 집으로 들어가 문을 닫고 재빨리 주방으로 간 다음 휴대폰을 꺼내 금요일 밤에 파커와 루나가 머문 호텔에 전화했다.

신호가 몇 번 울린 뒤에 전화를 받았고, 나는 내가 누구인지 소개했다. "제 아들과 며느리가 금요일 저녁에 그 호텔에서 열린 행사에 참석했어요. 하지만 예정보다 빨리 체크아웃했고 안타깝게도 집에 오는 길에 교통사고를 당했어요."

"아, 이런. 정말 안타까운 일입니다. 부디… 두 분 다 괜찮으신가요?"

"아니요." 이렇게 대답한 뒤에 잠시 어색한 침묵이 흘렀다. "무슨 일이 일어났는지 시간 순서대로 정리해 보는 중이에요. 그러면 왜 그 애들이 하룻밤 묵지 않고 일찍 체크아웃했는지 알 수 있을까 해서요. 괜찮으시면 몇 가지 질문하고 싶은데요."

"당연히 괜찮습니다." 여직원은 진심으로 걱정스러운 목소리였다. "어떤 식으로든 도움을 드릴 수 있으면 좋겠어요." 직원이 파커와 루나의 이름을 묻길래 알려 주었다.

"먼저, 애들이 참석한 디너 댄스파티를 누가 주관했는지 확인해 주실 수 있을까요? 아들이 일하는 회사에서 연 행사인 것 같습니다만. 그리고 혹시 왜 일찍 체크아웃했는지 프런트 데스크에 무슨 말을 하지는 않았는지 궁금하네요. 애들이 무슨 변명을 하기라도 했는지요?"

"저는 금요일 저녁에 근무 당번이 아니었어요. 제 동료가 알 겁니다. 연결해 드릴 테니 잠시 기다리시겠어요?"

"네, 좋아요. 고맙습니다." 처음으로 마음이 약간 가벼워졌다. 직원의 인정 어린 태도가 고마운 나머지, 귀에 들리기 시작한 단조로운 음악조차 거슬리지 않았다.

파커의 회사에서 행사를 주관했다면 회사에 전화해 볼 생각이었다. 당연히 그 자리에는 다른 직원도 많았을 테고, 파커와 루나가 다투는 걸 보았거나 일찍 체크아웃하겠다는 말을 들은 사람이 있을지도 몰랐다. 아무에게도 말하지 않은 채 아침 식사도 하지 않고 그곳을 떠난다는 건 말도 안 되는 일이었다.

1분이 채 지나기 전에 아까 이야기하던 프런트 데스크 직원이 다시 연결되었다.

"밴스 씨, 기다려 주셔서 감사합니다. 좀 전에 금요일 저녁이라고 하신 게 확실한지 확인하려고요."

등줄기를 타고 서늘한 기운이 올라오기 시작했다. "네, 맞아요. 금요일 밤이요."

"알겠습니다. 제가 여쭤본 이유는 아드님 내외분이 체크인한 건 맞는데 주말 내내 행사는 없었거든요. 우리 호텔에서 열린 디너 댄스파티는 크리스마스가 마지막이었습니다."

귀가 웅웅거리기 시작했다. 내가 잘못 말했나?

"이… 이해가 안 되네요. 아들이 그 호텔에서 행사가 열린다고, 그래서 하룻밤 자고 오기로 했다고 말했는데요. 디너 댄스파티에 간다고 둘 다 무척 들떠 있었어요. 심지어 파티장에 가기 전에 차려입은 사진까지 보냈다고요."

이제 파티장에 가려고요!

"정말 이상하군요. 제 동료 말에 따르면 체크아웃할 때 특별히 이상한 점은 없었대요. 그리고 숙박비를 미리 다 지불하고 비대면으로 체크아웃했기 때문에 이유를 말할 필요가 없었을 겁니다. 야간 체크아웃용 상자에 객실 열쇠를 넣고 편할 때 호텔에서 나가면 되거든요. 시스템을 확인해 보니 객실 열쇠를 제대로 반납했고요."

"그게… 난 무슨 말인지 모르겠군요."

"죄송합니다, 밴스 씨. 제가 도와드릴 다른 일은 없을까요? 다른 궁금하신 점 있을까요?" 직원의 목소리에는 연민이 가득했다.

뒤에서 목소리가 들리는 걸 보니 프런트 데스크에 손님이 와서 응대해야 하는 것 같았다.

"아니, 괜찮아요. 제가 알고 싶은 건 그게 전부예요. 고맙습니다." 통화를 끝내고 주방 창가로 가서 파커가 축구하던 잔디밭을 바라보았다. 파커는 학교 끝나고 집에 오면, 내가 저녁 먹고 씻으라고 부를 때까지 잔디밭에 나가 있었다.

그땐 삶이 참 단순했다. 나는 파커를 그 애 자신보다 더 잘 알았다. 하지만 지금은… 지금은 하나도 모르는 것 같다. 파커는 자기 삶에 우리를 들이지 않았고, 어쩌다가 우리에게 자세히 알려 준 것들은 내가 괜한 걱정을 하고 있다고 생각하게끔 신중하게 고른 것들이었다. 파커는 무슨 이유에서인지 나를 가지고 놀았고 내가 전부 다 괜찮다고 믿게끔 했다.

그런데 이제, 지금껏 파커가 내게 둘러댄 모든 것들이 거짓일 수도 있다는 생각이 들었다.

파커는 내게 거짓말을 거듭했다.

하지만 나는 그 이유를 알 수 없었다.

40장
세라

9개월 전

어머니 집에서 나와 이사한 후 세라의 삶이 확실히 나아졌다는 건 부정할 수 없었다.

세라와 밀리는 고급 디자이너 옷을 입었고 주말에 적어도 한 번 이상 함께 멋진 곳으로 외출했다. 학교가 쉬는 날에는 더 많은 시간을 함께 보냈다. 동물 체험 농장에 가기도 하고 영화를 보고 패밀리 레스토랑에 가기도 했다. 언제나 밀리가 좋아할 만한 곳에 갔다.

세라는 냉장고와 찬장을 최고급 유기농 식품으로 채웠고, 온라인으로 이것저것 주문하는 바람에 매일 택배가 왔다. 어제는 밀리에게 줄 만들기 세트와 어머니에게 줄 예쁜 담요를 주문했다. 물건이 작든 크든 상관없었다. 더 많이 살수록, 돈을 더 많이 쓸수록 내면의 어두운 공간이 더 빨리 채워졌고, 부족하거나 충분하지 않다는 느낌을 더 빨리 떨쳐 버릴 수 있었다.

하지만 그녀의 재정 상태에 변화가 생긴 뒤로 그전까지는 눈에 띄지 않았던 다른 문제가 슬금슬금 생겨났다. 세라의 취향과 구매 습관은 새로 벌어들인 두둑한 수입마저 능가할 정도가 되었다. 거액의 주택 대출금과 그에 따른 생활비가 들었고 식비와 외식비가 상당했으며 고급 디자이너 옷과 핸드백에 대한 욕구는 끝이 없었다. 이사하기 전에 침실 두 개에 비싼 붙박이장을 설치했고 주방은 세련된 흰색 톤으로 수리하고 가전제품을 들였다. 마룻바닥 전체에 고급스럽고 부드러운 회색 카펫을 깔았는데, 인스타그램에서 본 것처럼 진공청소기로 밀어서 삼각형 무늬를 만들 수 있는 것이었다. 이렇게 쓴 엄청난 금액 이외에도, 크리스마스 전에 입주할 수 있도록 빨리 공사를 마치려고 추가금까지 냈다.

세라는 같은 일을 하는 몇몇 여자들과 만나서 술을 마시기도 했다. 어떤 사람은 새 스포츠카를 샀고 또 어떤 사람은 성형 시술에 2만 파운드를 썼다. 세라는 칵테일을 몇 잔 마신 뒤에 그들에게 털어놓았다.

"난 지금 사는 방식이 정말 좋아. 하지만 다른 동료들에 비해 내 수입이 적은 것 같아! 고객 수를 빠르게 늘릴 방법이 없을까?" 그녀가 가볍게 물었다.

"고객 수를 늘리는 것보다 상위 고객이 돈을 더 쓰게 하는 데 집중해야 해." 어느 동료가 말했다.

"우리 모두 우수 고객 한둘쯤은 있거든. 난 그 사람들을 우수 고객이라고 부르는 게 좋더라. 매일 로그인해서 네 사진 같은 걸 보는 고객들 있잖아. 그 사람들에게 개인 메시지 서비스와 맞춤 사진을 제공하면 돈을 더 많이 낼 거야." 다른 동료가 말했다.

세라는 고개를 끄덕였다. 그녀에게도 그런 고객이 있었다. 잭이라는 남자였는데, 프로필 사진으로는 매력적이었다. 검은색 머리카락에 어깨가 넓었고 새하얀 이를 드러내며 웃었다. 사진 속의 그는 람보르기니 스포츠카 옆에 서 있었다. 이미 세라에게 돈을 많이 쓰기도 했다.

"벌이가 괜찮더라도 정말 큰돈을 벌고 싶으면 다각화를 시도해야 한다는 말이지." 칵테일을 마시던 동료들이 입을 모았다.

"다각화?" 세라는 인상을 찡그렸다.

"지금 네 생활 방식을 유지하려면 기본적인 수입 이상이 필요해. 회사에서는 자꾸 우리에게 고객 수를 늘리라고 하지만, 실제로 돈이 나오는 곳은 개인 고객이야. 네 슈거 대디[✤]

✤ sugar daddy, 성적인 목적으로 젊은 여성에게 돈을 쓰는 나이 많은 남성

가 되고 싶어 하는 돈 많은 개인 고객 말이야. 그 대가로… 혜택을 주고." 여자들은 윙크하며 깔깔댔다.

세라는 단호하게 고개를 저었다. "나한테는 안 맞는 것 같아. 그쪽으로 가고 싶진 않아. 난 지금보다 조금만 더 벌면 돼." 세라는 다른 두 여자가 이런 계통의 일을 반기는 게 분명하다는 걸 염두에 두고 신중하게 말을 골랐다.

"타협할 수도 있지. 하지만 그러면 정말 큰돈은 못 벌어."

한 사람이 코를 훌쩍이더니 칵테일 잔을 비웠다.

동료들은 개인 고객과 메시지를 주고받고 취향에 맞는 맞춤형 사진과 동영상을 보내는 것에 대해 자세히 이야기했다. 지금 세라가 하는 가벼운 일과 음… 그들이 하는 일의 중간쯤 되는 것 같았다.

세라가 관심을 보이자 동료들은 본격적으로 이야기하기 시작했다.

"운 좋으면 너만의 왕자를 찾게 될지도 몰라." 한 명이 조심스레 술을 홀짝이며 씩 웃었다.

"웹캠을 벗어나서 함께 석양으로 뛰어가는 거야. 하지만 조심해. 대부분 애 딸린 유부남이거나 아직 엄마와 함께 사는 사람들이니까."

세라는 씩 웃었다. "걱정 마. 난 진지한 관계를 원하진 않으니까."

"우수 고객들은 대부분 나이가 많아. 술집에서 두 번 쳐다보지 않을 만한 남자들이지. 그럴 땐 눈 감고 애국가를 불러."
다른 동료가 웃음을 터뜨렸다.

"눈 감고 은행 잔고를 떠올리면 더 좋고!" 다른 여자들은 모두 폭소를 터뜨렸다. 코즈모폴리턴 칵테일을 두 잔째 마신 덕분에 약간 마음이 풀린 세라도 킥킥댔다.

그들은 술을 더 주문했고 세라는 대화 주제를 바꾸었다. 그녀에게는 그 문제를 생각할 시간이 필요했다.

특정 고객에게 초점을 맞춘다는 생각이 마음에 들었다. 세라가 염두에 둔 완벽한 남자가 있었다.

41장
니콜라

 호텔과 통화를 마치고, 마당을 어슬렁대며 내려가 창고로 향하는 칼을 보았다. 나는 왜 파커와 루나가 디너 댄스파티 참석처럼 별것 아닌 일까지 거짓말했을까 계속 생각하며 거실로 갔다.
 창밖을 보니 대문 밖에 사람들이 있었다. 여자 둘과 남자 하나가 서서 이야기하는 중이었다. 그들은 이따금 우리 집을 흘끔대더니 다시 고개를 돌렸다.
 커튼 뒤에 서서 그들을 잠시 지켜보았다. 두 명이 더 왔는데 한 사람은 카메라를 들고 있었다. 기자라는 걸 알 수 있었다. 나는 몸이 떨렸다. 여기에서 뭘 하는 걸까? 바턴 제임스 부부가 세라 그레이슨 살인 사건에 관해 경찰에 말한 것을 언론에 흘릴 정도로 비열하지는 않을 텐데. 게다가 아직 추측만 무성할 뿐인데. 그 스카프가 누구 것인지 아무것도 증명되지 않았다.

기자들이 무엇을 원하는지 알아낸 다음 그들을 대문에서 멀리 내쫓을 방법은 하나뿐이었다. 나는 현관문을 열고 진입로를 걸어 내려갔다. 길 건너편에서 차를 닦고 있는 이웃이 보였는데… 계속 같은 자리를 닦으며 대놓고 우리 집을 보고 있었다.

"밴스 씨? 세라 그레이슨 실종 및 살인 사건에 아들이 연루된 것에 대해 어떻게 생각합니까?"

또 다른 기자가 물었다. "아들이 세라 그레이슨을 살해했습니까? 전리품으로 스카프를 가지고 있었습니까?"

"잘 들어요." 내가 손뼉을 크게 치자 모두 조용해졌다. "내 집에서 나가 주세요. 내 아들은 여기가 아니라 병원에 있어요. 그러니까 그냥…."

"밴스 씨, 살인 사건 피해자의 사라진 스카프를 직접 발견한 게 사실입니까?" 20대 후반으로 보이는 젊은 여자가 녹음기처럼 생긴 것을 내 얼굴 앞에 들이밀며 물었다.

"이제 그만해요!" 나는 반사적으로 손을 들어 올려 녹음기를 쳐냈고, 녹음기는 요란한 소리를 내며 바닥에 떨어졌다. 뭔가가 부러져 배수구로 튕겨 나갔다.

그때 카메라를 든 남자가 앞으로 나왔다. 찰칵, 찰칵, 찰칵.

"미안해요. 고의가 아니었어요. 그럴 생각은…."

"아들 면회를 금지당했다는 게 사실입니까?" 조금 전의 젊은 여기자는 나 때문에 기분이 나빴는지 더 비열한 질문을 했다. "소식통에 따르면 밴스 씨가 스카프에 대해 알면서도 아들을 보호하려고 했다던데요. 이 사건 발생 초기에 아들이 경찰 조사를 받은 게 사실입니까? 세라의 시신이 발견된 지역에서 아들의 차가 목격되었다던데요."

"아니에요! 그건 전혀 사실이 아니에요!!" 소식통에 따르면…. 언론에서 수없이 본 문구였다. 확인되지 않는 내용을 말할 때 책임을 피하려고 하는 말일 뿐이었다. "아직 경찰에서 그 스카프가 세라 그레이슨의 것이라고 단정하지도 않았어요!"

"니콜라!" 칼이 현관문에서 나를 불렀다. "들어와. 그 사람들이랑 말하지 마!"

나는 돌아서서 집으로 향했다. 기자들은 계속 파커의 혐의를 제기하는 끔찍한 말들을 외쳐댔다. 나에 대한 말도 있었다. 옆집에 사는 아미라가 내게 말을 걸거나 아는 체도 하지 않고 황급히 집 안으로 들어가는 게 곁눈질로 얼핏 보였다. 아미라는 생일이나 명절이면 항상 음식을 직접 만들어서 선물해 주었기에, 칼이 우리 집 생울타리를 손질할 때 옆집 앞쪽의 생울타리를 같이 다듬어 주기도 했다.

"여보, 어서 들어와. 밖에 나가지 말지 그랬어. 저 사람들은 저질 중의 저질이라고." 칼은 나를 집 안으로 들였다. 나는 다리가 떨려서 계단에 주저앉아 정신을 수습했다.

"기자들 말이, 내가 알고 있었대. 내가 스카프에 대해 알면서도…." 목소리가 갈라졌지만 말을 마저 해야 했다. "우리 아들 보고 살인자래. 파커가 범인이라고 믿는 것 같아."

"다 헛소리야. 증거 없이는 아무것도 기사로 싣지 못해. 그냥 허세야."

"내가 호텔에 전화해 봤는데… 디너 댄스파티 같은 건 없었대."

"뭐라고?"

"파커가 디너 댄스파티에 간다고 말했는데, 그 호텔에서 그런 행사는 열리지 않았대. 그렇다면 애들은 거기 왜 갔을까?"

칼은 양손을 들어 올렸다. "그걸 누가 알겠어? 솔직히 지금 그건 우리에게 문젯거리도 아니야."

"하지만 기자들이 한 말은 어떻고… 정말 그렇게 생각한다는 거잖아? 다들 그렇게 생각할 거라고. 혹시라도 스카프 주인이… 아, 이런."

나는 일어나서 복도를 걸어갔다.

칼은 나를 안았고 나는 그의 품에서 흐느꼈다.

"그래, 무슨 말인지 알아, 여보. 하지만 내 말 들어봐. 파커가 힘든 시기를 이겨내고 회복하기 시작하면 그땐 기자들의 말이 힘을 잃지 않겠어?"

"단순히 힘든 시기가 아니잖아." 나는 칼의 품에서 나와 빨개진 눈을 비비며 그를 보았다. "파커가 회복하지 못하면? 혼수상태에서 깨어나지 못하면? 그땐 어떡해? 파커에 대해 마음대로 떠들어댈 거라고."

"그런 생각은 하지 말자."

"최악의 상황을 고려하지 않는 건 바보 같은 짓이야. 당신도 알잖아." 차마 그 일까지는 입 밖에 내지 못했지만, 칼의 침울한 표정을 보니 내 말뜻을 정확히 이해한 것 같았다. "최악의 상황이 벌어져서 파커를 잃는다고 생각해 봐. 바턴 제임스 부부가 이미 바니를 데려갔어. 우린 다시는 손자를 못 볼지도 몰라."

"분명 루나는 곧 회복할 거야. 그러면 루나가 바니를 돌보겠지."

나는 냉소적인 웃음을 터뜨렸다. "왜 루나가 제 부모와 다를 거라고 생각해? 이미 파커의 등에 칼을 꽂은 애야. 파커가 그렇게 아픈데 경찰에 신고했다고. 도대체 당신은 루나가 어떤 여자라고 생각하는 거야?"

칼은 좌절한 듯 한숨을 내쉬더니 머리카락을 쓸어 넘겼다. "확실하게 알기 전까지는 루나를 의심하지 말아야 해. 안 그러면 모든 게 절망적으로 보일 테니까."

나는 차마 이 말에 대답할 수 없었다. 이미 평생 가장 큰 절망을 느끼고 있었고, 충분히 깊이 낙담할 만한 상황이었다.

휴대폰이 울리자 칼은 전화를 받으러 갔다. 나는 거실로 가서 커튼을 치고 머리를 감싸 쥐었다. 어느 방향으로 가야 할지 알 수 없었다. 눈을 뜨자 탁자에 놓인 액자 속 사진이 시선을 끌었다. 파커가 지금의 바니와 비슷한 나이일 때 바닷가에서 찍은 사진이었다.

파커는 햇볕에 그은 얼굴로 환하게 웃고 있었다. 우리 셋다 마찬가지였다. 우리는 가족이었고 함께 했다. 서로에게 헌신했다. 삶에 다양한 변수가 생기면서 상황은 달라졌지만, 모든 것을 걷어내고 알맹이를 보면 그 사진이 오늘날 파커를 있게 한 밑거름이었다. 파커는 그렇게 자랐다.

아들 때문에 혼란스럽고 화가 나고 속상한 건 사실이다. 하지만 파커가 계속 거짓말했다는 걸 알면서도, 사진 속의 행복한 소년을 보면 그 애가 불쌍한 여자의 죽음에 관련되었다는 사실을 받아들일 수 없었다.

마리와 조는 파커를, 그리고 우리를 점점 더 적대적으로 대하고 있었다. 그러면서 루나를 160여 킬로미터 떨어진 곳으로 옮길 준비를 해 위험에서 안전하게 보호하고 있었다. 루나 주변에 단단한 벽돌 성을 쌓고 있었다. 현재 경찰은 그들이 말하는 것을 전부 다 사실로 받아들이는 것 같았고, 파커는 자신을 방어하거나 자기 입장을 밝힐 처지가 아니었다.

지금까지 나는 너무도 절망적이었다. 하지만 언론이 그런 식으로 성급하게 결론 내리는 걸 보고 나니… 내 안에서 무언가가 달라졌다. 솔직히 파커가 세라 그레이슨 살인 사건에 대해 아무것도 모른다고 확신할 수는 없었다. 하지만 이 사건에 대해 더 알아내려면 파커의 삶에 무슨 일이 벌어지고 있었는지 파악하는 수밖에 없다는 건 분명했다. 파커는 언제나 우리에게 어떻게 사는지 알리지 않았기 때문에 쉽지는 않을 것이다. 지난 1년 동안은 유독 비밀스러웠는데, 이제 그 애가 뭔가를 숨기려고 노골적으로 거짓말했다는 사실을 정면으로 마주해야 했다. 무엇을 숨기려 했는지는… 모르겠지만.

사고가 나기 전에 파커는 할 말이 있다고 했다. 뭔가를 털어놓고 싶어 했다. 결혼한 뒤 처음으로 내게 도움을 청하려 했다.

파커가 나와 이야기하고 싶다고 했을 때 왜 그렇게 걱정스러운 표정이었는지 알아내야 했다. 지난 몇 년 동안 아들을 자주 보지는 못했지만, 사고로 모든 게 달라지기 전에 파커가 의지하려고 했던 사람은 여전히 나였다.

아내나 아빠가 아니었다. 처가 사람들도 아니었다.

내 아들이 나를 선택한 데는 이유가 있을 것이다.

42장 니콜라

월요일

몇 주 전까지만 해도 나 역시 다른 사람들과 마찬가지로 세라 그레이슨 살인 사건에 관한 여러 기사와 보도를 읽었다. 그리고 세라의 가족에게 깊이 공감하며 두려움을 느꼈다. 가족들 심정이 어떨까? 그 끔찍한 밤에 무슨 일이 일어났는지 짐작이나 할 수 있을까?

그동안 이 사건에 관심을 가진 덕분에 다행히도 그날 밤 무슨 일이 벌어졌는지 어느 정도 파악하게 되었다.

나는 세라의 홀어머니 줄리 그레이슨부터 시작하기로 했다. 전국에 방송되는 텔레비전 뉴스에 나와서 도움을 애원하며 슬픔에 찬 영혼을 있는 그대로 드러냈던 그 여자였다.

부탁이에요. 뭔가를 아는 사람이 틀림없이 있을 거예요. 배우자, 아들, 동료… 누구든 의심 가는 사람이 있다면… 이 고통을, 이 절망을 안다면, 우릴 도와주세요!

칼은 앞으로 2주 동안의 업무 일정을 조정하려고 아직 애쓰는 중이었다. 그래서 나는 잠시 나간다는 쪽지를 남기고 차에 탔다.

언론에서 줄리가 사는 동네를 밝히기도 했고, 내 단골 미용사가 그녀와 몇 골목 떨어진 집에 살고 있다고 했으므로, 줄리의 집을 번지수까지 정확히 알지는 못해도 대략 어디쯤인지는 알 수 있었다. 언론 보도에 따르면, 세라가 새 아파트로 이사한 후 줄리 그레이슨은 혼자 살고 있었지만 딸이 사망한 뒤로는 손녀 밀리를 키우고 있었다. 나는 동네와 거리는 정확히 알았지만 자세한 주소까지는 몰랐다. 하지만 대단히 관심을 끈 사건이라서 근처에서 한두 명에게 물어보면 쉽게 집을 찾을 수 있을 것 같았다.

그런데 막상 가 보니 다른 사람에게 물어볼 필요도 없었다. 나는 도로 아래쪽에 주차한 다음, 점퍼 지퍼를 올리고 주머니에 손을 넣었다. 긴 골목을 따라 걷기 시작했을 때, 멀리서 줄리 그레이슨처럼 생긴 여자를 보았다. 자그마한 체구에 머리카락이 새까만 그 여자는 골목 중간쯤의 집으로 들어갔다.

내가 아담한 반독립식 주택 대문에 들어서자 누군가가 외쳤다. "줄리 그레이슨을 찾아왔습니까?"

돌아보니 두 사람이 있었는데, 그중 한 명은 큰 카메라로 나를 찍고 있었다. 최근, 이 사건에서 파커가 무슨 역할을 했는지를 두고 언론이 부정적인 보도와 추측을 쏟아내면서 관심이 새롭게 불타오른 모양이었다.

길 건너에서 다른 사람이 외쳤다. "이름이 뭡니까? 세라를 압니까?"

잠시 후, 어디에서 나타났는지 모르지만 더 많은 사람들이 대문을 향해 달려왔다.

내 뒤로 고함이 불협화음을 이루며 울려 퍼졌다. 나는 초인종을 누르고 그레이슨 씨가 대답하기를 기도하며 기다렸다.

나를 대화로 끌어들이려는 질문을 모두 무시했지만, 누군가가 "저 여자가 파커 밴스의 어머니야!"라고 말하는 걸 듣고 피가 차갑게 식었다. 온라인에 실린 내 사진을 몇 장 본 적이 있다. 실수로 기자의 장비를 바닥에 내쳤을 때 찍힌, 입을 벌리고 눈을 크게 뜬 사진이었다. 너무 놀라서 사과하는 상황이었는데, 사진만 보면 내가 성질을 못 이기고 소리 지르는 것 같았다. 이제 여기 있는 모든 사람이 나를 알아보는 것만 같았다.

너무 많은 사람들이 한꺼번에 소리치고 있어서 몇몇 단어와 문구만 귀에 들어왔다.

"아들은 유죄입니까?… 살인 사건… 스카프… 여긴 왜 왔습니까?"

나는 다시 초인종을 누른 다음 그대로 손가락을 초인종에 대고 있었다. 내가 서 있는 곳 옆에서 그물 모양 커튼이 약간 흔들리더니 좁은 틈으로 창백한 손이 얼핏 보였다. 돌출된 창문의 맨 위쪽 창이 아주 조금 열려 있었다.

"그레이슨 씨, 난 기자가 아니에요. 내 이름은 니콜라이고 옆 동네에 살아요. 이야기 좀 나누고 싶어서 왔어요. 나도 비슷한 처지예요. 아들이…. 세라에게 일어난 일의 진상을 알아내려고 애쓰고 있어요." 나는 유리창 밖에서 외쳤다.

내가 무슨 말을 하는지 들으려고 뒤쪽의 소란스러운 목소리가 차츰 잦아들었다.

커튼은 움직이지 않았고 현관문은 여전히 굳게 닫혀 있었다. 뒤에서 기자들의 목소리가 한층 더 높아졌다.

"파커가 자백했습니까? 당신 아들이 세라 그레이슨을 죽였습니까?"

나는 다시 창문을 보았다. "그레이슨 씨, 난 우리가 서로 도울 수 있었으면 해요. 오래 걸리지 않을 거예요. 이야기를 나누고 싶어요. 몇 분만 내주면…."

그때 현관문이 열렸다. 언론에 실린 수많은 사진에서 보았고 텔레비전에서 살해당한 딸에 대한 정보를 달라고 울면서 애원하는 모습을 보았던 여자가 내 앞에 서 있었다. 화면에서 본 것보다 체격이 작았고 온화한 느낌이었다. 잿빛 눈동자는 어딘가 먼 곳을 바라보는 듯했다. 나는 지난 5주 동안 그녀가 감내한 두려움을 감히 상상조차 할 수 없었다.

그레이슨 씨가 모습을 드러내자 기자들의 관심이 폭발했고, 나는 그녀의 말을 듣기 위해 몸을 숙여야 했다.

"들어오시는 게 좋겠군요. 이 사람들은 기회만 있으면 우릴 산 채로 잡아먹을 거예요." 슬픔에 잠겼지만 다정한 목소리였다.

나는 고마운 마음으로 집 안에 들어갔고 그레이슨은 문을 닫아 잠갔다. 좁은 복도에는 어두운색 마루, 적갈색 난간, 조명을 놓아둔 밝은 떡갈나무 탁자 등 어울리지 않는 색의 목재가 여기저기 흩어져 있었다. 먼지 쌓인 작은 탁자 위에는 세라로 보이는 젊고 매력적인 빨강 머리 여자의 사진이 담긴 액자가 아주 많았다.

"주방으로 가시죠. 짖어대는 기자들에게서 최대한 멀리 떨어지고 싶거든요. 이름이 뭐라고 했죠?" 그레이슨이 말했다.

"니콜라요." 일부러 성은 말하지 않았다. 모든 신문에서 파커의 이름을 성까지 밝혔다. 그러면서 자신들을 보호할 목적으로 '추정컨대', '추측된다', '아마도' 같은 말을 넣었다. 그레이슨이 내 정체를 아는 순간, 나를 쫓아내고 면전에서 문을 닫아버릴 것 같아서 두려웠다. 다시는 나와 말하지 않겠지.
"난 옆 동네에 살아요."

그레이슨은 고개를 끄덕였다. "난 줄리예요. 이미 아는 것 같지만." 그녀는 소나무 수납장과 작은 4인용 식탁이 놓인 아담하고 깔끔한 주방으로 안내했다. 벽에 걸린 코르크 게시판에는 세라의 사진이 가득했는데, 주로 딸이나 어머니와 함께 찍은 것들이었다. 세라와 줄리는 피부색과 머리색이 달라서 그런지 그다지 닮아 보이지 않았지만, 줄리의 코는 사진 속 세라처럼 작고 오똑했다.

줄리는 내게 식탁에 앉으라고 했고, 나는 그녀가 권하는 차를 마시겠다고 했다.

"아들 이야기를 했잖아요. 당신도 비슷한 일로 아들을 잃었나요?" 줄리가 찻주전자에 물을 채우며 말했다.

"그건 아니에요. 그러니까, 아직은요. 그게… 아들 내외가 주말에 교통사고를 크게 당했는데, 아들이 지금 혼수상태예요. 의식을 회복할지 불확실한 상황이고요."

"아, 저런. 정말 안타까운 일이군요." 줄리는 찬장에서 머그잔을 두 개 꺼내서 티백을 담고 내 맞은편에 앉았다. "아들을 잃었다고 한 줄 알았어요. 내가 세라를 잃었듯이요. 세라의 딸 밀리는 오늘 고모할머니랑 같이 나갔어요. 죽은 내 남편의 누이죠. 밀리는 아직 너무 어려서 무슨 일이 벌어졌는지 제대로 이해하지 못하고 있어요. 제 엄마가 어디 있느냐고 계속 묻는데, 그럴 때마다 마음이 조금씩 더 찢어지죠."

줄리의 손을 잡고 싶었지만 그러면 안 될 것 같았다. 줄리에 대해서는 아는 바가 거의 없지만 그녀의 딸에게 벌어진 일에 대해서는 아주 많이 알고 있는, 균형이 맞지 않는 상황이었다. 솔직하게 진실을 털어놔야 한다는 걸 알지만 너무 긴장됐다. 줄리가 나를 쫓아내기 전에 내가 하고 싶은 말을 꼭 들어주었으면 하는 마음이 간절했다.

"심정이 어떨지 짐작도 안 되네요. 마음이 찢어진단 말로도 부족하겠지요." 내가 이렇게 말하는 동안 줄리는 주전자 물이 끓어서 일어났다. 그녀는 끓는 물을 머그잔에 붓고 티스푼으로 몇 번씩 저었다.

"다른 엄마들이 이런 일을 겪지 않기를 기도하는 마음이에요. 세라가 죽었는데 아직 아무도 체포되지 않았다는 사실 때문에 더 고통스러워요." 줄리는 차를 휘저으며 거의 멍한 상태로 말했다.

그녀는 머그잔에 우유를 붓고 가져와 한 잔을 내 앞에 내려놓았다.

"그래도 경찰의 말을 들어보니 상황이 곧 바뀔 수 있나 봐요. 범인을 찾았는지도 몰라요. 뉴스 보셨나요?" 줄리가 다시 식탁에 앉으며 말했다.

"네. 그래서 이렇게…"

"경찰이 여기 왔다 갔어요. 병원에 입원한 남자 사진을 보여주더군요. 어느 정도 회복세에 접어들 때까지는 조사나 체포가 어려운 것 같았어요." 줄리의 표정이 어두워졌다. "꼭 잡아들여야 할 텐데요. 그놈이 지옥에서 썩기를 바라요."

그 순간, 더 이상 줄리를 속일 수 없다는 생각이 들었다.

"줄리, 내가 왜 여기 왔는지 말해야겠어요. 무리한 부탁인 거 알지만 내 얘기를 꼭 들어주면 좋겠어요."

"그럴게요. 슬픔을 털어내는 방법이라면 내가 전부 다 안다고 볼 수 있죠. 물론 그게 소용이 있었는지는 모르겠지만요." 줄리는 차를 한 모금 마셨다.

"병원에 입원한 남자 이름은 파커 밴스예요."

줄리는 놀란 표정이었다. "맞아요. 신문 기사 봤어요? 전에 경찰이 그 남자를 조사했는데 세라가 살해당한 날 밤에 알리바이가 있었대요. 당시 목격자가 그 동네에서 본 차와 그 남자의 차가 똑같았고요. 지금은 차를 바꿨대요. 그게 다 지은 죄가 있어서겠죠."

"내가 그 사람 이름을 아는 건 내 아들이기 때문이에요." 내가 나지막이 말했다. 식탁 아래에서 두 손을 꽉 쥐었다. 손톱이 손바닥 살을 파고들 정도로 주먹을 꽉 쥔 채 식탁을 내려다보았다. "미안해요. 진작 말했어야 하는데 설명할 기회가 없었어요…"

줄리는 의자를 거세게 밀며 식탁에서 멀어졌지만 자리에서 일어나지는 않았다.

"파커 밴스가 당신 아들이라고요?"

나는 고개를 끄덕였다. "그리고 난 아들에게 죄가 없다고 굳게 믿어요. 그래서 진실을 밝혀내려고 하는 거예요."

"니콜라, 이만 가주면 좋겠군요." 줄리는 언성을 높이지 않앉는데, 그 때문에 말이 더 힘 있게 느껴졌다. "당장 가줘요."

"줄리, 부탁이에요. 맞아요, 내가 그 애 엄마예요. 하지만 우리 애는 그런 짓을 할 수 있는 사람이 아니에요. 난…."

"형사들에게 들었는데 당신이 우리 세라의 스카프를 찾았으면서도 경찰에 신고하지 않았다면서요. 적어도 며느리는 그 일을 신고할 정도의 상식은 있는 모양이군요."

"아니에요! 내가 경찰에 바로 신고하지 않고 병원에 가져가서 파커와 루나에게 스카프 얘기를 물어본 건 사실이에요. 그 스카프가 세라 것인지는 아직 모르죠. 그래도 나는 언론에서 같은 디자인의 스카프를 본 게 기억났고…."

"그걸 어디에서 찾았죠?"

나는 숨을 깊이 들이마셨다. "파커와 루나의 집에서요. 우연히 발견했어요."

"밖에 있는 기자 중 누가 그러던데 그들이 스카프를 버리려고 했다면서요. 쓰레기로 내놓았다면서요."

나는 줄리를 보았다. 누가 기자들에게 이런 말을 했을까? 답은 이미 알고 있었다. 바턴 제임스 부부밖에 없었다.

"줄리, 파커가 세라의 죽음과 조금이라도 관련되었다면 난 아들을 보호하려 하지 않았을 거예요. 하지만 그렇게 밝혀지기 전까지는, 그러니까 경찰에서 파커의 개입을 입증하기 전까지는 최선을 다해 그 애를 도와야 해요. 자신을 지킬 수 없는 상태니까요."

줄리는 나를 빤히 보았다. "자신을 지킬 수 없는 건 우리 세라도 마찬가지죠. 당신 아들 덕분에 영원히 떠났으니까요. 세라는 안락한 병상에 누워 있는 게 아니라 죽어서 싸늘하게 영안실에 있어요. 부검 때문에 상처에 뒤덮인 채로요."

나는 줄리의 잔혹한 말과 얼굴에 새겨진 고통에 몸서리쳤다. 여기 오는 게 아니었다. 줄리는 상처가 너무 깊었고 아직 화가 많이 나 있었다. 충분히 이해할 수 있었다. 당연히 이해할 수 있었다.

"아직 장례도 못 치렀어요. 그거 알아요? 법의학 조사가 더 필요할 수도 있다는 이유로 시신조차 인도받지 못했어요. 내 예쁜 딸을 더 자르고 찌를 수도 있다는 거예요. 몇 주 전까지만 해도 활기차게 살던 애를요." 줄리의 목소리가 갈라졌다. "이게 다 그 짓을 저지른 놈이 나서지도 못할 만큼 겁쟁이기 때문이죠."

"줄리, 딸을 잃는 끔찍한 일을 겪다니 정말 마음이 아파요. 진심이에요." 나는 그런 식으로 자식을 잃는다고 상상하자 너무 두려운 나머지 눈을 질끈 감고 속삭였다.

줄리는 잠시 나를 보았다. 그녀의 얼굴에 연민이 스친 것 같았다.

"어젯밤에 형사 둘이 날 찾아왔어요. 와서 이 남자, 그러니까 당신 아들 이야기를 하더군요. 그가 입원 중이지만 새로운 소식통을 통해 증거가 나왔다고 했어요. 그래서 이제 그를 용의자로 대하고 있다고요."

"그건 틀린 말이에요. 맹세해요. 파커는…."

"잠깐만요." 줄리는 손을 들어 내 말을 막았다. "형사들이 당신 아들 사진을 보여줬어요. 세라가 실종되기 몇 주 전, 그 애의 아파트 근처 공원에서 그 남자와 세라가 이야기하고 있는 걸 내가 봤다고요."

줄리는 내 말을 기다렸으나 나는 얼어붙었다. 형사들이 내게도 파커를 용의자로 지목하겠다고 말했다. 그런데… 그들이 파커를 의심하기 시작한 건 내가 스카프를 발견한 뒤부터였다. 전에 파커의 차를 조사한 것과 지금의 수사는 결이 달랐다. 그때는 파커의 알리바이가 확인되었기 때문에 경찰에서 그 애를 의심할 이유도, 줄리 그레이슨에게 사진을 보여줄 이유도 없었다.

"혹시 공원에 있던 남자를 착각했을 수도 있지 않을까요? 파커는 세라를 만난 적이 없다고 했거든요." 내가 조심스럽게 말했다.

"그 사람 맞아요." 줄리는 퉁명스럽게 대답했다. "세라의 아파트에서 공원이 내려다보여요. 어느 날 밀리를 학교에서 데려오느라 집에 같이 들어갔어요. 공원 입구에 서 있는 세라와 남자가 아주 잘 보였죠. 두 사람은 서류를 들고 뭔가를 의논하고 있었는데… 말다툼하는 것 같았어요. 그 남자가 고개를 들어 세라의 아파트 창문을 보는 바람에 내가 얼굴을 볼 수 있었고요. 당신 아들이 맞아요."

"세라에게 그 남자가 누구인지 물어봤나요?"

"네, 하지만… 제대로 대답하지 않았어요. 그냥 아는 남자라고 했고 난 많이 걱정했죠."

줄리는 주방을 가로질러가 깊은 서랍을 열더니 구겨진 휴지 뭉치처럼 생긴 것을 꺼냈다. 그리고 그걸 식탁으로 가져와 잘 편 다음, 경건하게 느껴질 정도로 조심스럽게 종이를 풀기 시작했다. 마지막 종이까지 벗겨낸 뒤에야 의자에 기대앉았고 나는 종이 안에 말끔하게 접혀 있는 물건을 보았다.

"세라는 스카프 두르는 걸 좋아했어요. 위층 서랍이 스카프로 꽉 차 있죠. 하지만 이건 특별해요. 실종되기 전날 했던 거니까요." 줄리가 스카프로 손을 뻗자 나는 호흡을 가다듬으려고 애썼다. 내가 파커의 집에서 발견한 스카프와 똑같은 디자인이었지만, 검은색과 금색 무늬가 아니라 파란색과 노란색 무늬였다. "당신이 찾은 것도… 이것과 똑같이 생겼나요?"

줄리가 모서리를 잡고 펄럭이자 고운 실크 스카프가 공중에 솟구쳤다. 달콤한 꽃향기가 코를 찔러 메스꺼웠지만 참았다. 이 향수 냄새는 내가 발견한 스카프에서 나던 향기와 똑같았다.

그때 나는 알았다. 그 순간, 검사 결과가 아직 나오지 않았는데도 내 아들 집에서 발견한 스카프가 세라 그레이슨의 것이라고 의심의 여지 없이 확신했다.

43장
세라

9개월 전

판타지 포럼 개인 메시지

받는 사람   에메랄드 (세라 그레이슨)
보내는 사람 31번 고객 (잭 베네딕트)

에메랄드   잭, 금액 올려줘서 고마워요. 이렇게 응원해 줘서 정말 고맙게 생각하고 있어요.

잭   별말씀을. 직접 연락할 수 있어서 정말 좋은걸요. 그거 알아요? 덕분에 하루하루가 즐거워요.

에메랄드 그렇게 말해줘서 고마워요. 여기서 이야기 나눠도 좋고 플랫폼을 벗어나고 싶으면 언제든 개인적으로 약속을 잡을 수 있어요. 관심 있으면 알려 줘요….

잭 더 자세히 설명해 줄래요? 당연히 관심 있죠!

에메랄드 좋아요. 10분 내로 아래 링크를 클릭하겠어요? 내가 상대하는 사람이 누구인지 확인하는 절차예요. 여긴 이상한 사람들이 많아서요!

링크: Emerald19374*@gmlz.com

잭 그럴 수 있죠! 고마워요, 귀염둥이. 이메일 보내고 있어요.

세라가 개인 메시지를 보낸 지 3분 만에 잭에게서 이메일이 도착했다. 함께 칵테일을 마셨던 동료 중 한 명이 개인적인 메시지는 이메일로 주고받는 게 좋다고 권했다.

"우선, 그렇게 하면 회사에 의무적으로 지불해야 하는 고객 수수료를 안 내도 돼. 그리고 네가 이메일 주소 링크를 보내면 고객은 잔뜩 흥분해서 곧바로 답장할 거야. 평소에 너와 이야기할 때 쓰는 가짜 이메일이 아니라 가장 많이 쓰는 이메일로 답장하게 돼 있다고."

이 말을 듣고 다른 동료가 씩 웃었다. "그때 알곡과 쭉정이가 구분되기도 해. 내 고객이었던 어떤 남자는 자기가 브래드 피트라고 어머니를 걸고 맹세했는데, 이메일을 통해 실제로는 핼리팩스에 사는 프레드 스미스라는 게 밝혀졌거든."

세라는 농담이라고만 생각하고 재미있어했는데, 실제로 아주 유용한 조언이었다. 잭이 무심코 업무용 이메일로 보낸 답장을 확인하려던 참이었기 때문이다. 그녀는 곧 '잭'이 누구인지 정확히 알 수 있기를 바랐다. 그걸 알고 나면 추가 수입을 무제한으로 올릴 수 있었다.

무엇보다 세라는 동료들에게서 들은 이야기를 바탕으로 자기만의 아이디어를 구상했다. 이 고객에게서 돈을 뜯어내려면 관능적인 사진 몇 장이 아니라 더 효과적인 방법이 필요했다.

44장 / 노팅엄셔 경찰

"경위님, 상황이 약간 난처해진 것 같습니다." 헬레나가 가까이 갔을 때 브루스터는 바삐 키보드를 두드리고 있었다. "일단 수사가 상당히 진척되기는 했으나, 핵심 용의자가 혼수상태라 그의 DNA 표본을 추출할 수 있을 때까지는 손이 묶인 셈입니다."

"그래. 하지만 세라가 실종되기 두 달 전에 공원에 함께 있던 남자가 밴스였다고 줄리 그레이슨이 특정했잖아. 그게 큰 도움이 되었다는 걸 과소평가하지는 말자고."

그레이슨 씨는 딸이 죽기 몇 수 선에 공원에서 어떤 남자와 함께 있는 걸 봤다고 경찰에 진술했다. 하지만 당시에는 중요하다고 생각하지 않았다. 파커 밴스가 누구인지 모르는 상태로 그저 그의 얼굴만 또렷하게 보았을 뿐이었다. 니콜라와 칼 밴스의 집에서 스카프를 발견하고 나서, 헬레나와 브루스터는 그레이슨 씨에게 사진을 세 장 보여주었다. 그녀는 사진을 보자마자 가운데의 파커 밴스 사진을 가리키며 단호하게 말했다. "이 남자예요. 틀림없어요. 세라가 이야기하고 있던 남자예요."

"자네 말도 사실이지만 우리가 할 수 있는 다른 일이 있어. 우리는 파커 밴스의 차량과 관련해 통상적인 조사만 했고 그의 알리바이를 납득했기 때문에 아직 그를 자세히 조사하지 않았지. 파커의 고용주와 다시 이야기해서 그때 말한 회의 일정을 정확히 확인해야 해. 세라가 살해된 날 저녁에 파커가 마지막으로 목격된 시각과 다음 날 아침에 얼마나 이른 시간에 그가 목격되었는지도 확인해야 하고." 헬레나가 말했다.

"파커가 세라를 죽이고 회의장으로 돌아가는 게 가능했는지 확인해 봐야죠." 브루스터가 중얼거렸다.

"바로 그거야. 루나 밴스와도 더 자세히 이야기해 봐야 해. 남편에 대한 속내도 알아봐야 하고… 그 사이에 파커의 통화 기록부터 추적해 보자."

브루스터는 고개를 끄덕였다. "바로 시작하겠습니다. 니콜라 밴스와 관련해서도 알아봐야 할 사안이 있습니다. 스카프를 발견하고 고의로 증거를 숨겼는지 확인해 봐야 합니다. 비록 잠깐이긴 했지만요."

"동의해. 이제 뭘 할 차례지?"

"오후 일찍 루나 밴스와 면담할 예정입니다. 바턴 제임스 부부가 루나 밴스를 개인 병원으로 옮기려고 우리의 승인을 기다리고 있어요. 루나가 스카프를 발견했다고 신고해 크게 도움을 주었으니, 우리도 이에 화답해야 한다고 주장하고 있습니다."

"그런 식으로 생각하면 안 되지. 우리가 부탁을 들어주려고 일하는 것도 아니고." 헬레나는 인상을 썼다. "지금 상황이라면 루나가 결백하다고 확실해질 때까지 병원을 옮기지 못하도록 해야 할 것 같군. 세라가 사망하기 전까지 밴스 부부의 관계가 어땠는지 더 자세히 파악해야 해."

"곧바로 처리하겠습니다." 브루스터는 알림이 울리자 다시 컴퓨터를 보았다.

헬레나는 다른 데 정신이 팔린 채 고개를 끄덕였다. "브루스터, 우리가 지금 뭔가 큰 걸 놓치고 있는 것 같아. 그 놓친 조각을 찾아서 큰 그림을 완성해야 해."

브루스터는 다시 몸을 돌려 헬레나를 보았다. "찾은 것 같은데요?" 그는 모니터를 가리켰다. "1차 DNA 검사 결과를 방금 받았습니다. 세라 그레이슨과 일치해요. 그녀의 스카프가 맞아요."

헬레나는 가슴이 두근거렸다. 니콜라 밴스가 발견한 스카프의 DNA 검사를 의뢰했는데, 일단 전체 표지자가 아닌 부분 검사를 시행했다. 이를 통해, 법정 소송이 진행되기 전에 실시하는 심층 검사에 앞서 용의자가 실제로 유죄인지 판단할 수 있는 아주 강력한 지표를 손에 넣을 수 있었다. 이렇게 중간 검사를 한 이유는 (전체 DNA 검사는 느리기로 악명 높아서) 속도 때문이기도 했고 파커 밴스라는 특정 용의자를 염두에 두었기 때문이기도 했다.

"이제 밴스의 DNA 표본만 추출하면 우리가 대박을 터뜨린 게 증명되겠군요. 하지만 굳이 그러지 않더라도 이미 범인에게 아주 가까이 갔다는 예감이 듭니다." 브루스터는 허공에 주먹을 날렸다.

"그렇게 되기를 바라자고. 세라의 가족은 사건 종결을 간절히 바라고 있으니까." 헬레나는 이렇게 말하며 열의에 찬 파트너를 향해 한 마디 덧붙였다. "브루스터, 하지만 계속 신경을 곤두세우는 게 최선이야. 내 예감에는 우리가 아직 숲에서 벗어나지 못한 것 같거든."

45장
노팅엄서 경찰

브루스터는 병동 안내 데스크에서 직원에게 방문 목적을 자세히 설명했다.

"브루스터 경사님, 잠시 앉아서 기다려 주세요. 곧 밴스 씨에게 안내해 드릴 겁니다."

브루스터는 대기실로 가며 눈썹을 치켜올렸다. "어떻게 했는지는 몰라도 바턴 제임스 부부가 이 사람 많은 국립 병원에서 루나 밴스를 1인실로 옮긴 것 같습니다. 어떻게든 원하는 걸 손에 넣을 수 있는 사람들도 있는 모양이죠?"

헬레나는 고개를 끄덕이고 휴대폰 메모 앱을 열었다. "당연하지. 오늘은 루나 밴스와 가벼운 이야기만 할 거야. 남편만큼 상태가 나쁘지는 않지만 몇 가지 심각한 문제가 있어서 회복이 필요한 것 같으니까. 골반이 부러졌고 혈압 조절에 어려움이 있다고 하더군."

"흠. 의사는 우리가 어떤 식으로든 루나를 화나게 만들면 나가야 한다고 강조했습니다. 제대로 말도 꺼내지 못하고 돌아가는 건 생각하고 싶지 않군요. 경정님도 싫어하실 테고요. 기본적으로 가족, 특히 결혼 생활에 무슨 일이 있는지 파악해야 합니다. 경위님도 뭔가 분위기가 이상하다고 느끼셨을 테지요. 어떤 사람들은 본심을 드러내지 않죠. 이제 우리에게 정보가 조금 더 있으니 드리는 말씀인데, 다른 사람들이 이 상황을 이용해 파커 밴스에게 모든 걸 뒤집어씌울 가능성도 있습니다. 아까 의사에게 들어보니 파커는 여전히 상태가 매우 안 좋다더군요. 최소한 48시간 동안은 파커 곁에 얼씬도 못 할 겁니다. 그건 우리가 어떻게 할 수 없는 문제가 틀림없고요."

헬레나는 고개를 끄덕였다. 용의자가 중태에 빠진 경우, 경찰이 조사를 진행하기 전에 전문 의료진이 용의자의 상태를 판단해야 한다는 걸 잘 알고 있었다. 파커 밴스는 현재 의식이 없어서 조사를 받는 게 불가능했다.

"안녕하세요! 형사님들이신가요? 루나에게 안내해 드릴게요." 젊은 간호사가 미소 지으며 그들 앞에 섰다.

"고맙습니다. 루나는 좀 어떤가요?" 헬레나가 물었다.

"음, 사고를 당한 지 얼마 되지 않았지만 회복 징후들이 보이고 있어요. 지금 쉬는 중이기도 하고 아직 약을 꽤 많이 먹고 있어서, 담당 의사 선생님이 두 분에게 너무 오래 머물지 말고 가벼운 질문만 해 달라고 하셨어요."

"알겠습니다." 헬레나가 말했다.

간호사는 그들을 데리고 복도를 내려갔다. 그리고 복도 끝에서 왼쪽으로 꺾은 다음, 어느 문 앞에서 멈춰 섰다.

"여기가 루나의 병실이고 여러분이 온다는 걸 알고 있어요. 저는 15분쯤 뒤에 돌아올게요. 루나가 이야기를 더하고 싶어 하면 더 있어도 괜찮지만, 상황을 두고 보지요."

"그 정도면 충분합니다. 고맙습니다." 브루스터가 말했다.

간호사가 문을 열자 브루스터는 헬레나를 보았다. 마리 바턴 제임스가 딸의 병상 옆에 서 있었기 때문이다. 빳빳한 짙은 색 청바지에 흰색 블라우스를 입고 긴 금목걸이 몇 개를 겹쳐서 하고 있었다. 머리 모양과 화장은 방금 미용실에 다녀온 듯이 흠잡을 데 없어 보였다. 그녀 옆에는 50대 초반쯤 되어 보이는, 가는 세로줄 무늬 회색 정장을 입은 남자가 서 있었다. 루나는 창백하고 멍든 얼굴로 손깍지를 꼈다 풀었다 하며 벽을 멍하니 바라보고 있었다.

간호사가 병실에서 나가서 조용히 문을 닫자, 마리는 형사들을 보며 긴장된 표정으로 미소 지었다. "브루스터 경사님, 프라이스 경위님. 실례를 무릅쓰고 저희 변호사 브라이언 베일리에게 인터뷰에 참석해 달라고 부탁했어요."

"괜찮습니다, 바턴 제임스 씨. 몇 가지 질문이 있지만 공식적인 인터뷰는 아닙니다."

마리는 다시 긴장된 미소를 지었다. "시작은 그렇겠지만, 혹시라도 상황이 걷잡을 수 없이 번질 수도 있으니까요. 안 그런가요?"

헬레나는 대답하지 않고 루나를 향해 미소 지었다. "안녕하세요, 루나. 다시 우리와 이야기 나누겠다고 해줘서 고마워요. 몸은 좀 어때요?"

"좀 나은 것 같아요."

"전혀 모르는 일 때문에 질문받고 대답하는 일 없이 회복에만 집중할 수 있었다면 훨씬 나았겠죠." 마리가 퉁명스럽게 말했다.

브루스터는 코를 훌쩍이며 수첩을 꺼냈다. "사고 나기 전 상황을 파악하고 싶습니다. 니콜라 밴스가 저희에게 일부 정보를 제공한 건 알고 계실 테고…"

마리는 기분 나쁜 웃음을 내뱉었다. "그 여자가 한 말은 한마디도 믿을 수 없어요."

"그리고 그 정보를 확인하는 게 저희 의무라는 것도 잘 알고 계시겠지요." 브루스터는 끼어든 마리에게 대꾸하지 않고 말을 이었다.

"네, 그럼요. 제가 도움이 된다면 기꺼이 도와야죠." 루나가 말했다.

"고맙습니다. 그럼 먼저, 금요일 저녁에 무슨 일이 있었는지… 특히, 어쩌다가 그렇게 갑작스럽게 집에 돌아오게 되었는지 말씀해 주시겠습니까?"

형사들은 밴스 부부가 실제로 그 호텔에 머물렀고 이른 새벽에 비대면 체크아웃을 하고 호텔을 떠난 사실을 확인했다. 이 밖에 호텔 직원들에 따르면, 부부가 묵은 날 다른 문제는 없었다. 브루스터는 자세한 조사를 위해 그날 저녁 투숙객 전체 명단을 요청했다.

"행사가 끝나고 방으로 가서 자려고 누웠는데 파커는 쉬지 못하는 것 같았어요. 얼마 후에 침대에서 일어나더니 방 안을 서성대다가 몸이 안 좋다고 집에 가고 싶다고 했어요."

브루스터는 눈썹을 치켜올렸다. "이른 새벽에 있었던 일입니까? 두 분은 술을 마셨습니까?"

"저는 샴페인을 몇 잔 마셨지만 파커는 내내 음료수만 마셨어요."

"하룻밤 자고 올 예정이었는데도요. 정말 자제력이 대단하시군요."

"파커는 술을 많이 마시지 않아요. 한 번도 그런 적이 없었죠. 게다가 토요일에 할 일이 몇 가지 있다고 했거든요."

"그게 뭔지는 얘기 안 했나요?" 헬레나가 물었다.

"당연히 숨겨둔 스카프를 없애는 일이겠지." 마리가 중얼거렸다.

"바턴 제임스 씨, 지금 사실을 말씀하신 겁니까?" 브루스터는 수첩에서 펜을 뗀 채 고개를 돌려 마리를 보았다. "이 자리에서는 사실만 다루려고 합니다. 사실에서 벗어나는 내용은 전혀 도움이 되지 않으니까요."

마리가 변호사를 노려보자 그는 시선을 피하며 괜히 서류를 뒤적거렸다.

"파커가 자세히 말하진 않았지만 회사 일을 해야 한다는 뜻이었을 거예요. 얼마 전에 승진해서 업무 시간 이외에도 일에 시간을 많이 쏟고 있었거든요."

브루스터는 고개를 끄덕였다. "그래서 집에 가기로 한 것이고요. 그리고 파커는 몸이 안 좋은데도 직접 운전했습니까?"

"네. 파커는 옷을 갈아입었고 저는 짐을 챙겼어요. 그랬더니 그이가 집에 간다고 생각하니 좀 나아진 것 같다고 했고요."

"사고가 정확히 어떻게 발생했는지 이야기할 수 있겠어요?" 헬레나가 온화하게 물었다.

"너무 순식간이었고… 갑자기 구급대가 온 것 말고는 기억나지 않아요. 그전에 우리는 그냥 이야기하고 있었는데 파커는 점점 불안해하는 것 같았어요. 제게 할 말이 있다고 했어요. 정말 미안하다고. 끔찍한 일이라면서요. 저는 넌더리가 나서 '그냥 말해'라고 했고 파커는 집에 가서 말하겠다고 했어요. 그러면서 어머니에게도 자기가 무슨 짓을 했는지 말할 거라고 했고요. 우리는… 말다툼을 시작했어요."

"무엇 때문에요?"

루나는 두 형사를 쳐다보았다. "저는 파커가 바람피우고 있다고 확신했어요. 상대가 누구인지는 몰랐지만… 몇 달 전부터 의심하기 시작했고 무슨 일이 벌어지고 있는지 목록을 작성하기도 했어요. 평소와 달라 보이는 것들 말이에요. 제가 회사 안내 데스크 직원과 통화해서 파커가 점심 약속이 있다는 걸 확인했는데도 제게는 하루 종일 사무실에 있었다고 거짓말했다거나, 회의 때문에 자고 와야 하는 출장이 잦아졌다거나 하는 일들이었죠. 저는 불륜의 징후를 다 알고 있었어요. 파커는 전부 부인했지만요."

"그다음에는 어떻게 됐죠?"

"저는 잠들었어요. 한동안 잠을 제대로 못 잤거든요. 그러다가 차가 갑자기 거칠게 움직여서 깼고 파커에게 길가로 차를 빼라고, 무슨 일인지 얘기하라고 했죠. 하지만 파커는 차를 세우지 않았어요. 미친 사람처럼 핸들을 꽉 쥐고 도로를 응시하고 있었어요. 얼굴을 쳐다보니 입술 위쪽과 이마에 땀이 맺혀 있었어요. 파커는 점점 빠르게 달렸고… 그러다가 차가 통제 불능 상태가 되더니 회전했어요. 구급 대원들 말에 따르면 저는 잠시 의식을 잃었고요." 루나는 멍든 손을 내려다보았다. 헬레나는 매니큐어를 바르지 않은 긴 손톱 하나가 빠져, 그 자리에 피가 엉겨 붙어 있는 것을 보았다. "죄송해요. 별로 도움이 안 되는 얘기죠."

"핵심은 파커가 일부러 사고를 냈다는 거예요. 다른 차량이 개입되지도 않았고 날씨가 맑은 밤이라 도로 상황도 좋았어요." 마리가 말했다.

"엄마, 파커가 일부러 그런 건 아니었어요."

"음, 너도 말했다시피 넌 기억을 못 하잖니. 파커가 무슨 생각을 했는지 누가 알겠어… 짐작만 하는 거지."

"집에 돌아갔을 때 파커가 무슨 말을 할 거라고 생각했습니까?" 브루스터가 물었다.

루나는 한숨을 쉬었다. "그동안 벌어진 모든 일을 생각하면… 그러니까 스카프가 발견된 뒤에 말이에요… 파커가 그 일을 털어놓으려 했던 게 아닐까 생각할 수밖에 없어요."

"내가 그랬잖아요. 그놈 짓이라고." 마리가 불쑥 끼어들어 노골적으로 말했다. "발각되리란 걸 알았던 거예요. 그래서 경찰에게 잡히기 전에 루나와 자기 어머니에게 사실을 털어놓고 싶었던 거라고요." 마리는 딸을 보았다. "어서 다 얘기해. 네 생각을 솔직하게 말하렴."

"엄마!" 루나는 이마를 문지르더니 두 형사를 보았다. "그러니까 그게… 뭔가 끔찍한 일을 저질렀다고… 제 생각에는… 그가 세라 그레이슨을 죽였다고 말하려고 했던 게 아닐까 싶어요."

"그럴 줄 알았다니까!" 루나가 숨죽여 흐느끼는 와중에 마리가 의기양양하게 외쳤다.

46장 노팅엄셔 경찰

 "루나, 개인적인 질문이 몇 가지 있어요. 다른 사람들은 자리를 비켜 주는 편이 좋겠는데요." 헬레나가 마리 바턴 제임스를 노려보며 말했다.
 "형사님들을 만나는 동안 나와 베일리 씨가 같이 있는 데 루나도 동의했답니다." 마리가 단호하게 말했다.
 헬레나는 브루스터가 발로 바닥을 톡톡 치고 있는 걸 보았다. 그의 인내심이 시험당하고 있다는 분명한 표시였다.
 "괜찮아요. 그냥 빨리 끝내죠." 루나가 피곤한 듯이 말했다.
 "니콜라 밴스의 말에 따르면, 부부가 각방을 쓰고 있었고 집을 팔려고 내놓았다던데요."
 "그 여자 정말 못 봐주겠네." 마리가 씩씩댔다.
 "바턴 제임스 씨. 계속 여기 있고 싶으면 끼어들지 마십시오." 브루스터가 명령조로 말했다.

분개한 마리의 두 뺨이 벌겋게 달아올랐다. 헬레나는 마리가 쏘아붙이고 싶은 걸 참느라 이를 악물어 턱 근육이 씰룩대는 것을 보았다. 다행히 마리는 조용해졌다.

"한동안 방을 따로 쓰고 있었어요. 파커는 화를 잘 내고 몹시 불안해했어요. 지난 몇 주 동안에는 평소와 다르게 바니에게 날카롭게 말한 적도 있었죠. 새로 맡은 일 때문에 스트레스가 심해서 그런가 보다 했어요. 급여가 많이 올랐지만 책임져야 할 일도 더 많아졌고 회사에서 존재감을 드러내야 한다는 압박도 심했던 것 같아요." 루나가 나지막이 말했다.

마리는 말하려고 입을 벌렸다가 브루스터가 쳐다보자 다시 다물었다.

"두 분 사이에 갈등이 있는데 근사한 밤을 보내러 호텔에 갔다는 사실이 무척 놀랍군요. 말씀하신 내용을 들으니 두 분 사이가 매우 멀어진 것 같은데요." 브루스터가 말했다.

"음, 바로 그것 때문이었어요. 우린 오랫동안 이야기를 나누었고, 저는 요크셔로 돌아가서 살고 싶다고 했어요. 거기서 처음부터 다시 시작하고 싶다고요. 파커는 같이 열심히 노력해 보자면서, 집을 벗어나 같이 저녁을 보내며 자세히 이야기하자고 했어요."

"그래서 두 분 사이의 문제를 의논했나요? 파커가 일 때문에 힘들다고 직접 말했나요?"

"그건 아니에요. 파커가 조금이라도 터놓았으면 해결할 수 있었을 텐데, 말하고 싶어 하지 않더군요. 제가 말을 꺼내려고 하면 핑계를 대거나 다른 할 일을 찾았어요." 루나는 머뭇거리며 엄마를 흘끗 보았다. 헬레나는 루나의 눈빛을 보며 마리가 미리 알려 준 대답이 아닐까 의심했다. "그렇다고 제가 의심을 멈춘 건 아니에요. 지금도 전 파커가 바람피운 것 같다고 계속 의심하고 있어요."

"하지만 증거가 없지 않습니까?" 브루스터가 물었다.

"네. 아까 말한 이상한 행동 말고는 없어요. 하지만 파커는 그날 이른 저녁에 아리송한 말을 하고서는 자세히 설명하지 않았어요."

"무슨 말이었습니까?"

"파커는 '내가 정말 멍청한 짓을 했는데 이제 뭘 어떻게 해야 할지 모르겠어'라고 했어요. 제가 무슨 말이냐고 묻자, 말을 주워 담으려 하더군요. 아무것도 아니라면서요. 하지만 당연히 저는 불안해졌어요."

헬레나는 코 옆을 긁적이는 루나를 지켜보았다. 루나는 사실을 말하고 있을까?

"지금까지 세라 그레이슨 실종 및 살인 사건에 관해 남편과 자세히 이야기한 적이 있습니까?" 브루스터가 심각하게 물었다.

잠시 침묵이 흘렀다. 헬레나는 병실 안의 공기가 싸늘해지는 것을 확실히 느꼈다. 루나는 어머니와 눈빛을 교환했다. 변호사는 앉은 자리에서 몸을 들썩거렸다.

"딱히 그러진 않았어요. 자세히 이야기한 적은 없어요. 아, 파커가 차량 때문에 조사받았을 때는 분명 그 얘기를 하긴 했어요."

"그리고 세라 그레이슨이 실종된 날 밤에 남편은 회의 때문에 출장 중이었다고 경찰에게 확인해 주었고요. 남편이 그날 저녁 어느 때고 집에 돌아오지 않았다고 했지요." 브루스터가 말했다.

"네. 파커가 그렇게 말했어요. 세라가 실종되던 날 저녁에 회의 때문에 뉴캐슬에 있었고 그다음 날에나 집에 온다고요."

헬레나는 루나를 유심히 보았다. 침대 시트를 톡톡 두드리는 손가락. 조금 전과 다르게 환해진 안색. 더 말하지 않으려고 물을 마시는 모습.

"당신은 그날 밤에 어디에 있었나요?" 헬레나가 신중하게 물었다.

"밴스 씨는 이미 노팅엄서 경찰서의 경관들에게 그날 저녁 자신과 남편의 행적을 진술했을 텐데요." 변호사가 거만하게 말했다.

"다시 한번 정리해 주시면 도움이 되겠어요."

"말씀드렸듯이 파커는 그날 밤에 집을 비웠어요. 아침 8시쯤 저와 바니를 두고 집을 나섰죠. 금요일 아침에 그이를 보고 그다음에 본 게 토요일 오후였어요. 파커는 그날 밤에 키즈에 있는 말 메종 호텔에 묵었고요. 경찰들이 전부 다 확인했을 거예요."

"출장 중에 남편과 통화한 적 있나요?"

"네. 몇 번 통화했고 메시지도 보냈어요."

"그럼 파커가 세라 그레이슨을 만난 뒤 집으로 돌아왔을 가능성은 정말 없다고 생각하세요?"

루나는 한숨을 쉬고 엄마를 흘끗 보았다.

"음, 그런 생각은 안 들었어요… 얼마 전까지는요. 하지만 지금 생각해 보니, 파커가 토요일에 집에 와서 유독 조용했던 것도 같아요. 그러니까… 어쩌면 그랬을지도 모른다는 생각이 드네요."

헬레나는 루나의 태도 변화를 곧장 느낄 수 있었다. 겉으로는 차분해 보였지만 겁먹은 듯했다. 게다가 단어를 하나하나 끊어서 말하는 걸 들으니, 루나가 이 문제에 대해 이야기하는 것을 불편해하는 눈치였다.

브루스터도 그런 낌새를 알아챈 것 같았다.

"5주 전에 같은 질문을 받았을 때보다 남편의 행방에 대한 의심이 더 커진 것 같군요." 그가 말했다.

루나의 얼굴에 경계하는 기색이 스쳤다. "이제 와서 뒤늦게 깨달았을 수도 있는 것 아닌가요? 평소와 달랐던 그의 행동을 생각해 보는 거잖아요. 제가 그러기를 바라신 줄 알았는데요."

"고맙습니다." 헬레나는 간호사가 주의해 달라고 신신당부한 시간을 염두에 두고 이렇게 말했다. "이제 시간이 별로 없군요. 니콜라 밴스가 집 밖 쓰레기봉투에서 발견한 스카프 이야기를 좀 해야겠어요. 니콜라가 병원에 와서 스카프에 관해 물어봤다면서요."

루나는 볼을 부풀리더니 숨을 길게 내뱉었다. "정말 놀랐어요. 경찰에서 스카프를 찾으려고 대대적으로 홍보해서 그런지 어디서 본 것 같기는 했지만, 그게 우리 집에 있을 줄은 전혀 몰랐죠."

"캠페인을 보셨군요?"

"동네에서 일어난 사건이기도 하고 파커가 차 때문에 조사받은 적도 있고 해서 관심을 두고 있었어요. 당연한 일이죠." 루나는 눈을 크게 떴다. "하지만 그걸 내 집에서 발견했다는 말을 받아들이기는 쉽지 않죠."

"그 스카프가 당신이 버린 물건이 가득한 쓰레기봉투 맨 아래에서 발견되었다고 알고 있는데요." 헬레나가 말했다.

"그렇다고 들었어요." 루나는 침대 시트를 매만졌다. "어머님 말을 믿을 수밖에 없겠죠?"

헬레나는 몸을 당겨 의자 가장자리에 앉았다. "니콜라가 거짓말했을 수도 있다고 생각하나요?"

루나는 어깨를 으쓱했다. "그거야 모르죠. 파커의 물건 속에서 그걸 발견했다고 해도, 애지중지하는 아들을 경찰에 찌를 분은 아니긴 해요. 하지만 저는 그게 그 스카프일 거라고 생각하지 않았어요. 살인 사건의 증거 말이에요."

"그렇군요. 그런데도 밴스 씨가 중대 살인 사건의 증거를 가지고 있는 것 같다고 곧장 경찰에 신고하셨군요." 브루스터가 말했다.

"그 미친 여자가 거짓말까지 해 가면서 루나의 병실에 와서, 살인 사건 피해자의 것일지도 모를 스카프에 대해 아느냐고 물어봤다잖아요." 마리가 분개하며 말했다. "난 루나에게 바로 경찰에 알려야 한다고 했어요. 법을 준수하는 시민으로서 경찰이 기대하는 게 그런 거잖아요."

"루나, 다른 질문이 있습니다." 브루스터가 노골적으로 마리를 무시하며 말했다. "세라 그레이슨이 실종되기 몇 주 전에 그녀의 집 옆 공원에서 세라와 파커가 만나는 걸 보았다고 진술한 목격자가 나왔습니다. 파커가 맞는 것으로 신원이 확인되었고요. 이걸 알고 있었습니까?"

루나는 브루스터를 노려보았다. "무슨 생각하시는 거예요? 당연히 몰랐죠. 무슨 질문이 그래요?"

"놀리기보다 화가 나신 것 같군요." 브루스디가 온화하게 말했다.

"놀랐어요. 화도 나고요. 목격자가 누구죠?"

"세라의 어머니 줄리 그레이슨이에요." 헬레나가 대답했다. "목격했다는 진술은 진작 확보했고, 스카프를 발견한 뒤에 줄리 그레이슨이 그때 딸과 이야기하고 있던 남자가 파커라고 확인해 주었어요."

루나는 벽만 쳐다볼 뿐 대답하지 않았다.

"새로 밝혀진 상황에 대해 하실 말씀이 있습니까? 당시 남편의 행보와 일치합니까?" 브루스터가 물었다.

"바람피우는 상대가 그 사람이었나 보군요. 세라 그레이슨. 그 여자였나 봐요." 루나가 힘없이 말했다.

"지금 이 자리에서 뭘 얻으려고 이러는지, 대체 얼마나 대단한 수사 기법이길래 그런 얘기를 하는지 모르겠군요." 마리가 말했다. "하지만 순전히 상식적인 관점에서 볼 때, 파커가 경찰과 내 딸에게 새빨간 거짓말을 했다는 건 분명한 것 같군요. 그리고 그가 그 불쌍한 여자를 살해했을 가능성이 높은 것도 확실한 것 같고요."

47장

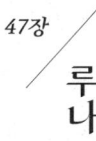

루나

3주 전

루나는 팔로워들을 위해 촬영할 적당한 가격의 옷을 찾는 데 너무 집중한 나머지 파커가 들어오는 소리도 못 들었다. 바니가 "안녕, 아빠!"라고 하는 말을 듣고서야 고개를 들어보니, 문간에 남자답게 잘생긴 남편이 서 있었다.

루나는 그의 얼굴에서 결혼한 지 9년 동안 거의 본 적 없는 표정을 알아차렸다. 순도 100퍼센트의 두려움이었다. 앞으로 닥칠 일을 예측하며 불안해하는 표정이었다. 루나는 그 표정이 무엇을 의미하는지 알 수 없었지만, 분명 무언가가 있다는 걸 알아차렸다.

파커는 그녀가 보고 있는 것을 알아차리고 즉시 표정을 풀었지만, 뺨은 계속 달아올라 있었다.

루나는 눈썹을 치켜올렸다. "좋은 하루 보냈어?"

"피곤한 하루였어. 회의가 너무 많아서 바람도 제대로 못 쐈어."

루나는 노트북을 덮고 파커에게 다가갔지만 그는 얼굴 앞에서 손을 내저었다. "너무 가까이 오지 마. 더러워서 샤워부터 해야 하니까."

루나는 더 가까이 다가가서 그의 얼굴에 고개를 들이밀고 숨을 들이마셨다. 파커가 쓰는 화장품의 감귤류 향, 불쾌하지만은 않은 톡 쏘는 땀 냄새… 그리고 뭔가 다른 냄새가 났다. 평소와 약간 다른 냄새였지만 콕 집어 말할 수 없었다. 곧 파커는 그녀의 뺨에 입 맞추더니 샤워하고 옷을 갈아입으러 위층으로 사라졌다.

그가 한참 있다가 내려오는 바람에 삶은 링귀니가 약간 불었고 토마토소스는 너무 식었다.

"미안. 전화 받느라." 파커는 휴대폰을 흔들며 주방으로 들어오더니 파스타를 보고 고개를 끄덕였다. "맛있어 보이는데."

그에게서 억지로 활기찬 척하는 기색이 느껴졌다. 평상시 모습을 연기하려고 최선을 다하는 듯했다. 저녁을 먹고 메를로 와인을 따라서 텔레비전을 보러 거실로 갔을 때, 그는 안락의자에 앉아 화면은 보지도 않았다. 눈가와 입가의 잔주름에는 비참함이 깃들어 있었다.

파커는 뭔가를 매우 걱정하고 있었다. 루나에게 이야기하고 싶지 않은 무언가를.

바니가 자러 가자 루나는 그의 옆 소파에 앉았다. 그녀는 가슴속에서 서서히 끓어오르는 분노를 삼키고 몸을 틀어 그를 보았다. "무슨 일 있는 거 알아." 루나는 조심스레 말을 꺼냈다. "솔직하게 말해주면 좋겠어. 당신 바람피워?"

"이런, 아니야!" 파커는 진짜로 깜짝 놀란 것 같았다. "당연히 그럴 리 없잖아." 그는 루나의 손목을 다정히 끌어당겨 손을 잡았다. "내가 요즘… 정신이 없고 스트레스받는 거… 나도 알아. 하지만 맹세코 다른 사람과는 전혀 관계없어."

루나는 그를 보았다. 믿고 싶었다. 하지만 의심은 칼날이 되어 그녀의 마음을 헤집어 놓았다. 파커에 대한 믿음을 파괴해 확신을 갖지 못하게 했다. 루나에게 혹시 모를 가능성을 끊임없이 속삭였다.

무슨 일인지 말하게 만들어.

"그럼 말해봐." 루나의 관자놀이가 둔탁하게 뛰기 시작했다. "다른 사람과 관계없으면 뭐 때문인데? 그냥 '일' 때문이 아닌 거 아니까 그걸로 날 속일 생각은 말고. 파커, 난 바보가 아니야. 당신을 안다고. 나쁜 일이란 거 알아. 아주 나쁜 일. 그러니까 솔직하게 얘기해."

루나는 싸움으로 번질 수도 있겠다고 생각했다. 장황한 설명과 함께 아니라고 하며, 늘 그러듯이 '그냥 기분이 좀 안 좋아서'라거나 '일이 좀 많아서'라고 우물우물할 줄 알았다. 하지만 그녀의 눈앞에서 파커의 얼굴이 일그러졌다.

"루나, 정말 미안해." 파커는 손등으로 눈물 젖은 뺨을 대충 문지르더니 애원하는 눈길로 그녀를 보았다. "내가 정말 멍청한 짓을 했는데 이제 뭘 어떻게 해야 할지 모르겠어."

루나는 심장이 부풀어 올랐고 두려움이 밀려와 짓눌릴 것만 같았다. "뭔데? 전부 다 말해야 해." 그녀가 속삭였다.

그래서 파커는 그렇게 했다. 전부 다 말했다.

말을 다 듣고 난 루나는 그를 쳐다볼 수조차 없었다. 잠깐이라도 그를 보면 속이 울렁거렸다.

"오늘 밤엔 다른 방에서 자. 당신 살이 닿는 걸 못 견디겠으니까." 루나가 싸늘하게 말했다.

48장
니콜라

현재

 강철과 유리로 지은 멋진 사무실 건물이 들어선 구역에 주차하고, 차 안에 앉아서 수첩을 펼쳐 보았다. 이름 칸에 '케니 호킹, 카터 홈 인테리어 영업 이사'라고 쓰여 있었다. 파커의 새로운 상사였는데, 파커가 승진했다고 이야기할 때 들었던 이름이었다.
 파커는 할 수만 있다면 지금 내가 하려는 일을 못 하게 했을 것이다. 케니를 만나서 개인적인 일을 이야기하는 것 말이다. 예전 같으면 파커의 말을 들었겠지만, 지난 며칠 동안 많은 것이 달라졌다.
 나는 평생 옳은 말을 하고 감정을 삼키며 조용히 살았다.

혹시라도 나 때문에 상황이 나빠지지는 않을까, 내가 누군가를 기분 상하게 하지 않을까 하는 터무니없는 걱정 때문이었다. 나는 자신을 제외한 모든 사람을 걱정했다.

칼에게는 오늘 볼일이 있어서 외출해야 한다고 애매한 핑계를 댔다. 어차피 그는 일하러 나가야 해서 별 상관없었기 때문에 그다지 관심을 보이지 않았다. 나는 정보를 더 얻을 때까지 뭘 하고 다니는지 그에게 말하지 않기로 했다.

줄리 그레이슨과 이야기 나눈 뒤, 내 충격과 불신은 차디찬 분노로 굳어졌다. 내게 그토록 엄청난 일을 숨기고, 저 살겠다고 내게 거짓말한 아들에 대한 분노였다. 그동안 너무 쉽게 속았다. 경찰이 개입하기 전에 파커의 입장을 들어보고 그 애를 보호하기로 다짐했지만 이 정도로 충분했다. 내가 아는 세상의 모양이 바뀌었다. 내 아들이 세라 그레이슨의 죽음과 관련 있다면, 나는 더 이상 그 애를 보호할 수 없다. 파커는 자기 행동이 불러온 결과를 마주해야 하고 자신이 저지른 일을 책임져야 한다. 다른 방법은 없다. 끔찍한 행동은 지워져서도, 잊혀서도 안 된다는 것. 그게 삶의 법칙이니까.

줄리 그레이슨이 보여준 스카프에서 풍긴 향수 냄새… 세라가 사망하기 몇 주 전에 공원에서 본 남자가 내 아들이라는 줄리 그레이슨의 확신. 이런 것들 덕분에 나는 눈을 떴다. 내가 얼마나 잘 속고 바보 취급당했는지 알게 되었다.

나는 핸드백에 수첩을 넣고 차에서 내렸다. 주차장을 가로질러 잠시 걸어가는 동안 차가운 바람이 뺨을 스치자, 패딩 점퍼를 입어서 다행이라는 생각이 들었다. 로비에 도착해 안내 데스크 직원에게 내 이름을 말했다. "급한 일이 있어서 케니 호킹 씨와 이야기를 나누어야 해요. 아들 파커 밴스가 부하 직원인데…"

"아, 네. 사고 소식은 들었습니다. 파커는 어떤가요? 회사 이름으로 꽃과 카드를 보내고 싶은데요…" 여직원이 걱정스러운 표정으로 말했다.

"상태가 좋지 않아요. 중환자실에 있어요." 차갑게 들리는 말투였지만, 지금 방심했다간 이 직원 앞에서 무너질 것 같았다. "케니와 꼭 이야기를 나누어야 해요… 도와주시겠어요?"

"물론이죠." 직원은 안타까운 듯 미소 지었다. "잠시 앉아서 기다리시면 케니의 사무실에 연락해서 약속 사이에 잠깐 시간을 낼 수 있는지 알아볼게요. 급한 일이니까요."

나는 고맙다고 인사한 다음 모던한 낮은 의자에 앉아서 주위를 둘러보았다. 바닥, 천장, 벽, 쿠션 모두 흰색과 회색이었다. 광택 나는 흰색 커피 탁자 위에 놓인 경영 잡지는 아무도 손대지 않은 것 같았다. 모든 게 무균 상태일 것만 같았고 인위적이었다.

나는 휴대폰을 확인했다. 파커의 상태가 좋아졌다는 소식 없이 시간이 흘러가고 있었다. 얼마 전까지만 해도 파커가 세라의 죽음에 관해 뭔가 알고 있을지도 모른다는 생각만으로도 그 애의 믿음을 저버리는 것 같았는데, 이제 그런 시절은 지났다. 이제는 모순과 거짓말이 사실을 은폐하고 있다는 걸 안다. 지금 내가 할 수 있는 최선은 진실을 밝히는 데 집중하는 것이다. 그래야 밤에 잠이라도 잘 수 있을 것 같았다.

로비 반대쪽 끝에서 문이 양쪽으로 열리더니, 키 크고 건장한 정장 차림의 남자가 나타났다. 햇볕에 그은 얼굴에 갈색 머리카락을 뒤로 넘긴 그는 내게 성큼성큼 다가와 손을 내밀었다.

"밴스 씨? 케니 호킹입니다. 만나서 반갑습니다. 더 나은 상황에서 뵈었더라면 좋았을 텐데요. 파커는 어떻습니까?"

"좋지 않아요. 수술을 두 번이나 받았고…." 나는 갑자기 눈물이 차올라, 목구멍으로 올라오는 덩어리를 삼켰다. "모든 게 산산조각 난 기분이에요."

"이해합니다." 케니는 내 손을 꼭 잡고 앞으로 이끌며 안내했다. "자, 그럼 제 사무실로 가서 이야기 나누시죠." 그는 안내 데스크 직원을 돌아보았다. "내 비서에게 커피 좀 준비해주고 다음 약속을 미뤄 달라고 해 줄래요? 고마워요."

케니는 나를 안내해 아까 나온 문으로 들어갔다. 나는 통으로 탁 트인 널찍한 1층 공간에서 많은 사람들이 컴퓨터 앞에서 일하거나 휴대폰으로 활기차게 이야기하며 돌아다니는 광경을 보고 놀랐다.

"1층은 영업팀 전용 이동식 업무 공간입니다. 하지만 저희는 엘리베이터를 타고 개인 사무실로 갈 겁니다."

엘리베이터에 탄 케니는 5층을 누르며 파커의 상태가 어떤지 물었다. 나는 위장관 출혈과 수술에 관해 설명했다. "상태가 안 좋아져서 패혈증이 발생했어요. 병원에서 항생제 치료를 시작했고 지금은 혼수상태에 빠져 있고요." 나는 울먹이며 말을 이었다. "파커가 버티지 못할 가능성도 있어요."

케니의 얼굴이 하얗게 질렸다. "맙소사! 이런, 죄송합니다. 너무 놀라서 그만. 이렇게 갑자기 심각한 일이 벌어지다니요." 엘리베이터가 멈추고 문이 부드럽게 열렸다. 우리는 카펫이 깔린 복도로 나갔다. "제 사무실은 바로 아래에 있습니다." 5층은 훨씬 조용했고 벽에 사진도 걸려 있었다. 젊은 파커가 한 손에 정교한 유리 상패를 들고 어떤 남자와 악수하는 사진을 지나칠 때, 내 걸음이 느려졌다.

"올해의 영업사원" 내가 작은 소리로 중얼거렸다.

"맞습니다! 2년 연속으로 받았죠. 파커는 언제나 최고의 사원이었어요."

그때 파커는 정말 자랑스러워했다. 첫해에는 상패를 집으로 가져와 우리에게 보여주기도 했다. 칼은 "파커는 뭔가 필요하거나 사랑하고 싶을 때만 우릴 보러 오는군"이라고 신랄하게 말했다. 그리고 마당 창고에서 할 일을 애써 찾더니, 파커가 정말 자랑스럽다고 직접 말하지도 않고 나가 버렸다. "2년 연속으로 상을 받은 줄은 몰랐어요." 내가 슬프게 말했다. 파커는 그 사실을 굳이 우리에게 알리지 않았다.

"여기가 파커의 사무실입니다." 케니는 내 앞으로 손을 뻗어 옅은 금색 명패가 달린 밝은 떡갈나무 문을 열었다. 명패에는 '파커 밴스. 지역 영업 담당 책임자'라고 쓰여 있었다.

사무실로 들어가서 초록색 가죽 패드가 깔린 마호가니 책상으로 다가갔다. 이곳은 로비의 인간미 없고 초현대적인 실내 장식과 매우 다른 느낌이었다. 짙은 색 가구로 꾸며져 고전적인 분위기였는데, 천 년 전에 지어진 성을 비롯한 노팅엄의 스카이라인이 보이는 통유리창 밖 풍경과 잘 어울렸다.

책상을 빙 돌아 파커가 앉는 자리로 가서 모서리를 어루만졌다. 책상 위에는 사진이 담긴 액자가 세 개 놓여 있었다. 최근에 바니가 학교에서 찍은 사진, 작년에 해변에서 셋이 찍은 가족사진, 그리고 내 눈살을 찌푸리게 하는 사진이 있었다. 나는 그 사진을 집어 들고 자세히 보았다.

루나는 흰색 스팽글 투피스 드레스를 입었고 파커는 연회복을 입고 나비넥타이를 매고 있었는데… 금요일 저녁에 디너 댄스파티에 갈 준비를 마치고 루나가 내게 보낸 바로 그 사진이었다. 지금 생각해 보니 금요일에 받은 사진은 배경이 거의 잘려 있어서 보이지 않았다. 지금 이 사진에서 루나와 파커는 야외에서 열린 여름 행사에 참석한 것 같았다. 주위에 사람들도 많았다.

또 거짓말이다. 또 무언가를 숨기고 있다니… 도대체 왜?

"밴스 씨… 괜찮으신가요?"

"네, 그럼요. 미안해요." 나는 사진을 원래 자리에 내려놓고 문으로 갔다. "파커 사무실 보여줘서 고마워요. 아들의 또 다른 면을 본 것 같군요. 제가 잘 알지 못하는 모습을요."

케니는 나를 안내해 문을 몇 개 지나 자신의 사무실로 갔다. 매력적인 젊은 여자가 사무실에서 막 나가려던 참이었다. "오셨어요." 그녀는 나를 보며 짧게 미소 짓더니 케니를 보며 훨씬 환하게 웃었다. "커피 준비됐어요. 도매업체 미팅은 2시 30분으로 연기했고요."

"아주 좋아요. 밴스 씨, 앉으시지요. 커피에 우유나 설탕 넣으시나요?"

"니콜라라고 불러요." 케니가 자꾸 권하는 바람에 나는 편안하게 앉아서 무거운 외투를 벗었다.

그는 커피잔을 들고 그 너머로 나를 보았다. "니콜라, 제가 뭘 어떻게 도와드릴까요?"

"서로 솔직하게 이야기 나누고 싶어서요." 내 말에 케니는 놀란 표정이었다. "그러니까… 아마 소셜 미디어나 신문에 파커의 이름이 도배된 걸 봤을 거예요."

케니는 입술을 꼭 다물고 잔을 내려놓았다. "네. 경찰이 회사에 와서 파커가 뉴캐슬에서 열린 회의에 참석했는지 물어봤어요. 말도 안 되는 소문이 떠도는 것도 다 알고 있고요. 하지만 파커의 이름이 유출되어서는 안 된다는 건 분명해요. 혹시 그의 일자리가 걱정되신다면 그러실 필요가 없…."

"그것 때문에 온 게 아니에요." 나는 이렇게 말하고 목소리를 가다듬었다. "지난 몇 달 동안 파커가 뭔가 달라졌다고 느낀 적이 있는지 물어보고 싶어요."

"어떤·식으로 달라졌단 말씀이죠?"

"그건 나도 정확히 모르겠어요. 그냥… 행동이 좀 이상해 보인다거나 그런 것들이요."

케니는 인상을 썼다. "없었어요. 그런 느낌이 든 적은 없었던 것 같아요. 저는 이제 막 파커를 알아 가고 있어요. 이제 함께 일하는 사이니까요. 깊이 아는 건 아니지만 서로 잘 맞고, 저는 파커를 정말 좋아해요. 제 생각엔 파커가 일을 아주 잘…"

"결혼 생활에 문제가 있다는 식의 이야기를 한 적은 없었나요?"

케니는 넥타이 매듭을 만지작거리더니 잔과 접시를 내려놓았다. "음… 없었어요. 어느 날 루나가 스쿼시 클럽 주차장에 갑자기 나타난 일로 농담을 약간 주고받은 적은 있지만 그게 다였어요."

나는 내 커피잔을 바라보았다.

"무슨 일이었죠? 스쿼시 클럽 주차장이라니요?"

케니는 초조한 듯 윗입술 안쪽에서 혀로 윗니를 훑었다. "음, 퇴근하고 같이 재미있게 운동한 다음에 술집에 가서 한잔하며 중요한 영업 프로젝트에 관해 이야기할 계획이었어요. 파커가 도와줬으면 했던 프로젝트였죠. 밖에 나갔는데 루나가 잔뜩 화난 얼굴로 팔짱을 끼고 차에 기대서서 파커를 기다리고 있더군요." 케니는 멋쩍은 듯 씩 웃었다. "파커가 안절부절못하는 것 같아서 술은 다음에 마시자고 했어요. 분명 루나는 불만이 있어 보였고, 현명한 남자라면 남의 가정사에 끼어들지 않는 법이죠!"

"파커가 무슨 일인지 얘기 안 했나요?"

"파커도 모르는 것 같았어요. 듣자 하니 루나는 꽤 변덕스러운 성격이고⋯." 케니는 말을 끝맺지 않고 남은 커피를 다 마셨다. "말씀드렸듯이 제가 상관할 일은 아니죠. 하지만 아시다시피⋯ 아내가 행복해야 삶이 행복하잖아요!"

짜증스럽게도, 이 사람은 진지하게 말하다가 혼자만 재미있어하는 진부한 표현으로 끝맺는 습관이 있는 듯했다.

나는 의자 끝에 걸터앉아서 몸을 숙였다. "케니, 부탁이에요. 솔직하게 말해줘요. 루나가 변덕스러운 성격이라고 했잖아요. 파커가 그렇게 말했나요?"

"아니에요. 그냥⋯ 회사 사람들 사이에 도는 소문이에요. 굳이 다시 말하고 싶지도 않은 얘기예요. 특히 파커의 어머님께는요. 우리 모두 소문 때문에 피해를 보기도 하고⋯."

"하지만 난 듣고 싶어요."

"오래전 소문이에요. 제가 괜한 얘길 했네요. 틀림없이 파커가 고마워하지도 않을 테고요." 케니는 한숨을 쉬었다. "몇 년 전에 영업팀에 신규 직원이 왔어요. 이름이 섀넌 오루크였죠."

처음 듣는 이름이었다. "파커에게 들은 적이 없는 이름이군요."

"아마 파커는 그 안타까운 사건을 잊으려고 안간힘을 썼을 거예요." 케니는 인상을 찡그리더니 말을 이었다. "섀넌이 출근하자 이곳에는 동요가 일었어요. 섀넌은 아주 매력적이라서 영업 담당 고위직들이 서로 자기 팀에 데려가려고 했죠." 그는 미안해하는 표정으로 나를 보았다. "성차별적 요인이 있다는 건 저도 알지만, 막후에서 그런 일이 있었던 건 사실이에요. 어쨌든 파커가 그 운 좋은 사람이 됐죠. 똑똑하고 일 잘하는 섀넌을 부하 직원으로 데려갔으니까요."

"그랬군요." 내 머릿속에서 둔하게 쿵쿵대는 소리가 들리기 시작했다. 파커가 그 직원과 바람을 피웠고 그걸 루나가 알게 된 걸까?

"한동안은 모든 게 좋았어요. 그러다가 회사에서 1박 2일 직원 연수를 가게 되었는데, 거기에서 이상한 일이 벌어지기 시작했죠. 누가 이른 아침에 호텔에 전화해서 아일랜드에 있는 섀넌 아버지가 심장마비로 쓰러졌다고 한 거예요. 전화 건 사람은 병원 관계자 행세를 하면서, 섀넌에게 아버지가 곧 돌아가실 것 같으니 아버지를 보고 싶으면 늦기 전에 와야 한다고 했고요. 하지만 전부 다 거짓말인 게 드러났어요."

"아, 저런. 정말 끔찍하군요." 나는 입술을 만졌다.

케니는 고개를 끄덕였다. "이것 말고도 여러 일들이 있었어요. 지금 전부 다 자세히 설명할 수는 없지만, 섀넌은 온라인에서 악의적인 글에 시달리며 괴롭힘을 당했어요. 당연히 섀넌은 회사를 떠나는 것 말고는 방법이 없다고 생각했고요."

"파커도 이런 일을 전부 알고 있나요?"

"아, 그럼요. 다들 알아요. 파커 입장에서 변명하자면, 그는 섀넌을 도우려고 최선을 다했어요. 하지만 파커는 물론이고 그 누구도 할 수 있는 게 없었죠." 케니는 이마를 문질렀다. "결국 이 일은 안 좋게 끝났어요. 섀넌은 회사를 그만두고 며칠 뒤에 살고 있던 아파트에서 시신으로 발견되었어요. 수면제 과다 복용이었죠."

나는 믿기지 않아서 신음을 내뱉었다.

케니는 고개를 끄덕였다. "우리 모두 그런 심정이었어요. 정말 슬펐죠. 섀넌은 고향 아일랜드로 돌아가는 비행기표까지 예매해 뒀는데 그런 일이 생긴 거예요."

"정말 끔찍하군요… 그 불쌍한 직원의 가족도 그렇고요." 나는 잠시 말을 멈추었다. "그런데 파커와 관련된 소문이 돌았다고 했잖아요?"

케니는 얼굴을 씽그렸다. "그냥 소문일 뿐이었어요. 파커의 질투심 많은 아내가 의문의 스토커라는 고약한 소문이 돌았죠. 파커가 바람피운다고 확신한 루나가 섀넌을 회사에서 쫓아내고 결국 죽음에 이르게까지 했다고들 말했어요."

나는 눈을 크게 떴다. "사람들이 그게 루나 때문이라고 했다고요?"

"며느님을 얼마나 잘 아시는지 모르지만, 제가 아는 얘기를 해 달라고 하셔서 말씀드린 것뿐이에요. 루나가 질투심이 아주 강하고 남편을 소유하려 들며 그걸 누가 알든 상관하지 않는다는 사실은 동료들 사이에서 잘 알려져 있어요. 스쿼시 클럽에서 루나는 제가 있는 걸 보고도 파커를 난감하게 만들었어요. 아주 불편했죠. 하지만 말씀드렸다시피 그냥 소문일 뿐이에요. 당시, 동료 아내에 대한 근거 없는 소문을 경찰에 말하려 한 사람은 아무도 없었어요. 당연한 일이라고 생각해요. 증거가 없으니까요. 섀넌의 죽음에 의심스러운 정황은 발견되지 않았고 부검 결과 사고사로 발표되었어요."

케니와 이야기를 나눈 나는 충격에 빠졌다. 이제 파커와 루나가 아는 젊은 여자 두 명이 사망한 사실을 알게 되었다.
케니에게 솔직하게 말해 줘서 고맙다고 인사하고 파커의 상태를 계속 알려 주겠다고 약속한 뒤에 차가 있는 곳으로 걸어갔다. 날씨가 너무 추워서 입김이 보이는데도 자동차 창문을 약간 열었다. 몸이 뜨겁고 열이 좀 나는 것 같았다. 병에 걸린 건 아니어야 할 텐데. 지금은 조사를 중단할 여유가 없었다. 무슨 일이 있어도 계속해야 했다.
내가 스스로를 너무 몰아붙이고 있다는 건 알고 있었다.

아프고 난 뒤로는 전보다 훨씬 빨리 피곤해졌다. 오후에 잠깐씩 낮잠을 자야 할 때도 많았다. 하지만 지난 며칠 동안은 건강을 유지해 주던 일상을 제대로 지키지 못했다. 나는 곧 여유를 찾겠다고 다짐했다.

집으로 돌아가 섀넌의 이름을 검색해 보니, 사건을 자세히 다룬 기사가 몇 개 있었다. 모두 회사 이름을 언급했을 뿐, 케니가 설명했듯이 누가 섀넌을 스토킹했다거나 괴롭혔다는 식의 기사는 없었다.

점점 좋지 않은 예감이 들면서 한 가지 의문이 계속 떠올랐다. *루나는 어디까지 할 수 있는 사람일까?*

49장 세라

8개월 전

세라가 개인 메시지로 잭에게 보내준 링크에 그가 답장한 뒤로, 두 사람은 이메일로 소통하기 시작했다. 이는 곧 판타지 포럼 플랫폼이 더 이상 그들의 대화를 감시할 수 없다는 뜻이었다. 세라가 염두에 둔 단계로 나아가기 위해 꼭 필요한 일이었다.

잭은 처음에 저지른 실수를, 그러니까 업무용 이메일을 기본 이메일로 사용하도록 설정했다는 사실을 곧바로 깨달았다. 그래서 이후에는 잭 베네딕트라는 가명을 쓴 이메일 주소를 사용하도록 바꾸어 놓았다.

하지만 피해를 바로잡기에는 이미 너무 늦었다는 사실은

알지 못했다. 업무용 이메일은 세라에게 천금 같은 정보를 제공했고, 그녀는 그 정보를 허투루 활용하지 않았다. 지난 한 달 동안 우수 고객 '잭'에 대해 철저히 조사했다. 의심한 대로 그의 현실 속 상황은 판타지 포럼 프로필로 보여준 것과 달리, 거칠 것 없이 자유롭지 않았다. 처음 보낸 이메일에 적힌 회사 이름을 구글에서 검색한 뒤 마우스를 몇 번 클릭하자 그의 정체가 드러났다.

중요한 정보를 몇 가지 파악하고 나면 나머지는 인터넷을 샅샅이 뒤져 알아낼 수 있었다. 방법만 안다면. 잭이 유부남에 자식도 있다는 사실은 그리 놀랍지 않았다. 동료들이 이미 알려 준 전형적인 고객 유형에 딱 들어맞았다. 세라는 잭이 보낸 첫 이메일 덕분에 그가 사는 곳과 몰고 다니는 차도 알게 되었다. 아내의 이름도 알아냈고 기업등록청에 공개된 정보를 통해 집 주소까지 알게 되었다.

그래도 운 나쁘고 우울한 상황은 아니었다. 세라는 연애 상대를 찾는 게 아니었으니까. '잭'에게 돈이 좀 있고 집도 있으며 지금 그녀에게 쓰는 돈보다 더 많이 쓸 수 있다는 사실을 알게 되었다. 이 모든 점이 '잭 베네딕트'가 세라의 새로운 삶에 돈줄을 대줄 완벽한 우수 고객이라는 희망에 확신을 주었다.

세라는 지금 하는 일을 어머니에게 들키지 않으려고 옷장 속 비밀 공간에 숨겨둔 노트북을 꺼낸 다음, 메시지를 작성해

잭의 회사 이메일로 보냈다. 매달 1천 파운드를 그녀의 계좌로 송금하기만 하면 판타지 포럼이라는 온라인 서비스에 중독된 사실을 아내에게 알리지 않겠다고 약속하는 내용이었다. 당연히 죄책감은 전혀 느끼지 않았다. 이 남자는 거짓말쟁이에다 사기꾼이므로 자기 행동의 대가를 마땅히 받아들여야 했다.

세라는 그의 아내 이름이나 집 주소는 나중에 필요할 때 신중하게 사용하기로 했다. '잭 베네딕트'는 그녀를 그저 순진한 젊은 여자로, 쾌락에 빠지고 싶을 때마다 온라인에서 만나 상상하는 모든 것을 즐길 수 있는 상대로 여기는 것 같지만, 이제 곧 그녀가 자기 머리 꼭대기에 있다는 사실을 알게 될 것이다.

세라는 이메일을 보내고 노트북을 닫았다. 그런 다음 분홍색 탄산음료를 한 잔 따르고, 잘했다고 미소 지으며 느긋하게 앉아서 현금이 굴러들어 오기를 기다렸다.

50장
파커

2개월 전

파커는 오전 내내 기다렸다. 루나에게 토요일마다 일해야 한다고 말했기 때문에 여유를 갖고 때를 기다릴 수 있었다.

그가 평정심을 잃고 루나에게 자신이 한 짓을 고백한 뒤로, 둘 사이는 아주 짧은 시간에 훨씬 나빠졌다. 루나가 그 이야기를 듣고 좋아하지 않을 줄은 알았지만… 이 정도로 화낼 줄은 몰랐다. 그의 아내는 분노하면 어마어마하게 무서운 사람이 될 수 있었다. 파커는 이를 오래전에 배웠다. 상식은 흔적도 없이 사라지고 복수심만 남았다. 그런 일이 있어서는 안 된다. 파커는 이 난장판을 정리해야 했다. 루나가 완전히 이성을 잃기 전에 지금 당장 정리해야 했다.

그가 지켜보고 있던 여자는 공원 길 건너의 작은 아파트에서 나타났다. 혼자였다. 핸드백도 없이 전에 본 적 있는 유행하는 올리브그린 색 재킷 주머니에 손을 넣고 한가로이 걷는 모습을 보니, 잠깐 바람 쐬러 나온 게 틀림없었다.

파커는 차에서 내려 도로를 따라 걸어 올라갔고, 여자는 공원으로 들어가 경계에 심어 놓은 높은 생울타리 뒤로 사라졌다. 양쪽으로 가로수가 늘어선 좁은 길을 걷다 보니 갑자기 가로수가 사라지며 탁 트인 공간이 나타났다. 넓은 화단이 있었고 중앙에는 물이 흐르는 조형물이 있었다.

여자는 맞은편 나무 벤치에 앉아 고개를 젖힌 채 눈을 크게 뜨고 하늘과 질주하는 잿빛 구름을 바라보고 있었다. 하늘을 보며 영감이라도 얻으려는 것 같았다. 매끄러운 적갈색 머리카락이 흘러내려 얼굴을 감쌌다. 하얀 피부는 흠잡을 데 없었고 고양이처럼 맑은 초록색 눈동자는 반짝거렸다.

파커는 살금살금 천천히 다가갔고, 여자가 고개를 내렸을 때는 그녀 바로 앞에 서 있었다.

살짝 벌어진 그녀의 입술은 도톰하고 관능적이었다. 파커는 넋을 잃은 동시에 혐오감을 느끼며 그녀를 내려다보았다.

여자의 표정이 달라지자 파커는 그녀가 소리 지르는 게 아닐까 생각했다. 여자는 고개를 들어 공원이 내려다보이는 아파트를 흘끗 바라보았다. 파커가 그녀의 시선을 따라 고개를 돌리자 창가에서 지켜보는 어떤 사람이 보였다.

"이야기 좀 하고 싶은데요." 파커는 아파트를 등지고 고개 돌리며 다급하게 말했다. "잠깐만… 얘기 좀 할 수 있을까요?"

여자는 거절할 것 같은 표정이었다. 창백한 두 손을 모으고 있었는데, 파커는 작고 빨간 점이 살갗에 무늬를 그린 가는 손목에 눈길이 갔다. 그러자 마음이 흔들려 눈을 돌렸다.

다시 말문을 연 여자는 아까보다 조금 더 편안해진 것 같았다. "그럼, 좋아요. 하지만 오래 있을 순 없어요."

파커가 말을 꺼내자 그녀는 가만히 들었다. 파커의 말을 다 듣고 난 여자는 미소 지었다. "합의서에 서명하는 게 그렇게 중요하다면, 그리고 돈이 있다면 해 줄게요."

파커는 서류를 꺼내며 그녀에게 펜을 건넸다. 여자는 미소 짓더니 한 장짜리 서류를 천천히 읽고 나서 서명란 위에 손을 올렸다.

"음, 서명할까, 말까? 어디 보자." 그녀는 반짝이는 입술을 내밀며 파커의 화를 돋우었다.

"이건 부탁이 아니에요." 파커는 단호하게 말하며 그녀의 손목을 잡았다. "서명하지 않으면 현금도 없어요. 간단하죠. '에메랄드', 날 갖고 놀지 말아요. 날 믿어야 해요. 안 그러면 정말 후회할 테니까."

여자가 약간 움찔하자 파커는 손목을 더 세게 잡았다가 놓아 주었다. 그녀는 손목을 문지르며 인상을 썼다. 파커를 쳐다보는 그녀의 눈에 눈물이 그렁그렁했다.

만족스러운 반응이었다. 파커 입장에서는 모든 것이 걸려 있는 일이라 그녀를 겁주어야 했다.

여자가 서명하자 파커는 서류를 다시 봉투에 넣었다. "며칠 내로 연락할게요." 그는 이렇게 말하고 돌아서서 얕은 숨을 몰아쉬며 걸어갔다.

지금까지는 좋았다. 이제 파커가 부탁해야 할 일이 남았는데, 그 일이 특히 굴욕적일 것이다.

하지만 끝이 보였다. 그는 곧 끝난다는 사실에 매달렸다. 목숨이 달리기라도 한 듯이.

51장
루나

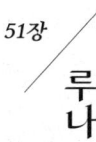

2개월 전

루나는 아래층에서 커피를 한 잔 마시며 일기장 뒤쪽에 적어둔 메모를 읽고 있었다. 계속 속이 아팠고 통증은 점점 심해졌다. 통증을 무시하고 남편을 이해해 보려고 애썼지만 소용없었다.

이제 그녀는 파커에게 아주 큰 문제가 있다고 확신했다. 새로 맡은 일 때문에 스트레스를 받아서도 아니고 피곤해서도 아니고 너무 많은 일을 한꺼번에 해서도 아니었다. 파커에게 무슨 일 있느냐고 물을 때마다 그가 했던 변명들이 문제였다.

모든 건 눈을 보면 알 수 있었다. 지난 몇 주 동안 파커의 매력적인 녹갈색 눈동자는, 다정하게 반짝이던 그 눈동자는 뭔가에 홀린 듯했다. 이제 루나는 그의 눈동자 깊은 곳에서 소용돌이치는 두려움과 공포가 보였다.

파커는 아침 6시에 잠에서 깨자마자 휴대폰을 집어 들더니, 핼쑥하고 불안한 얼굴로 15분마다 확인했다.

루나에게 차를 가져다주고 샤워하러 갈 때도 휴대폰을 들고 갔는데, 요즘에는 늘 그랬다. 겉으로는 평소와 똑같이 출근 준비를 하는 것 같았지만 정신이 딴 데 가 있었다. 루나가 주말에 뭘 할 건지 몇 번이나 물어봐야 했고, 요크셔에 가는 것도 딱히 내켜 하지 않았다. 지난 몇 주 동안 똑같았는데, 언제나 좋아하던 처가 방문도 시큰둥했다.

한동안 루나는 뭔가 조치가 필요하다고 생각했다. 그래서 파커가 회의 준비 때문에 서류를 검토해야 해서 일찍 출근해야 한다고 했을 때, 이번이야말로 그가 무슨 일에 매여 있는지 진실을 알아낼 기회라는 걸 직감했다.

루나는 파커가 차고 진입로를 빠져나갈 때까지 기다렸다가 마쓰다 운전석에 타고 차를 몰아 거리를 내려갔다. 모퉁이를 돌자 출근하는 많은 차에 합류하는 파커의 은색 아우디가 보였다. 몇 대 뒤에서 그의 차를 쫓아가는 일은 쉬웠다.

루나는 파커가 진실을 말했다는 걸 알게 될까? 아니면 지금까지 그랬듯이 계속 파커를 의심하게 될까? 곧 답을 알게 될 것이다.

시내 교차로에 이르자, 루나는 파커가 오른쪽 방향지시등을 켜고 사무실이 있는 대규모 산업 단지로 가는 우회전 차선으로 진입하기를 숨죽여 기다렸다.

하지만 파커는 신호가 바뀌었는데도 방향지시등을 켜지 않고 직진 차선에 그대로 있었다. '중요한' 서류를 봐야 한다던 사무실을 지나 곧장 외곽으로 빠져나가는 길이었다. 루나는 한숨을 깊이 내쉬었다. 바람 빠진 풍선처럼 심장이 쪼그라드는 것 같았다. 이 길은 자동차 전용 고속도로로 연결되어 레스터셔를 지나 런던까지 이어질 텐데⋯ 파커는 어디로 가는 걸까?

오래 기다릴 필요는 없었다. 파커는 자동차 전용 고속도로 쪽으로 가지 않았다. 대신 옆 동네로 가는 길로 접어들었다.

도로가 좁아져서 파커가 속도를 늦추자 루나는 들키지 않으려고 간격을 더 벌렸다. 이상했다. 정말 이상했다. 이곳은 특별한 것 없는 작고 지루한 동네였다. 파커는 여기에서 뭘 하려는 걸까?

몇 분 뒤, 마침내 아우디가 속도를 완전히 늦추더니 주택가 갓길에 섰다. 루나는 지금 위치에 차를 세우기로 했다. 파커의 차와 100미터 정도 떨어져 있었다. 앞에 있던 차들이 다 빠져나갔을 때쯤, 그녀는 주차된 다른 차들 뒤에 마쓰다를 안전하게 숨길 수 있었다.

차에서 내린 파커는 옆구리에 큰 갈색 봉투를 끼고 있었다. 그는 차 열쇠로 차를 가리키며 문을 잠갔다. 루나가 주차한 곳과 반대 방향으로 힘차게 걷기 시작할 때 결혼반지가 반짝이는 게 보였다.

잠시 후, 루나는 차에서 내려 길을 건넜다. 그리고 안전한 거리를 유지하며 파커를 쫓아갔다. 파커는 길 끝에서 모퉁이를 돌아 작은 동네 공원 쪽으로 길을 건넜다.

옅은 빨간색 머리를 포니테일로 묶은 젊고 날씬한 여자가 공원 벤치에 앉아 있었는데, 파커를 기다리는 게 틀림없었다. 루나는 먼 거리에서도 그녀가 매력적이라는 걸 알 수 있었다. 그러자 심장이 내려앉았다. 그렇게 많은 일이 있었는데, 파커가 뭔가 엄청난 일 때문에 괴로워하고 있다고 확신했는데, 결국 그 괴로움은 예전과 마찬가지로 값싼 하룻밤 유혹 때문이었던 걸까?

루나는 그 여자 앞에 서서 그녀를 내려다보는 파커를 지켜보았다. 여자는 검은색 미니스커트를 입고 레인코트를 걸쳤다. 굽이 높은 앵클 부츠를 신은 다리는 늘씬했다. 루나의 가슴 속에서 불길이 일었다. 루나는 부당함에 분노했다. 그녀가 평생을 바쳤고 아들까지 낳은 이 남자가 이런… 쓰레기에 현혹되어 루나가 가진 모든 것을 파괴하려 들다니. 그녀가 그토록 사랑하는 가정을. 루나는 둘이 키스하며 뻔뻔하게 애정을 과시하리라 생각했지만, 그들은 포옹조차 하지 않았다. 파커가 서류를 꺼내 여자에게 건네자, 분노에 차 생각이 걷잡을 수 없이 폭주하던 루나의 머릿속이 약간 차분해졌다. 여자는 서류를 읽더니 파커가 준 펜을 받아 들었다. 그리고 미소 지었다.

잠시 후, 뜻밖의 상황이 벌어졌다. 파커가 몸을 숙여 여자의 손목을 거칠게 잡은 것이다. 루나가 알고 있는 남편의 모습이 아니었다. 그가 뭐라고 말하자 여자의 얼굴에서 미소가 사라졌고 그녀는 서류에 서명했다.

무슨 서류일까? 파커의 주장과 달리 업무와 관련되었을 리 없었다. 여자의 얼굴만 봐도 알 수 있었다. 파커가 주로 만나는 전문직 고객은 분명 아니었다.

지난날 사소한 일로 질투에 찬 분노를 일으키곤 했던 루나는 이제 뭔가를 깨달았다. 정말 무슨 일이 일어나고 있는지 알아내려면 소리 지르고 욕하는 것이 아니라 영리하게 게임을 해야 한다는 것을. 당장 저기로 달려가서 파커에게 지금 뭐 하는 짓이냐고 따져봤자 얻을 수 있는 건 아무것도 없었다. 지금까지 루나가 지켜본 바에 따르면, 파커의 모든 행동이 그가 뭔가 심각한 일로 불안해하면서 자신을 괴롭히는 무언에 사로잡혀 있다고 말해주기 때문이었다. 젊은 여자가 법률 문서 같은 서류에 서명하는 것을 보리라고는 전혀 예상하지 못했고, 이 때문에 루나 역시 불안해졌다.

뭔가 심각한 일이 벌어지고 있었다. 이번에는 루나도 두려웠다.

이번에는 정말 두려웠다.

52장 노팅엄셔 경찰

헬레나가 브루스터의 책상 옆을 지나가다 보니, 그가 컴퓨터 화면 속 정보를 자세히 들여다보고 있었다.

"맙. 소. 사." 그가 한 글자씩 천천히 말했다.

"브루스터, 요즘엔 그런 말 잘 안 쓰는 것 같던데. 옛날 사람 같은 말투야." 헬레나가 그의 책상에서 찾고 있던 서류철을 집어 들며 무미건조하게 말했다.

브루스터가 그녀를 올려다보았다. "아, 그래요? 음, 그래도 제 얘기 들으면 분명 이해가 되실 겁니다."

"어디 보자." 헬레나는 서류철 안의 서류를 천천히 넘기며 말했다. "혹시… 파커 밴스를 면담해도 된다고 병원의 허가를 받았나?"

"아닙니다."

"음, 그럼 파커 밴스가 서명한 자필 자백이라도 받아낸 건가? 희망 사항일 뿐이겠지만." 헬레나는 일부러 활짝 웃었다.

"그런 건 아닙니다. 하지만 그 두 가지보다 더 나을 수도 있습니다." 브루스터가 과장된 동작으로 키보드를 누르자 한쪽 구석에 있던 프린터가 작동하기 시작했다.

이제 브루스터는 헬레나의 관심을 끄는 데 성공했다. 헬레나는 사무실을 가로질러 그를 따라갔다.

"브루스터, 어서 말해 봐. 뭐가 있는 거야?"

브루스터는 인쇄한 서류를 모아 헬레나에게 내밀었다. "지난 금요일 밤에 호텔에 묵었던 전체 투숙객 명단을 입수했습니다."

헬레나는 얼굴을 찡그렸다. "그런데? 루나와 파커 밴스가 그곳에 있었다는 걸 이미 호텔에서 확인해 주었을 텐데."

"네. 하지만 이 사람도 그 호텔에 있었다는 건 말하지 않았죠." 브루스터는 명단을 더 가까이 들이밀며 손가락으로 어느 열을 가리켰다.

그가 가리킨 이름을 읽은 헬레나는 놀라서 입이 벌어졌다. "이럴 수가."

브루스터는 뿌듯해하며 그녀를 보았다. "맙. 소. 사. 맞죠, 경위님? 지금껏 계속 잘못 짚었던 것 같군요."

"당장 외투 입고 디지털 녹음기 가져와. 지금 바로 후속 조사를 해야겠으니까." 헬레나가 콧구멍을 벌렁거리며 말했다.

53장
마리

6주 전

마리는 커피를 따르면서 조가 그릇장 문을 열고 비스킷을 찾는 모습을 지켜보았다. 어제 그는 과자 봉지를 냉장고에 넣어 놓았다.

원래 조는 규칙적인 일상을 좋아하는 정돈된 사람이었다. 평생 모든 것을 제자리에 두는 질서정연한 삶을 살았고, 언제나 자기 생각을 드러내지 않았다. 그래서 마리는 이런 작은 실수를 보며 그의 세계에 뭔가 문제가 있는 게 아닐까 생각했지만, 조는 평소 습관대로 계속 입을 닫고 있었다.

마리는 커피를 쟁반에 담아 주방 소파로 가져갔다. 조는 소파에 앉아 프렌치 도어 밖을 바라보고 있었다. 뒤뜰은 총면

적이 8천 제곱미터 정도였는데, 그중 약 3분의 1에는 잔디를 깔고 화단을 조성했고 또 3분의 1에는 자두, 사과, 배 같은 과실수를 심었다. 길게 잘 자란 너도밤나무가 늘어서, 조가 소중히 여기는 텃밭과 대형 온실에 그림자를 드리웠다.

"여보, 괜찮아?" 마리는 커피 한 잔을 그의 앞에 놓으며 물었다.

"응?" 조는 그녀를 바라보며 방금 들은 말을 이해하려는 듯 잠시 멈칫하더니 대답했다. "응, 그럼. 괜찮고말고."

하지만 괜찮지 않았다. 마리는 알 수 있었다. 전에도 이런 적이 있었지만, 아주 오래전 일이었다. 두 사람이 만난 지 얼마 안 되었을 때의 아픈 기억이 떠올랐다. 그때 마리는 불행을 혼자 짊어졌다. 지금은 세상을 떠났지만 조를 언제나 아꼈던 어머니에게도 털어놓고 싶지 않았다. 마찬가지로 마리는 언제나 아버지의 사랑을 듬뿍 받았던 루나에게도 진실을 숨기기 위해 많은 노력을 기울였다.

마리 프로치는 어린 시절 내내 외풍이 심해 추운 아파트에 살았다. 찬장에 먹을 것은 거의 없었지만 매일 아침 문 앞에 빈 맥주 캔과 위스키병이 늘어서 있는, 그런 집이었다. 어머니 아가타는 피부가 그림처럼 매끄럽고 눈동자는 연한 푸른색인 금발의 아름다운 여인이었다. 모두 폴란드인 부모에게서 물려받은 것이었는데, 마리는 그들을 한 번도 만난 적이 없었다. 똑똑하고 야망 있던 열여덟 살 소녀 아가타에게 스코틀랜드 대학에서 일정 기간 공부할 기회가 생겼다. 그녀는 1년이라는 교환 학생 기간이 끝나기 전에 대학에서 번역가로 자리 잡았고 더는 브로츠와프로 돌아가지 않았다.

열아홉 살이 된 아가타는 자신감 넘치고 늠름한 기관사에게 마음을 빼앗겼다. 마리의 아버지와 아가타는 초고속으로 결혼했다. 결혼 후 아버지는 아가타에게 일을 그만두고 내조를 하라고 우겨서 그녀의 삶을 망가뜨렸다. 그러고는 선로 자살 사고를 목격한 뒤로 술에 빠져 자기 일마저 망쳐 버렸다.

아가타는 너무 자주 눈에 멍이 들었고 얼굴에 찢긴 상처가 났으며 턱을 제대로 움직이지 못했기에 어린 마리는 그 상처들을 거의 알아차리지 못했다. 마리는 학교에 가는 날보다 가지 않는 날이 많았고 어머니와 단둘이 시간을 보내는 게 좋았다.

마리는 아버지를 거의 보지 못했다. 계단을 올라오는 그의 묵직한 발소리가 들리면 어머니는 서둘러 마리를 침실로 보냈다. 마리는 아버지가 다시 나갈 때까지 침실에 쥐 죽은 듯이 가만히 있도록 아주 어린 시절부터 훈련받았다.

마리는 청소년이 되고 나서야 어머니의 고통을 이해하게 되었다. 그리고 아버지의 잦은 수감이 지옥 같은 삶에 다정함과 평온함을 선사한다는 것을 깨달았다. 아버지는 주로 술에 취해 난동을 부리거나 폭력을 행사해… 그것도 대부분 여자를 때려서 수감되었다. 어머니가 턱을 제대로 움직이지 못했던 것은 아버지에게 맞아서 턱뼈가 두 번 부러진 탓이었고 멍과 찢어진 상처는 유리병이나 주먹으로 맞았기 때문이었다.

새해가 된 지 얼마 안 된 1월의 어느 추운 날 아침, 경찰 둘이 아파트에 찾아와 알코올에 중독된 아버지가 도랑에서 숨진 채 발견되었다는 소식을 전했을 때, 마리는 무릎 꿇고 주저앉아 울면서 감사 기도를 올리는 아가타를 지켜보았다.

이렇듯 마리는 남자가 어떤 존재이고 무슨 짓을 할 수 있는지 지켜보았다. 비록 조 때문에 많은 일을 겪었지만 과거의 경험과 비교했을 때 그는 좋은 남자였다. 마리는 웨이트리스로 일하던 카페에 출장 차 시내에 온 키 크고 잘생긴 청년이 들어선 순간부터 그 사실을 알았다. 그랬기 때문에 루나가 아직 어렸을 때도 조를 떠나지 못했다. 사실, 모든 일은 루나가 아기였을 때 시작되었다.

오랫동안 조는 마리가 남자에게 원하는 모든 것을 갖춘 존재였다. 요즘 젊은 여자들에게는 구닥다리로 보일지 모르겠지만, 마리는 자신을 보호해 줄 사람을, 존경할 수 있는 사람을 간절히 원했다. 결혼하고 몇 년 동안 아기를 가지려 노력할 때, 조는 그녀에게 헌신했다. 새로 사업을 시작해 쉬는 날도 없이 일한 적이 많았지만, 회의가 많아서 늦게 나가는 한이 있더라도 언제나 집에 와서 마리를 위해 저녁을 준비해 주었다. 시간이 지나면서 회의에 치이는 삶이 일상이 되자, 조는 하루에 왔다 갔다 하기에는 너무 먼 전국 곳곳에서 열리는 다양한 회의에 참석하기 위해 숙박 출장을 떠나는 일이 점점 많아졌다. 마리는 그를 믿기는 했지만 약간 찜찜한 구석은 있었다. 당연히 그랬다. 하지만 불안을 제쳐두고 그 너머를, 조가 그녀와 미래의 가족을 위해 만들고 있는 멋진 삶을 바라보았다. 마리는 여러 번 임신했지만, 매번 초기에 유산해 슬픔과 절망에 빠졌다. 그럼에도 희망을 잃지 않고 조의 아이를 낳아 엄마가 되고 싶다는 꿈을 계속 꾸었다.

그러던 어느 날, 조는 퇴근하고 와서 샤워하러 갔고 마리는 저녁 식사를 준비하고 있었다. 식탁을 차리던 마리는 의자에 걸려 있던 조의 재킷이 미끄러져 떨어진 걸 보았다. 그래서 재킷을 집어 들었는데 향수 냄새가 풍겼다. 옷깃을 킁킁대 보니 샤넬 넘버 파이브 냄새였다. 여자가 몸을 아주 가까이 기대거나 밀착한 듯했다. 마리는 재킷을 멀찍이 들고 살펴보다가 어깨 부분에 붙어 있는 긴 금발을 하나 발견했다. 그녀는 그날 저녁에 발견한 것에 대해 아무 말도 하지 않으려고 자제력을 총동원했고 가까스로 해냈다. 하지만 조가 다른 여자와 사랑에 빠지면 자기 삶이 순식간에 무너질지도 모른다는 생각에 한숨도 못 잤다. 문득 마리는 이렇다 할 직업도 기술도 없는 자신의 냉혹한 현실을 바라보게 되었다. 마리는 조밖에 몰랐고 오직 그를 원할 뿐이었다. 조는 빛나는 갑옷을 입은 그녀의 기사였다. 마리는 남편을 사랑했고 남편이 필요했다. 그를 곁에 두기 위해서라면 뭐든 할 작정이었다.

마리는 자신 안에 깊이 숨어 있던 두려움을 느꼈다.

다음 날인 목요일은 조가 정기 '심야' 회의에 참석하는 날이었다. 마리는 준비를 마쳤다. 조가 그녀의 뺨에 입 맞추고 집에서 나가자, 마리는 차를 몰고 그를 뒤쫓았다. 시속 50킬로미터 정도의 속도로 따라가며 앞에 반드시 차 몇 대가 끼어 있도록 거리를 뒀다. 마침내 조는 큰 도로를 벗어나 한적한 길로 접어들었다. 마리는 들키지 않으려고 더 조심해야 했다.

조가 깔끔한 주택가에 접어들자 마리는 속도를 늦추고 새로 지은 단층집 앞에 주차하는 조를 지켜보았다. 길고 낮은 집은 하얀색으로 칠해져 있었고 밖에는 꽃이 만발한 바구니가 장식되어 있었다. 조는 차에서 내려 알록달록한 꽃이 핀 화단 옆의 말끔한 길을 걸어갔다. 그들의 집처럼 웅장하고 위용 있지는 않았지만 특유의 매력이 있는 집이었다. 아늑하고 잘 가꿔져 있었다. 마치 집 주인이 그 공간을 진심으로 아끼는 것 같았다.

조가 도착하기도 전에 현관문이 열리더니 웨이브 진 금발의 젊은 여자가 문간에 나타났다. 아기를 안고 있었다. 마리는 조가 여자에게 입 맞추고 아기의 말랑말랑하고 솜털이 보송보송한 머리에 입 맞춘 다음, 다 같이 집 안으로 들어가는 모습을 지켜보았다.

그녀는 차에 앉아서 멍하니 허공을 응시했다. 피가 멈춰 온몸이 구석구석 얼어붙는 느낌이었다. 그렇게 있다가 가까스로 마음을 추슬러 시동을 걸었고, 집까지 가는 긴 여정에 억지로 집중하려고 애썼다.

마리는 조에게 따지지 않기로 했다. 당장은 그러지 않기로 했다. 하지만 대응은 해야 했다. 조가 그녀를 계속 사랑하게 만들도록 선택해야 했다.

지금도 마리는 그 괴로운 기억을 머릿속에서 밀어내고 있었다. 아주 오래전 일이지만 그 기억은 여전히 생생했다. 절대 사라지지 않을 것 같았다.

마리는 멍하니 턱을 문지르며 주방 창밖을 바라보는 조를 다시 쳐다보았다. 그가 어떤 문제로 고민할 때 늘 하는 행동이었다.

"당신 나한테 뭔가를 숨기고 있지." 마리가 단도직입적으로 말했다.

"뭐? 무슨 말인지 모르겠군!" 조의 당황한 표정 때문에 마리는 그의 말에 속지 않았다.

"조, 나한테 말해 봐. 지금껏 겪어봤잖아. 내가 결국 진실을 알아내고야 만다는 거. 예전 일, 더 자세히 설명해 줘?"

"아니야, 그럴 필요 없어." 마리는 조가 핑계를 대고 주방에서 나가거나 제멋대로 생각하지 말라고 뻔뻔하게 말할 줄 알았다. 하지만 둘 다 아니었다. 조는 그녀의 눈앞에서 풀 죽은 표정을 짓더니 얼굴에서 핏기가 사라지고 광대뼈가 축 처졌다. "마리, 내가… 내가 정말 말도 안 되게 멍청한 짓을 했어.

그런데 아직은 그게 뭔지 말할 수 없어. 제발 이해해 줘. 아직은 안 돼. 당신을 위해서, 당신을 보호하기 위해서야." 조가 기어들어 가는 목소리로 말했다.

조가 곧바로 털어놓자 마리는 당황했다. 오랜 세월 동안 조의 갖가지 못된 짓을 비난했고 그때마다 그는 한결같이 부인했기 때문에, 마리는 잠시 말문이 막혔다. 마음이 누그러진 그녀가 말했다. "그렇게까지 최악은 아닐 거야. 우리가 늘 해온 대로 하면 되지 않을까? 당신이 사실대로 말해주면 문제를 함께 해결하고… 이번에도 그러면 안 될까?"

조는 바닥을 내려다보았다. 고개를 들자 그의 눈에 눈물이 고여 있었다.

"그럴 수 있으면 좋겠지만 이번에는 안 될 것 같아. 그냥 안 될 것 같아." 그가 나지막이 말했다.

54장
파커

2개월 전

파커는 셰필드 외곽에 있는 고전적인 술집에서 조를 만나기로 했다. 조가 건축업 동료들과 모이는 장소에서 가까운 곳이었다. 파커는 먼저 도착해서 주차장이 보이는 창가 자리에 앉아 물을 마시고 있었다.

크림색 벤틀리가 미끄러지듯 들어와 비어 있는 주차 자리 두 곳의 한가운데 자리 잡았다. 파커는 조를 정말 좋아하지만, 그가 과시하기 좋아하고 여전히 여자들에게 눈길을 준다는 건 부정할 수 없었다. 파커는 조와 마리의 신혼 시절이 꽤 복잡하고 힘들었을 것이라고 짐작했다. 어쩌면 그래서 루나가 다른 사람들을, 특히 남편을 믿지 못하는지도 몰랐다.

루나가 어린 시절 이야기를 자세히 한 적은 없지만, 아버지에 대한 단편적인 이야기를 종합하면 어렸을 때 아버지와 아주 가까웠음이 분명했다. 아직도 루나를 통제하려고 하지만 별로 성공한 적이 없는 어머니와는 그 정도로 가깝지는 않았던 것 같다.

술집 문이 열리더니 조가 들어왔다. 일흔이 다 되어 가는 나이에도 여전히 잘생겼다. 질 좋은 옷감으로 만든 단정한 스타일로 옷을 잘 입었고 해외여행을 자주 다녀서 피부는 햇볕에 그을었으며 은빛 머리카락은 여전히 힘 있고 풍성했다.

"아, 여기 있군. 구석에 쭈그리고 있었구먼." 조가 성큼성큼 다가왔고, 두 사람은 서로 어깨를 토닥이며 악수했다. 조는 탁자 위를 흘끗 보았다. "세상에. 저거 물인가?"

파커는 웃음을 터뜨리며 일어섰다. "멀리까지 운전해야 하잖아요. 면허가 취소되면 안 돼요. 이미 벌점도 상당히 쌓였거든요. 뭐 드실래요?"

"라거 맥주 작은 잔으로. 오후에 옛 친구들과 이미 많이 마셨거든."

파커는 조가 얼마나 자주 과음하고 운전하는 걸까 생각하며 술을 주문하러 갔다. 하지만 조의 도움이 절실한 상황이니 그를 비난하지는 않을 생각이었다.

파커는 술을 가지고 가서 조 앞에 놓았다.

"좋아, 그럼 시작해 볼까." 조는 농담조로 말했다. "자네가 원하는 게 뭔가?"

"저… 제가 뭔가를 원한다고 말씀드린 적은 없는데요. 사실은 조언을 구하고 싶어서요."

조는 파커에게서 눈을 떼지 않은 채 잔을 들어 맥주를 한 모금 마셨다. "늙은 바보를 속일 순 없어. 자네는 전화를 걸거나 주말에 집에 왔을 때 내게 수없이 조언을 구했지. 이렇게 외곽에 있는 술집에서 은밀하게 만난 건 처음 아닌가?"

파커는 숨을 깊이 들이마셨다. 조의 날카로운 눈빛을 쳐다볼 수 없어서 창밖의 잿빛 주차장만 내다보았다. 주차장의 차도 대부분 잿빛이었다. "곤란한 일이 생겼어요. 너무 큰일이라 루나가 알면 절대 안 돼요. 장모님도요. 저를 도와주실 수 없어도 괜찮아요. 하지만 제가 드릴 말씀을 절대 발설하지 않겠다고 약속하셔야 해요."

그제야 파커는 조를 보았다. 조의 얼굴에서 즐거워하는 기색이 사라졌다. "뭔지는 모르지만 심각한 것 같군."

"심각해요. 전… 협박당하고 있어요. 자세히 말씀드릴 순 없지만 빨리 1만 파운드를 마련하지 않으면 모든 게 엉망이 될 거라는 정도만 말씀드릴 수 있어요."

"1만 파운드?" 조는 낮게 휘파람을 불었다. "그놈들이 요구하는 액수야?"

파커는 탁자 아래에서 주먹을 꽉 쥔 채 침울하게 고개를 끄덕였다. "1만 파운드면 그들을 쫓아내고 제 어깨에 짊어진 짐을 내려놓을 수 있어요."

조는 인상을 썼다. "내가 직접 협박당한 경험은 없지만, 대부분 돈을 줘도 문제가 해결되지 않는다고 들었어. 점점 큰돈을 요구해서 줘야 할 액수가 커지는 거지."

파커는 그동안 점점 커진 액수를 생각했다. 그래서 지금 1만 파운드를 일시금으로 요구하는 지경에 이르렀다. 더 이상 돈 이야기를 꺼내지 않기로 한 최종 합의 금액이었다.

"누구지? 그놈들에게 무슨 약점을 잡힌 거야?"

파커는 고개를 저었다. "1만 파운드면 끝낼 수 있어요. 더 자세히 말씀드리지 못해서 죄송해요. 이 일에 관해서는 저를 믿어주시면 좋겠어요." 파커는 목이 메고 눈물이 고였다. "이런. 정말 부끄럽군요." 그는 소매로 얼굴을 벅벅 문질렀다. "죄송해요. 저를 겁쟁이라고 생각하시겠죠."

"전혀. 이 일이 자네를 얼마나 힘들게 하는지 알겠군. 분명 루나와 바니도 힘들게 하겠지. 자네가 말하지 않아도 무슨 일이 있다는 걸 알아차릴 테니까." 조의 표정이 어두워졌다. "자네가 부탁하는 일 때문에 내 딸이나 손자가 피해 보는 일은 없을 거라고 믿겠네."

"그런 일은 전혀 없을 겁니다." 파커가 망설이지 않고 말했다. 조가 현금 빌려주는 걸 거절하지 않고서야 루나가 이 일을 알게 될 리 없었다. 루나가 알게 되면 파커의 인생은 물론이고 주변 사람들의 인생까지 송두리째 무너질 것이다.

하지만 조의 말은 끝나지 않았다. "내 경험상, 여자들은 직접 문제를 말하지 않으면 빈칸을 혼자 채워서 10배는 더 안 좋은 일을 상상하지."

"틀린 말씀은 아닌 것 같군요." 파커는 그가 바람피우는 걸 안다고 주기적으로 비난하는 루나를 떠올리며 말했다. "하지만 루나가 뭐라고 생각할지 걱정할 단계는 지났어요. 이 돈을 마련하지 못하면 제 인생은 떠올리기도 싫은 쪽으로 무너질 테니까요."

"그렇군. 그렇다면 자네 말을 전적으로 믿고 어려운 부탁을 들어주도록 하지." 조는 인상을 찡그리며 잠시 머뭇거렸다. "그런데 저축한 돈이 없는 모양이지? 결혼한 지 몇 년이 지나도록 모아둔 돈도 없나?"

"그게… 네. 생활 수준을 유지하려다 보니 돈을 다 쓰게 되더라고요." 파커는 얼굴이 화끈거렸다. 협박을 멈추게 하려고 이미 5천 파운드나 썼다고 조에게 말할 수는 없었다.

조는 몸을 숙이고 미간을 찡그렸다. "분명히 해두지. 지금 나한테 아무런 정보도 이름도 모른 채 1만 파운드를 토해내라는 것이지 않나. 이건 책임은 자네 혼자 져야 한다는 뜻이야. 일이 잘못되면 난 관련 없다고 전부 다 부인할 걸세."

파커는 일이 잘못된다는 생각만으로도 식은땀이 났다.

"일이 잘못되지 않기를 빌어야죠. 그러니까 제 말은, 잘못되지 않을 겁니다. 확실히 해둬야죠."

조의 눈빛이 냉정해졌고 앙다물어 가늘어진 입술 사이로 치아가 약간 보였다. 지금까지 파커는 조가 장인, 아버지, 할아버지, 남편으로서 보여준 인자한 모습만 보았다. 그런데 지금은 회사를 연달아 말아먹고 그때마다 다시 사업을 시작한 조의 모습이, 그래서 채권자들에게 수천 파운드의 빚을 안기고 파산 직전에 대량으로 자재를 주문해 작은 기업들을 도산하게 만든 모습이 보였다.

"말에 확신이 없는데." 조는 파커의 달아오른 얼굴을 보았다. "표정도 그렇고. 빌려준 돈을 다시 못 볼지도 모르겠군."

파커는 조가 물러서는 느낌이 들었다. 그런 일이 벌어지도록 가만히 있을 수 없었다.

"한 푼도 남김없이 다 갚겠습니다. 원한다면 이자까지 붙여서요. 지금 회사에서 유럽을 기반으로 한 대규모 신규 영업 전략을 담당하고 있어요. 첫해에 거액의 보너스를 예상하고요."

"예상이라." 조가 그의 말을 천천히 따라 했다. "그 돈이 내 계좌에 입금될 거라고 보장하는 것과는 말이 좀 다르지 않나? 난 확실한 걸 좋아하네."

"6개월 안에 갚을게요. 실망시키지 않겠다고 약속드려요. 제 아들의 목숨을 걸고 맹세합니다."

조가 탁자 위로 팔을 뻗어 멱살을 잡는 바람에 파커는 놀라서 소리 질렀다. "다시는 그런 식으로 내 손자의 이름을 함부로 들먹이지 마. 루나와 사귀고 있을 때 마리는 자네를 두고 못난 놈이라고 했지. 시간이 좀 걸렸지만 마리가 옳았다는 게 증명됐군." 조가 씩씩대며 말했다.

조는 잡고 있던 멱살을 놓았고 파커는 놀라서 그를 쳐다보았다. 바턴 제임스 부부가 사실은 파커를 그렇게 생각하고 있단 말인가? 파커는 처가와 관계가 좋다고 늘 자부했다. 그는 재킷을 매만지다가 손이 떨린다는 걸 알고는 멈추었다. 그리고 은행 계좌 정보를 적은 쪽지를 탁자 위로 말없이 내밀었다.

"도와주셔서 감사합니다. 진심으로요."

조는 일어나서 쪽지를 잡아채더니 파커를 내려다보았다. "6개월 내로 갚아. 안 그랬다간…" 그는 이를 악물고 말을 이었다. "심각한 일이 벌어질 테니. 협박처럼 들린다면 아주 제대로 알아들은 걸세."

조는 술집에서 나가 분노에 찬 발걸음으로 주차장을 가로질렀다. 파커는 도착할 때처럼 조용히 빠져나가는 크림색 벤틀리를 지켜보았다.

이제야 안도감이 밀려들었다. 파커는 조가 자신을 한심하게 생각하든 말든 더 이상 상관없었다. 신용카드 한도가 다 찼고 최근에 거액의 대출을 받았기 때문에 6개월 내로 조에게 갚을 1만 파운드를 구할 수 없다는 사실도 신경 쓰이지 않았다.

지금 파커의 머릿속에는 조가 그 돈을 빌려주면 마침내 모든 것을 파괴할 수 있는 이 미친 상황이 끝날 것이라는 생각뿐이었다.

그러면 드디어 정상적인 삶으로 돌아갈 수 있겠지. 너무 늦어 버리기 전에.

55장
파커

2개월 전

메시지를 확인한 파커는 내용을 읽고 미소 지었다. 자유를 안겨줄 빳빳한 1만 파운드가 들어왔다는 소식이었다. 그는 숨을 길게 내쉬며 몇 주 만에 처음으로 근육과 힘줄에 긴장이 풀리는 것을 느꼈다.

그리고 간결하게 답장을 보냈다.

오늘 현금 인출 요망. 이따 찾으러 감.

돈은 조와 만난 바로 다음 날 아침 8시에 지정한 은행 계좌로 입금되었다. 물론 조에게도 단점은 있었지만, 파커는 그가 약속을 지키는 사람이라는 사실을 인정할 수밖에 없었다.

장인에게 머리를 조아리며 돈을 빌려 달라고 부탁하는 게 겁나고 난처했지만 다행히 그만한 가치가 있었다. 마침내 모든 것이 해결되었고, 약속대로 돈을 모두 갚고 나면 조가 그를 새삼 존중하게 될지도 몰랐다.

이제 파커가 할 일은 그 하찮은 창녀와 만날 약속을 잡고 한 번에 모든 걸 정리하는 것뿐이었다. 그러고 나면 케니가 초청한 경영 회의에 맑아진 머리로 참석해, 이사회에 좋은 인상을 남길 수 있을 것이다. 곧 유럽에서 중책을 맡아 돈을 벌어들일 테고 새출발이 그를 기다리겠지.

파커는 왓츠앱을 열어 메시지를 보냈다.

돈은 준비됐음. 오늘 저녁 8시. 늘 보던 곳에서.

이제 루나에게 저녁에 다시 나가는 이유를 납득시킬 그럴듯한 변명을 해야 했다. 지난 몇 달 동안 여러 번 변명을 늘어놓았기 때문에 무리라는 것은 알고 있었다. 루나가 무슨 일이냐고 몇 번 물어보기는 했지만, 질투에 사로잡혀 파커가 무슨 일에 매달리고 있는지 혼자 소설을 쓰고 있는 것 같았다.

이제 모든 것이 제자리를 찾아가고 있었다. 파커는 뜨겁게 타오르는 태양 아래에서 하루를 보내고 시원하게 샤워한 듯한 안도감을 느낄 수 있을 것이다. 곧 모든 것이 끝날 것이다.

56장

니콜라

현재

집으로 돌아와 보니 칼의 업무용 승합차가 진입로에 주차되어 있었다. 현관문은 열려 있었고, 칼이 큰 갈색 종이 상자를 들고 사무실에서 막 나오는 중이었다. 작업용 재킷을 입고 장화를 신고 있었는데, 원래 집에 있을 때는 늘 벗어서 현관문 옆에 두는 장화였다. "일하러 간 줄 알았는데." 나는 복도 탁자에 차 열쇠를 놔두며 말했다.

칼은 걸음을 멈추고 놀란 표정으로 나를 보았다.

"생각보다 일찍 끝났어. 드디어 사무실을 정리했지 뭐야." 그는 빙그레 웃었다.

나는 인상을 썼다. "사무실을 정리할 생각이 있었는지 몰랐네." 칼은 사무실이 오랫동안 엉망진창인데도 전혀 신경 쓰지 않았다. 나는 예전부터 그것 때문에 짜증 났지만, 10여 년 전부터는 그곳에 들어가지도, 정리하려고 애쓰지도 않았다.

"이젠 좀 질서 있는 난장판이랄까. 뭐가 어디에 있는지는 다 알아. 당신이 들어가서 내가 못 본 곳까지 헤집어 놓지만 않으면 말이야." 칼은 유쾌하게 농담했다. 하지만 나는 지금처럼 큰일이 벌어진 상황에서는 더 중요한 일에 시간을 써야 하지 않을까 싶었다.

칼은 들고 있던 상자를 턱으로 가리켰다. "사무실을 좀 더 비우려고 서류를 작업실로 옮기는 중이야."

"그래, 알았어." 나는 한숨을 쉬고 점퍼를 벗었다. "얼마나 걸릴 것 같아? 중요하게 할 이야기가 있는데. 오래 걸리진 않겠지만 잊어 버리기 전에 말하고 싶어."

칼은 돌아서서 상자를 사무실 안에 내려놓고 문을 닫았다. 그리고 바지에 양손을 문질러 닦고 나를 보며 긴장된 표정으로 미소 지었다. "그럼 지금 이야기하는 게 좋겠네."

그는 나를 따라 주방으로 왔고, 우리는 늘 같은 잔디밭이 보이는 소파에 나란히 앉았다.

케니를 만나고 온 이야기를 하자 이내 칼의 표정이 바뀌었다. "어딜 갔다고? 도대체 왜 그랬어?"

"사고 나기 전에 파커에게 무슨 일이 벌어지고 있었는지 누군가는 알아내야 하잖아." 나는 즉시 방어 태세를 갖추었다. "거짓말과 모호한 설명이 너무 많아… 우리가 어떻게든 진실을 밝혀야 해."

"하지만 당신이 할 일은 아니지. 안 그래? 또다시 파커의 사생활에 끼어들다니… 애당초 당신이 참견하는 바람에 이 지경이 된 거잖아." 칼의 말투는 냉정했다.

"말이 너무 심하잖아! 난 최선이라고 생각한 일을 했을 뿐이야."

"누구를 위한 최선인데? 당연히 우리를 위한 건 아닐 테고. 삶이 뒤바뀐 바니를 위해서도 아니야. 파커를 위해서도 아니지. 노팅엄서 경찰의 조사를 받게 되었잖아. 당신 덕분에…"

"알겠어! 그만해!" 내가 소리 지르자 칼은 조용해졌다. "당신과 이걸 의논하려고 한 내가 잘못이지. 난 이미 할 일을 정했으니까 방금 한 말은 못 들은 걸로 해."

"뭘 하려고?"

"케니가 말한 걸 알아봐야지." 나는 화난 목소리로 말하고 나서 팔짱을 끼고 스산한 창밖을 내다보았다. 나무와 덤불은 헐벗었고 울타리에 색채라고는 없었다. 예전에 칼은 마당에 자부심이 컸지만 방치한 지 오래됐다. 생각해 보니 요즘에는 전혀 관심이 없는 것 같았다.

"여보, 미안해. 응?" 칼이 팔을 만졌지만 나는 그를 보지 않았다. "우리 둘 다 스트레스가 심한데 대응하는 방식이 달라서 그래. 나는 무력감을 느끼고 당신은 의욕이 생기고. 그냥 서로 다르다는 걸 인정하면 안 될까?"

"나도 무력하다고! 파커의 상사와 이야기하고 난 지금은 특히 더."

"화내서 미안해." 칼은 아예 돌아앉아서 나를 보았고, 나는 처음으로 그의 관심을 받는 기분이었다. "그래, 케니라는 사람이 뭐라고 했는데?"

칼이 사과했지만 나는 화가 가라앉지 않아서 지금 당장은 제대로 이야기 나눌 기분이 아니었다. 하지만 파커의 예전 부하 직원 섀넌 오루크 이야기는 재빨리 했다.

"칼, 정말 끔찍한 일이야. 섀넌은 누군가의 앙심 때문에 결국 스스로 목숨까지 끊었어. 파커의 회사 사람들은 대부분 온라인에서 괴롭힌 사람이 루나라고 거의 확신했던 것 같고."

"내가 듣기엔 사무실에서 떠돈 구설수에 불과한 것 같은데. 도무지 믿을 수가 없잖아." 칼이 무시하듯 말했다.

"당신이 그 자리에 없어서 그래. 케니가 루나 이야기를 할 때 어땠는지… 파커와 함께 일한 사람들 모두 루나가 질투심이 강하고 불안하다는 걸 아는 것 같았어. 뭐든 할 수 있는 사람이라는 것도."

"그 말이 조와 마리의 귀에 들어가는 일은 없도록 해야 할 거야. 우릴 고소해서 망하게 할 테니까."

"당신은 왜 조와 마리를 그렇게까지 걱정해? 진실에 다가가게 해주는 정보는 뭐든 좋은 거야. 내가 듣기엔 루나의 질투심이 통제가 안 되는 것 같았어. 심지어 위험하다는 느낌도 들었어."

칼은 일어나서 주방을 서성대기 시작했다. 혈압이 오를 때처럼 얼굴이 검붉어지고 있었다. 지난 2년 사이에 주치의는 그의 고혈압 약 복용량을 몇 차례 늘렸다.

"앉아. 당신 너무 흥분하는 것 같은데." 내가 걱정스럽게 말했지만 칼은 듣지 않았다. "케니와 이야기 나눈 덕분에, 우리 아들과 관련된 젊은 여자가 둘이나 죽었다는 사실을 알게 됐어. 사람들 말처럼 루나가 불안하다면 조와 마리를 만나서 파커의 회사에서 떠도는 이야기를 알고 있는지 확인해 봐야 하지 않을까? 우리처럼 몸서리치게 놀랄지도 몰라."

칼은 돌아서서 주먹을 꽉 쥔 채 잔뜩 화난 표정으로 다가왔다. 오랜 결혼 생활 동안 처음으로, 그가 내게 무슨 짓을 할까 봐 두려웠다. 나는 말을 멈추고 몸을 움츠린 채 소파에 기댔다.

칼은 얼마 떨어지지 않은 곳에서 걸음을 멈추었다. 얼굴은 완전히 검붉어졌다. 목에는 튀어나온 핏줄이 보였다. 내가 아는 칼이 아니었다.

"그만 끼어들라고. 내 말 못 들었어? 당신 지금 정신 나간 사람처럼 행동하고 있어." 칼의 목소리는 낮고 차분했지만 나는 그 어느 때보다 불안했다. 그는 몸을 숙여 일그러진 얼굴을 가까이 들이밀었다. "지금 상황에서 잘못한 사람은 파커가 분명해. 루나가 아니라고. 당신 완전히 착각하고 있어. 그걸 당신만 모르고 있다고."

"당신은 몰라." 나는 긴장을 무릅쓰고 말을 꺼냈다. "당신은 파커에게 죄가 있다고 확신하는 모양인데, 난 그 애가 무죄라고 확신해."

칼은 웃음을 터뜨렸다. 경멸로 가득 찬, 날카롭고 냉소적인 웃음이었다. "그래서 당신이 틀렸다는 거야. 난 파커에게 죄가 있다는 걸 알아. 머지않아 당신과 다른 사람들도 진실을 알게 되겠지."

칼은 이렇게 말하고 돌아서서 쿵쿵대며 주방에서 나가 복도를 걸어갔다.

나는 벌떡 일어나서 그를 따라갔다. "칼, 잠깐만! 방금 그 말 무슨 뜻이야? 지금 어디 가는데?"

"밖에!" 그는 소리 지르며 현관문을 열었다. "이 미친 집구석에서, 당신에게서 멀리 떨어진 곳으로!"

그가 승합차에 올라타고 난폭하게 후진하는 모습을 지켜보았다. 뒤에 오던 차가 갑자기 경적을 울리며 브레이크를 밟자 타이어에서 끼익 소리가 났다. 하지만 칼은 멈추지 않았다. 뒤차 운전자에게 미안하다고 손을 흔들지도 않았다. 그는 가속 페달에서 발을 떼지 않고 도로에서 멀어져 갔고, 나는 아이나 노인이 갑자기 나타나지 않기를 기도했다.

다시 집 안으로 들어서니 공허함이 느껴졌다. 현관문을 닫고 낙담한 채 이제 뭘 어떻게 해야 할지 몰라서 천천히 복도를 걸어 내려갔다.
　칼의 사무실 문이 약간 열려 있었다. 아까 내가 돌아왔을 때 안에 내려놓은 상자에 걸려 문이 완전히 닫히지 않았다.
　나는 문을 밀고 아주 오랜만에 칼의 사무실에 들어갔다.

57장

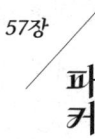
파커

세라 그레이슨 실종 당일

파커는 하루 종일 연달아 회의했다. 뻣뻣한 회색 카펫이 깔려 있고 커피는 맛없고 환기도 안 되는 베이지색 회의실에서 몇 시간이나 보냈다.

이번 주말에 뉴캐슬에서 진행 중인 회의에는 반드시 참석해야 했다. 케니와 함께 유럽 영업 활성화 프로젝트를 진행하는 알짜 자리를 차지하기 위해서였다. 그런데 루나가 쉬지 않고 메시지를 보내서 골치가 아팠다.

5시에 열린 마지막 회의는 하루를 정리하는 시간이었다. 케니는 경영진과 따로 회의가 있었고, 파커는 루나의 메시지를 확인하고 몰래 온라인 검색을 하려고 뒤쪽에 자리 잡았다.

휴대폰을 집어 들자 루나가 보낸 새로운 메시지가 여덟 개 있었다. 파커는 휴대폰을 끄고 싶은 유혹을 느꼈지만, 그랬다가는 목숨이 위태로울지도 몰랐다. 루나는 그와 연락이 되지 않으면 귀신처럼 통곡하며 이곳에 나타날 확률이 꽤 높았다. 루나에게 그가 한 일을 솔직히 털어놓았지만 상황이 좋아지기는커녕 오히려 악화되었다. 루나는 그 어느 때보다 의심이 심해졌다.

계속 이렇게 살 수는 없었다. 지금껏 루나의 의심을 잠재우려고 노력했지만 소용없었고 불안감만 커졌다. 이 상황을, 루나를 해결해야 한다는 걸 잘 알고 있었다. 하지만 오늘이나 내일 당장 해야 할 일은 아니었다.

파커는 메시지를 확인하지 않고 휴대폰을 엎어놓은 다음, 발표자에게 집중하려 애썼다. 누구에게 주도권이 있는지 루나에게 보여줄 때였다.

작은 호텔 방에 날카로운 벨 소리가 울려 퍼지자, 파커는 퍼뜩 잠에서 깼다. 루나와 마지막으로 짧게 통화한 뒤에 휴대폰 설정을 무음으로 바꾼 줄 알았다. 통화할 때 루나는 무시당해서 불쾌한 감정을 분명히 드러냈다. 파커는 저녁 먹으면서 술을 몇 잔 마신 터라, 무음으로 바꾸는 걸 깜빡하고 그냥 잠들었나 보다 생각했다.

침대 옆 탁자를 더듬어 울리는 휴대폰을 집었다. 옆에 놓인 디지털시계 숫자가 빛을 내며 새벽 1시 22분이라고 알려주었다.

발신자를 확인하자 등줄기에 이내 땀이 맺혔다.

설마….

그가 몸을 일으켜 침대 끝에 앉아서 전화를 받으려는 찰나, 전화가 끊어졌다.

밀실 공포증을 일으킬 것만 같은 캄캄한 공간에 재빨리 불을 켠 다음 다시 전화를 걸자 통화 연결음이 들리기 시작했다.

"도대체 뭐 하시는 거예요? 이 번호로 절대 전화하지 말라고 했잖아요." 상대가 즉시 전화를 받자 파커가 씩씩대며 말했다.

"다른 번호로 통화가 안 되던데! 꼭 할 말이 있어. 내가…" 목소리에 차오르는 공포가 가득했다. "파커, 나쁜 일이 일어났어. 뭘 어떻게 해야 할지 모르겠어. 도와줘. 내가…"

"이런, 제발 진정하세요. 그렇게 급한 일이에요? 전 지금…"

"파커, 심각한 상황이야. 내 얘길 들어봐… 정말 나쁜…"

"말을 하라고요!"

파커는 가만히 들었다. 머리가 빙빙 돌아서 침대에서 내려와 바닥에 앉았다. 내장이 몽땅 빠져나올 것만 같았다.

"지금 갈게요. 제가 갈 때까지 아무것도 하지 마세요. 거기서 나와서 제가 전화할 때까지 기다리세요. 지금 뉴캐슬이라 시간이 좀 걸려요."

파커는 떨리는 손으로 전화를 끊고 휴대폰을 껐다. 그리고 잠시 그대로 바닥에 주저앉아 양손으로 머리카락을 쥐어뜯으며 방금 들은 내용을 이해하려 애썼다.

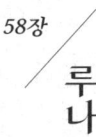

58장 / 루나

금요일 밤

'디너 댄스파티'에 가기 위해 파커의 본가에서 출발할 때, 루나는 현관문 쪽을 돌아보며 니콜라와 바니에게 손을 흔들었다.

"당신 어머니가 왜 이렇게 잘 속는지 생각해 본 적 있어?" 루나가 매섭게 물었다.

"무슨 뜻이야?" 파커는 히터를 낮추며 날카롭게 대꾸했다.

"당신, 여기 올 때마다 잠깐 있다가 살 시간도 없다고 하고 차 한 잔 마시거나 이야기 나누는 걸 거절하잖아. 그런데 매번 어머님은 별다른 말 없이 받아들였고." 파커의 침묵은 루나의 화를 돋울 뿐이었다. 게다가 11월이라 차 안이 몹시 추웠다. "어머님이 당신 진짜 모습을, 매력을 가장한 그 얇은 껍데기 아래의 모습을 아시려나 몰라. 내가 진작 알았더라면 당신을 따라 이 엉망진창에 끌려들지 않았을 텐데."

루나는 다시 히터를 세게 틀고 대답을 기다렸지만 파커는 계속 말이 없었다. 지금 그는 속이 뒤틀리고 있었다. 도로만 주시하고 턱 근육이 씰룩대는 걸 보면 알 수 있었다. 음, 오히려 잘된 일이었다. 루나는 파커의 기분을 풀어줄 생각이 없었으니까. 그가 용서받을 수 없는 짓을 했으니까. 배신을. 그 일로 루나 마음속의 무언가가 죽었고, 그녀는 처음으로 다른 형태의 삶을, 파커 없이 바니와 사는 삶을 생각하기까지 했다.

루나는 휴대폰 사진첩을 넘기다가 하나를 골랐다. "이 사진을 당신 어머니에게 보내도 되겠지? 오늘 밤에 잘 차려입고 파티 즐기는 모습을 보고 싶다고 하셨어." 그녀는 휴대폰을 파커 앞에 들이밀었다. 그는 고개를 움직이지 않은 채 얼른 사진을 흘끗거렸다. "이때 좋았는데. 기억나? *이땐* 우리 둘 다 멋진 행사에서 정말 즐거워했지."

루나는 파커가 견디지 못할 때까지 못살게 굴었다. 그녀는 파커가 뭐라도 반응하기를 원했다. 파커에게 소리 지르고 싶었고 이 상황을 개선하고 싶었다.

"오늘 저녁처럼 끔찍한 일을 처리할 필요도, 당신이 엉망으로 만든 걸 정리하려고 애쓸 필요도 없었잖아."

"제발 그만 좀 할 수 없어?" 파커는 빨간불로 바뀌자 브레이크를 밟았고, 그 바람에 루나는 몸이 홱 쏠려 휴대폰을 떨어뜨렸다. 파커는 이글거리는 눈빛으로 그녀를 노려보았다. "내가 사과했잖아. 내가 전부 다 엉망으로 만들었다고 인정했잖아. 안 그래? 왜 굳이 호텔에서 하룻밤 묵기까지 하면서 이 일을 의논해야 하는지 모르겠어. 집에서 얘기해도 되잖아."

"미안하다고 하면 일이 다 해결되는 줄 알아?" 루나는 벌컥 화를 냈다. "위층에 바니가 있는 집에서는 끔찍한 이야기 하고 싶지 않아. 어떻게든 이 일을 해결하지 않으면 우리 둘 다 감옥에 갈지도 모른다고! 나한테 불리한 증거도 쌓여 있어. 내가 그 일을 알게 되었기 때문이지. 당신은 바보야. 우리 엄마 말을 들어야 했는데. 엄마는 언제나 당신을 꿰뚫어 보고 있었는데."

"나 역시 당신이 장모님 말을 듣기를 바란 때도 있었지! 당신이 그렇게 정신 나간 짓만 안 했어도 불리한 증거는 하나도 없을 텐데."

호텔에 도착할 때까지 두 사람은 한 마디도 하지 않았다. 루나는 파커의 마음속에 반감이 파도처럼 밀려드는 걸 느꼈다. 그는 루나에게 한 번도 이런 적이 없었다. 한 번도 이런 식으로 말한 적이 없었다. 그게 불안했다.

"우리 몇 시에 만나…"

"8시. 모든 게 정리되기 전에는 호텔을 떠나지 않을 테니까 징징대지 마." 파커가 차갑게 대답했다.

루나의 마음속에서 분노가 타올랐다. 그녀에게 이런 식으로 말하다니, 자기가 뭐라도 되는 줄 아는 걸까? 이 걷잡을 수 없는 상황을 어떻게든 책임질 수 있다고 믿다니! 파커는 정답을 모두 알고 있다고 생각했다. 루나는 옆 유리창 밖을 바라보며 살며시 미소 지었다.

일단은 상황을 제대로 인식하지 못하는 파커를 그냥 두는 것도 괜찮을 것 같았다. 곧 깜짝 놀라게 될 테니까.

59장
파커

 호텔에 도착하자 파커는 부리나케 차에서 내렸다. 장거리 운전이었고, 그 시간 중 대부분은 꼭 필요한 말만 하고 둘 사이에 침묵이 보이지 않는 장막처럼 드리워져 있었기 때문에 얼른 차에서 내리고 싶었다.
 그는 뜨거운 얼굴에 시원한 바람을 맞으며 짐을 꺼내러 차 뒤쪽으로 갔다. 그 독기 가득한 공간에 루나와 1분만 더 같이 있었다가는 질식했을 게 분명했다.
 루나는 눈치채지 못했지만, 파커가 항상 커피 한 잔 마시고 갈 시간도 없다고 변명을 늘어놓는데도 그의 어머니가 말 한 마디 못 한다고 조롱한 것이 그의 신경을 건드렸다. 루나의 말은 파커를 날카롭게 찔렀다. 가슴 아프지만 사실이었으니까.
 루나는 그가 신경 쓰지 않는 줄 알았지만 그건 아니었다.

파커는 어머니를 깊이 사랑했고 어머니를 보호하고 안전하게 지키고 싶었다. 몇 년 전 어머니가 심각한 병을 진단받았을 때, 이미 어머니를 잃을지도 모른다는 생각을 진지하게 해 본 적이 있었다. 그래서 아버지와 사이가 안 좋았는데도 집에 자주 갔다. 주로 아버지가 일하러 나가고 없을 때였지만. 파커는 어머니를 소중히 감싸서 아무 해도 입지 않게 보호하고 속상한 일도 없도록 하고 싶었지만, 그건 불가능하다는 것을 금세 깨달았다. 그래서 자신의 감정과 해결되지 않은 죄책감을 마주하지 않으려고 어머니를 밀어냈다.

하지만 그 모든 걱정이 무슨 소용이었을까? 그렇게 노력했음에도 불구하고, 이제 모든 게 끝장난 것만 같았다.

호텔 로비는 무척 조용했다. 파커가 체크인하는 동안 루나는 잔뜩 화난 얼굴로 팔짱을 끼고 앉아 있었다. 이런. 파커는 그냥 사라지고 싶었다. 이대로 아주 먼 곳으로 도망쳐서 다시 시작하고 싶었다. 그러고 싶은 마음이 굴뚝같았지만 바니를 두고 가는 게 마음에 걸렸다. 어머니도.

"선생님?" 안내 데스크 직원이 눈앞에서 뭔가를 흔드는 바람에 정신이 들었다. "235호실 열쇠입니다."

"고맙습니다." 파커는 카드 열쇠를 받아 들고 루나에게 갔다. 루나는 메시지를 보내고 있었다.

"30분 뒤에 라운지에서 만나서 커피 마시기로 했어." 루나는 퉁명스럽게 말하더니 어마어마하게 비싼 고급 핸드백에 휴대폰을 집어넣었다.

커피는 무슨 커피. 저녁 시간을 견디려면 아주 독한 술이 몇 잔 필요할 것 같았다.

그는 짐을 챙겨서 루나와 함께 엘리베이터로 향했다.

방에 들어간 파커는 곧장 욕실로 가서 오래 샤워했다. 루나의 말이나 비난을 더 이상 듣고 싶지 않아서이기도 했다. 두툼한 호텔 가운을 입고 나와 보니 루나는 화장대에서 화장하고 있었다. 마치 캔버스에 정교하게 그림을 그리는 것 같았다.

루나는 광대뼈 아래와 코 옆쪽에 짙은 음영을 그리고 턱과 코끝과 눈가에 하이라이터를 칠했다. 전에도 루나가 화장하는 걸 본 적이 있지만, 지금은 서커스 가면을 쓴 것 같았다. 화장이 완성되자 이목구비가 원래 모습보다 더 대칭적이고 완벽한 모습이었다.

루나는 곧 카메라를 꺼냈다. 표정을 아주 미세하게 바꿔가며 마음에 드는 사진이 나올 때까지 스무 장가량 셀피를 찍었다. 분명 색조를 바꾸고 필터를 적용해서 인스타그램 계정에 올리겠지.

그런 생각이 들자 파커는 신물이 났다. 오늘 같은 날조차, 모든 게 엉망이 되어 끝을 마주하러 여기까지 오게 된 이 마당에도 루나는 쇼를 이어가고 있었다.

그건 환각이었다. 루나는 환각이었다. 속을 들여다보면 겉으로 보이는 것과 전혀 다른 사람이었다.

루나는 오직 자기 자신만 생각했다. 바보처럼 이 사실을 깨닫기까지 이렇게나 오래 걸렸다.

30분 뒤, 두 사람은 붐비기 시작한 호텔 로비를 지나 조용한 곳에 있는 작은 카페로 갔다. 고풍스럽고 화려하게 꾸며진 곳이었다. 짙고 어두운 벽지와 어두운색 떡갈나무 패널을 배경으로 음악이 은은하게 흘렀다. 어둑한 조명이 단추로 장식된 붉은색 벨벳 부스와 마호가니 탁자를 비추었다. 느긋하게 쉬기에 딱 좋은 분위기였지만… 오늘 밤에 그럴 일은 없을 것이다.
루나가 갑자기 앞으로 나와 손을 흔들었다.
"아빠." 그녀가 외쳤다.
부스 자리에 앉아 있던 조 바턴 제임스는 키가 크고 어깨가 넓은 몸을 일으켜 딸에게 사랑을 담아 손을 흔들었다. 그러면서 파커를 어둡고 무서운 눈빛으로 노려보았다. 하지만 파커는 그가 얼마나 노려보든 상관없었다. 이제 조의 장단에 맞춰 춤추는 게 지긋지긋해졌다.
파커는 루나가 아버지에게 입 맞추고 애교 부리는 게 끝나기를 기다렸다가 조에게 손을 내밀었다. 조는 그를 경멸하는 눈빛으로 보더니 돌아섰다.
"커피 주문했어." 조는 호화로운 부스에 앉으며 말했다. 루나가 따라 앉았고 파커는 늘 그렇듯이 굴러들어 온 돌 같은 느낌으로 가장자리에 앉았다.

"너희도 알다시피, 네 엄마한테는 긴급 이사회 때문에 러틀랜드에 가야 한다고 했다. 거짓말하고 싶지 않았지만 어쩔 수 없지. 그럴듯한 핑계가 필요했으니까. 먼 길이라 하루 자고 상쾌한 기분으로 아침에 출발할 거라고 했고." 조가 인상을 찡그리며 말했다.

"아빠, 와주셔서 정말 감사해요." 루나는 이렇게 말하고 파커를 흘끗 보았다. "파커, 안 그래?"

"감사하고 말고요." 파커의 허세는 순식간에 사라졌다. 조의 도움이 다시 필요해졌다. 혼자 감당하기에는 일이 너무 커졌다.

"아빠, 이런 일에 휘말리게 해서 정말 죄송해요. 파커가 아빠까지 끌어들인 줄은 몰랐어요. 그런데 생각하시는 것보다 상황이 훨씬 심각해요." 루나가 나이프를 빙빙 돌리며 불쑥 말했다.

파커는 바보처럼 웃으며 조의 소맷자락에 매달리는 루나와 순진무구한 천사를 대하듯 그녀의 손을 토닥이는 조를 보지 않으려고 고개를 돌렸다.

"우리 공주 잘못은 하나도 없다는 걸 잘 알고 있지." 조가 낮고 심각한 목소리로 말했다. "이제 네 남편이…." 그는 경멸 어린 마음을 파커가 온전히 느끼도록 잠시 말을 멈추었다. "무슨 일이 있었는지 소상히 말하겠지. 남자답게 자기 잘못을 인정하겠지."

젊은 웨이트리스가 온 덕분에 파커는 곧 닥칠 화를 잠시 모면할 수 있었다. 웨이트리스는 커다란 쟁반을 들고 왔다. 화려한 장식이 새겨진 은 주전자와 금테 접시로 받친 섬세한 꽃무늬 도자기 잔이 있었다.

파커가 조를 어떤 일에까지 끌어들였는지, 조의 돈이 어떤 일에 쓰였는지 전부 다 털어놓을 용기를 내기까지는 오랜 시간이 걸렸다. 루나가 최후통첩하는 바람에 어쩔 수 없었다. "당신이 아빠에게 직접 말해. 안 그러면 내가 할 거야."

웨이트리스는 초콜릿 뿌린 비스킷이 담긴 앙증맞은 접시와 함께 가져온 그릇을 우아하게 탁자에 내려놓았다.

"세상에나. 라테나 한 잔 마시면 충분할 텐데." 파커가 중얼거렸다.

"따라 드릴까요?" 웨이트리스가 조에게 물었다.

"그래, 무슨 일인가, 파커?" 조는 웨이트리스를 보내고 하던 이야기를 계속했다. "그게 바로 자네 문제야. 세세한 부분에 신경 쓰질 않지. 하지만 오늘 난 세세한 것까지 알고 싶으니 하나도 빠뜨리지 말아야 해." 그는 비스킷을 집어 들었다. "준비되면 얘기해."

루나가 커피를 따르는 동안 파커는 이야기를 시작했다. 입 밖으로 내기에 부끄럽고 상처가 되는 사실을 말할 때는 몇 번 멈칫하기도 했다. 하지만 최악은 아직 말하지 못했다.

"그러니까, 상황이 최악으로 치달아 망하기 직전에 나를 끌어들여 돈을 빌려 달라고 한 것이로군. 반쪽짜리 이야기만 해주고서 말이야. 그랬으니 내가 돈을 빌려줬겠지만. 자네는 내가 용서할 수도, 잊지도 못할 방식으로 믿음을 저버렸어."

파커는 용서하지 않겠다는 조의 말이 전혀 걱정되지 않았다. 이 일이 전부 끝나기만 하면, 어떻게든 별 탈 없이 도망치기만 하면, 바턴 제임스 일가의 공포스러운 쇼에서 벗어나고 싶었다. 물론 아들도 데리고 나갈 생각이었다. 하지만 그건 또 다른 문제였다.

"그땐 그게 최선이라고 생각했어요. 제가 원한 건…"

"아니… 이보게!" 조는 언성을 높였다가 주위를 힐끔 보고 소리를 낮춰 씩씩댔다. "내겐 그 돈을 어디에 썼는지 알 권리가 있어. 그런데 자넨 날 속였지. 자, 무슨 일이 있었는지 똑바로 이야기해. 내가 왜 그걸 알아내려고 아내에게 거짓말까지 해가며 먼 길을 와야 했나?"

루나가 커피잔을 밀어주자 파커는 한 모금 마셨다. 그런 다음, 기대앉아서 손가락을 깍지 낀 채 침착한 목소리와 무표정한 얼굴로 바턴 제임스에게 모든 것을 털어놓았다.

60장
루나

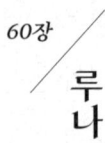

 호텔 방으로 돌아간 루나는 어둠 속에 누워서 천장을 응시했다. 파커는 작은 소파에서 자고 있었지만 숨소리로 보아 그 역시 깨어 있었다.
 지난밤은 정말 지독하리만치 끔찍했다. 파커가 세라 그레이슨의 죽음에 관해 사실대로 털어놓았을 때, 루나는 아버지가 그렇게 화내는 모습을 처음 보았다. 조는 얼굴이 시뻘겋게 달아오르더니 벌떡 일어나 파커에게 '거짓말쟁이에다 사기꾼 개자식'이라고 소리치고 욕하며 주먹을 휘둘렀다.
 카페 매니저에게 나가 달라는 말을 들었을 때의 당혹스러움이란… 루나는 아버지가 그 일을 잊을 수 있을까 싶었다. 그녀는 날이 저문 데다가 화가 나고 스트레스도 심한 상태이니 운전하지 말고 호텔에서 자고 가라고 조를 설득했지만, 결정된 바는 아무것도 없었다.

루나와 파커는 조가 극도의 두려움에서 벗어나기를 기다렸다. 그러면서 사실대로 말하지 말걸 그랬나 생각했다.

결국 파커는 루나와 조 누구와도 이야기하지 않겠다며 위층 객실로 올라가 버렸다. 루나는 파커에게 이런 면이 있는 줄 몰랐다. 지금까지는 항상 물러서서 상대를 달래고 사과하는 모습만 보았는데. 특히 그녀의 아버지에게는.

루나와 조는 잠시 대화를 나누었고, 조는 그녀를 안심시켰다. "전에 말했듯이 내가 방법을 찾아볼 테니 우리 딸은 걱정하지 마. 책임져야 할 사람이 책임지도록 내가 확실히 할 테니까."

아리송한 말이었지만 루나는 아무것도 묻지 않았다. 그녀가 아는 것이라고는 이대로 계속되면 안 된다는 것뿐이었다. 어떤 식으로든 상황을 해결해야 했고, 그 일을 아버지만큼 더 잘할 수 있는 사람은 없었다.

루나는 침대에서 일어나 앉았다. "파커, 자?"

침묵이 흘렀다.

"유치하게 행동해 봤자 해결되는 건 아무것도 없어. 안 자는 거 알아."

그래도 답이 없었다. 루나는 침대 옆 조명을 켜고 어둠 속에서 똑바로 누워 천장을 멍하니 응시하는 파커를 보았다. 그녀는 파커에게 다가가 소파 끄트머리에 앉았다.

"파커, 당신은 어머님을 더 이상 보호할 수 없어. 당신이 무슨 짓을 저질렀는지 어머님에게도 말해야 해."

파커는 일어나 앉더니 그녀를 노려보았다. "그러면 엄마가 죽을 수도 있다는 생각은 안 해봤어? 내가 경찰서에 가면 우리 모두 끌려가게 될 거라고. 장인어른이 거액의 돈을 빌려준 게 협박을 알고 있었다는 증거가 되겠지. 당신은 진실을 알면서도 침묵했고. 무엇보다… 난 어쩌라고! 난 최악의 방식으로 모든 걸 덮으려 했잖아."

파커는 일어서서 방을 서성대기 시작했다. 이제 루나는 그가 무서웠다. 겁에 질려 숨쉬기 힘들었지만 파커에게 들키지 않으려 했다. "집에 가야겠어."

"뭐? 지금 새벽 2시야!"

"파커, 제발 진정해!" 루나는 일어나서 그를 마주 보았다. "아빠가 아침에 당신이랑 이야기할 거야. 당신에게 뭘 해야 하는지 알려 줄 거라고. 당신은 아빠 말 듣고 시키는 대로 하면 돼. 그럼 이 일이 끝…."

"난 누구의 말도 들을 필요 없어. 당신 아버지라면 더욱." 파커는 홱 돌아서서 침울한 눈동자를 번득이며 루나를 노려보았다. "난 집에 가야겠어. 당신은 아침에 장인어른 차를 타고 오든지 지금 나랑 같이 가든지 해."

루나는 차에 타서 아버지에게 메시지를 보냈다. 아버지를 깨우고 싶지 않았다. 요즘 들어 피곤하고 수척해 보였기 때문이다. 그녀는 이 일을 파커와 둘이 해결해 볼 생각이었다.

10분 동안 말없이 가다가 루나가 용기를 내 말문을 열었다.

"파커, 당신 부모님을 지키겠다고 내 부모님을 희생할 순 없어. 당신이 해야 할 일은…."

"나한테 이래라저래라 하지 마. 내가 알아서 결정할 거야. 그거 알아? 당신들한텐 이미 충분히 당했어. 거만하기 짝이 없는 당신 어머니, 기생오라비 같은 당신 아버지, 그리고 특히 당신에게. 전부 다 미치도록 지긋지긋해."

루나는 그를 물끄러미 보았다. "당신, 미쳤구나!"

"당신의 질투심과 고약한 성질머리에 질렸어. 그것 때문에 당신에 대한 애정이 모두 사라졌다고. 이 일이 다 끝나면 이혼하고 싶어. 바니의 공동 양육권을 원해."

"그건 아빠가 절대 허락하지 않을 텐데. 알잖아."

"날 막을 거면 그냥 다 같이 죽자!" 파커에게서 광기가 느껴졌다. 그는 완전히 정신이 나갔다.

그들은 더 빨리 달렸다… 너무 빨랐다. "속도 줄여, 이 멍청아!" 루나는 감정이 북받쳤다. 마음이 너무 아팠고 제대로 생각할 수 없었지만, 숙을지노 보튼나는 공포가 모든 것을 입도했다.

"속도 줄이라고!" 루나가 큰 소리로 외쳤지만 파커는 아무것도 들리지 않는 듯했다.

빠르게, 더 빠르게. 속도는 점점 더 빨라졌다…… 그의 발은 정말 둘 다 죽이고 싶다는 듯이 가속 페달을 계속 밟았다.

루나의 심장이 가슴뼈를 거세게 두드렸다. 파커의 얼굴은… 미친 사람 같았다. 루나는 몸을 기울여 그를 흔들었다. 속도계는 시속 160킬로미터 언저리에서 왔다 갔다 했다.

"파커, 제발 멈춰! 멈추라고!" 루나가 무아지경에 빠진 듯한 파커를 깨워보려고 핸들로 손을 뻗자 그는 소리를 질렀다. 그러자 차가 옆으로 휘청대더니 빙글빙글 돌기 시작했다. *차는 돌고 돌고 계속 돌았다…*.

61장
니콜라

 칼이 집을 박차고 나간 뒤에 나는 그의 사무실 의자에 앉아서 방금 벌어진 일을 생각했다. 정말이지 평소에 없던 일이었다. 남편이 그렇게 나가 버린 것도 그렇고 그 놀란 표정 하며 어디 가는지 말도 안 한 것도 그렇고… 오랜 결혼 생활 동안 이런 일은 처음이었다.
 사람 속은 알 수 없다는 상투적인 말이 머릿속에서 맴돌았다.
 칼은 믿음직스럽고 충직한 남자였다. 한때는 그가 어느 날 갑자기 집에 와서 파리나 로마로 떠나자면서 짐을 챙기라고 말하는 사람이라면 정말 좋겠다고 바란 적도 있었다. 하지만 이를 달리 생각해 보면, 칼은 보이는 그대로의 사람이었다. 충동적이거나 성급하지 않았다. 그냥 칼이었다. 남편이자 아버지이자 할아버지. 우리 모두 의지할 수 있는 사람이었다.

하지만 방금 일어난 일은 그에 대한 내 생각을 흔들어 놓았다.

나는 전과 마찬가지로 너저분한 작은 사무실을 둘러보았다. 책상에는 서류가 쌓여 있었다. 굳이 들춰보지 않아도 대부분 고객 견적서, 자재 업체 송장, 거래처에서 보낼 카탈로그라는 걸 알 수 있었다. 칼은 책상 서랍을 주로 잠가 놓았다. 그가 항상 '국세청 서류'라고 부르는 걸 넣어둔 서랍이었다. 하지만 너무 급하게 나가느라 그랬는지 서랍을 다시 잠그는 걸 잊은 모양이었다. 나는 서랍을 몇 개 열어보았지만 비어 있었다. 이상하게 생긴 고무줄과 클립이 나뒹굴 뿐이었다.

내 시선은 문 옆에 놓아둔 큰 종이 상자로 옮겨 갔다. 상자는 갈색 테이프로 밀봉되어 있었다. 나는 가위를 들고 가서 가장자리를 따라 테이프를 잘랐다.

맨 위에는 칼의 노트북이 있었다. 예전에는 일하러 갈 때 집에 놔두고 갔는데 요즘에는 어딜 가든 가지고 다녔다. 일과 관련된 세부 내용이 모두 그 안에 있다면서. 노트북을 꺼내자 아래에는 가로 20센티미터, 세로 30센티미터쯤 되어 보이는 서류철이 몇 개 있었다. 나는 조심스레 서류철을 꺼냈다. 첫 번째 서류철에는 1년 전에 받은 무담보 대출 계약서 인쇄본이 있었다. 칼은 은행에서 '사업 개발 용도'로 상당한 금액을 대출받았다.

나는 어리둥절했다. 업무용 승합차를 바꾸기는 했지만, 사업자용으로 장기 임대한 것으로 알고 있었다. 부품을 보관하고 가끔은 장비를 놔두기 위해 근처 산업 단지에 작은 작업실을 임대한 것 말고는 소유한 부동산이 없었고 기계를 사들이지도 않았다. 칼은 배관과 난방 기술자다. 그래서 공구 가방을 가지고 여기저기 다니며 일할 뿐, 다른 건 필요하지 않았다.

나는 그 서류철을 놔두고 그다음 것을 펼쳤다. 비닐 소재 봉투에 여러 은행의 입출금 내역서가 들어 있었다. 꺼내 보니 칼의 이름으로만 된 계좌의 18개월 치 거래 내역이 나왔다. 나는 칼이 자기 이름으로 따로 은행 계좌를 개설한 줄 몰랐다. 우리는 언제나 공동 명의로만 재정을 관리했다.

입출금 내역서를 보니 자금이 일정하게 줄어들었는데, 출금 항목에는 '판타지 포럼'이라는 이름 하나만 반복해서 찍혀 있었다. 보내는 금액은 그때그때 달랐지만 재빨리 계산해 보니 한 달에 500파운드에 달했다!

갑자기 온몸이 싸늘해졌다. 떨리는 손으로 마지막 서류철을 펼쳤다. 거기에는 서류와 사진이 여러 장 있었다.

나는 벌떡 일어나서 아래층 화장실로 달려갔다. 식욕이 하나도 없어서 마지막으로 뭘 먹은 게 언제인지 기억나지 않았다. 변기에 대고 헛구역질한 다음, 일어나서 손을 씻었다. 그리고 주방을 지나 밖으로 나가서 잠시 그대로 멍하니 신선한 공기를 마셨다. 칼이 한 일을 합리화해 보려고, 내가 알게 된 것들의 그럴듯한 핑계를 찾아보려고 했지만 그럴 수 없었다.
  나는 마당을 바라보았다. 제 아빠와 함께 공을 차던 파커의 웃음소리가 과거의 유령처럼 귓가에 맴돌았다. 그렇게 좋았는데, 어떻게 이렇게까지 나빠질 수 있을까?
  실컷 울고 마음을 가다듬은 다음, 가까스로 집 안으로 다시 들어갔다. '판타지 포럼'을 검색하자 평생 전혀 관심 없을 만한 웹사이트로 연결되었다. 남편도 자주 찾지 않을 것이라고 확신한 그런 곳이었다. 내가 이해한 바에 따르면, 이 사이트에서는 여러 '모델'이 동영상과 사진을 포함한 서비스를 제공하며 고객의 구독료는 서비스에 따라 증가했다.
  내 남편이 유료 구독자인 건 틀림없었다. 아까 서류철에서 본 인쇄물에 따르면, 칼은 젊고 아름다운 여자들에게 터무니없이 많은 돈을 내고 있었다.
  게다가 온라인에서 그는 칼 밴스가 아니라 돈 많은 바람둥이 사업가 잭 베네딕트였다. 하지만 최악은 '에메랄드'라고 불리는 사람이 보낸 메시지를 인쇄한 서류 맨 위에 칼이 대문자로 쓰고 두 번 밑줄 그은 이름이었다. 바로 '세라 그레이슨'이었다.

62장

루
나

현재

  루나의 병실에 세 사람이 둘러앉았다. 1인실 병실 문은 닫혀 있었고 밖에는 '방해 금지' 푯말이 테이프로 붙여져 있었다. 루나의 아버지는 이 푯말을 직접 써서 붙이더니 '휴대폰을 끄거나 무음으로 하라'고 명령했다.
  루나, 조, 칼이 모였다. 이렇게 셋이 한자리에 모인 건 처음이었다.
  어떻게 했는지는 몰라도 조는 의료진을 설득해 30분 동안 '가족회의'를 열어 아주 민감하고 비밀스러운 문제를 논의할 수 있도록 허락받았다.
  "음, 매우 이례적인 일이라는 건 말씀드려야겠군요. 하지만 1인실에 입원 중이니 30분까지는 허용해 드릴 수 있을 것 같아요. 물론 필요한 경우에는 언제든 직원을 들여보낼 겁니다." 병동 관리자가 탐탁지 않아하며 말했다.

직접 들은 바는 없지만, 루나가 보기에 파커가 세라 그레이슨 사건에 연루되었다는 사실을 병원 직원들이 알고 있는 것 같았다. 어쨌든 소셜 미디어와 신문에 도배되었으니까.

루나는 화가 나서 얼굴이 시뻘게진 아버지를 보았다. 칼은 창백하고 수척한 데다 약간 불안해 보이기까지 했다. 그가 누군가에게 위협이 될 수 있다고 상상하기는 힘들었다. 루나는 파커를, 최근까지 사랑했고 평생 함께하고 싶었던 남자를, 그런데 지금은 자신과 멀지 않은 곳에 혼수상태로 누워 있는 그를 떠올렸다.

어쩌다가 이렇게 됐을까? 어쩌다 그녀의 아름다운 삶이 다시 이어 붙일 수 없을 정도로 산산조각 났을까?

그녀의 어머니 마리와 파커의 어머니 니콜라는 그들이 이렇게 모여 있는 것을 몰랐다. 그래서 부담이 더 컸다.

"조, 처음부터 끝까지 한 번 더 정리해 볼 수 있을까요? 제대로 이해해야 하니까요." 칼이 작고 떨리는 목소리로 말했다.

조는 칼을 뚫어지게 쳐다보며 몸을 숙였다. "당신이 이 문제를 완전히 해결해야 합니다. 분명 어려울 테지요. 우리가 파커를 용의자로 몰게 된 건 당신이 직접 한 말 때문입니다. 파커가 완전히 회복하지 못할 것 같은 조짐이 보인다고요. 그렇게 되면 파커는 자신이 죄를 뒤집어썼다는 걸 모를 수 있겠죠. 패혈증을 이겨내지 못할 수도 있으니까요."

루나의 입술에서 슬픈 탄식이 작게 새어 나왔다. 이제 파커와의 결혼 생활은 끝이었다. 하지만 바니는 제 아빠를 무척 좋아했다. 루나는 최악의 소식을 알리게 될 때 아들이 고통받을 생각을 하자 견딜 수 없었다.

"그러니까 나보고 경찰서에 가서 파커가 그 여자를 죽였다고 자백했다고 말하라는 거죠." 칼이 머뭇거리며 말했다.

"맞아요." 조는 고개를 끄덕였다. "그럼 루나가 그 말을 뒷받침해 줄 겁니다. 피해자 행세를 하는 거죠."

"저는 파커가 무서웠다고, 그가 경찰에 진실을 알리지 말라고 협박했다고 말할 거예요." 루나가 나지막이 말했다.

"파커는 이 상황을 막으려고 적극적으로 개입했기 때문에 모든 게 다 그와 연결될 수 있어요. 파커는 세라 그레이슨을 만났고 그 여자에게 돈을 주었어요. 칼, 이메일 전부 다 지우고 노트북 버렸나요?" 조가 말했다.

칼은 머뭇거리다가 고개를 끄덕였다. "경찰은 이미 파커가 유죄라고 확신하고 있으니까 한 걸음만 더 다가가면 살인죄로 유죄를 선고하겠죠."

"칼, 진실을 발설했다가는 죽을 때까지 감옥에서 썩을 수도 있어요. 게다가 살인 사건에 내 돈이 연루된 게 알려지면 내 명성도 완전히 망가지겠죠. 루나가 법정에 출석해 자신을 변호할 일이 생길 가능성도 높아질 테고요. 살인 사실을 알고 있었으면서도 남편이 한 짓을 덮으려 했다고 비난받을 테니까요."

"난 수년 동안 아들과 가깝지 않았어요. 하지만 그 애가 죽고 내가 감옥에 가게 되면 니콜라 곁에는 아무도 없겠죠. 내가 한 짓을 후회해요. 어쩌자고 그렇게 감당할 수 없는 짓을 했는지… 하지만 지금 이렇게 하는 건 니콜라를 위해서예요." 칼이 양손을 내려다보며 말했다.

루나는 경멸 어린 눈빛으로 그를 보았다. 칼은 이기적이고 용납할 수 없는 변명을 하며 자기 자신을 좀 더 나은 인간으로 꾸몄고, 자기 자신은 물론 다른 사람까지 설득하려 하고 있었다.

"이미 벌어진 일은 할 수 없고요." 조가 무미건조하게 말했다. 그는 루나를 흘끗 본 다음 다시 칼을 보았다. "지금 우리는 현재 벌어진 일을 받아들이고 그걸 해결해야 합니다. 그러자니 궁금한 게 생겼는데요, 칼, 내 질문에 꼭 대답해야 합니다. 그날 밤에 정확히 무슨 일이 있었던 겁니까? 세라 그레이슨이 실종된 날 밤 말입니다."

칼이 눈을 꼭 감고 땅이 꺼져라 한숨을 내쉬자 병실이 조용해졌다.

"난 판타지 포럼이라는 온라인 사이트에 중독되었어요. 니콜라가 아프면서 이용하기 시작했죠. 오래전 일이에요. 그곳에서 일하는 모델 한 명에게 빠지기 전까지는 이 추악한 비밀이 잘 지켜졌어요."

"세라 그레이슨이군요." 루나가 말했다.

칼은 고개를 끄덕였다. "그녀가 온라인에서 사용하던 이름은 에메랄드였어요. 저도 잭이라는 가명을 썼고요. 에메랄드에게 돈을 많이 썼어요… 너무 많이 썼죠. 몇 달 사이에 모아놓은 돈을 모두 써버렸어요. 기본 구독료 이외에 비싼 돈을 내고 프리미엄 회원이 되면 추가로 영상과 사진을 받았어요."

루나는 얼굴을 찡그렸지만 별다른 말은 하지 않았다. 칼 밴스가 이렇게 더럽고 소름 끼치는 사람이었다니.

"더럽다는 거 알아요." 칼은 얼굴을 붉힌 채 루나를 흘끗 보았다. "하지만 모두 정당하고 합법적인 거였어요. 그런데 얼마 후에 에메랄드…, 아니 세라가 개인적으로 메시지를 보내기 시작했고 은밀한 계약을 제안했어요."

"세상에. 그 여자의 영상이 얼마나 필요했던 겁니까?" 조가 탄식하자 칼은 몹시 창피해했다.

"결국 그 여자가 날 속인 게 드러났어요. 알고 보니 개인적인 계약 같은 건 없었죠. 세라는 내게 링크를 보내며 답장하라고 했고, 난 나도 모르게 기본으로 설정된 업무용 이메일로 답장을 보냈어요."

"그래서 세라가 본명과 회사 정보를 알게 된 거겠죠?" 조가 말했다.

"네. 세라가 수완이 없었다면 그 정보는 쓸모없었겠죠. 그녀는 기업등록청을 뒤져 우리 집 주소와 회사 비서로 등록된 니콜라의 이름을 알아냈어요. 내 삶을 생지옥으로 만들 수 있는 모든 정보를 알아냈죠. 그리고 그 사실을 내게 알렸어요."

"그래서 어떻게 됐습니까?"

"세라는 즉시 내게 연락하더군요. 내 실명을 거론하며 업무 이메일로 메시지를 보냈어요. 그녀가 한 말의 핵심은 구독료 이외에 추가로 매달 500파운드를 주지 않으면 날 망가뜨릴 거라는 내용이었어요. 우리가 온라인에서 주고받은 것들을 전부 다 니콜라에게 알리고, 배관 난방 공사 페이스북 페이지를 팔로우하는 모든 고객에게도 연락하겠다고 했어요."

"며칠 동안은 그녀를 설득하려 했지만 들으려 하질 않더군요. 꿈쩍도 안 했어요. 결국 난 그냥 돈을 보냈고요. 바보처럼 그걸로 끝이라고 생각했죠. 하지만 몇 달 뒤에 다시 더 큰돈을 요구하더군요."

"그럼 그 시점에도 파커에게 털어놓지 않으셨던 건가요?" 루나가 물었다.

칼은 고개를 끄덕였다. "파커는 내가 가장 끌어들이고 싶지 않은 사람이었어. 그 애는 이미 날 경멸하고 있었으니까. 그런데 니콜라가 아팠을 때 파커가 내 온라인 활동 내역을 우연히 알게 됐지. 내가 노트북을 집에 두고 오는 멍청한 짓을 했거든. 부끄러운 말이지만 파커는 제 엄마를 위해서 비밀을 지켜줬어. 파커와 내가 오랫동안 가까운 사이는 아니었지만, 그 일로 그나마 남아 있던 애정마저 사라졌고."

"그래서 어떻게 됐습니까? 그 여자가 다시 나타나서 돈을 더 많이 달라는 식으로 말했나요?" 조가 물었다.

"네. 세라는 6개월 동안 매달 1천 파운드씩 보내면 다 끝내겠다고 했어요. 난 다시 설득하려 했지만 세라는 전혀 받아들이지 않았죠. 그런데 문제는…." 칼은 딴 데를 보았다. "내게 그만한 돈이 없었다는 거예요. 웹사이트 회원 구독료를 내고 세라가 추가로 요구한 월 500파운드를 감당하느라 니콜라와 함께 저축한 돈을 이미 다 썼거든요."

"그래서 파커에게 말씀하셨군요. 도움을 청하려고요." 루나가 말했다.

"그래. 어쩔 수 없었어." 칼은 어깨를 으쓱했다. "파커는 날 보고 딱하다고 하더구나. 그 애가 날 얼마나 경멸하는지 느껴졌지만, 다행히 그 애에겐 날 벌하고 싶어 하는 마음보다 제 엄마를 보호하고 싶은 마음이 더 컸어."

"그래서 파커가 당신을 위해 세라를 만나러 간 것이고요?" 조가 물었다.

"네. 정말 마음이 놓였어요. 파커가 내가 할 일을 넘겨받은 셈이었죠. 파커는 월 1천 파운드를 대신 내겠다고 했고, 난 시간을 좀 주면 갚을 수 있다고 했어요. 그렇게 한동안 일에 집중하고 있었는데… 세라가 다시 나타난 거예요." 칼은 두 손으로 얼굴을 가렸다. "이번에는 1만 파운드를 요구하더군요. 빌어먹을 1만 파운드를요!"

"그래서 파커가 그 여자를 다시 만나러 갔군요. 저는 파커가 바람피운다고 생각했어요." 루나가 말했다.

"나중에 파커가 말하기를 세라와 이야기해 보려 했지만, 심지어 협박도 해 보았지만 꿈쩍도 하지 않았다더구나. 파커는 세라에게 포기 각서에 서명하면 거액을 주겠다고 했고 우리는 그걸로 다 끝난 줄 알았어."

"파커가 내게 말한 시점이 바로 그때군요." 조가 침울하게 말했다. "난 파커에게 1만 파운드를 빌려줬어요. 아무 조건 없이요. 파커가 자기 계좌가 아니라 칼 당신 계좌 정보를 알려준 줄은 몰랐어요. 아무 생각 없이 돈을 보냈는데, 그것 때문에 얼마 후에 벌어진 사건에 나도 모르게 연루되었더군요." 조는 칼을 노려보았다. "그 일만 아니었으면 아무 거리낌 없이 경찰서에 가서 사실을 털어놓았을 텐데요."

칼은 고개를 숙였다. "미안합니다, 조. 정말 미안해요. 거기서 끝내야 했는데… 그만둘 수가 없었어요. 파커가 상관하지 말라고 했지만 나는 세라를 쫓기 시작했어요. 파커에게는 말하지 않았지만, 세라는 1만 파운드를 받고 나서도 내게 메시지를 보내 마지막으로 한 번 더 돈을 뜯어내려는 기색을 보였어요. 끝이 없을 것 같았죠. 그제야 알았어요." 칼은 잠시 머뭇거리다가 말을 이었다. "결국 내가 시작한 일은 내가 책임지고 끝내야 한다는 걸요. 난 속에서… 분노가 타올랐어요. 제어할 수 없었죠."

칼은 묻지도 않고 루나의 병상 옆에 놓인 그녀의 물컵을 집어 들더니 물을 벌컥벌컥 마셨다. 정말 형편없는 사람이었다.

"어느 금요일 밤에, 세라는 시끌벅적한 술집에 갔어요. 누군가를 기다리는 것 같았어요. 손목시계를 보며 바 주변을 서성대더니 점점 싫증이 나는 눈치였죠. 그러다가 나와 눈이 마주치자 미소 지었어요."

"세라가 아버님을 보고 반가워했다는 말인가요?" 루나가 경악하며 물었다.

"그래. 믿을지 모르겠지만 세라는 내가 돈을 더 주겠다고 말하러 온 줄 알았던 것 같아. 나는 세라와 함께 어울렸어. 세라는 술을 많이 마셨고 춤도 많이 췄고… 우리는 진짜 연인처럼 시간을 보냈지. 그런데 아이러니하게도 나는 그녀와 함께 있고 싶지 않았어. 집에 가서 니콜라와 함께 협박이나 보복의 두려움 없는 평범한 삶을 살고 싶었어. 세라와 나는 돈 이야기를 하다가 말다툼을 시작했지. 난 이런 관계를 더 이상 지속할 수 없다고 진심으로 설득하고 싶었어."

"그 여자를 해치려고 그 자리에 간 건 아니었나요?" 부나가 찡그리며 물었다.

"세상에, 그건 아니야. 나쁜 짓을 할 생각은 전혀 없었어. 난 세라에게 더 이상 한 푼도 줄 수 없다고 했고 그녀는 그 말을 받아들이는 것 같았어. '좋아요. 그럼 그냥 이대로 끝내죠'라고 했거든. 이렇게 운 좋게 풀리다니 믿기지 않았어. 세라는 가야겠다고, 집에 있는 아이에게 가겠다고 했어. 그러면서 '가족이 전부예요. 그렇죠? 난 내 가족을 소중히 여기는데, 안타깝게도 당신은 그렇지 않은 것 같군요'라고 하더군. 그러면서 다음 날 니콜라에게 전부 다 말하겠다는 거야. 휴대폰을 들이밀며 나를 조롱했고 니콜라의 페이스북 프로필을 보여주더니… 니콜라에게 메시지를 쓰고 전송 버튼 위에서 손가락을 꼼지락댔어. 제발 그러지 말라고 애원하자, 보는 앞에서 웃음을 터뜨렸고."

"그 여자를 그냥 놔뒀어요?" 조가 물었다.

"네. 어쩔 수 없잖아요. 하지만 그렇게 화난 적은 처음이었어요. 내 안에 독자적인 힘과 의지로 움직이는 괴물이 있는 것만 같았죠. 그걸 통제할 수 없었어요. 분노가 붉은 안개처럼 어디에나 드리워져 있었어요. 난 세라를 뒤쫓다가 지름길을 택했고, 세라가 골목에 가까워지자 안쪽으로 끌어당겼어요. 세라는 날 보더니 웃음을 터뜨리며 딱하다고, 이제 곧 이혼당할 거라고 했어요. 그러더니 내게 달려들어 할퀴고 물어뜯었어요. 그래서 난 밀쳐냈고요. 그래도 세라는 소리 지르며 멈추지 않더군요. 그때… 바닥에 놓인 짧은 판자가 보였어요. 그래서 그걸 집어 들었고… 세라를 때렸어요. 거기 못이 박힌 줄은 몰랐어요. 세라는 더 크게 비명을 질렀어요." 칼은 조와 루나를 차례로 보았다. "난 그녀가 목에 두른 스카프를 벗겨서… 그걸로 목을 졸랐어요. 비명을 못 지르게 하려고 했어요. 그냥 조용히 하길 바랐던 것뿐이에요." 그의 목소리가 갈라졌다. "내 얘기 들어서 알겠지만, 어쩔 수 없었어요. 세라는 날 완전히 망가뜨렸을 거예요! 우리 모두를요!"

루나는 베개 쪽으로 몸을 뒤로 빼 최대한 칼에게서 멀어졌다. 그리고 그를, 60대 초반의 왜소한 남자를 보았다. 이보다 더 평범해 보일 수 없었지만… 그는 수많은 사람에게 형언할 수 없는 공포를 안겼다.

루나는 조를 바라보았다. 그 역시 충격으로 굳은 표정이었다.

"난 파커에게 전화했어요. 그 애는 회의 때문에 뉴캐슬에 있었지만 날 도와줬어요. 내가 흔적을 감추도록 도와주었죠. 스카프를 보여주자 자기가 없애겠다고 했고요."

"일단 이 자리가 끝나면, 경찰에 가서 파커가 그 여자를 죽였다고 자백했다고 말하는 겁니다. 그럼 우린 할 일을 다 한 거예요. 그러고 나서 다시는 우리에게 연락하지 마십시오. 바니도 다시는 못 볼 겁니다. 듣고 있어요?"

"하지만 니콜라는…. 니콜라에게 그럴 순 없어요." 칼의 목소리가 떨렸다.

"바니가 집에 있을 때 어머님이 와서 만날 수 있게 할게요. 하지만 바니가 두 분 집에 가는 일은 다시는 없을 테고, 그 애를 돌봐주는 것도 안 돼요." 루나가 나지막이 말했다.

칼의 얼굴에 다른 종류의 슬픔이 드리웠지만 그는 만족하는 것 같았다. "그래. 그 녀석을 진심으로 사랑하지만 어쩔 수 없지." 칼이 속삭였다.

"좋습니다. 이제 계획을 실행하죠. 해봅시다." 조가 말했다.

칼은 휴대폰을 들고 통화 목록을 열었다. 바로 그때 병실 문 두드리는 소리가 들렸다.

간호사가 유감스럽다는 표정으로 고개를 들이밀었다. "방해해서 미안합니다만, 손님이 두 분 찾아왔어요."

조는 짜증 난 표정으로 돌아보았다. "우린 곧 갈 겁니다. 기다려 달라고 전해주겠어요?"

"이미 얘기했는데 거절했어요." 간호사는 어깨를 으쓱했다. "당장 세 분 다 만나야 한다고 고집을 부리네요."

루나는 인상을 썼다. "우리 셋 다요? 손님이 누군데요?"

간호사는 들고 있던 쪽지를 흘끗 본 다음에 대답했다. "노팅엄셔 경찰서의 브루스터 경사와 프라이스 경위예요."

63장
노팅엄셔 경찰

헬레나와 브루스터는 루나 밴스가 입원한 1인 병실이 있는 병동 옆쪽에서 기다렸다.

호텔에서 금요일 밤 투숙객 명단을 받고 나서 브루스터는 조 바턴 제임스에게 연락했지만, 그의 아내 마리는 그가 루나를 만나러 병원에 갔다고 했다.

"둘이 뜻깊은 시간을 보내는 모양이죠. 그런데 무슨 일로 남편을 만나려고요?" 마리가 머뭇거리며 물었다.

"그냥 통상적인 질문이 좀 있어서요. 급한 일은 아닙니다. 걱정하실 일도 아니고요." 브루스터는 그들이 경계하게 만들고 싶지 않았기 때문에 이렇게 대답했다.

"그렇다면 굳이 남편에게 연락하지는 않을게요." 마리는 이렇게 말했고 브루스터는 전화를 끊었다.

"아슬아슬했어요. 우리가 조를 쫓고 있다는 걸 바턴 제임스 부부가 눈치채면 상황이 힘들어질 수 있거든요." 브루스터가 헬레나에게 말했다.

"허비할 시간이 없으니 지금 바로 가자. 조와 루나가 함께 있다니 완벽한 타이밍이잖아. 두 사람 입에서 무슨 이야기가 나올지 보자고." 헬레나가 말했다.

그런데 두 사람의 행운은 여기서 끝이 아니었다. 병원에 도착하자 병동 관리자가 루나의 병실에서 가족회의가 진행 중이라고 알려 준 것이다.

"가족회의요?" 헬레나는 눈썹을 치켜올렸다. "안에 누가 있죠?"

간호사는 메모를 보았다. "루나와 아버지 조와 시아버지 칼 밴스요."

"그것참 흥미로운 조합이군요." 브루스터가 중얼거렸다.

병동 관리자는 형사들이 기다리고 있다고 알리려고 루나의 병실로 간호사를 보냈다. 잠시 후에 헬레나의 휴대폰이 울렸다.

헬레나는 양쪽 입꼬리를 내리고 브루스터에게 휴대폰 화면을 보여주었다.

"프라이스 경위입니다. 안녕하세요, 밴스 씨."

"안녕하세요, 경위님. 급하게 할 말이 있어서요." 니콜라는 긴장되고 불안한 목소리였다. "뭔가… 끔찍한 일이 벌어졌어요." 그녀는 흐느낌을 애써 참았다. "남편의 사무실에서 아주 충격적인 서류를 발견했는데…."

"밴스 씨, 발견하신 게 무엇인지 정확히 말씀해 주실 수 있나요? 제가 지금 당장은 찾아갈 수 없지만 있다가는 들를 수 있습니다. 그전에 그 서류가 무엇에 관련된 것인지 알면 도움이 많이 될 것 같군요." 헬레나가 침착하게 말했다.

헬레나가 통화를 마치고 니콜라 밴스가 남편의 사무실에서 발견했다고 주장하는 것이 무엇인지 전해주자, 브루스터는 입을 벌리고 멍하니 앞을 응시했다. 간호사가 돌아오자 둘다 깜짝 놀랐다.

"지금 안내해 드릴게요." 두 형사는 간호사를 따라 병동 본관으로 갔다. "하던 이야기를 마저 나누고 싶어서 그런지 다들 좀 화가 난 것 같아요."

"당연히 그렇겠죠." 브루스터가 중얼거렸다.

"형사님들이 당장 만나고 싶어 하신다고 말했어요." 간호사가 말을 이었다.

"잘하셨어요. 고맙습니다." 헬레나가 '방해 금지' 푯말이 붙은 문으로 다가가며 말했다.

간호사는 노크하고 문을 열었다. "브루스터 경사님과 프라이스 경위님이세요." 그녀는 이렇게 알리고 자리를 떴다.

루나는 침대에 있었고 양옆에 아버지와 칼 밴스가 있었다.

형사들이 들어가자 셋 다 놀란 토끼 눈이 되었다.

"오, 여긴 쾌적하고 아늑하군요." 헬레나를 따라 병실에 들어선 브루스터가 문을 닫으며 말했다. "누구나 참석할 수 있는 회의인가요, 아니면 엄격하게 가족 한정인가요?"

조는 헛기침하며 일어났다. 칼도 따라 일어났다. "우린 이제 막 가려던 참이었습니다, 브루스터 경사님. 내 딸과는 무슨 이야기를 하시려는 걸까요? 필요하다면 내가 같이 있을 수 있습니다." 조가 권위 있는 목소리로 말했다.

"그게 좋겠네요, 바턴 제임스 씨. 밴스 씨도 있으면 좋겠고요. 그럼 필요한 사람이 다 모인 셈이니까요." 헬레나가 차분하게 말했다.

그녀는 루나의 놀란 표정과 어쩔 줄 몰라 하며 눈빛을 교환하는 칼과 조를 지켜보았다.

"무… 무슨 말씀인지. 난 루나가 어떤지 보려고 잠깐 들렀을 뿐입니다. 이만 가봐야 해요. 일도 있고…" 칼은 날카롭게 노려보는 조의 눈빛을 외면하며 말했다.

"밴스 씨, 아무 데도 못 갑니다. 우리가 가도 된다고 할 때까지는요." 브루스터가 단호하게 말했다.

"세 분 모두와 할 이야기가 있습니다. 경찰서에서 한 분씩 할 수도 있고 지금 바로 시작할 수도 있습니다." 헬레나가 말했다.

"음, 난 숨길 게 없어요. 우리 딸도 그렇고요." 조가 루나의 팔을 토닥이며 말했다.

"나도 마찬가지예요." 칼 밴스는 이렇게 말했지만 목소리가 확연히 떨렸다. "실은, 아주 중요한 일로 경찰에 연락하려고 했어요."

브루스터는 플라스틱 의자를 두 개 끌고 와서 디지털 녹음기를 꺼냈다. "다들 경찰서가 아니라 여기에서 이야기하고 싶으시다면 인터뷰를 녹음하겠습니다." 반대 의견이 없자 그는 녹음을 시작하고 참석자를 모두 기록했다.

"밴스 씨, 저희에게 연락하려 하셨다고요. 정확히 무슨 일 때문입니까?"

헬레나는 조가 입을 벌렸다가 마음을 바꾸었는지 자리에 다시 앉는 것을 흥미롭게 지켜보았다. 칼의 말을 막으려다 만 것 같았다.

"아들이 제게 털어놓은 일을 여러분에게 알리려고 그동안 용기를 모으고 있었습니다. 그 불쌍한 여자를, 세라 그레이슨을 죽인 일입니다."

"이런 우연이 있나요!" 브루스터는 놀라는 체했다. "언제 털어놓았습니까?"

칼은 혼란스러워 보였다. "혼수상태에 빠지기 전입니다. 패혈증에 걸리기 전이요."

헬레나는 인상을 찡그렸다. "정말 이상하군요. 병원 직원은 아버님이 아직 파커를 찾아가지 않은 것처럼 이야기하던

433

데요. 병원에 오긴 했지만 환자 상태가 안 좋아져서 병실에는 들어가지 못했다고요."

"형사님들이 병원에 왔을 때… 그때 나도 파커를 봤어요." 칼의 목소리는 높고 긴장되었다. 그는 형사들을 보지 않고 자기 손을 내려다보았다.

브루스터는 수첩에 뭔가를 적었다. "고맙습니다. 일단 적어두었다가 나중에 자세히 알아보도록 하지요. 다행히 중환자실에서는 안내 데스크를 통과하는 면회객을 모두 기록하기 때문에 확인하는 데 문제없을 겁니다, 밴스 씨." 그는 이렇게 말하고는 활짝 웃었다.

칼은 움찔했다.

"파커를 만났을 때 그가 정확히 뭐라고 했지요?" 헬레나가 침착하게 물었다.

"그 애가… 자기가 세라 그레이슨을 죽였다고 했어요. 마음속에서 털어내고 싶었던 것 같아요."

"그렇군요." 헬레나가 조심스럽게 대답했다. "파커가 그날 있었던 일을 자세히 말했나요? 세라 그레이슨을 어떻게 죽였다든가 하는 것을요?"

"그건 아니었어요. 파커는 많이 아팠어요. 그 여자와 불륜 관계였다고 말했고…." 루나가 놀라서 헉하며 입을 막자 칼은 잠시 말을 멈추었다. "말다툼을 했는데 일이 걷잡을 수 없이 커졌다고 했어요." 칼은 고개를 숙였다.

브루스터는 루나를 보았다. "남편이 이 일을 털어놓았습니까, 아니면 아버지에게만 말한 겁니까?"

"파커가… 제게도 말했어요." 루나의 뺨을 타고 눈물이 흘러내렸다. "정말 여러 번 경찰에 신고하려 했지만 파커가 어떤 반응을 보일지 너무 무서웠어요. 제게 무슨 짓을 할까 봐 무서웠어요. 사람들은 파커를 매력적이라고 생각하지만 그에게는 폭력적인 면도 있어요. 수년 동안 날 쥐고 흔들었다고요."

헬레나는 놀란 표정이었다. "파커가 중환자실에 있는데도, 의사들이 그가 온전히 회복할 수 있을지 모르겠다고 걱정스러운 예후를 진단했는데도, 여전히 뭔가를 말하는 게 두려운가요?" 헬레나는 대답을 기다렸지만 루나는 담요 위에서 손가락을 꼼지락대고 이리저리 비트는 데만 집중했다.

잠시 후에 조가 입을 열었다. "루나가 내게 다 말했어요. 바로 그것 때문에 이 회의를 소집한 거고요. 경찰에 연락하기 전에 우리가 알고 있는 정보를 모으기 위해서죠."

브루스터는 희미하게 미소 지었다. "이야기를 맞추려고 모인 게 아니고요?"

"당연히 아니죠! 브루스터 경사님, 도대체 무슨 의도로 그러시는 겁니까?" 조가 화를 내며 쏘아붙였다.

"다른 뜻이 있어서 한 말은 아닙니다. 아주 명료한 질문이었는데요. 따님이 남편의 범죄를 알고 있다고 말한 게 언제입니까?" 브루스터는 조의 눈을 똑바로 마주 보았다.

"그게… 오늘이요. 우린 즉시 조치하고 싶었어요."

"제가 말씀드리기 전까지 아빠는 아무것도 모르셨어요." 루나가 말했다.

"재미있군요. 그럼 바턴 제임스 씨께 여쭤보겠습니다. 금요일 밤에 딸과 사위가 간 호텔에서 숙박하신 이유가 무엇입니까?"

"그게 무슨 소립니까?" 조가 작은 소리로 물었다.

브루스터는 레스터셔의 호텔에서 받은 투숙객 명단을 들어 보였다. "금요일 저녁에 당신 이름으로 방을 예약했던데요. 사고 당일 밤말입니다."

"그… 그건, 애들을 만나서 술을 한 잔 마셔서 자고 가기로 했던 거예요." 조는 말을 더듬었다.

"그런데 그 호텔에서 자고 간 걸 경찰에게 말할 생각을 못 하셨다고요? 새벽에 그렇게 심각한 사고가 발생했는데요?" 브루스터가 물었다. "이러지 마세요, 바턴 제임스 씨. 그 말 못 믿겠으니까."

"어떻게 생각하든 상관없어요. 딸과 사위와 같은 호텔에 묵는 게 위법은 아니잖아요." 조는 무례한 태도로 돌아왔다.

"그렇죠. 하지만 살인 사건 수사와 관련된 중요한 정보를 제공하지 않는 건 명백히 위법입니다." 브루스터가 날카롭게 대꾸했다.

"내가 같은 호텔에 있었다는 게 중요한 정보라고요? 살인 사건과는 거의 관계없는 사실일 텐데요."

"하지만 당신이 칼 밴스의 개인 은행 계좌로 1만 파운드를 이체한 사실은 매우 우려가 되는군요. 왜 그랬는지 설명해 주시겠어요?" 헬레나가 말했다.

"안 그랬어요! 그러니까 내 말은, 파커가 내게 대출을 부탁한 건, 돈을 빌려 달라고 한 건 맞아요… 그걸 엉뚱한 계좌에 입금해서 그렇지."

"난 그 계좌를 사용하지 않았어요. 그 계좌에 돈이 들어왔는지도 몰랐다고요. 나와는 상관없는 일이에요." 칼이 입을 열었다.

"가만히 계세요, 밴스 씨." 브루스터가 지친 듯이 말했다. "오늘 니콜라 밴스가 자택 사무실에서 아주 흥미로운 은행 입출금 내역서와 메시지를 발견했어요. 노트북과 함께요. 곧 들러서 수거할 예정입니다."

"이런 바보 같은! 없애라니까…." 조가 이를 악물고 말했다.

"아빠!" 루나가 쏘아붙였다.

"바턴 제임스 씨, 뭘 없애라고 했다고요?" 헬레나가 물었다.

"난 당신이 시키는 대로 하는 사람이 아닙니다. 내 일은 내가 결정해요!" 칼은 이마와 윗입술에 땀이 맺힌 채 조에게 벌컥 화를 냈다. "당신과 파커 둘 다 그 여자에게 일어난 일에 연루되었을 텐데요." 칼은 일어나서 형사들을 향해 말했다. "사실, 조가 내게 실수로 보낸 돈에 대해 거짓말하라고 했습니다. 은행 입출금 내역서를 불태우라고도 했고요."

조는 벌떡 일어나더니 침대 맞은편으로 성큼성큼 걸어갔다.

"앉으세요, 밴스 씨. 바턴 제임스 씨도요. 두분 다 허락하기 전까지 의자에서 움직이지 마세요." 브루스터가 외쳤다.

루나는 울기 시작했다. "이건 바보 같은 짓이에요. 이렇게 계속할 순 없어요." 그녀는 휴지를 뽑아서 눈을 문질러 닦더니 헬레나에게 말했다. "프라이스 경위님, 저희 아빠는 제 남편을, 저와 손자 바니를 도우려고 최선을 다한 것 말고는 아무 잘못이 없어요."

"루나, 그만하거라." 조가 부탁했다.

"파커가 아빠에게 협박당하고 있다고 말했고 아빠는 아무것도 묻지 않고 돈을 보내주셨어요. 파커는 아빠에게 알리지 않고 아버님의 계좌 번호를 주었고요." 루나가 조를 보자 그는 애석하다는 듯이 고개를 저었다. "파커는 세라 그레이슨을 죽이지 않았어요. 아버님이 죽였어요."

"입 닥쳐, 이 멍청한…" 칼이 다시 벌떡 일어났다.

"앉아요!" 브루스터가 소리치자 칼은 멈칫했다. 그는 과장되게 신음하며 의자에 다시 앉았다. "루나, 계속해 보세요."

"어머님이 편찮으셨을 때 파커는 아버님이 음란 웹사이트에 중독된 걸 알았어요. 아버님은 에메랄드라는 이름으로 활동하는 세라 그레이슨에게 협박당하기 시작하자 파커에게 도움을 청하셨고요."

"말도 안 되는 소리야. 전부 다 거짓말이라고." 칼이 외쳤다.

하지만 루나는 계속 말했다. "파커는 아버님이 협박당하고 있다는 사실을 어머님에게 말하지 않기로 결심했다고 말했어요. 그것 때문에 어머님의 병이 재발할까 봐 두려워했죠." 루나는 한숨을 쉬었다. "모든 게 걷잡을 수 없이 커졌어요. 저는 파커가 바람피운다고 생각해서 이 사실을 털어놓을 때까지 그이를 못살게 굴었고요."

"파커는 아버지가 세라 그레이슨을 살해했다는 사실을 몰랐다는 말입니까? 그냥 협박당했다고만 알고 있었던 겁니까?" 브루스터가 물었다.

"처음에는 그랬어요. 하지만 아버님은 세라를 죽인 날 밤에 파커에게 도와 달라고 했어요. 회의 참석차 뉴캐슬에 있던 파커에게 전화를 걸었죠." 루나의 눈에 눈물이 고였다. "파커는 극도의 공포에 빠져 아버님이 사건을 은폐하도록 도왔어요. 그리고 스카프를 가져갔어요. 자기 아버지의 추악한 비밀을 지키기 위해 그걸 없애려고요."

"파커에게 모든 걸 듣고 나서 너도 그랬잖니. 파커는 스카프를 없애려고 했지만 제대로 못했어. 모두 나와 마찬가지로 죄기 있다고. 모두 나와 함께 망하는 거야!" 칼이 내뱉었다.

헬레나가 브루스터를 향해 고개를 끄덕이자, 그는 일어나서 휴대폰을 귀에 대며 문으로 향했다.

루나가 말했다. "파커에게서 진실을 들었을 때 경찰에 신고했어야 하는 건 맞아요. 하지만 우리 아빠를 끌어들여서 너무 화가 났어요. 그래서 금요일 저녁에 호텔에서 셋이 만난 거고요. 파커가 자기도 모르는 사이에 얼마나 이 일에 깊이 연루되었는지 아빠에게 말씀드리려고요."

"파커가 처음부터 내게 솔직하게 말했다면 경찰에 전부 다 말하도록 설득했을 겁니다. 하지만 파커가 얼마나 꼼꼼하게 거짓말했는지 알고 나자 충격이 정말 컸어요. 파커는 거짓말쟁이입니다. 제 아버지처럼요." 조가 말했다.

칼은 나지막이 웃었다. "그럴듯하군요. 오늘 이렇게 병원에서 모인 이유를 프라이스 경위님께 이야기하는 게 어때요? 싫어요? 그럼 내가 직접 말하죠." 그는 헬레나를 돌아보았다. "조는 우리 모두 이 일에서 빠져나가기 위해 파커에게 살인 혐의를 뒤집어씌울 계획을 세웠습니다. 난 절대 성공할 수 없다는 걸 알았지만요. 내가 실수로 그 여자를 죽였습니다. 그럴 생각은 없었는데 이렇게 되어 버렸어요. 하지만 나 혼자 죄를 뒤집어쓸 순 없어요." 칼은 조와 루나를 보며 킬킬댔다. "이들에게도 죄가 있으니까요. 이들이 아니었다면 내가 이렇게까지 하지는 못했겠죠."

조 바턴 제임스가 주먹을 꽉 쥐고 일어서려는 찰나 브루스터가 병실로 들어왔다. "경위님, 경관들이 출동했습니다."

64장

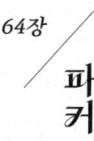
파커

1주 후

처음에는 멀리서 이상한 메아리 소리만 들렸다. 날카로운 삐 소리가 계속 들렸고… 냄새가 났다. 소독약과 화학약품 냄새였다. 그러다가 타일 바닥에 고무 신발이 부딪치며 끽끽대는 소리가 들렸다. 낮고 다급한 목소리도 들렸다.

여기가 어디인지 서서히, 하지만 또렷하게 기억이 돌아왔다. 파커는 병원에 있었다. 사고가 났다. 루나… 그는 눈을 뜨려 했지만 눈꺼풀을 풀로 붙여 놓은 것 같았다.

"파커, 눈을 닦을 거예요." 나지막하고 다정한 여자 목소리가 들렸다. 시원하고 축축한 패드가 양쪽 눈꺼풀을 살며시 눌렀다. "이제 눈 떠보세요."

눈을 뜨자마자 위에서 내리쬐는 형광등 불빛에 눈을 찡그렸다.

"파커?" 어머니의 목소리가 들리자 그는 소리가 들리는 쪽으로 고개를 살짝 돌리고 다시 눈을 떴다.

침대 옆 의자에 니콜라가 두 손을 꼭 모으고 앉아 있었다. 그녀는 몸을 숙여 파커의 손을 잡았다.

"엄마. 어떻게 된 거예요? 내가 얼마나 오래… 얼마 동안이나…"

"너무 많이 말하지 마세요. 순식간에 몹시 피곤해질 겁니다." 간호사가 이불을 펴주며 말했다.

"넌 혼수상태에 빠져서 8일 동안 의식이 없었어. 이제 수치가 모두 좋아지고 있어서 의식을 되찾게 된 거야." 니콜라가 그의 손을 계속 꼭 잡고 말했다.

"루나는… 언제… 어디 있죠?" 파커가 목멘 소리로 물었다. 목구멍이 몹시 까끌까끌했고 눈은 아직도 시리고 건조했다.

파커는 사고 당시의 기억이 떠오르자 움찔했다. 도로에서 이탈해 나무에 부딪혔다. 그런 다음 세상이 온통 캄캄해졌고 깨어 보니 병원이었다. 잠시 후 다른 기억이 떠올랐다. 어머니가 가져온 검은색과 금색 무늬 스카프였다.

파커는 니콜라를 보았다. 어머니는 야위었다. 안색이 창백했고 핼쑥했으며 눈에는 눈물이 그렁그렁했다.

"엄마, 다… 괜찮아요?" 그는 병실을 둘러보았다. "루나는…"

"루나는 회복 중이야. 너만큼 심각하게 다치진 않았어."

"사고 난 게 기억나요. 그런데… 그 스카프요. 엄마가 여기 가지고 오셨죠."

"파커, 그건 세라 그레이슨의 스카프였어. 기억나니?"

"네." 파커는 베개에 머리를 깊이 묻으며 신음했다. "아, 이런, 엄마."

둘 사이에 지독한 침묵이 드리웠다. 파커는 고개를 돌려 애원하는 눈빛으로 니콜라를 보았다.

"전… 그 여자의 죽음과 아무 관계없어요." 파커는 목구멍이 타들어 가는 듯했고 다시 자고 싶은 마음이 간절했지만 어머니에게 알려야 했다. "하지만… 집에 스카프를 숨긴 건 저예요. 그럴 수밖에…."

"네 아빠를 지키기 위해서였겠지." 니콜라가 말했다. 파커는 겁에 질린 눈빛으로 손을 떠는 어머니를 보았다.

"*엄마*를 지키기 위해서였어요. 힘든 일을 겪고 난 엄마에게 아빠가 어떤 사람인지 알리고 싶지 않았어요." 파커는 잠시 쉬며 남은 힘을 끌어모아 말을 이었다. "엄마를 보호해야 했어요. 아팠던 엄마에게 그런 걸 알리는 위험을 감수할 수 없었어요."

니콜라는 두 손을 모아 쥐고 고개를 저었다. "그래도 그런 일에 관여하는 것만은 하지 말았어야지. 엄마는 어른이고 이제 건강해. 스스로 문제를 해결하고 옳고 그름을 판단할 수 있을 정도는 된다고."

"경찰에 신고할 수 없었어요. 엄마가 충격이 너무 클 것 같아서요. 그럼 엄마의 건강이 다시 안 좋아질 테니까요."

"네 아빠가 입 다물고 있으라고 했니?"

"네, 하지만 굳이 그러실 필요 없었어요. 제가 제일 먼저 생각한 사람은 엄마였으니까요. 전 위험을 감수하지 않기로 했지만 시간이 갈수록 지쳐갔어요. 엄마한테 바니를 맡긴 날, 저는 그다음 날 아침에 다 털어놓기로 마음먹었어요. 엄마 도움이 필요했어요. 하지만… 사고가 났죠."

"그날 밤에 디너 댄스파티는 없었더구나. 호텔에 전화해서 확인했어."

파커는 고개를 끄덕였다. "루나가 장인어른에게 솔직히 다 말해야 한다고 고집을 부렸어요. 이건 정말… 복잡한 문제예요. 전부 다 밝혀낼 수 있을지 모르겠어요."

"음, 네가 병원에 있는 동안 상당 부분은 밝혀졌어. 하지만 아직 여러 의문이 남아 있긴 하지."

"아빠는… 아빠는…."

"세라 그레이슨 살해 혐의로 체포되었어. 형사들을 통해서만 말을 전달하고 날 안 보려 해. 말도 안 하고. 결국 끝까지 비겁한 것 같구나." 어머니의 눈가 주름과 처진 입꼬리에서 깊은 슬픔이 느껴졌다. "파커, 그래서 이 일이 어떻게 시작됐는지 알아야겠어. 네 아빠가 그 여자와 관련되어 있다는 걸 어떻게 알았지?"

파커는 물을 달라고 했고, 니콜라는 그가 기댈 수 있게 쿠션을 매만졌다. 잠시 후 파커는 기대앉아 이야기를 시작했다.

65장 파커

18개월 전

어머니는 지난달에 두 번째 항암 치료를 끝냈다. 치료를 무사히 마쳐 가족 모두 안도했지만 아직 몸이 너무 약했다. 힘든 일을 겪으며 마음을 다치기도 했다. 그녀에게는 보살핌과 관심이 필요했다. 가족의 사랑이 필요했다.

  10월이라 바닥에는 눈이 쌓였고 찬 바람까지 불어 차량 히터를 세게 틀어도 추위를 이길 수 없었다. 파커는 저녁 6시까지 이어진 회의를 마치고 집에 돌아가는 길에 부모님 집을 지났다. 진입로에 아버지의 승합차가 없는 걸 보고, 루나에게 저녁 먹으러 6시 30분까지 가겠다고 약속했음에도 예고 없이 집에 들렀다.

집 안이 캄캄해서 가지고 있던 열쇠로 문을 열었다. 안에 들어서자마자 집 안 온도가 밖과 그리 다르지 않다는 것을 느꼈다. 난방이 꺼져 있었는데, 좋은 징조가 아니었다. 그는 복도 불을 켰다.

"계세요?" 파커가 외쳤지만 답이 없었다. 머릿속에 이런저런 가능성이 떠오르자 입이 말랐다. 어머니가 갑자기 병원에 실려 갔고, 아버지는 경광등이 번쩍이는 구급차를 따라갔을지도 몰랐다. 하지만 그랬다면 분명 파커에게 전화했을 텐데.

그때 거실 쪽에서 뭔가 소리가 들렸다. 작은 기침 소리 같았다. 파커는 서둘러 복도를 지나 거실 문을 열었다.

어머니가 불쌍하게 고개를 숙인 채 어둠 속에 앉아 있었다. 얼마 전에 받은 치료 때문에 머리카락이 빠져서, 복도의 희미한 불빛에 비친 머리는 작은 새처럼 창백했다.

"엄마?" 파커는 거실 불을 켰다. 니콜라는 괴로운 듯 눈을 가늘게 뜨고 그를 올려다보며 몸을 떨었다. 그제야 파커는 어머니가 졸고 있었다는 걸 알았다. 니콜라는 그를 보자 표정이 밝아지며 희미하게 미소 지었다.

"아들, 왔구나. 오늘 오는 줄 몰랐는데."

"시나가나 잠깐 틀렀어요." 파커는 거실을 둘러보았다. 콩을 얹은 토스트가 말라비틀어진 채 접시 위에 놓여 있었고, 그 옆에는 반쯤 마시다 만 차가운 커피가 있었다. 거실은 집의 다른 방보다 더 추운 것 같았다. "아빠는요?"

"급한 일이 있어서 나갔어. 어느 집 수도가 터져서…." 니콜라는 인상을 썼다. "수도가 터졌다고 했던 것 같아. 네 아빠는…." 니콜라는 손바닥의 볼록한 부분으로 관자놀이를 살살 문질렀다. "이런, 또 잊어 버렸네."

파커는 분노가 솟구쳤다. 아버지는 늘 그랬다. 니콜라가 치료받아서 한동안 일정을 비워야 할 때도 돈 몇 푼을 쫓아다녔다. 아마 몇 시간씩 집을 비웠을 것이다. "그래도 엄마를 혼자 두면 안 되죠, 아빠는…."

니콜라는 한 손을 들었다. "파커, 내가 가라고 했어. 네 아빠는… 걱정이 많아. 돈 때문에."

"여긴 너무 춥네요. 차 한 잔 끓여 드릴 테니 몸 좀 녹이세요." 그는 돌아서서 복도를 걸어갔다. 후회할 말을 하지 않을 자신이 없었다. 그의 부모에게는 대출금이 없었다. 밖에 나가서 사람들과 어울리는 일도 거의 없었고, 니콜라는 국민 보건 서비스를 통해 모든 치료를 받고 있었다. 약속대로 몇 주 쉬면서 아내를 돌보는 일이 그렇게까지 괴로울까?

주방에 간 파커는 보일러 장을 열어 난방을 켰다. 그런 다음 차디찬 주전자에 물을 채우고 휴대폰을 꺼내 칼에게 전화를 걸었다. 곧바로 음성사서함으로 넘어갔고 파커는 이를 악물고 메시지를 남겼다. "아빠? 집에 잠깐 들렀어요. 엄마가 캄캄한 데서 떨고 계시던데요. 이거 들으시면 전화 주세요."

그는 냉장고를 열어보고 찬장을 확인했다. 적어도 먹을 것은 많아서 다행이었다. 어머니는 치료를 받기 시작한 뒤로 건망증이 점점 심해졌고 부쩍 기운 없어 했다. 아마 그래서 일어나 불을 켜고 난방을 틀고 마실 것이나 먹을 것을 스스로 준비할 생각을 못 했을 것이다. 그건 칼이 해야 할 일이었다.

파커는 햄 치즈 샌드위치를 만든 다음 차 한 잔과 함께 가져갔다.

"천사 같은 내 아들." 파커가 쟁반을 들고 가자 니콜라는 그의 손을 잡았다. "그런데 지금 배가 안 고파."

"엄마, 그래도 드셔야 해요. 아빠는 일한답시고 엄마를 캄캄한 집에 혼자 놔두고 갈 게 아니라 엄마를 보살펴야 해요." 파커는 어머니가 부당한 대접을 받는다는 생각에 다시 가슴이 뜨거워졌다.

"일하러 간 게 아닌가…" 니콜라는 잠시 말을 멈추고 생각을 정리하려는 듯이 이마를 찡그렸다. "노트북이 고장 났다고 했어. 맨날 화면이 깜빡인다고 짜증을 내더구나. 뭐가 자꾸 사라지는 것 같다고도 했고. 내 머리랑 비슷하지. 그래서 내가 그랬어. '그럼 수리받으면 되겠네'라고. 내 머리가 아니라 노트북 말이야. 하지만 네 아빠가 얼마나 고집쟁이인지 알잖니. 직접 고쳐본다고 하디구나."

니콜라는 정신이 몹시 혼란스러운 것 같았다. 하지만 파커의 아버지가 노트북에 업무 일지를 작성하는 건 맞고, 파커가 알기로 아버지는 노트북과 휴대폰을 동기화하지 않았다.

파커가 아직 이 집에 살고 있을 때 칼의 IT 관련 일을 도맡아서 했기 때문에, 아버지가 그런 쪽을 잘 모른다는 것을 알고 있었다.

파커는 손목시계를 흘끗 보았다. "노트북은 어디 있는데요?" 집에 늦게 들어가게 되었지만 니콜라가 샌드위치를 전부 먹고 차를 다 마시는 걸 볼 때까지 좀 더 있어야 했다. 운이 좋으면 칼이 음성 메시지를 확인하고 곧 돌아올 테고, 안 그러면 파커는 루나의 엄청난 잔소리를 피하고자 메시지를 보내야 할 것이다. "집에 있는 동안 빨리 살펴볼게요."

"아, 그럼 아빠가 좋아할 거야. 소파 옆 바닥에 있을 거야. 그래, 거기."

파커는 손을 뻗어 패딩 노트북 가방을 집어 들었다. 그리고 노트북을 꺼내 허벅지 위에 똑바로 놓은 다음 열었다. 종이쪽지 하나가 바닥으로 떨어졌다. 파커가 주워 보니 칼이 적어 놓은 비밀번호 목록이었다.

"보안 같은 건 신경도 안 쓰시네." 파커는 고개를 저으며 중얼거렸다.

니콜라가 병원 이야기를 하는 동안 파커는 칼의 일정표를 열었다. "우스운 말일지도 모르겠지만 가끔은 병원이 그리워. 치료가 아니라 사람들이. 간호사들은 다들 정말 친절하고, 다른 환자들을 만나서 즐겁게 이야기 나누며 그들의 삶에 대해 알게 되지… 그러니까 일주일에 한 번 만나서 즐겁게 몇 시간을 보내고…"

일정표를 전체적으로 살펴보는 파커에게 어머니의 목소리는 배경음이 되어 점점 희미해졌다. 칼은 거의 1년 동안 일정표에는 손도 대지 않았다. 새로운 일감도 기록되어 있지 않았고 소프트웨어는 업데이트가 되어 있지 않았다. 업무에 필요한 기록은 휴대폰이나 수첩에 하는 게 틀림없었다.

파커는 한숨을 쉬었다. 먼저 업데이트를 실행한 다음 백신 프로그램이 정상적으로 작동하고 있는지 확인했다. 업데이트를 진행하고 있는데, 칼이 늘 노트북을 사용한다는 어머니의 말이 떠올랐다. 이상한 생각이 들어서 웹 브라우저를 열자 웹 페이지가 몇 개 열렸다. 탭에 적힌 웹사이트 이름을 보던 그는 갑자기 속이 메스꺼웠다.

그는 터치 패드 위에서 재빨리 손가락을 움직여 이메일 아이콘을 클릭했다. 화면 가득 메시지가 떴다. 대부분은 확인한 메시지였는데, 한 사람이 보낸 것이었다. 파커는 몇 개를 클릭해서 내용을 보고 분노를 삼켰다.

"… 파커, 내 얘기 듣고 있니? 샌드위치 더 못 먹겠어. 미안하구나."

파키는 고개를 들어 이미니를 보았다. 싱의가 힐링하게 목을 감싸고 있었고, 뼈가 드러난 손목이 이제는 너무 커진 소맷단 밖으로 나와 있었다. 어머니가 견뎌낸… 지금도 견디고 있는 고통이 떠올랐다. *이 개자식.*

파커는 눈물이 나려는 듯 눈이 따끔거리자 일어났다. "제가 치울게요." 그는 재빨리 접시를 들고 주방으로 갔다. 그리고 조리대에 기대서서 시커먼 사각 유리창에 비친 자기 모습을 바라보았다. 한참 동안 숨쉬기가 힘들었다.

그때 휴대폰이 울렸고 파커는 주머니에서 휴대폰을 꺼냈다. 아버지가 보낸 메시지였다.

미안. 잠깐 나왔어. 지금 가고 있다. 늦어도 20분 안에는 도착해. -아빠.

파커는 까만 거울 같은 창문을 다시 보았다. 이렇게 보니 아버지와 무척 닮은 듯했다. 칼이 젊었을 때 사진을 본 적이 있는데, 둘이 정말 닮았다.

파커는 제 모습을 보지 않으려고 눈을 꼭 감았다. 그는 아버지와 달랐다. 절대 그렇게 되지 않을 것이다.

어머니가 부르는 소리에 창문에서 돌아섰다.

"가요, 엄마." 그는 주방에서 나가 복도를 지나 거실로 갔다.

이 상황에서 그가 무엇을 해야 할까? 생각할 시간이 필요했다. 이 일에 올바르게 대처하는 게 중요했고 해결해야 할 것이 많았다. 하지만 한 가지만은 확실했다.

어머니가 절대 알아서는 안 된다. 아버지가 어느 정도로 배신했는지 알게 되면 어머니는 죽고 싶을 만큼 괴로워할 것이다.

66장

현재

파커의 말을 15분 동안 듣고 나자, 뭐라고 말해야 할지 몰라서 멍하니 아들을 바라보기만 했다.

18개월 전, 파커는 제 아빠가 무슨 일을 벌였는지 알았다. 무려 *18개월 전에!* 내가 한창 병마와 싸우던 때였다. 칼이 나를 돌보는 데 전념하고 있다고 생각한 때였다.

"노트북에서 뭘 발견했던 거야?" 내가 물었다. 파커에게 직접 들어야 했다.

파커는 몸을 약간 더 일으키려다가 고통스러운지 인상을 썼다. "아빠는 온라인 웹사이트를 몇 개 구독하고 있었어요. 엄마가 음란한 사진과 메시지를 우연히 발견한 판타지 포럼이라는 사이트도 그중 하나였고요. 죄송해요, 엄마." 나는 눈을 감고 칼의 은행 입출금 내역서를 떠올렸고, 파커는 말을 이었다. "이런 식의 음란물 구독 사이트는 숨겨진 세계 같은 거예요. 존재조차 모르는 사람들이 많죠. 하지만 가장 유명한 사이트는 전 세계적으로 사용자가 2억 명이 넘어요. 2억 명이요! 그러니까 아빠가 특이하다고 할 순 없지만, 손녀뻘이라고 할 수 있을 정도로 어린 여자들과 주고받은 이메일과 메시지는 아직도 너무 큰 충격이에요. 아빠에 대해 많이 생각하게 됐어요."

"오, 파커. 엄마한테 얘기하지 그랬어. 나도 알았어야 할 일인데." 말은 이렇게 했지만 목소리가 떨렸다. 그때는 우리 모두 힘든 시기였다. 나는 하루하루를 버티는 게 힘들었지만 칼과 아들과 손자를 위해 병과 싸우고 힘을 내기로 다짐했다. 그때 칼이 이렇게까지 배신했다는 걸 알았다면 버틸 수 없었을지도 모른다. 파커는 본능적으로 그걸 알았다.

"그땐 그렇게 하는 게 옳다고 생각했어요. 아빠에게 제가 뭘 발견했는지 얘기했고 연을 끊겠다고도 했어요. 엄마에게 그런 짓을 하다니, 구역질 났어요. 가족인 우리에게 그런 짓을 할 수 있다니요. 그것도 서로 가장 필요한 때요."

"그럼 지금껏 집에 와서 함께 시간을 보내지 않으려 했던 이유가… 그날 발견한 것 때문이었니?"

파커는 고개를 끄덕였다. "말다툼하다가 진실이 튀어나올까 겁났어요."

후회가 밀려왔다. 아들이 우리를 버렸다고 생각한 것에 대한 후회와 죄책감이었다. 칼이 끊임없이 파커를 비난했던 것에 대해서도.

그때 문이 열리는 바람에 우리 둘 다 돌아보았다. 간호사가 들어왔고 그 뒤로 형사 둘이 보이자 가슴이 내려앉았다.

"잠깐 이야기할 수 있을까요?" 브루스터 경사가 파커에게 물었다.

"무리하지는 마세요. 의식을 완전히 회복한 지 얼마 안 됐다고 이미 설명했어요." 간호사가 파커에게 말했다.

파커는 체념한 표정으로 나를 본 다음 형사들에게 말했다. "괜찮습니다. 어머니가 같이 있을 수 있다면요. 들으셔야 할 이야기가 너무 많아서요."

파커가 괜찮은지 묻는 표정으로 나를 보자 나는 긴장한 채 고개를 끄덕였다. 파커와 단둘이 이야기하고 싶었지만 형사들도 이 심각한 사건의 진상을 파헤치기 위해 기다렸고 답을 원한다는 걸 알고 있었다. 이 끝없는 악몽에서 다른 사람이 아닌 파커만 아는 이야기가 있었다.

"좋습니다. 이미님도 저희만큼이나 답을 듣고 싶어 하실 것 같군요." 프라이스 경위가 말했다.

67장 노팅엄셔 경찰

브루스터는 찾아온 이유를 설명했다.

"아버님이 세라 그레이슨을 살해했다고 인정했습니다." 그의 말에 니콜라 밴스는 손으로 이마를 짚고 눈을 꼭 감았다. "오랫동안 세라의 사망과 관련된 새로운 소식을 기다려 온 유족에게는 다행스러운 일이지만, 아직 밝혀내고 기록해야 할 것들이 더 많습니다."

헬레나가 이어서 말했다. "칼이 협박당하고 있을 때 파커에게 도움을 청했다고 하던데요. 처음에는 세라가 요구한 돈을 직접 주려 했지만, 액수가 커지자 그녀가 물러나도록 위협했다고 들었습니다. 맞습니까?"

파커는 고개를 숙였다. "그다지… 떳떳한 일은 아니었죠." 파커의 부자연스러운 말투에서 그 애가 애쓰고 있는 게 느껴졌다. "전… 제가 문제를 해결할 수 있을 줄 알았어요."

"문제가 해결되지 않자 아버지가 세라에게 1만 파운드를 주는 쪽으로 정리했죠. 마지막 합의금으로 약속한 금액이었어요. 그 돈을 어떻게 마련했는지 말씀해 주시겠어요?" 헬레나가 말했다.

"루나의 아버지인 조 바턴 제임스에게 빌려 달라고 부탁했습니다."

"조 바턴 제임스에게 상황을 전부 다 설명했습니까? 그러니까 제 말은, 그는 칼의 상황을 다 알고 있었습니까? 그 돈이 어떻게 쓰일지도요?" 브루스터가 물었다.

파커는 대답을 망설였다. 헬레나는 그가 어떤 식으로든 조를 연관 짓지 않고 대답할 방법을 찾고 있다는 걸 알았다. 하지만 이게 핵심이었다. 파커는 조가 형사들에게 전부 다 말했는지 아무것도 말하지 않았는지 모르고 있었다. 그리고 헬레나는 곤경에 빠진 파커를 도울 생각이 없었다.

"저희는 진실을 원할 뿐입니다. 거짓말과 속임수, 한 젊은 여성의 죽음이 너무 오랫동안 해결되지 않았어요. 그걸 알아야 해요." 헬레나가 말했다.

파커는 말없이 담요 한쪽을 삽아당겼다.

"파커, 때가 됐어. 진실을 밝힐 때가 되었다고. 전부 다 솔직하게 말하고 우리는 최선을 다해서 다시 시작하자." 한쪽 구석에 있던 니콜라가 조용히 말했다.

잠시 침묵이 흘렀고 파커는 먼 곳을 응시했다. 니콜라는 아들을 바라보며 기다렸다.

"장인어른은 제가 돈을 빌려 달라고 한 진짜 이유를 전혀 몰랐어요." 파커가 한숨을 깊이 내쉬며 말했다. "장인어른께는 제가 협박당했다고 말했어요. 아버지는 언급하지 않았죠. 장인어른은 내용을 자세히 알고 싶어 하셨고 협박범들은 대개 계속 찾아온다고 주의를 주셨어요." 파커는 눈을 감고 고개를 저었다. "저는 더 이상 말 못 한다고, 저를 믿어 달라고 부탁했어요. 그리고 불가능하다는 걸 알면서도 6개월 내로 돈을 다 갚겠다고 약속했죠. 장인어른은 비밀을 지키겠다고 했고 장모님이나 루나에게도 말하지 않겠다고 했어요."

"돈은 어떻게 전달받았나요?" 헬레나가 물었다.

"장인어른께 아버지 계좌 정보를 쪽지로 써서 드렸어요. '밴스'라는 성과 은행 코드와 계좌 번호를 적었죠."

"그래서 조 바턴 제임스는 영문도 모른 채 칼의 계좌로 송금한 것이고요? 파커에게 돈을 보내는 줄 알고요?" 브루스터가 확인차 물었다.

"네. 그 돈을 직접 받고 싶지는 않았거든요. 제 계좌로 받아서 찾았어야 한다는 건 알아요. 하지만 제가 아버지께 계좌에서 직접 현금을 찾아오시면 제가 그 여자를 만나러 가겠다고 했어요. 이미 그 금액을 최종 지급금으로 한다는 동의서에 서명을 받아 놓았고요."

"그다음에 어떻게 되었는지 설명해 주시겠습니까?"

"음, 회의 때문에 뉴캐슬에 있었는데 아버지가 겁에 질려 전화하셨어요. 전부 다 끝장났다고, 아버지가 그 여자를… 다치게 했다고요."

"다치게 했다고 했나요, 죽였다고 했나요?" 브루스터가 압박했다.

"그 여자가 죽었다고 했어요. 둘이 술집에서 만났고, 세라는 아버지에게 돈을 더 뜯어낼 수 있다는 걸 알고서 가족에게 말하겠다고 협박했어요. 아버지는 그 일이 절대 끝나지 않을 거란 걸 깨달았던 거죠. 저는… 아버지를 도울 수밖에 없었어요."

"경찰에 알리는 게 훨씬 더 분별 있는 행동이었을 텐데요. 그런 생각은 안 들었나요? 다른 사람의 실수를 덮으려고 파괴적이고 불법인 길을 택하는 게 아니라요." 헬레나가 말했다.

"당연히 그 생각도 했어요!" 파커는 울컥해서 쏘아붙였다가 이내 정신을 차렸다. "죄송해요. 죄송합니다. 제 의도는 그게 아니라… 경찰에 연락할 생각도 했지만…." 파커는 어머니를 보았다. "아버지와 저 둘 다 감옥에 가면 결국 혼자 남은 어머니가 병이 날 것 같았어요. 바보 같지만 제가 해결할 수 있다고 생각했고요."

"그다음엔 어떻게 했죠?" 헬레나가 물었다.

파커는 숨을 길게 내쉰 다음 말했다. "이 시기에 루나는 제가 바람피운다고 확신했어요. 제가 집에 꽤 늦게 온다는 걸 알아차렸고, 어느 날에는 회사에 전화를 걸었다가 제가 점심 먹으러 나갔다는 말을 듣기도 했죠. 그날 저는 루나에게 회의 때문에 온종일 틀어박혀 있었다고 말했고요."

"그 시기에 아버지를 그만 협박하도록 세라 그레이슨을 설득했나요?"

"네, 맞아요. 루나는 진실을 알려 달라고 따졌고요. 그래서… 음, 루나는 질투심과 소유욕이 아주 강한 편이에요. 저도 어쨌든 스트레스가 심했기 때문에 그냥 말했어요. 아버지가 어떤 곤경에 처했는지 말했고 장인어른께 돈을 빌렸다는 말도 했어요."

"루나가 알고 있었다고?" 니콜라는 헉하고 놀랐다.

"엄마, 말할 수밖에 없었어요. 루나는 자기 아버지를 끌어들였다고 분노했고, 그건 제 결혼 생활을 관에 넣고 뚜껑에 못을 박는 첫 번째 사건이었죠. 그래서 솔직해져야 했어요. 그 단계에서도 전부 다 해결될 거라고 생각했는데, 상상도 못한 일이 벌어졌죠."

"그랬죠." 브루스터가 심각하게 말했다. "세라 그레이슨이 사망했다는 것을 어떻게 알게 되었습니까?"

"그날 저녁에 저는 회의 때문에 뉴캐슬에 있었어요. 밤새도록 휴대폰을 꺼두었다가 자정쯤 방에 올라가서 켰어요. 루나에게 메시지를 보내고 자려고 누웠고요. 새벽에 깨서 화장실에 가려다가 알림을 봤어요… 아버지에게 부재중 전화 열두 통이 와 있었는데 불과 10분 전이었죠."

"그게 몇 시쯤이었습니까?" 브루스터가 물었다.

"1시쯤이었던 것 같아요."

"고맙습니다. 계속하시지요."

"곧바로 아버지에게 전화했어요. 어머니에게 안 좋은 일이 생겼을까 봐 겁났죠. 암이 재발했다거나요." 파커는 어머니를 보며 슬프게 미소 지었다. "아버지는 재빨리 전화를 받았고 무슨 일을 저질렀는지 얘기했어요."

"정확히 뭐라고 했습니까?"

"세라 그레이슨을 따라서 시내의 붐비는 술집에 갔다고요. 안에 들어가서 그녀를 한동안 지켜봤다고 했어요. 시간이 지나 세라가 바람맞은 게 확실해지자, 아버지는 그녀에게 접근해 돈을 더 줄 수 있다는 식으로 말을 걸었고요."

"밴스 씨, 세라가 사망한 날 밤에 남편이 초저녁에 외출한 사실이 생각나지 않았나요?" 헬레나가 물었다.

"난 남편이 나간 줄 몰랐어요!" 니콜라가 겁에 질려 대답했다. "칼은 코를 심하게 골아요. 코를 고는 정도는 그때그때 다른데, 심할 때는 다른 방에서 잠을 자요. 그날 밤에 우리는 따로 잤고 아침에 칼은 평소와 다름없이 차를 가져다주었어요. 그래서 아무것도 몰랐다고요."

"그렇군요." 헬레나는 다시 파커를 보았다. "그러니까 칼이 술집에서 세라에게 먼저 다가갔군요."

"두 사람은 몇 시간 동안 같이 있다가 돈 문제로 말다툼을 벌였어요. 아버지 말에 따르면, 세라가 일주일을 줄 테니 5천 파운드를 더 달라고, 그렇게 하지 않으면 어머니에게 전부 다 말하겠다고 하고 자리를 떴어요. 세라는 아버지를 조롱했고 어머니의 페이스북 프로필을 보여주면서 진짜 연락할 것처럼 메시지 창을 열었어요."

파커는 말을 멈추고 자기 손을 보았다. 형사들은 기다렸다.

"엄마, 죄송해요. 이런 얘기 들려드리고 싶지 않았는데. 아버지는 세라를 따라가서 골목으로 끌고 들어가 겁을 줬지만, 그녀가 살쾡이처럼 아버지에게 달려들었어요. 아버지는 긴 목재를 집어 세라의 머리를 내리쳤어요. 그 끝에 못이 박혀 있는 건 몰랐죠… 세라는 심하게 다쳤고 아버지는 일을 마무리해야 했다고 말했어요. 그래서 세라의 스카프로 목을 조른 다음 도망쳤고요. 증거를 없앨 수 있다는 잘못된 생각에 스카프를 제가 가져갔어요."

"사실 그 스카프가 범행을 밝혀줄 유일한 증거였습니다." 브루스터가 심각하게 말했다.

니콜라 밴스는 통곡하며 양손에 얼굴을 묻었다.

"그러면 그 시점에 파커는 무엇을 했죠?" 헬레나가 계속 물었다.

"아버지는 엉망진창인 상태였어요. 아버지에게 제가 도착할 때까지 기다리라고 했어요. 그리고 카메라를 피해 뒷골목으로 차를 몰았고요. 우선 아버지를 진정시킨 다음 같이 해결해 보자고 얘기했어요. 스카프는 제가 가져왔고 아버지에게는 집으로 돌아가서 최대한 평소처럼 행동하라고 했어요. 저는 다시 회의장으로 갔고 당연히 한숨도 못 잤죠."

"그럼 집으로 돌아가서 스카프를 숨겨 놓고 그걸 6주 동안이나 잊고 있었다는 말입니까?" 브루스터가 한쪽 눈썹을 치켜올리며 말했다.

"뒷문 옆에 루나가 버릴 것을 모아둔 쓰레기봉투가 있길래 거기 숨겼어요. 스카프를 봉지 몇 겹에 싸서 맨 아래에 쑤셔 넣었죠. 루나는 그걸 쓰레기통에 넣으려고 내놓았고요. 그랬는데, 그다음 날 아침에 루나가 쓰레기봉투가 없어졌다는 거예요. 설마 그걸 쓰레기통 뒤에 밀어 넣어 놓고 잊어 버렸을 줄은 몰랐어요."

"저희로서는 운이 참 좋았군요." 브루스터가 심드렁하게 말했다.

68장
루나

2주 후

루나는 헴슬리의 부모님 집에서 지내고 있었다. 바니는 완벽하게 행복해하지는 않았지만 새로운 학교에 적응하는 중이었고 벌써 친구도 몇 명 사귀었다. 루나의 부러진 골반은 서서히 낫고 있었으나, 의사의 말에 따르면 5주는 더 지나야 마음대로 움직일 수 있었다.

조는 정체불명의 바이러스에 감염되어 누워서 쉬며 회복 중이었다. 이 사건 전체가 그에게 큰 충격을 주었다. 그는 파커와 칼에 대한 진실을 알았을 때 자신이 해야 했으나 하지 않은 일 때문에 고통과 죄책감에 시달렸다.

루나와 조 모두 곤란한 처지였다. 경찰이 시간을 낭비하게 만든 죄로 곧 둘 다 기소될 가능성이 높기 때문이다. 그것도 운이 좋았을 때의 얘기다. 그들이 저지른 죄로, 그러니까 정보를 숨기고 경찰에게 거짓말한 죄로… 더 무거운 혐의가 제기될 수도 있었다. 얼마나 어리석은 짓을 했는지.

마리는 이 모든 일을 매우 심각하게 받아들였다. 주치의에게 수면제와 신경안정제를 처방받기까지 했다. 지난 2주 동안은 루나나 조와 이야기하기를 거부한 채 주로 혼자 시간을 보냈다.

이런 상황에서 마리가 거실로 나와 루나에게 어린 시절 이야기를 해주겠다고 하자, 루나는 기뻐해야 할지 두려워해야 할지 헷갈렸다.

아직 걷거나 혼자 움직일 수 없는 루나는 거실의 침대 소파에 누워 있었다. 어쨌든 루나는 이 일을 한 발 나아간 것으로 받아들이기로 했다. 마리는 과거 이야기를 하지 않으려고 항상 경계했지만, 마침내 모든 것을 털어놓을 기회가 생기자 카타르시스를 느꼈다.

"루나, 엄마와 아빠의 신혼 시절 이야기를 한 번도 한 적이 없는 것 같구나. 네가 태어나기 전 말이다." 마리가 말문을 열었다. "그때 네 아빠는 바람을 피웠어. 그것도 여러 번."

"뭐라고요? 저는 늘 엄마와 아빠가 완벽한 부부라고 생각했는데요."

"우린 산전수전 다 겪었어. 지금은 네 아빠가… 수년째 바람을 피우지 않고 있지만. 적어도 내 생각엔. 하지만 그땐… 음, 네가 아주 어렸을 때는 정말 안 좋았지. 사이가 심각하게 안 좋아서 헤어져야 하나, 아니면 다 잊고 새로 시작해야 하나 고민했어."

"무슨 일이 있었는데요?"

마리는 잠시 침묵했다가 말을 이었다. "네 아빠가 바람피우는 걸 알게 됐어. 한동안 나한테 야근하거나 회의하러 간다는 말을 자주 했고 때로는 자고 와야 하는 회의도 있었지. 그러다가 네 아빠 재킷에서 향수 냄새를 맡고 알게 됐어. 뭔가 잘못됐다는걸. 그래서 어느 날 밤에 네 아빠를 쫓아 50킬로미터쯤 떨어진 주택에 가게 되었고, 거기서 알게 됐어."

"그 여자의 집이었나요?"

마리는 고개를 끄덕였다. "그 여자는 나보다 어렸어. 그전에 바람피운 다른 여자들도 다 어렸지만 그땐 좀 달랐어. 아주 달랐지. 그 여자가 네 아빠와 함께 집에 있었고… 아기를 안고 있었거든."

루나는 놀라서 어머니를 쳐다보았다. "그 여자가 *뭐라고* 요? 아기라니… 아빠 자식인가요?"

마리는 고개를 끄덕이고 손을 내려다보았다. "둘이 현관으로 아빠를 마중 나온 걸 봤어."

"그래서 어떻게 하셨어요?"

"다시 집으로 돌아와서 며칠 동안 아무 말도 안 했어. 생각할 시간이 필요했거든."

루나는 자신이 그런 처지가 된다면 어떨지 상상해 보았다. "이런, 엄마. 나였으면 그 문을 부수고 들어가서 그 집과 거기 있던 사람들 모두 결딴냈을 거예요."

마리는 후회스럽다는 듯이 미소 지었다. "정말이지 그냥 넘어가기 쉽지 않았어. 하지만 그게 최선이었어. 덕분에 변호사와 상담하고 내 법적 지위를 알게 되었거든."

"그래서… 어떻게 됐어요?"

"네 아빠에게 최후통첩을 보냈지. 그 여자와 나, 둘 중 하나를 선택하라고. 그 여자를 선택하면 재산의 절반을 내가 갖게 될 거라고. 네 아빠가 날 회사 이사 자리에 앉혔기 때문에 사업과 관련된 것도 절반은 내 몫이었어. 하지만 날 선택하면, 그 동네를 떠나서 넓은 땅에 큰 집을 짓고 평생 산다는 조건으로 함께 살 거라고. 그리고 다시는 바람피우지 않겠다고 약속해야 한다고."

루나는 어머니를 다시 보게 되었다. 그녀는 마리가 평생 제멋대로 살았다고 생각했다. 이건 어머니의 새로운 모습이었다. 루나가 존경할 만한 모습이었다. "그리고 아빠는 엄마를 선택했군요."

"그랬지. 그리고 아기가 있던 그 여자는 엄청난 충격에 빠졌고. 하지만 네 아빠가 금전적으로 보상했어. 법적으로도 문제없게 처리했지… 우리에게 다시는 연락하지 않는다는 조건으로."

서늘한 빗줄기가 쏟아진 듯 마침내 어머니의 말뜻을 깨달은 루나는 그녀를 보며 몸을 떨었다.

"그러니까 어딘가에 제 형제나 자매가 있다는 말인가요?" 루나의 마음속에서 상반된 여러 감정이 일어났다. 희망, 두려움, 진실을 알고 싶은 순간적인 열망, 이 세상에 그녀 혼자가 아니라는 깨달음 같은 것들이었다. 어머니는 괴로워하는 것이 분명했지만, 다른 누군가가 있다니… 루나와 영원히 연결된 누군가가, *가족*이 있다니.

루나는 온화하고 희망에 찬 표정으로 고개를 들었고, 마리는 서늘한 초록 눈동자로 루나를 계속 뚫어지게 보았다.

"아니. 루나, 네게 형제나 자매 같은 건 없어. 언제나 너 하나뿐이었다."

"하지만… 이해가 안 돼요." 루나는 인상을 쓰며 이마를 손바닥으로 쳤다. "그 여자가 아빠의 아기를 낳았다고 했잖아요. 그러니까 어딘가에 분명 내…."

"그날 그 여자가 안고 있던 아기는… 네 형제나 자매가 아니야. 그 아기가 바로 *너니까*."

벽이 점점 다가오는 느낌이었다. 루나는 양손으로 얼굴을 가린 채 마리가 한 말을 이해하려고 애썼다. 현관문에 마중 나온 아버지의 내연녀가 안고 있던 아기는 다름 아닌 루나였다. 이는 곧, 아버지는 친아버지가 맞지만….

"엄마가 내 친엄마가 아니라고요? 엄마가 내 엄마가 아니라고요?" 루나는 소파에 앉은 마리와 자신도 모르게 약간 거리를 두었다.

"난 네 엄마가 맞아." 마리가 힘주어 말했다. "난 언제나 네 엄마일 거야. 물론… 내가 널 낳지는 않았지만. 그래, 내가 낳은 아이는 아니었어." 마리가 손을 뻗었지만 루나는 뿌리쳤다. 마리는 그 끔찍한 진실을 포장하고 숨기려 했다. 아버지도 마찬가지였다. 둘 다 그 오랜 세월 동안 루나에게 이 사실을 숨겼다!

"내 진짜 엄마는 어디에 있어요? 어떻게… 그 오랜 세월 동안 말을 안 해주실 수 있죠? 친엄마를 모른 채 살아온, 잃어버린 세월은 어쩌라고요." 루나는 울음이 터져 나왔다.

루나는 다친 곳이 아팠는데도 몸을 완전히 굽히고 울기 시작했다. 순수한 슬픔과 현실을 부정하고 싶은 마음에 큰 소리로 흐느끼기도 했지만, 그 울음에는 뭔가 다른 것도 있었다… 루나가 늘 느꼈던, 무엇을 해도 충족되지 않는 기분이었다. 그녀는 마리의 애정 이면에서 언제나 비난과 못마땅함을 느꼈다. 지금껏 그 바탕에 이런 과거가 있었던 것이다.

팔 위쪽을 꼭 잡는 느낌이 들어서 눈을 뜨고 고개를 들어보니 마리가 바로 옆에 와 있었다. 마리의 눈에도 눈물이 가득했다.

"루나, 네 친엄마는 마흔 살이 되기 전에 죽었어. 네 아빠와

난… 우린 네가 열여덟 살이 되면 진실을 알려 주기로 했어. 네게 모든 걸 알려 주려고 의논하던 무렵에 변호사에게서 네 친엄마가 교통사고로 사망했다는 소식을 들은 거야. 우린 어떻게 해야 할지 오랫동안 의논했지만, 네 친엄마가 세상을 떠났다는 사실을 알려서 널 큰 충격에 빠뜨리는 건 너무 잔인하다고 결론 내렸어. 네게 알 권리가 있다고 해도 말이야."

"그래서 친엄마를 묻었군요. 진실을 묻었고요. 엄마는 친엄마가 존재하지 않는 듯이 행동했어요. 행복한 가족 행세를 계속하려고요." 루나는 흐느꼈다.

마리는 과장되게 한숨 쉬었다. "그런 게 아니었어! 우린 네게 가장 좋다고 생각한 일을 한 거야. 하지만 내가 보상해 주마. 약속할게. 네 아빠에게 사진이 몇 장 있어. 네 친엄마가 누구였는지 알려 줄게. 우리 딸, 내가 널 얼마나 사랑하는데."

루나는 화난 듯한 손길로 양쪽 볼에 흐른 눈물을 닦았다.

"시간이 좀 필요해요. 지금 당장은 엄마를 못 보겠어요. 아니, 마리 아줌마라고 해야 하나요… 누구든지 간에요. 이만 가 주시면 좋겠어요." 루나는 마리의 일그러지는 얼굴을 보았지만 아무 감정이 들지 않았다.

"루나, 나도 배신당했어." 마리가 거실에서 나가려고 일어서며 말했다. "네 아빠에게, 파커에게… 이젠 네게도. 넌 칼이 저지른 일의 진실을 알고 있으면서도 내게 숨겼어. 네가 상처받은 거 알아. 하지만 나도 상처받았어."

루나는 대답하지 않았다. 마리를 쳐다보지도 않았다. 마리는 거실에서 나갔고 문을 닫았다.

에필로그

니콜라

3개월 후

나는 주방 창문으로 마당에서 친구와 함께 축구하는 바니를 지켜보았다. 2월 봄방학 기간이었고 날씨는 춥지만 화창했다. 두 아이 모두 점퍼를 입고 털실로 짠 모자를 쓰고 축구팀 스카프를 둘러서 따뜻하게 했다. 아이들이 서로 부르며 행복하게 웃는 모습을, 발그레한 얼굴로 생기 넘치는 모습을 보자 마음이 충만해졌다.

저녁으로 먹일 코티지 파이✢를 다시 만들러 가다가 벽에 걸린 달력이 눈에 들어왔다. 다음 달에 열릴 칼의 재판이 머

✢ cottage pie, 소고기와 으깬 감자로 만든 영국 가정식 파이

릿속에서 떠나지 않았다. 칼은 세라 그레이슨을 살해할 의도는 없었다고 주장했지만, 세라 그레이슨 살해 혐의로 체포된 뒤로 계속 구금되어 있었다. 왕립검찰청은 칼이 세라를 미행하고 지켜보고 골목으로 유인하고… 이 모든 일이 사전에 치밀하게 계획된 일임을 증명한다고 주장했다. 파커도 나도 칼을 면회하지 않았고 그럴 계획도 없었다. 비록 나는 재판에는 참석하겠다고 했지만. 내가 재판에 참석하는 이유는 세라의 어머니 줄리 그레이슨을 응원하기 위해서다. 내가 찾아간 뒤로 우리는 계속 연락하고 지냈다. 우리가 처한 상황은 매우 달랐지만 서로의 슬픔을 공유하고 이해했다.

파커는 아직 갈 길이 멀지만 빠른 속도로 회복하고 있었다. 그리고 법 집행을 방해한 중대 범죄 혐의로 기소되었다. 그 애가 장기간 복역하게 될 수도 있지만 그런 생각은 하지 않으려고 노력 중이다.

파커는 집이 팔릴 때까지 제 집에서 살고 있고 나는 정기적으로 가서 도와주고 있다. 나는 아들을 사랑한다. 늘 그럴 것이다. 하지만 아버지의 배신에서 날 보호하려다가 자신을 비롯한 많은 사람에게 상처를 주었다. 일과 결혼 모두 망가뜨렸다.

때로는 앞으로 계속 달갑지 않은 상황이 펼쳐질 것 같다는 생각이 들었다. 칼이 체포된 뒤로 그가 사업을 완전히 망쳐놓은 것과 다름없다는 사실을 알게 되었다. 칼은 매일 일하러 나간다고 했지만 거의 1년 동안 사실상 아무 일도 하지 않았다. 그는 협박범이 요구한 돈을 마련하기 위해 나와 함께 모은 돈을 마음대로 썼고, 내게 일하러 간다고 한 시간에는 매일 작업실에 나가 몇 시간 동안 온라인에 접속해서 즐기며 수백 파운드를 쓰고 있었다. 젊은 수습 직원을 내보낸 이유도 그가 주장했듯이 정부 지원금이 부족해서가 아니라 그가 돈을 펑펑 썼기 때문이었다.

가장 놀랐던 일은, 칼과 루나와 조가 공모해 혼수상태로 누워 있는 파커에게 세라를 살해한 죄를 뒤집어씌우기로 했다는 것이었다.

"파커가 회복하지 못할 거라고 확신하더군요. 그들의 계획이 성공했다면 셋 다 명예를 지키고 파커 혼자 비난받았겠죠. 당신이 칼의 은행 입출금 내역서와 조가 자신도 모르게 칼의 계좌로 입금한 내역을 찾을 거라고는 생각지 못했겠죠. 때마침 전화해 주신 덕분에 현장에서 그들을 체포할 수 있었어요." 프라이스 경위는 칼이 체포된 직후에 이렇게 설명했다.

이들이 각자 범죄에서 어떤 역할을 담당했는지는 아직 수사 중이다. 하지만 모두 끔찍한 범죄를 은폐하고 경찰에 거짓말한 대가를 치를 것이다. 파커의 변호사는 파커가 스카프를 숨긴 일로 중형을 선고받을 것이라고 설명했고, 루나는 스카프를 숨긴 사실을 몰랐던 것으로 드러났다.

루나와 마리와는 계속 연락하고 지낸다. 주로 바니 일 때문이었다. 루나는 아직 정상적으로 생활할 수 없어서 내가 일주일에 한 번씩 바니를 데리고 두 사람을 만나러 갔다. 나를 대하는 마리의 태도는 완전히 달라졌다. 뻔뻔하고 악의적인 면이 모두 사라져, 예전 모습은 거의 찾아볼 수 없었다. 딸과 남편이 삶에서 자신을 도려냈다는 사실 때문에, 파커와 칼에게 배신당했다는 사실 때문에 충격이 큰 모양이었다.

루나와 마리 사이도 뭔가 달라진 것 같았다. 둘은 예전만큼 가까워 보이지 않았다. 둘 사이에서 적대감 비슷한 것이 느껴졌지만 내가 괜찮으냐고 물으면 언제나 "다 좋아요"라고 대답할 뿐이었다.

바니를 데리고 헴슬리를 오가게 되면서 마리와 나는 서로에 대해 많이 알게 되었다. 우리는 무슨 일이 있었고 기분이 어땠는지 몇 시간 동안 이야기했다. 어느 날에는 계속 내 머릿속에서 맴돌던 이야기를 하게 되었다. 파커의 상사 케니를 만난 일이었다.

"케니가 섀넌 오루크라는 여자 이야기를 했어요. 누군가가 그녀를 온라인에서 괴롭혔고 한밤중에 익명으로 전화를 걸어 아버지가 심장마비로 쓰러졌다는 메시지를 남겼다더군요. 그 일로 섀넌은 엄청나게 힘들어했고요. 그래서 회사를 그만두었고 얼마 후에 수면제 과다 복용으로 사망했대요."

나는 루나를 보았다. "루나, 그때 회사에서는 다들 네가 한 일이라고 생각했다더구나. 파커와 함께 일한다는 이유로 네

475

가 섀넌을 질투했다고."

"그때 일을 정확히 기억해요. 제가 섀넌을 질투한 건 사실이에요. 온라인에서 약간 괴롭힌 것 같기도 해요. 불쾌한 밈을 포스팅하면서 섀넌을 태그로 언급했고 익명으로 심술궂은 메시지를 보낸 적도 있어요. 제가 한 짓이 떳떳하지 않아요. 하지만 아버지를 들먹이며 그런 거짓말을 할 정도로 저열하진 않아요. 그런 인정머리 없는 짓은 형편없는 사람들이나 하는 거죠." 루나는 이렇게 말하고서 고개를 돌려 마리를 노려보았고 마리는 고개를 숙였다.

"나였어요. 내가 그랬어요, 니콜라. 새벽에 호텔에 전화해서 메시지를 남겼어요. 루나가 너무 화가 났고 파커가 섀넌과 바람피운다고 확신해서… 루나에게 둘이 같이 요크에 있는 더 그랜드 호텔에 간다는 이야기를 들었고… 음, 어느 날 밤에 와인을 너무 많이 마시고서 내가 전화를 해 버렸어요. 무슨 일이 일어났는지 듣고서 진심으로 미안했어요. 나 자신에게 정말 화가 났어요." 마리는 슬픈 듯 고개를 저었다.

뭐라고 말해야 할지 몰랐다. 그동안 온갖 일을 겪어서 더 이상 놀랄 일도 없었다.

몇 주 전, 줄리 그레이슨은 마침내 딸의 장례를 치를 수 있었다. 나는 꽃과 카드를 보냈다. 진심 어린 편지를 써서 남편 때문에 세라가 죽었다는 사실이 얼마나 유감스럽고 슬픈지 표현했다. 내 아들이 비열한 범죄를 감추도록 도왔다는 사실에 대해서도. 나도 어찌 됐든 그 일의 일부를 담당했다는 생각에 괴로웠다. 나도 모르게 줄리의 슬픔을 연장하는 대신, 스카프를 발견했을 때 바로 경찰에 신고했다면 사건이 좀 더 빨리 마무리되었을지도 모른다.

나와 마찬가지로 줄리의 삶도 전과 같을 수 없었다. 우리 둘은 불행과 고통이라는 끔찍한 길의 양쪽 끝에 서 있었다.

어머니만이 느낄 수 있는 특별한 죄책감 같은 것도 있었다. 한밤중에 문득 이런 의문이 떠올랐다.

파커가 어렸을 때 내가 뭔가를 해서, 아니면 뭔가를 못 해 줘서 그랬나?

중요한 시기에 내가 파커에게 너무 관대했나? 아니면 너무 엄했나?

내 아들이 어떤 식으로든 도덕적으로 결함 있는 사람으로 자라고 있다는 징후를 놓치지는 않았나 돌이켜 생각할 때면 가슴이 심하게 타들어 가는 듯했다. 최선을 다해서 아들을 키웠다고 아무리 여러 번 되뇌어도 이런 죄책감이 떠나지 않을 것 같아서 두려웠다.

여러 법적 가능성을 검토한 결과, 바니에게 안정감을 줄 수 있도록 내게 후견인 자격이 넘어왔고 나는 더없이 행복했다.

오븐을 닫자마자 뒷문이 벌컥 열리더니 바니가 들어왔고 친구가 뒤따라왔다. "이제 안에 있을래요, 할머니. 밖에 너무 추워요."

"그럴만한 날씨지. 자, 가서 텔레비전 보고 있으면 할머니가 몸 녹일 수 있게 핫 초콜릿 갖다 주마. 어때?"

바니는 환하게 웃더니 거실로 가려고 돌아섰다가 갑자기 뒤돌아서 나를 꼭 안았다.

"할머니, 사랑해요. 예전 학교로 돌아와서, 여기 살아서 정말 좋아요."

"나도 사랑한다." 나는 아이의 머리에 입 맞췄다. "어서 가 있어. 할머니가 마실 거 갖다 줄게."

바니는 씩 웃고는 뛰어갔다. 앞으로 몇 달 동안 아이는 많은 일을 마주해야 할 테고 엄청난 변화와 혼란한 상황을 겪게 될 것이다. 하지만 바니와 나, 우리는 이렇게 태풍이 지나가고 마지막까지 남은 두 사람이 되었다.

우리는 지금 여기에 있고 그 어느 때보다 강하다. 우리가 함께 가야 할 길이 멀고 치유해야 할 상처가 가득하며 삶은 불확실한 일들로 가득할 것이다.

하지만 한 가지는 확신할 수 있다. 어떻게든 우리는 새로운 삶을 함께 일궈 나갈 것이고 살아남을 것이다.

독자에게 보내는 편지

《남편과 아내》를 읽어주어 고맙습니다. 이 책이 재미있기를 바랍니다. 재미있게 읽었다면, 그래서 제 최근작 소식을 계속 알고 싶다면 이 웹사이트(www.bookouture.com/kl-slater)에 가입해 주세요. 등록한 이메일 주소는 절대 다른 곳에 공유되지 않으며 구독은 언제든 해지할 수 있습니다.

저는 다양한 곳에서 글쓰기 아이디어를 얻는데, 이 책의 아이디어는 조부모가 아이를 돌보는 가정을 보고 떠올렸습니다. 제 아이디어는 주로 지극히 평범한 상황이 잘못되는 데서 출발합니다. 평범하게 살아가는 평범한 사람들에게 끝없이 매료되지요. 누가 봐도 평범하고, 우리 모두 살고 있을지 모를 그런 삶 말입니다. 그러다가 '펑' 하고 사건이 터져서 모든 게 산산조각 나는 거죠! 그렇기에 글을 써 나가는 과정에서 초기 아이디어가 매우 중요합니다. 저는 그걸 총 쏘는 것과 비슷하다고 생각합니다. 하나, 둘, 셋, 빵… 이렇게 총알이 나가듯이 시작하는 거죠! 하지만 문제가 있습니다. 책을 한 권 완성하려면 이 초기 아이디어를 7만 단어가 넘는 글로 발전시켜야 하는데, 이에 동력을 제공할 엔진이 필요합니다. 독자들이 이 세계에 몰입하고 그곳에 계속 머물게 하려면, 등장인물과 주제를 그럴듯하게 구축해야 합니다.

《남편과 아내》는 가족이 살아가는 일상과 그 평범함에 대한 관심에서 시작되었습니다. 가족은 복잡한 개체입니다. 우리는 대부분 평생에 걸쳐 가장 가깝고 사랑하는 이들과 수많은 희로애락을 경험합니다. 속마음을 솔직하게 표현하라고 부추기는 세상이지만, 가정의 화목함을 유지하기 위해 가족에 관한 강한 감정이나 불만을 묻어두는 사람이 여전히 많은 것 같습니다. 삶은 그렇게 단순하지만은 않잖아요!

그런데 이렇게 마음 약하게만 생각하면 가정의 이면에서 벌어지는 일에 나도 모르게 눈 감을 가능성이 생깁니다. 시간이 지나면서 가족 간 불화나 사소하게 모욕적인 일들이 조용히 곪아 터지는 것이지요. 그러다가 어느 순간, 과거의 상처가 두 배 강력하게 나타나 평화와 만족을 돌이킬 수 없이 파괴할 수 있습니다.

이 책에서 니콜라 밴스는 가족을 매우 사랑하는 여성입니다. 언제나 옳은 일을 하고 싶어 하지만 시험에 빠지는, 원칙을 중요시하는 여성이기도 합니다. 끔찍한 범죄의 핵심 증거를 발견한 순간, 니콜라는 아들을 향한 헌신 때문에 명확하게 판단하지 못했습니다. 루나와 파커 밴스는 비밀을 간직한 매력적인 부부입니다. 두 사람이 공유하는 비밀도 있고 서로 감추는 비밀도 있습니다. 평범한 가족의 모습이지요… 적어도 흥미진진한 심리 스릴러에서는요!

이 책의 배경인 노팅엄셔는 제가 태어나 평생을 산 곳입니다. 노팅엄셔에 사는 독자라면 때로 제가 거리 이름이나 지리적인 세부 사항을 이야기에 맞게 마음대로 바꾸었다는 점을 알려 드립니다.

《남편과 아내》를 읽는 시간이, 등장인물을 알아 가는 과정이 즐겁기를 진심으로 바랍니다. 재미있었다면 몇 분만 시간을 내서 후기를 작성해 주면 무척 고맙겠습니다. 여러분 생각을 정말 듣고 싶습니다. 제 책을 처음 읽는 독자들에게도 후기가 큰 도움이 될 것입니다.

저는 독자 여러분과 소통하는 것을 좋아합니다. 소셜 미디어나 웹사이트를 통해 연락해 주세요.

모든 훌륭한 독자에게 감사를 전하며… 또 만나요.

사랑을 담아, 킴 슬레이터

감사의 말

매일 책상에 앉아 글만 쓰는 나지만, 재능 있는 사람들에 둘러싸이는 행운을 누렸다.

부커추어 출판사의 유능한 편집자 리디아 바사 스미스의 전문가적 통찰과 편집 능력에 큰 감사를 전한다.

이 자리를 통해 설명할 수 없을 정도로 많은 일을 해준 책임 편집자 해나 스넷싱어를 비롯한 부커추어와 부커추어 독일의 모든 팀에게도 고맙다.

문자 메시지, 이메일, 전화 통화 끝에 언제나 조언과 지도를 아끼지 않은 문학 에이전트 커밀라 볼턴에게도 매우 감사하다. 커밀라의 팀원 제이드 캐브너, 그리고 달리 앤더슨 문학·텔레비전·영화 에이전시에서 애써준 나머지 팀원들에게도 고맙다.

글을 쓰기 시작한 뒤로 언제나 나를 응원해 주고 내게 영감을 준 글쓰기 친구 앤절라 마슨스에게 항상 고마운 마음이다.

교열 담당자 도나 힐러와 교정 담당자 베카 앨런에게 큰 감사를 전한다. 그들의 뛰어난 실력과 매의 눈 덕분에 지금의 《남편과 아내》가 탄생할 수 있었다.

내 가족, 특히 남편과 딸에게 늘 많이 고맙다. 내가 가장 사랑하는 이들은 언제나 나를 이해해 주었고, 마감일에 맞춰 기꺼이 외출 일정을 미루거나 조정해 주었다.

멋진 표지를 만들려고 애쓴 헨리 스테드먼에게 특별히 감사하다.

작가들을 지원하려고 노력하는 블로거와 리뷰어에게 감사하고, 일부러 시간을 내서 온라인에 긍정적인 후기를 올려 주거나 내가 진행한 블로그 투어에 함께해 준 모든 사람에게 감사를 전한다. 이들의 노력을 늘 알고 있고 매우 고마운 마음이다.

끝으로 가장 중요한, 나의 훌륭한 독자들에게 무한한 감사를 전한다. 여러분의 좋은 댓글과 메시지를 읽는 게 정말 즐겁고, 모두의 응원에 진심으로 감사하다.

남편과 아내

초판 1쇄 인쇄 2025년 12월 8일
초판 1쇄 발행 2025년 12월 15일

지은이	K.L. 슬레이터
옮긴이	박지선

책임편집	이현지
디자인	어나더페이퍼
책임마케팅	최혜령, 박지수, 도우리, 양지환
마케팅	콘텐츠 IP 사업본부
해외사업	한승빈, 박고은
경영지원	백선희, 권영환, 이기경, 최민선
제작	제이오

펴낸이	서현동
펴낸곳	㈜오팬하우스
출판등록	2024년 5월 16일 제2024-000141호
주소	서울시 강남구 테헤란로 419, 11층 (삼성동, 강남파이낸스플라자)
이메일	info@ofh.co.kr

ⓒ K.L.슬레이터

ISBN 979-11-7577-019-5(03840)

반타는 ㈜오팬하우스의 출판 브랜드입니다.

- 이 책은 저작권법에 따라 보호받는 저작물이므로 무단전재와 무단복제를 금지하며, 이 책의 내용 전부 또는 일부를 이용하려면 반드시 저작권자와 ㈜오팬하우스의 서면동의를 받아야 합니다.
- 책값은 뒤표지에 표시되어 있습니다.
- 잘못된 책은 구입하신 서점에서 바꿔드립니다.